I0666331

Alessio A. Patanè

Tutte le direzioni

ISBN-13: 978-8867552559 (narcissus)
ISBN-10: 8867552554

uno

I

- *Cunnutu e sbirru!*

Rumore di pneumatici in frenata sulla vecchia pietra lavica asciutta.

Un uomo robusto apre lo sportello del suo taxi e si gira in direzione di chi non ha rispettato la precedenza, allontanandosi come niente fosse.

Lo guarda, alza un braccio, e con un tono tra lo sconsolato e l'indispettito, gli urla contro ancora

- *Cunnutu e sbirru!*

Ero arrivato a casa.

Il parcheggio dei pullman del servizio urbano, illuminato dall'assurdo sole di inizio settembre, era un viavai disordinato di umanità. Sembrava tutto al proprio posto, esattamente come lo avevo lasciato dieci anni prima, in quel disordine strutturale e metodico che gli apparteneva. Sullo sfondo degli archi della marina, nell'intersecarsi dell'arancione degli autobus sui blocchi di basalto nero, si stagliavano le insegne di McDonald's e dell'Hard Rock Cafè, quest'ultimo chiuso per fallimento; mentre all'interno, appena superati gli archi, la marea pulsante di casalinghe, pensionati, disoccupati, borseggiatori, parcheggiatori abusivi e *sfacinnati* in genere, si muoveva tra la puzza di pesce che infestava tutto e le grida di richiamo degli ambulanti che attiravano l'attenzione in modo colorito sulla loro merce: *i cuzzulicchi da plaja* e *i masculini da magghia*[1].

Dagli altoparlanti delle auto con l'assetto ribassato provenivano folate di musica house o canzoni neomelodiche napoletane, mentre il bar Étoile continuava a sfornare colazioni e pezzi di tavola calda a rullo.

Il ricordo delle mie fughe improvvise si faceva via via sempre più vago. Erano ormai diventate troppe e non riuscivo a isolarle l'una dall'altra. Mi rivedevo col borsone sulle spalle, ma non capivo neanche sforzandomi da dove e da cosa stessi scappando.

Il mio borsone verde con i manici sporchi di vernice rossa era semivuoto. Tornavo a casa dopo un giro larghissimo che mi aveva portato ai quattro angoli dell'Europa. Non stavo scappando da nessuno, non avevo nemici né vendette da compiere, c'era una donna come in tutti gli stereotipi che si rispettano, ma lei aveva la sua strada da percorrere e non voleva che la intralciassi e io avevo la mia, e il fatto che mi sarebbe piaciuto percorrerla insieme a lei era irrilevante. Poco male, magari la prossima me la sarei scelta con le tette.

Avrei rivisto volentieri mia madre e mia sorella. I dieci anni di assenza avevano placato la voglia che avevo di staccare la testa di mio padre dal resto del suo corpo, ma in tutta onestà non ero pronto ad affrontare me stesso dopo averlo rivisto.

La vetrina dell'Étoile, tra carretti siciliani in miniatura e frutta martorana disposta in ceste di vimini, rimandava sovrapposta l'immagine di un uomo normale. Forse un po' largo di spalle e con un testone enorme. Probabilmente

---

[1] Telline e alici.

aveva bisogno di un barbiere e quasi certamente di un bel bagno, sicuramente era molto stanco.

Al tabacchino accanto all'Étoile, una massa indistinta di persone si affollava al banco della lotteria istantanea o acquistava gratta e vinci. Proprio di fronte al vetro antiproiettili che separava la commessa dagli avventori della rivendita, in piedi, sparsi intorno a due tavolini da cocktail, uomini e donne si concedevano qualche istante di speranza, prima che sul tabellone apparissero altri numeri, o sulle cartelle appena grattate si materializzassero i simboli non vincenti. Una signora era stata dal parrucchiere, però ci era stata una decina di giorni prima; quello che subito dopo appariva come un caschetto asimmetrico che la faceva sentire sbarazzina, adesso si era gonfiato sulla nuca e la ricrescita irregolare dei capelli le dava un'aria pesante, aiutata da un trucco molto più che accennato, un paio di jeans attillati e le scarpe di vernice col tacco alto. Teneva tra le dita una sigaretta spenta e alternava lo sguardo tra la sua cedola e il tabellone con le estrazioni. Strappava la prima, usciva a fumare e rientrava per ricominciare da capo. Un'estrazione ogni ora.

Catania mi accoglieva con la sua forza totalizzante e mi investiva con così tanta violenza, che i dieci anni passati lontano da lei cominciavano a sembrarmi un delirio.

Era come un parente che non si vede per tantissimo tempo e ogni tanto, a tratti, ci è arrivato persino a mancare, salvo che, quando lo si rincontra, ci si accorge che in realtà non ci era mancato affatto.

Era indomita Catania. Come un bambino che costruisce un castello di sabbia in riva al mare, e il mare glielo butta giù e lui per ripicca ne costruisce un altro più bello, ma le onde lo distruggono e allora lui ne fa uno ancora più grande.

Era superba Catania, miserabile e ricchissima allo stesso tempo. Si affannava per essere una metropoli, si presentava come Milano del sud o come Seattle d'Europa.

Diverse sfumature sottolineavano altrove un immobilismo secolare e monolitico, tentato a volte da facili entusiasmi e costantemente disilluso.

I miei anni passati fuori non mi avevano sottratto nulla. Né l'accento né la cadenza strascicata che un uomo di qui imprime alle frasi, nemmeno la carnagione scura sebbene fosse diventata pallida per i miei anni trascorsi al nord sotto un sole che non tinge. Il lessico intatto, sebbene ogni tanto le parole di lingue lontanissime tra loro si affollavano per esprimere un pensiero e finivano per annullarsi da sole, lasciandomi la bocca aperta nell'impossibilità di esprimere un concetto che però conoscevo benissimo. Poi c'era una cicatrice sull'occipite sinistro e il naso rotto più volte e in più punti e un'altra cicatrice a completare l'opera, che partiva da metà guancia sinistra, curvava sull'osso della mandibola e finiva un paio di centimetri più sotto, suturata male da un infermiere assonnato quando una sera, scivolando, ero atterrato di faccia sulla *boatta* aperta dei pomodori pelati.

Poi c'era Catania che ti ruotava attorno sfottendoti perché era l'unico modo che aveva per relazionarsi con te. Tu sei a Catania e sei tranquillo, perché il catanese è tranquillo e passeggi e ti fai i cazzi tuoi ma ti guardano tutti, e tu guardi tutti, perché il catanese *talìa*. E poi sentendosi guardato mentre ti guarda, ti dice *chi spacchiu talii*, e magari detesta gli arabi, ignorando o dimenticandosi quanto lui stesso lo sia.

Qualcuno gesticola sempre agli angoli delle strade che sembra una guardia municipale mentre all'altro angolo, ci puoi giurare, qualcuno sta dando in escandescenze, ma sarà *u cauru*.

Perché a Catania c'è *cauru*. In realtà l'uomo che guardi non sta dando in escandescenze, perché il catanese non lo fa. E non gli dà nemmeno di volta il cervello. Il catanese *'ndappa a testa*, dimostrando come in millenni di diluizione del suo sangue, qualche goccia di puro sangue ellenico gli scorra ancora nelle vene. Sì, *macari tu* dimostrando che sotto quello ellenico c'è ancora traccia di quello sicano.

E poi da lì risali. Risali ancora verso l'epidermide e hai voglia di grattare, ma sotto uno strato di pelle ce n'è un altro e poi un altro ancora e l'unico modo che hai per liberartene è darti fuoco. O abituarti a essa e portartela in giro.

Guarda bene. Sicuramente qualcuno avrà parcheggiato in doppia fila o nella corsia dell'autobus, o nel posto riservato ai portatori di handicap. Perché il catanese è incivile, ma addita l'incivile e lo sfotte.

- *Cettu, lei ca a misi ddocu a machina, bonu bonu non m'ava passu* – perché il catanese è *liscio*.
- *Su voli ci fazzu macari a strascinata do peri* – e comincia a fingere di zoppicare, perché il catanese è *matelico*.

E poi non sfuggirai mai alla sequela di insulti che ti possono piombare addosso, fai conto, in un autobus di linea urbana. Non c'è scampo per nessuno: i grassi sono *mali ponchi, ponchi salati, panz'i quarume*. D'altro canto non è che tu puoi essere magro impunemente senza pagare dazio e ricordati che nemmeno tua sorella lo paga, il dazio. E allora sei *sucasimuli* oppure nella sua versione nobile *don sucasimuli*.

Alto? *Scemu longu.*

Basso? *Sbarra cutta o menza cugnetta.*

Capellone? *Gnasciatu, zingaro o peggio, puppu.*

Pelato? *Tignusu, lustru di luna, coppola di minchia c'aricchi.*

E non pensare di cavartela con un'adeguata attività fisica e un'ottima muscolatura. *Cu spacchiu arruvau, Bichi Gim?*

O con l'eleganza o il suo contrario, o parlando italiano: *parrici tu co prufissuri*; o in dialetto: *ma sei veramente zaurdo*.

No, non te ne esci. Qualunque sia il tuo peccato originale ti è stato perdonato, devi solo abituarti a farti sfottere e farlo a tua volta: niente di personale.

E poi può capitare di essere travolti da un'auto che non si ferma allo stop, perché nessuno si ferma allo stop, e mentre sei a terra che bestemmi qualunque divinità eccetto *S.Aituzza*, perché da buon catanese le sei devoto, i due scippatori all'angolo della strada ti vengono in soccorso, ti aiutano ad alzarti e ti portano al bar a bere un bicchiere d'acqua. Perché in fondo, sotto uno strato di minchiate, cenere vulcanica e pose da film americano, tornando all'origine, scavando sotto le sei colate laviche, il catanese è generoso.

Quello che invece non può essere perdonato arriva oltre ogni possibile anchilosi o stratificazione linguistica. Le esclamazioni siciliane mantengono un legame fortissimo con ciò che le ha generate, quel monolito inscalfibile di sole che sgretola una terra madre, puttana e ladra, tutto e il suo contrario.

La violenza verbale si accanisce forte di ascendenza remota contro chi merita scherno e non ha più scampo, sia esso un pover'uomo vittima del tradimento della sua donna o un lurido invasore.

In sintesi, tutto quello che in Sicilia non puoi e non devi essere, ferito nell'onore o conquistatore straniero: *cunnutu e sbirru.*

II

Arrivai a casa dei miei genitori senza avvisare quello stesso mattino. Mio padre quasi ci rimase secco quando mi vide alla porta. Si stropicciò gli occhi, sbadigliò e poi disse
- Giovanni?!
Non davo mie notizie da quasi dieci anni e lui credeva, o forse sarebbe meglio dire sperava, che io fossi morto. Sull'autobus che dalla stazione portava in prossimità di casa mia, avevo provato una decina di frasi a effetto da dire una volta di fronte a lui, una più cretina dell'altra, tipo "scanna il vitello più grasso che hai, vecchio, il figliol prodigo è tornato", salvo poi virare su un più asettico
- Au, papà.
Si mise a fissarmi come uno che ha visto il fantasma di Marylin Monroe a pacchio di fuori, ma rimase fermo, bloccando la porta senza muoversi di un millimetro.
- Allora, non mi fai entrare?
Non rispose, si limitò a voltarmi le spalle e a indicarmi la porta della mia vecchia camera.
Mia madre si precipitò incredula, era ancora in camicia da notte. Si immobilizzò e mi guardò. Poi con uno slancio da

film venne ad abbracciarmi correndo e rientrando subito nel suo ruolo.

- Come stai? Sei fatto magro. Hai mangiato? Ti preparo qualcosa? – mentre mio padre abbandonava platealmente la scena.

La strada da Parigi a Catania mi aveva spaccato a metà, provavo un dolore unico e generalizzato, che dalla schiena si diffondeva a raggiera fino alle unghie dei piedi e ai capelli. Mia madre mi guardava fisso, cercando di trovare in quella mezza carcassa sporca e sudata, tracce del figlio che senza dire nulla aveva lasciato la sua casa una decina di anni prima. Non riusciva proprio a staccarmi gli occhi di dosso, era più forte di lei, e quel sorriso stirato da una parte delle labbra e immobile dall'altro, mi dichiarava quanto fosse tesa. Appagò la necessità fisica di prendersi cura di me come non faceva da tempo, riempiendo il tavolo al quale eravamo seduti con fette di pane tostato e marmellate biologiche, succhi di frutta e cereali e ancora una bottiglia di latte da un litro e una caffettiera colma. Poi sbarellando quel tanto che bastava, mi propose di cucinarmi una bistecca.

Dopo la colazione con mia madre completamente bloccata che si limitava a guardarmi senza riuscire a chiedermi nulla e con mio padre che ancora con posa studiata, attraversava la cucina velocemente senza degnarmi di uno sguardo per andare al lavoro, cercai di forzare un minimo la situazione e chiesi dove fosse Paola. Mia sorella era uscita di casa appena prima del mio ritorno, come faceva tutte le mattine. Aveva lezione all'università, e come è noto, a Catania, se si riesce ad attraversarla prima delle sette e trenta del mattino, si può raggiungere qualunque posto in pochi minuti, se invece alle sette e trentuno ci si trova in qualche arteria principale, si rimane lì bloccati a morire di vecchiaia.

Nonostante le rimostranze di mio padre che ormai era fuori casa e che aveva tassativamente proibito a mia madre di telefonare a Paola perché lei non doveva essere distratta dai suoi doveri per nessuna ragione, mia madre la chiamò ugualmente, ma il suo telefono doveva essere spento oppure irraggiungibile.

Mi accennò di alcuni successi di Paola negli ultimi anni, tutti strettamente legati alla sua carriera di studentessa, poi vedendomi ormai quasi spalmato sul tavolo dalla stanchezza, venne a darmi un bacio e mi ordinò di andarmi a riposare.

La casa di mio padre era glaciale. Un numero inutile di stanze e di bagni, macchine in garage, elettrodomestici dei quali si ignorava persino la funzione, soprammobili di dubbio gusto. Gliel'ho sempre detto, e questo non l'ha mai mandato giù, l'ostentazione nasce dalla povertà, *pezzu d'arripuddutu*[2], ottenendo come risposta solo un rimprovero perché mi ero espresso in siciliano.

Camera mia era ormai spoglia. Dividevo il bagno con mia sorella, la quale aveva la pessima abitudine di non volere gente intorno, cameriere comprese, ma soprattutto quella di lasciare in giro per la casa tutta la sua roba. Emblematico un perizoma nero con all'interno tracce del suo piacere cagliato, rimasto attaccato per dieci giorni alla maniglia del bagno, esibito, ostentato forse, come si farebbe con la coppa UEFA.

Mi risvegliai alle due del pomeriggio, trovai la tavola già sparecchiata e mio padre che seduto in poltrona leggeva il giornale e fumava.

- Ragazzo – odiavo quando mi chiamava così – qual buon vento ti porta da queste parti?

Non era cambiato affatto, il suo solito parlare, il suo sorriso ipocrita e la speranza che un facciamo finta di niente avrebbe potuto cancellare dieci anni di assenza e altri venti di incomprensioni. Mi dava l'impressione di un alcolista che non aveva toccato alcolici per dieci anni e adesso, senza preavviso, gli avevano messo davanti una bottiglia

---

[2] *Parvenu.*

del suo liquore preferito. Ora, non che io fossi il suo liquore preferito, anzi, ma aveva l'aria di quello che si era tenuto alla larga dai guai e adesso ci stava per ripiombare. Si sforzava di non farlo trasparire, ma non ci riusciva.

Lo mettevo a disagio, si vedeva da come piegava il giornale, quasi accartocciandolo e facendo un rumore esagerato o da come faceva cadere nervosamente la cenere del sigaro mancando il portacenere dalla distanza di un paio di millimetri. Mi sarebbe piaciuto prolungare la sua agonia ancora per un po', solo che la voglia di riabbracciare Paola era più forte, così gli chiesi di rintracciarla e di farla tornare a casa. Mi rispose che Paola non doveva essere disturbata perché a differenza del sottoscritto aveva metodo e non poteva permettersi di perdere di vista i suoi obiettivi. A quell'ora di pomeriggio si trovava sicuramente in istituto per lavorare alla tesi o in aula studio, dopo sarebbe andata in palestra e poi sarebbe tornata nel tardo pomeriggio o al massimo all'ora di cena. Mi disse che potevo aspettare, l'avevo fatto per dieci anni, potevo farlo anche per un altro paio d'ore. Il solito stronzo.

Naturalmente mia madre non era particolarmente d'accordo con lui e dicendogli che non c'era motivo di comportarsi in quel modo, compose di nuovo il numero del cellulare di Paola, che risultava ancora spento. O non raggiungibile.

- E allora – disse mio padre – non mi hai ancora detto che ci fai da queste parti.
- Sono in vacanza.
- Questo presuppone l'esistenza di un lavoro, è un passo avanti.
- Come credi che abbia mangiato negli ultimi dieci anni?
- Non lo so, taccheggio? Elemosina? Scrocco?

Guardai mia madre con l'espressione di quello che cerca conforto e mio padre se ne accorse

- Scusa, dimenticavo che sei sempre stato permaloso, come non detto. E di cosa ti occuperesti?

Avevo un centinaio di risposte che lo avrebbero irritato, tipo calciatore monopode miliardario fidanzato di velina, europarlamentare senza portafogli, sassofonista jazz negro e cieco per le vie di Maastricht, pittore *naïf bohemien à la grand carte* senza portafogli, manager di cinque giovani pugili (uno lo avrei portato sicuramente al titolo), giapponese, suora, ma scelsi quella che lo fece irritare di più: la verità.

Lo conoscevo benissimo: tutto quello che lui non riconosceva come un vero lavoro: arte, musica, cinema, spettacolo e stronzate varie, oppure il volontariato. O ancora quello che un suo figlio non si sarebbe mai dovuto abbassare a fare, come quando a diciotto anni mi aveva strappato la modulistica per prendere la patente C, che mi avrebbe permesso di diventare camionista. Ne avevo di balle da raccontargli, ma alla fine anche la verità pura e semplice era sufficiente a farlo incazzare.

- Mi occupo di nuove tecnologie, computer. Li distruggo.
- Non ho capito.
- Lavoro in un centro di riciclaggio di rifiuti speciali.
- Mi spiego la puzza. E con quale mansione?
- Guido un muletto.
- Tutto qui?
- Già.
- Rosa, vedi che figlio scemo che hai partorito? Sarà stato qualche medicinale che hai preso mentre eri incinta, perché Paola mica è venuta così. Io ho dieci muletti da me in ditta, c'era bisogno?
- Hai ancora quelle merdine di muletti italiani o sei passato pure tu ai cinesi?

17

- Mai. Io compro solo italiano.
- Che bell'esempio di amore patrio. Lo sai che anche loro hanno delocalizzato? Li fanno in Cina i muletti. Complimenti papà, hai comprato dei carrelli cinesi a tua insaputa. Sai quanto gliene fotte a chi li produce dell'amore patrio o di mandare a casa cinquemila operai della fabbrica di Ravenna e fare costruire i tuoi muletti a Shanghai?

Me l'ero immaginato diverso il momento in cui avrei rincontrato mio padre. A dire il vero pensavo che non lo avrei mai più rivisto, ma che ci mettessimo a parlare di muletti e di delocalizzazione questo era proprio assurdo. Naturalmente eravamo entrambi al corrente del fatto che c'erano dieci e passa anni di tensioni che scorrevano sottotraccia nel non detto, ma era molto più comodo andare avanti cianciando di banalità e discussioni spicciole.

Da parte sua c'era la rabbia che scolava da ogni sua parola per avermi dato tutto quello che secondo lui io potessi desiderare. Aveva speso un patrimonio per farmi studiare nelle migliori scuole di Catania ed io avevo avuto un corso di studi regolare fin quando un giorno in me si era rotto qualcosa e avevo smesso di punto in bianco di farlo. I professori dicevano che ero semplicemente uscito di cervello senza motivo. Me ne stavo tutto il giorno a non fare niente e ad ascoltare il walkman, mentre i pomeriggi, sempre con le cuffie sulle orecchie, cercavo di riparare una vespa che avevo comprato da uno sfasciacarrozze.

Per quanto mi ricordassi, invece, lui non era proprio uscito di testa. Gradualmente, tra la fine degli anni ottanta e la metà dei novanta, aveva accumulato tanti di quei soldi che non ci aveva capito più niente neppure lui. E piuttosto che diventare più libero, alla fine di quei soldi ne era diventato schiavo, avevano avuto la meglio su di lui. Aveva lavorato una vita per averli ma ora non aveva un attimo di tempo libero per goderseli e adesso quegli stessi soldi gli chiedevano di lavorare ancora di più perché...

Già, perché?

E poi la crisi lo aveva colpito duro. Si lamentava di essere massacrato dalle tasse e si rammaricava di riuscire a evadere pochissimo, ma alla fine, nonostante i suoi sforzi, aveva dovuto mandare a casa dieci operai.

- C'era gente che lavorava per me da quindici anni.
- Complimenti.
- Pensi che non abbia fatto il possibile e l'impossibile per tenerli?
- Se lo dici tu.
- Il fatto è che non ci stavo più con le spese.
- E le cose da fare in azienda sono diminuite oppure col ricatto del licenziamento hai obbligato chi è rimasto a fare il lavoro di quelli che hai licenziato?
- Un po' e un po'. Ho avuto una flessione negli ordini, di conseguenza il lavoro è diminuito.
- E magari qualche rumeno è venuto a fare il lavoro per la metà di quanto davi agli altri.
- Sono brave persone e sono grandi lavoratori.

In effetti, dietro la cortina che mio padre teneva costantemente innalzata tra i suoi sentimenti e il resto del mondo, nel fondo del suo sguardo e nel tono della voce si intuiva la sua preoccupazione. Era tutta votata ai sistemi macroeconomici che erano entrati in crisi, al debito pubblico, alle politiche del governo nazionale e di quello regionale, al dollaro che guadagnava terreno sull'euro.

- E poi mandi a casa dieci operai. Sai quanto gliene fotte a loro del rapporto PIL debito pubblico?
- E la tua azienda invece come va?
- Come la tua, uguale.
- Dico, quella che dirigi tu.

19

- Va bene. Ho capito.
- Tu ragioni ancora per categorie che non esistono più. Avrei voluto vederti alle prese con gli operai nel momento in cui li ho dovuti licenziare. Erano pronti a vendersi la famiglia. Di quale classe operaia parli tu, di quella che vota a destra?
- Va bene, ho capito. Basta così.
- Bene, e non mi fraintendere, non che ti voglia mandare via, non sia mai, ma quanto ti trattieni?
- Il tempo di trovare una cosa.
- Cosa?
- Niente, niente, non puoi aiutarmi.
- Mettimi alla prova.

Mio padre si era messo persino a fare il simpatico, poi così, senza motivo, solo per il puro gusto di irritarlo gli dissi
- Non preoccuparti, ho tutto il tempo, tanto il lavoro l'ho mollato.

Non fece una piega, poi mi guardò fisso e con gli occhi carichi di quella severità e di quel senso del dovere che erano sua prerogativa, con una gravità nello sguardo paragonabile all'annuncio di un lutto, tanto significava nella sua etica di avvocato credente ma non praticante e venditore di legnami col giro d'affari più grande di tutta la Sicilia orientale, la perdita del lavoro, balbettò
- E ora?
- Te l'ho detto, ora sto cercando una cosa, e poi ho bisogno di tempo e spazio per dedicarmi un po' ai miei pensieri.
- Va bene, da domani vieni in ditta con me, qualcosa da farti fare te la trovo di sicuro. Ragazzo qui dentro si lavora o si studia, se hai intenzione di fare il fannullone tornatene da dove sei venuto.

Ruttai.

Ero lì da appena otto ore e mio padre aveva già ripreso il suo discorso del cazzo dal punto esatto in cui lo aveva lasciato dieci anni prima.

- Ragazzo, hai una settimana di tempo per trovare un lavoro, se vuoi posso aiutarti, ma in caso contrario mi costringi a cacciarti via – e così dicendo si alzò dalla poltrona mise il giornale sotto il braccio e andò in bagno. Era prevedibile perfino in quello, tutti i giorni alle quattordici e trentacinque.

Andai a baciare mia madre mentre lei lavava i piatti, la trovai spaventosamente invecchiata, la sentii singhiozzare, provai un forte fastidio e uscii dalla stanza. Mi bloccai sulla porta e le chiesi dove fosse Paola. Era all'università e sarebbe tornata nel tardo pomeriggio dopo la palestra.

Trascorsi l'intera giornata ad abbrutirmi davanti alla televisione italiana. Sembrava la stessa di dieci anni prima: le solite facce, le solite gag, il presentatore, la valletta. Solo che adesso sembrava tutto parodiato, distorto. Poi c'erano le fiction di poliziotti, pompieri, carabinieri, guardie municipali, veterinari. Preferivo di gran lunga le televendite del Miracle Blade, quelle con lo Chef Tony, le trovavo insuperabili, anche a livello di intreccio e sviluppo narrativo.

Durante la cena con i miei genitori, venni messo al corrente che Paola aveva ancora il telefono irraggiungibile. Mio padre mi osservava augurandosi che in circa dieci anni io potessi aver avuto il tempo e la maturità necessari per comprendere il suo comportamento e le sue parole. Io nemmeno lo guardavo, fermamente convinto che non mi avrebbe capito nemmeno se fossi nato corredato dal libretto delle istruzioni come un tostapane, non lo avrebbe neanche letto, tanto era presuntuoso.

Tornai di corsa in camera mia per evitare che mio padre ricominciasse a massacrarmi le gonadi e prima di addormentarmi lo sentii che diceva:

- È incredibile, non l'ha ancora visto ma ne ha già percepito l'influenza. Paola non ha mai ritardato senza avvisare.
- Stai zitto che ti sente. Non ha buchi sulle braccia, non si droga. Ringraziamo Dio.

Dalla mia camera risposi

– Sempre sia lodato.

Poi sentii mio padre imprecare in maniera piuttosto confusa. Mi definì castigo divino o qualcosa del genere.

Infine mi addormentai.

C'era stato un momento preciso in cui un nuovo inizio mi aveva incoraggiato. Era l'occasione per dare un taglio netto a una situazione anzi, era l'esatto istante successivo a una chiusura difficile: il momento in cui, con le spalle alleggerite dal peso di materiale troppo ingombrante, ci si poteva mettere il cuore in pace e camminare leggeri con la giusta predisposizione d'animo per commettere degli errori nuovi.

Dopo l'ennesimo nuovo inizio, non riuscivo più ad avere coraggio, ma non avevo nemmeno paura: accettavo il nuovo inizio come una cosa che, tutto sommato, capitava.

Avevo un orologio nero sulla parete che segnava le sei meno un quarto ormai da tre anni.

Il grigio traslucido della mattinata gallese entrava di soppiatto dalla finestra del bagno e rimbalzava ordinato sulle mattonelle bianche inumidite dal vapore acqueo.

Niente di particolare, insomma, niente di nuovo nel mio quarto anno trascorso sotto quel cielo, tranne l'autunno, che era piombato d'improvviso, con la ferma intenzione di rimanere a lungo.

Gocce d'acqua pendule dalla mia barba si staccavano e finivano sul pavimento, altre invece riempivano le mie notti con la loro insubordinazione idrica cadendo dal rubinetto.

Plìcplìc.

Solidali e fedeli, due alla volta finivano nello scarico del lavandino dopo aver percorso, aggregate a un numero infinito di altre, chissà quanti chilometri di tubi. L'unico rumore che da tempo si andava a infrangere contro l'intonaco bianco delle pareti di casa mia.

Domenica mattina.

Quello era il Galles e quello era il penultimo capitolo di un girovagare insensato durato dieci anni che amavo chiamare la mia vita.

Lentamente riprendevo consistenza riemergendo dal vapore acqueo che riempiva la stanza

Non bastava di certo una doccia per lavarsi di dosso una settimana come quella.

Sul mio pianerottolo c'era sempre il piccolo Phil che giocava. Lo trovavo lì tutte le mattine col suo faccione tondo e i capelli rossi a spazzola, una miniatura d'uomo di tre anni che si ostinava a voler introdurre un pezzo delle sue costruzioni a sezione triangolare in un buco rotondo.

Le nubi giù in strada promettevano pioggia.

Puntuale e obliqua cominciava a cadere.

Tutte le domeniche Jan comprava il giornale e andava direttamente alla penultima pagina, saltando di netto politica, attualità e cultura.

- Cazzo, tutti i nostri diretti avversari hanno vinto, sarà dura salvarsi.

Ancora credeva nella nostra salvezza, intendo in quella della squadra. Probabilmente alla sua ci aveva rinunciato da tempo. Continuava con le sue ipotesi sulle partite future, dovevamo prendere un punto lì, ma rischiare e cercare la vittoria là. A un certo punto smettevo di ascoltarlo preferendo di gran lunga ritornare ai miei pensieri.

Il mare si increspava e sulla superficie di piombo apparivano delle striature bianche. Anche i miei capelli e quelli di Jan, pochi in verità, si scompigliavano con il vento che ci passava sopra.

Essere ultimi in classifica con un punto solo in otto partite non era granché come media, avevo anche segnato tre gol che non erano serviti a nulla, forse solo a rendere un po' più amare al mio palato tre delle sette sconfitte, ma non era certo quello a preoccuparmi. Ero arrivato a Swansea come uno che fugge da qualcosa, ero rimasto alcuni mesi guardingo, in costante agguato per monitorare ogni minimo pericolo possibile e avevo infine abbassato la guardia perché il pericolo non era arrivato.

Non facevo nulla di speciale, andavo al lavoro la mattina, rientravo a casa e la vecchia che mi aveva affittato la stanza mi preparava il pranzo, poi l'allenamento, il sabato la partita e così via.

Ma ero diventato tranquillo.

Tutto quello che possedevo, entrava in un piccolo borsone verde e dai manici sporchi di vernice rossa che mi portavo dietro da anni, sempre pronto alla fuga. Non l'ho mai disfatto. Dentro c'era qualche maglia, un paio di cd e dei libri. Una copia de "La chute" raccattata in qualche bancarella di Breda o Eindhoven, un altro libro straordinario cui mancava la copertina, scritto non so da chi in uno spagnolo audace e che parlava di un certo don Pedro, ricercatore di laboratorio e vigliacco per vocazione e infine una copia del Don Chisciotte in traduzione russa, perché, come diceva il vecchio Vadim nella palestra sotto casa mia a Odessa, non puoi dire di conoscere Cervantes se non l'hai letto in russo.

Inoppugnabile.

- Ma mi ascolti?
- Certo Jan.
- Perché se solo riusciamo a far girare il centrocampo…
- Come no, Jan?

Jan non credeva in tante cose, forse nel blues, elettrico o acustico che fosse, nelle donne, anche se per sua stessa ammissione il blues lo appagava di più, ma soprattutto non lo mandava in bianco novantanove su cento, nella sua logica matematica da scuola elementare, dove due più due faceva sempre quattro e nella salvezza della nostra squadra, gli Swansea Wanderers.

- Giò, ma mi ascolti o no ?
- Sì, Jan, sì, è tutto giusto.
- Ma tutto giusto cosa? Cos'è che è tutto giusto? Giovanni vaffanculo, se non hai intenzione di ascoltarmi non mi fare parlare.
- Dài Jan, ero distratto, scusa.
- No, Giovanni, è sempre così con te. Vaffanculo!

Il mastodontico biondo mi piantava sempre sotto la pioggia nel centro di Swansea e se ne andava via. Sarebbe ritornato la sera stessa per propormi un'uscita in disimpegno, solo un paio di birre e un po' di buona musica.

Gironzolavo per il centro di Swansea e mi attardavo a prendere un caffè nell'unico pub dove riuscivano a farmi un espresso decente, poi entravo in una delle piccole librerie semideserte, più per sfuggire alla pioggia che cadeva sempre più forte che per reale interesse, nella speranza di trovare qualcosa degno di essere letto. Mi mettevo a sfogliare distrattamente qualche volume, anche se la mia attenzione era catturata dal fascio di luce di un faretto che illuminava la vetrina e dentro il quale fluttuavano in una spirale disordinata una miriade di particelle di polvere.

Rimanevo a fissarlo per qualche istante, poi posavo il libro che avevo tra le mani e uscivo dal negozio.

Quel libro, sempre lui, mi perseguitava. Ero stato anche con una ragazza molto più giovane di me che me lo aveva regalato, ma la ragazza non la ricordo e il libro era andato smarrito in uno dei miei spostamenti.

Jan lo avevo incontrato qualche giorno dopo il mio arrivo a Swansea, fu lui a trovarmi il lavoro in fabbrica e a inserirmi nella squadra.

25

Il lavoro era semplicissimo, mi avevano dato un paio di guanti *heavy duty* e una mazza. Alcuni operai portavano del materiale, vecchi elettrodomestici, pc, stampanti, forni a microonde ed io li dovevo fracassare a mazzate. Più piccoli facevo i pezzi e meglio eseguivo il mio lavoro. Poi salivo su un muletto e utilizzavo una spazzola con un dispositivo di raccolta per prendere i frammenti che avevo prodotto e li andavo a scaricare in dei grossi container. E ricominciavo. Era il lavoro più bello del mondo.

L'unica rottura di coglioni era che dovevo prestare particolare attenzione ai pezzi di plastica più duri. Quelli andavano trattati separatamente, possibilmente sganciati dai loro vecchi alloggi con il cacciavite o qualche altro utensile e dovevano obbligatoriamente essere riposti in una vasca di raccolta a sé stante.

Ero arrivato a sei partite dalla fine della stagione, con la squadra nel bel mezzo del suo habitat naturale, la zona retrocessione. La prima partita che giocai non fu granché, ma la seconda ancora la ricordo. Quella domenica mattina mi sentivo particolarmente in forma e perfino le mie gambe e il pallone sembravano più leggeri, passammo in svantaggio durante i primi cinque minuti di gioco, ma riuscimmo subito a rientrare in partita, segnai due gol, fornii due assist alle punte e mi procurai il rigore che fu trasformato da Jan il quale festeggiò in maniera spropositata. Vincemmo le restanti cinque partite e ci salvammo con una giornata d'anticipo.

Poi, d'un tratto, iniziai a lisciare i palloni, a fare un dribbling di troppo prima del lancio e a far finire in fuorigioco gli attaccanti, a sbagliare i gol davanti al portiere. Venne la prima sostituzione, poi la prima panchina, poi il primo cartellino rosso: un fallaccio su un ragazzino di diciassette anni che probabilmente giocava la sua gara d'esordio in prima squadra. Gli entrai da dietro, in tackle scivolato sulle caviglie, mentre lui stava cercando di prendere l'ultimo pallone inutile, di una partita altrettanto inutile, in una zona defilata del centrocampo.

Il calcio dilettantistico in giro per l'Europa, in un primo momento, mi aveva insegnato a essere attaccabrighe e a imparare le male parole in diverse lingue, a dare e a prendere legnate, ma avevo soprattutto imparato quanto fosse universale il concetto di cattiveria in un'entrata col piede a martello sul malleolo peronale.

Poi mi ero calmato, ma solo dopo aver compreso che i pugni nelle costole o nello stomaco fanno male, ma sono preferibili ai colpi alla testa. Le braccia dovevano stare sempre alte a proteggerla. Ma quando si stava a terra con dei pesanti anfibi che te la calciavano come un supertele, c'era poco da proteggere e si finiva per rimpiangere cose che non si erano fatte e parole che non erano nemmeno state dette.

Puntuale come la visita di un parente stronzo mentre stai seduto sul cesso, arrivava la proposta di Jan su come trascorrere la serata.

Jan era una persona generosa e molto spesso quello che aveva lo divideva volentieri con me, tuttavia la sua generosità era stranissima e comunque mai disinteressata. Mi aveva aiutato a trovare lavoro e anche la casa della vecchia da cui stavo in affitto, solo che però era sempre lì a chiedere in prestito soldi che non restituiva mai, o a rompere col suo trombonismo congenito o a lamentarsi sempre se la ragazza che avevo rimorchiato per me era un po' meno cessa di quella che avevo rimorchiato per lui.

Non perdeva occasione, non appena vedeva due ragazze da sole, per mandare in avanscoperta me ad attaccare bottone, e dovevo farlo io perché ero latino, mentre lui rimaneva guardingo con la birra in mano a osservare da lontano. Se fossi riuscito a farmi invitare al tavolo si sarebbe precipitato in un lampo, altrimenti avrei fatto la figura dell'idiota in solitaria.

E poi una volta seduto diventava imbarazzante. Trattava le ragazze come se fossero delle perfette idiote, a prescindere dal fatto che lo fossero o meno. Faceva pesare il fatto di aver letto quattro discutibili libri e di avere una collezione di dischi in vinile nella sua casa vicino a Bratislava che contava oltre diecimila pezzi. Arrivava a dire di essere anche ricco sfondato, portandola a indecorosa figura di merda quando le ragazze capivano che eravamo due operai del centro di raccolta di rifiuti speciali.

Ma il peggio in senso assoluto lo dava da ubriaco, perché quando beveva cominciavano a uscire dalla sua bocca le parole magiche. Cominciava a parlare di Ernst Nolte, di negazionismo e di *torschlusspanik*[3], e arrivava a dipingere i nazisti come le vere vittime della Seconda Guerra Mondiale. Non che il problema fosse l'assurdo filonazismo di quella sottospecie di polacco, quanto il fatto che alle ragazze non importava veramente nulla delle sue opinioni e quegli argomenti sarebbero state capaci di smontare l'appetito sessuale di Messalina.

Dopo qualche tempo, ci accorgemmo con Jan che il giro delle persone e dei posti frequentati era sempre lo stesso e non si batteva chiodo. Se ne stava pomeriggi interi a fare avanti e indietro con i pollici sulla rubrica del suo cellulare a sfogliare numeri, nella speranza di trovare qualcuna con la quale non ci fossimo già esibiti nel repertorio completo e non l'avessimo già sfinita con il mio o il suo modo di fare.

Un altro giorno accadde che al lavoro il principale mi volle parlare e mi licenziò con un larghissimo giro di parole.

Qualcuno, in stanze lontanissime arredate con dei tappeti che costavano quanto due palazzine di Swansea, si era messo a giocare con una roba che si chiamava *subprime* e che sfortunatamente non gli era esplosa in mano, ma che sarebbe finita per direttissima nel culo di tutto il resto del mondo, senza lenitivi, anzi con un bel po' di azolo[4] per fare

---

[3] Paura che la porta si chiuda.

attrito. Io in realtà non mi ero mai chiesto da cosa derivasse il mio lavoro: mi limitavo a stare lì, pronto, appena mi portavano gli oggetti.

Io cominciavo a caricare mazzate e basta.

- Purtroppo però, Joe – perché i gallesi mi chiamavano Joe - 'sti stronzi non cambiano più frigoriferi e lavatrici, ti rendi conto, li fanno addirittura riparare. Ho avuto un calo di più della metà dei conferimenti, devo limitare i costi. Qui sei l'unico che non ha figli o famiglia, pure Jan manda i soldi alla nonna in Slovacchia. Devo lasciarti a casa. Mi dispiace.

Naturalmente la nonna di Jan in Slovacchia, o dove cazzo fosse, era pura mitologia, ma mi guardai bene dal dirlo al capo. Svuotai il mio armadietto giù nello spogliatoio e me ne andai a casa.

Lo stipendio che percepivo alla discarica era come quello delle bestie da soma di tutto il mondo: appena insufficiente a soddisfare i bisogni primari, giusto un gradino più in basso. Ti tenevano mezzo metro sotto la linea di galleggiamento, ogni tanto risalivi a prendere una boccata d'ossigeno, ma il più delle volte lo passavi al fondo ad annaspare.

Avevi un'esigenza o un desiderio? Questo mese no, ma rinunciando a qualcuna di quelle quattro cose che ti erano rimaste, stringendo al massimo, e sperando che nulla andasse per il verso sbagliato, il mese prossimo sicuro. Forse.

E così prolunghi di un altro mese identico al precedente la tua schiavitù al denaro. Naturalmente io non avevo che pochi spicci conservati in un cassetto.

Decisi di telefonare a Nico, per chiedergli se avesse qualcosa per me. Mi augurai di trovarlo a casa sua a Marsiglia, ma una donna dalla voce molto giovane mi

---

[4] Sabbia vulcanica.

rispose che Nico era a Parigi, che avrei potuto contattarlo a un altro numero che mi diede e, sempre col massimo della cordialità e del garbo, concluse che non era il caso che io cercassi ancora lì quel bastardo lurido stronzo figlio di puttana.

All'altro numero non rispose nessuno. Borsone in spalla lasciai Swansea e mi incamminai verso Parigi o qualunque altro posto dove potessi trovare un po' di pace, anonimato e qualche pasto.

Da Calais chiamai il nuovo numero di Nico e mi rispose un'altra voce di giovane donna, che mi disse che Nico era allo stadio e non sarebbe tornato prima di mezzanotte.

Nico lo avevo conosciuto quando facevamo entrambi gli scaricatori al porto di Odessa, molto prima di trasferirmi in Olanda e da qui in Galles e non lo vedevo da secoli. Millantava di avere giocato nella lega semiprofessionistica francese e a dire il vero con il pallone ci sapeva fare. Era una specie di armadio di uno e novantotto per un centinaio di chili, la maggior parte dei quali distribuiti sul suo impressionante collo taurino e sui suoi baffoni alla Stalin. E poi aveva quest'altra cosa strana. Giocava come un negro a dispetto delle sue origini franco-argentine. Era un difensore cattivissimo, poco propenso al ragionamento, ma con uno scatto e un vigore atletico impensabili per un uomo della sua stazza. Poi era cattivissimo anche fuori dal campo. Adorava armare risse e fare discussioni con chiunque per i motivi più stupidi.

Un giorno venne con l'idea di voler organizzare delle corse clandestine di muletti sulle banchine del porto. Andammo avanti con quella cretinata per qualche mese senza nemmeno guadagnarci chissà che, fin quando non fummo scoperti e di conseguenza licenziati. Poi tentò invano di coinvolgermi in un'altra idea, tipo quella di sostituirci ai papponi delle mignotte di Odessa. Io non lo seguii nell'avventura, ma lo vidi scappare una notte perché era braccato da gente al cui confronto la sua cattiveria, era quella della mamma di Bambi.

Fu quello il giorno in cui capii che la mafia ucraina non era un'invenzione cinematografica.

Nico lasciò Odessa una notte, lasciandomi il numero di telefono di casa sua a Marsiglia e chiedendomi di andarlo a trovare quando potevo. Io decisi di rimanere e di cercare un altro lavoro qualsiasi, non potevo andarmene, non adesso che stavo facendo progressi in palestra.

Le luci e gli odori della palestra erano esattamente come immaginavo, come le immaginano tutti: odore di palestra. Un blend di sudori di ascelle e inguini vari, acidi e basici, profumi da donna a impreziosire l'aroma, bagno schiuma da bancarella dei ragazzi che uscivano dal turno precedente. Le luci al neon sovrastavano la struttura dandole un'aria da casermone o da aula magna, sembravano quasi decolorare tutto. Avevo sempre desiderato farlo, ma mi era mancato sempre il tempo, la voglia o la forza, oppure mi ero sempre trovato qualcos'altro da fare, qualunque cosa.

Quello che in realtà mancava era il coraggio.

In palestra durante il nostro turno eravamo solo in dodici, tra cui tre ragazze brutte. Gli istruttori cominciavano a dirigere il riscaldamento e a farci correre in un cerchio minuscolo come criceti scemi e sghembi. Al terzo giro già arrancavo, schiacciato dal peso delle mie almeno venti Marlboro al giorno ma non potevo fermarmi, non per primo almeno, non prima delle femmine. Dopo dieci minuti ero già cianotico, con la maglietta zuppa di sudore e con un rantolo che mi usciva dalla bocca socchiusa, ma non mi ero fermato. La mobilità articolare mi faceva rifiatare; seguivano addominali, *crunch*, *squat*, dorsali, piegamenti sulle braccia. Ne avevo avuto sinceramente abbastanza, a quest'ora potevo essere sul divano a bere una birra ghiacciata.

Un giorno l'istruttore vecchio si avvicinò e mi diede due fasce con sopra il sudore umidiccio di chissà quante persone e tutti i loro funghi e batteri. Mi prese la mano destra e cominciò a fasciarla, spiegandomi come si faceva, perché la volta successiva sarebbe stato bene che lo avessi fatto per conto mio e nel minor tempo possibile. Poi mi fasciò la sinistra e mi infilò i guantoni, anch'essi completamenti lisi e umidicci, strinse la fascia di velcro e afferrandomi per i polsi, fece scontrare i guantoni l'uno contro l'altro affinché le mani si assestassero all'interno. Mi invitò a seguirlo e mi portò davanti a un sacco nero su cui campeggiava la scritta Everlast scolorita.

- Dài un pugno – mi ordinò, io eseguii - che era sta cacata – aggiunse.

Il vecchio Vadim era un residuato bellico di settantacinque anni. Era nato, cresciuto e invecchiato sotto l'Unione Sovietica e aveva vissuto tutti gli stravolgimenti degli ultimi decenni dall'interno della sua palestra.

Un giorno il figlio, dopo il crollo del blocco sovietico aveva deciso di svecchiare tutto sostituendo l'intero arredamento della palestra cominciando a proporre corsi di aikido, pilates, GAG, sauna, come in tutte le palestre del mondo e aveva riempito le sale di non meglio definite "istruttrici" e per i frequentatori più assidui ogni tanto ci poteva scappare anche una pugnetta.

L'unico legame col passato erano le foto di Vadim di fine anni sessanta in pantaloncini e guantoni, prima dell'incontro che lo aveva portato a sfiorare il titolo e Vadim stesso che se ne stava appollaiato su uno sgabello a dirigere l'allenamento, di scuola sovietica, di quella decina di persone che ancora avevano voglia di tirare e prendere pugni.

Da un paio di anni, complice l'uscita di *Million dollar baby*, anche alcune ragazze si erano iscritte in palestra per fare la boxe.

Col vecchio la sintonia tardò ad arrivare perché lui di suo non dava molta confidenza e poi perché era più impegnato a tirare fuori qualcosa di buono da un paio di ragazzini di sedici anni piuttosto che mettersi d'impegno con un tizio che aveva deciso tardivamente di assecondare un capriccio.

Un giorno mi vide con un libro in mano e volle sapere tutto sull'autore e sulla sua visione del mondo e sull'intreccio, e se avessi letto altro di quello scrittore e se avessi letto Dostoevskij, Tolstoj, Cechov, Mitrofanov e gli altri e se li avessi letti in lingua originale o in traduzione.

Da quel giorno decise di potermi concedere, a titolo di gentilezza, una decina di minuti di allenamento ogni turno.

- *Удар левой*[5] - gridava. E lo ripeteva sempre.
  Non faceva altro che dire – *левой, левой, правой*[6].

Mi guardava e scuoteva la testa sconsolato. In piedi davanti al sacco dovevo dargli l'impressione di essere fuori posto, come un tizio che cerca di pescare un capone con la frusta della maionese.

Continuava a scuotere la testa, si disponeva davanti al sacco e con un gesto velocissimo, fintava, scartava di lato e colpiva il bersaglio con il diretto sinistro gridando *удар*.

Il problema con me non era atletico o tecnico o di impostazione, ma era una combinazione dei tre fattori che faceva uscire dal mio corpo una specie di medusa molliccia anziché un pugno come si deve.

In un paio di sedute il vecchio Vadim mi corresse l'assetto delle gambe, poi passò a quello del tronco e infine si concentrò sulla guardia. Poi curò il movimento del diretto sinistro, di cui il pugno era solo la punta dell'iceberg. Era il risultato di una combinazione di postura e torsioni del tronco, un movimento di bacino e la contrazione del gluteo sinistro.

---

[5] Diretto sinistro.
[6] Sinistro, sinistro, destro.

Ma non bastava: e allora mi spiegò che удар è una sineddoche, una figura retorica che nomina una parte per indicare il tutto.

- Come quando tu dici баба[7] – e rise. Non ti aspetti che ti venga recapitata in un pacchettino. Ti viene portata da una ragazza che ha una storia, una vita, delle aspirazioni, un odore tutto suo. Tutto completo.

Così ogni tuo pugno deve essere. Il tuo pugno è il risultato di tutto quello che tu sei stato fino all'istante prima di trattenere il fiato per farlo esplodere. Il tuo pugno è la tua баба.

Tra Odessa e Swansea ci fu una breve parentesi in Danimarca e ad Eindhoven, priva di qualsiasi cosa degna di menzione. Il solito girovagare a vuoto, la solita ricerca di un surrogato di maternità con donne ultraquarantenni alle quali avrei fatto passare contemporaneamente i migliori e i peggiori momenti delle loro vite, qualche amico strampalato lasciato per strada e nient'altro.

La voce di giovane donna che mi rispose alla seconda telefonata apparteneva ad Adrienne.

Nico negli ultimi anni non era cambiato moltissimo, solo che adesso appariva un po' appesantito e anche molto più tranquillo. Aveva rilevato un pub a Parigi, lo aveva ribattezzato "Сталинград[8]" in onore dei suoi baffi o molto più probabilmente perché si trovava su Place de Stalingrad e aveva cominciato a far esibire band di una certa caratura. Assunse Adrienne per dargli una mano al bancone e ai tavoli e ben presto il suo aiuto divenne indispensabile.

Nico, com'era suo costume, riusciva a pagare da ottocento a mille euro di cachet a band, per serate in cui ne incassava a malapena cinquecento. Adrienne era costretta a inventarsi le cose più impensabili tipo la tombola dei vecchi, serate di

---

[7] Fica.
[8] Stalingrad.

ballo latinoamericano o percorsi di degustazione delle cucine di tutto il mondo, tutte con un vaghissimo retrogusto di *biryani*[9], per guadagnare, durante i giorni morti della settimana, i soldi che servivano a coprire i buchi generati dalla passione di Nico per la musica underground.

Quando gli spiegai la situazione, mi rispose che forse avrebbe dovuto consultarsi con Adrienne prima di darmi una risposta. Lo vidi parlare concitatamente in un francese ben al di sopra delle mie possibilità acquisite alle superiori, ma più o meno il senso era evidente. Adrienne, con quell'aria adorabile che niente e nessuno poteva portarle via, gli aveva detto chiaramente di non volermi tra i piedi.

E così mi stabilii a Parigi, con l'intenzione di rimanerci a lungo, nonostante il cordialissimo odio di Adrienne, e senza badare al fatto che in un determinato momento storico che però stentavo a riconoscere (forse le corse dei muletti), qualunque cosa facessi, anche la più banale e insignificante, mi si ritorceva contro trasformandosi in un pericolo, cresceva come un bubbone e mi esplodeva nel culo.

Come la pioggerellina di marzo che cade leggera e stronca il villano.

Una passeggiata sulla *rive gauche* a non fare un cazzo tranne guardare le ragazze si trasformava in una battaglia di sopravvivenza, con i cani randagi che mi inseguivano per mezza Parigi per sbranarmi. Oppure le vecchie nei quartieri che, senza motivo, mi rincorrevano con il manico di scopa in mano per colpirmi.

E ancora, cercare di conoscere una ragazza in una metropoli, impresa ardua perché erano tutti chiusi nei loro undici metri quadri al sesto piano senza ascensore, in guardia perché alla minima distrazione potevo portargli via tutto e trovarmi per miracolo sbattuto per terra nel vicolo di un mercatino a Barbès, un quartiere a popolazione

---

[9] Piatto tipico cingalese.

esclusivamente araba, con una bottiglia spezzata a minacciarmi la gola.

Vinka la conobbi esattamente così.

Pazza di una pazzia lucida e fredda, indossava, anche la sera, un paio di occhiali da sole estremamente coprenti, che le davano un'aria ancora più antipatica. C'era qualcosa che mi faceva gelare il sangue in quello che riuscivo a intravedere nel suo sguardo, e complessivamente quella castana quasi bionda, magra come un chiodo, con le ossa del bacino sporgenti che sembravano un'arma e gli addominali scolpiti e solo un piccolo accenno di tette, era la cosa più lontana dal mio ideale di donna. Me ne innamorai fottutamente nell'istante in cui mi puntò quella cazzo di bottiglia sulla giugulare.

E poi non facevo altro che trovare lavoretti stupidi e sottopagati e una cosa innocua come affacciarsi da una ringhiera sul Lungo Senna, finiva per portarmi al pronto soccorso, con una mano gonfia e un principio di tetano.

In un paio di mesi Parigi era riuscita a sviluppare tutti gli anticorpi necessari per debellarmi e lo fece un mattino preciso, quando Vinka mi disse di togliermi dai piedi e Adrienne mi ribadì di togliermi dai piedi e Nico aveva fatto perdere le sue tracce al solito suo, lasciando locale e debiti a quella malcapitata. Mi arresi, ero stato sconfitto senza che nessuno mi riconoscesse l'onore delle armi.

Pensai di ritornare a Catania perché quella era l'unica idea che mi era venuta in mente, non volendo significare con questo che fosse necessariamente una buona idea.

Non credevo nei dialoghi sopra i massimi sistemi, né ad un concetto di fortuna in senso generale.

C'è uno standard di vita banalmente sufficiente, i cicli e gli anacicli, i corsi e i ricorsi, non sono altro che percezioni, aiutate in qualche modo da un lauto pasto, una bella dormita o un gran pompino. Sono cose quest'ultime che, come l'aumento del PIL o dell'alfabetizzazione, ci illudono che lo standard si sia alzato. L'occidente non è in declino, è lo standard a non essere mai stato alto.

Si potrebbe parlare di tutto, tutto può diventare oggetto di indagine, macrosistemi, macroeconomie, visioni del mondo audaci, varie e miste. Ci si potrebbe sbilanciare verso la psicoanalisi o la sociologia, affrontare intrepidamente sogni e aspirazioni che produrranno inevitabili frustrazioni e ci faranno diventare quarantenni delusi, registi monotematici sulla perdita dell'innocenza, ci faranno guardare con disprezzo gli amici imborghesiti o ci faranno disprezzare dagli amici poiché ci siamo imborghesiti. Apprezzo molto di più chi consapevolmente si ostina a parlare ancora di birra e fica, calcio e Led Zeppelin.

Non tutto poteva deludere, c'è qualcosa che grazie a dio, gustato è buono.

Intanto Paola non era ancora tornata. Mi rigirai nel letto nella vana speranza di poter assumere una posizione comoda. Cercavo di afferrare alcuni pensieri velocissimi che mi balzavano in mente e poi sfuggivano: c'era mia sorella, c'era mio padre e anche Vinka. C'era il mio muletto a Swansea, alcune figurine dei calciatori di quando ero piccolo e poi c'era pure

L'inizio non era stato incoraggiante. Biagio, il cugino di Biagio, aveva clamorosamente sbagliato strada e si erano trovati nel girone infernale dell'ora di punta di piazza Falcone e Borsellino, già piazza Alcalà. Come se non bastasse, ci si era messo anche quell'uomo che li stava investendo alla rotonda e che era addirittura sceso dalla macchina dando del *cunnutu e sbirru* al cugino Biagio, ma non solo *cunnutu* o solo *sbirru*, proprio *cunnutu e sbirru*. E se non fosse stato così tardi, si sarebbero anche presi la questione: dare dei *cunnuti e sbirri* a loro, cose da pazzi.

Biagio spronava il cugino Biagio ad accelerare. La Y10 procedeva con rumore di cinghia di distribuzione all'ahimè, tagliando in due la parte vecchia di Catania. Sorpassò un'intera fila di auto ferme in coda spostandosi sulla corsia riservata agli autobus, proprio mentre un vigile obeso e stremato dal caldo fischiava gonfiando le guance come una testa di Burgio. Svoltò alla prima traversa a destra per evitare l'ira funesta della municipale e si trovò a lambire la *fera*. Inchiodò, la macchina si spense, poi riavviò il motore e salì con le ruote del lato destro sul marciapiede per farsi spazio. Un uomo con un carrellino gli attraversò la strada e miracolosamente venne colpito soltanto dallo specchietto retrovisore sul culo. Il carrellino cadde e l'uomo si sbracciò verso l'auto urlandogli contro. Il cugino di Biagio sporse la testa dal finestrino gridando

   - *Figliu di grabbuttana!*

Con la coda dell'occhio vide alla sua destra, oltre lo spiazzo dove spesso montavano il tendone del circo, il viale Africa completamente congestionato e decise di proseguire per viuzze.

Per poco non investì un *mammoriano* che proveniva in direzione contraria che lo apostrofò malamente. Biagio e suo cugino non lo distinsero bene, ma era sicuramente qualcosa che aveva a che fare con il loro orientamento sessuale. Strinse i denti e continuò a schiacciare il pedale dell'acceleratore, mentre dalla bocca gli uscì un sibilo

   - *Figliu di setti sucaminchi. Beàcc' o cucinu*, tu
     rilassati e concentrati, ci penso io.

Ed era proprio quello che gli impediva di rilassarsi e di concentrarsi. Certo, oltre al fatto che sentiva la salivazione azzerata, la lingua gonfia e della consistenza di una pezza, le budella che si intrecciavano e lo sfintere che stava per cedere. Ma con suo cugino Biagio era sempre così, anche una cosa semplicissima come partire da Bronte in orario, anzi con due ore di anticipo per arrivare alla Cittadella universitaria a Catania in tempo per la dissertazione, diventava un'impresa monumentale che al confronto quella del tizio che aveva doppiato il Capo di Buona Speranza risultava una gita fuori porta.

Cugino Biagio era ormai giunto alla circonvallazione, era in dirittura d'arrivo, poteva farcela. Zigzagava tra le auto come se fosse alla guida di un motorino e attaccava briga con tutti, poi quando l'ingresso della Cittadella era ormai prossimo, dovette inchiodare ancora perché stava per spalmare sull'asfalto un numero imprecisato di studenti che attraversavano sulle strisce pedonali.

Sgommò ancora agitando il pugno minaccioso fuori dal finestrino e gridò loro

- Usate il sovrappasso, figli di una cooperativa di *sucaminchiiiiii* – trascinando così a lungo l'ultima i che le vene giugulari esterne si allargarono tanto da sembrare due corde di contrabbasso tirate allo spasimo pronte a saltare e lo facevano sembrare una salamandra.

L'inizio non era stato incoraggiante nemmeno per quell'uomo elegante. L'apertura di un sito internet di vecchissima generazione con la foto di due computer obsoleti che troneggiava in cima alla pagina: Università degli studi di Catania, facoltà di ingegneria, corso di laurea in ingegneria informatica, anno accademico 2006-07.

Ultimo aggiornamento quattro anni fa.

Da un piccolo link si accedeva al calendario di laurea, fortunatamente questo aggiornato, Venerdì 23 settembre, vecchio ordinamento.

Il taxi fermò la sua corsa nello spiazzo antistante l'aula magna della facoltà di ingegneria, il tassista in un italiano privo di inflessioni gli comunicò l'importo, l'uomo in giacca e cravatta pagò e lo invitò a tenere il resto. Catania ai suoi occhi sembrava una città anonima, come tante altre città che aveva visto.

Proprio mentre l'uomo elegante faceva il suo ingresso in aula magna, una Y10 una volta verde bottiglia sgommò e poi frenò di colpo, fermandosi proprio dove si incrociavano il parcheggio riservato ai portatori di handicap, le strisce pedonali e le rampa d'accesso per le carrozzine. Dall'auto saltarono fuori Biagio e suo cugino Biagio, come due redivivi Boe e Luke, ma più brutti, uno con un portatile sotto le ascelle e l'altro con l'alimentatore in mano. Correvano scivolando con le scarpe di suola sui marciapiedi della Cittadella incitandosi a vicenda dicendo

    - *Curri, curri, curri, curri, curri, curri, curri!*

Alle 11 del mattino l'aula magna si presentava già gremita di gente vestita come a un matrimonio di cafoni, con donne in abiti da sera improponibili, ragazze col tacco 12 e truccate come le polacche del Faro o le rumene di Viale Africa; padri bassi e tarchiati che sudavano copiosi su baffoni neri, inzuppando camicie e cravatte nuove e un abito di un paio di anni fa, indossato solo una volta, quando stavano cominciando ad allargarsi. Le scarpe di suola sul selciato facevano rumore di stenodattilografa in preda a convulsioni, un ticchettio confuso che accompagnava i movimenti casuali della folla. Il brusio saliva come una piccola marea incerta, si faceva insistente, si smorzava. La ragazzina del nuovo ordinamento cominciò a discutere la sua tesi di laurea, mamma e papà sedevano orgogliosi in prima fila, il fidanzato era più teso di lei e per il nervosismo si massacrava un dito scorticandolo con l'altra mano. Il titolo della tesi era "Definizione di un processo di sviluppo basato su modello per applicazioni di segnalamento ferroviario" e in realtà era abbastanza cretina come idea, affrontata in maniera superficiale, pienamente concordata tra relatore e correlatori, finì in sette minuti netti, senza strappi né sorprese, solo due domande, concordate anch'esse.

L'annuncio del 102/110, largamente previsto diede il via a un applauso moderato.

Una signorina con il contratto in scadenza annunciò al microfono:

- Si prepari il candidato Incognito Biagio.

Un ragazzo sui trent'anni, grondante sudore come una fontanella, dal faccione tondo, magro e dai capelli corti neri si alzò dalla sedia. Era molto impacciato nel suo abito nuovo d'occasione. Le scarpe scricchiolavano al suo incedere verso la commissione.

Si avvicinò al microfono, l'uomo elegante faceva fatica a capire quello che diceva, si sporse dalla sua poltrona a metà corridoio nel tentativo di afferrare il concetto ma niente, dalle casse dell'aula magna si sentiva solo un suono confuso, come quando si cerca di sintonizzare una radio AM, un fruscio in brontese stretto per giunta, a perpetuare uno stereotipo.

Sullo schermo apparvero delle immagini grazie alle quali finalmente si poteva capire il titolo "Possibilità di sviluppo della programmazione MEGAX". Solo dodici slides, scritte a caratteri enormi, piene di disegni di scatole vuote.

Il candidato Biagio Incognito illustrò il procedimento, non si era sciolto per niente, ma aveva l'aria di sapere il fatto suo. Sosteneva, e questa era la vera essenza della sua tesi, che il sistema MEGAX riusciva a dare solo alcune risposte, ma che in realtà, lo sviluppo futuro sarebbe stato quello di fargli dare una risposta sola, l'importante era porgli la domanda giusta.

Il presidente della commissione si scosse dallo stato di noia e distrazione che lo aveva posseduto fino a quel momento.

- Lei è venuto qua a prenderci in giro - sbraitò.

Il candidato Biagio Incognito balbettò.

Biagio Incognito, cugino del candidato Biagio Incognito sobbalzò sulla sedia.

- Lei ha postulato ed elaborato un sistema operativo che dice sempre sì. Lei è giovane, sicuramente non ricorderà la canzone "Una bambolina che fa no no no". Noto invece che in aula c'è chi la ricorda – sorrise mentre

41

accennava il motivo ridicolo cercando di fare il simpatico.

La platea improvvisò una risata forzata mentre al candidato Biagio Incognito si infuocavano le guance, gli occhi gli strabuzzavano dalle orbite e non piangeva solo per dignità.

- Lei è venuto a farci perdere tempo. Mi meraviglio di lei professor Taddei, come le è venuto in mente di farci uno scherzo del genere?

Il candidato Biagio Incognito si guardò la punta delle scarpe nuove accorgendosi che una colomba gli aveva cacato proprio sulla punta di quella destra.

- Ma professore - obietta Taddei - io quest'individuo l'ho visto solo due volte. È stato sempre sfuggente.

L'individuo Biagio Incognito era sul punto di rompere il respiro in un pianto.

L'individuo Biagio Incognito avrebbe voluto dire che l'illustrissimo, anzi Chiarissimo professor Marco Taddei, come c'era scritto sulla copertina della tesi, ti riceveva solo se avevi dalla terza misura di reggiseno in su. Avrebbe aggiunto volentieri le mail con notifica di ricevuta che il professore non si era mai degnato di aprire o le ore di anticamera fatte mentre il prof era dentro con le assistenti, per poi liquidarlo con due parole, Incognito si è fatto tardi, ci vediamo la settimana prossima.

L'individuo Biagio Incognito tacque.

L'uomo elegante avrebbe voluto alzarsi e dire, "voglio acquistare il programma del candidato, sono venuto da Parigi apposta, è irrilevante come io ne sia venuto a conoscenza. È un lavoro di un'intelligenza e di una filosofia informatica finissima, che solo un vecchio culo di piombo come lei non capisce, o un chiarissimo idiota come l'assistente seduto al suo fianco può snobbare".

Ma l'uomo elegante non si trovava lì per difendere la dignità di chicchessia, non si era fatto ore di volo per difendere le bestie da soma. Anche l'uomo elegante tacque.

Il presidente di commissione liquidò il candidato Biagio Incognito con 90/110, auspicandogli un luminoso futuro nel mondo della pizza express. L'unico cruccio che gli era rimasto era quello di non ricordarsi di chi fosse quella minchia di canzone.

- Professore, mi scusi, volevo solo precisare una cosa.
- Dica... ingegnere - mentre i dodici della commissione scoppiavano a ridere.
- Il sistema MEGAX dà risposte aperte.

Nel buio del parcheggio alcune sagome dalla consistenza dell'ombra si aggiravano furtive. Il sistema di sorveglianza era stato fatto saltare con perizia da una di queste. Rimanevano solamente una decina di minuti prima che la polizia svizzera di Tserosse si accorgesse della falla. E si sarebbe trattato solo di un paio di gendarmi. Per i rinforzi da Sion sarebbero passati almeno trenta minuti, venti se avessero corso come disperati. Era molto più problematico affrontare la sorveglianza armata della fabbrica. Una delle ombre, piccolissima e agile, saltò con facilità la recinzione di filo spinato elettrificato, aiutata da una piccola gru con argano che il gruppo aveva dentro il furgone. In un attimo fece saltare la serratura della porta dei bagni sul retro e fu dentro. Si aggirò senza fare alcun rumore, come se non esistesse, all'interno degli uffici al secondo piano. Entrò nella sala riunioni e toccò lo schermo del videoproiettore e le poltrone, si spostò nella stanza del direttore del personale e prese il sottomano da scrivania in pelle. Se lo rigirò tra le mani e lo ricollocò nello stesso posto esatto. Sul tavolo della segretaria afferrò rapidamente la cornetta del telefono, ci armeggiò un istante e poi la ripose. Sulla scrivania dell'ufficio del direttore generale posò una lettera. Poi si dileguò così come era entrata, senza rumore, senza peso e senza respiro.

Attraversando la frontiera che divideva la Svizzera dalla Francia, con ancora il battito cardiaco accelerato dalla trance agonistica, si fermarono in un area di servizio, si riposarono e bevvero un caffè.

Un posto di blocco della polizia francese li fermò qualche chilometro più avanti. I gendarmi fecero scendere i quattro dal veicolo e li perquisirono. Dentro il furgone trovarono solamente strumenti musicali, l'argano era stato abbandonato in una strada secondaria qualche ora prima di attraversare la frontiera.

Il biondo si incazzò con i poliziotti perché non conoscevano gli "*Andaluzijski pas*[10]", a suo dire la migliore band emergente d'Europa e mentre il poliziotto più giovane ci provava con la ragazza chiedendole in modo originale quale strumento suonasse, il poliziotto anziano, la cui cultura musicale si fermava a Julio Iglesias, diede un taglio alle stronzate e chiese loro i passaporti.

Mentre il giovane ritornava alla volante per controllare i nominativi dei ragazzi, il vecchio li teneva sotto tiro da vicino con una torcia elettrica. Arrivato in prossimità della ragazza, le intimò di togliersi gli occhiali da sole, visto e considerato che era anche notte fonda. La ragazza con un rapido gesto del braccio li afferrò e li tolse sostenendo lo sguardo mentre il poliziotto annuiva e la invitava a rimetterli continuando a fissarla.

     -    Sono puliti – urlò il giovane da dentro l'auto.

     -    Potete andare – aggiunse il vecchio restituendo loro i passaporti.

In maniera lentissima, quasi a voler sfottere i due poliziotti, il biondo ingranò la prima, mise la freccia e partì, mentre i due nel sedile posteriore accendevano una sigaretta e la ragazza spostava il peso del corpo sullo sportello e

---

[10] Cane andaluso.

44

poggiava la testa sul finestrino chiuso, con una ciocca di capelli che le scendeva a coprire metà viso e il battito cardiaco che rallentava al limite dello zero. Fu un unico istante prima di prendere sonno, un fotogramma, ma le sarebbe piaciuto davvero essere la bassista cantante degli *Andaluzijski pas*.

- Una cazzo di telefonata in dieci anni, una.

Attraverso la porta spalancata all'improvviso e la luce gialla dell'applique, quello che è concesso vedere sono solo i contorni di una figura. La voce esce a fatica, pressata dalle corde vocali che sembravano schiacciare ogni sillaba, sottile ma allo stesso tempo calda e morbida, da donna. Mi osserva rannicchiarmi in un angolo del letto con il braccio che cerca di capire la distanza che lo separa dall'interruttore della luce sul comodino. Non mi dà il tempo di compiere il gesto, si china e accende la luce, poi in piena regressione fino ai suoi quattordici anni si scaraventa letteralmente sul letto e comincia a rimbalzarci sopra schiacciandomi. Quello che mi investe è una sequenza di baci a occhi chiusi che colpiscono nuca, occhi e labbra e un pugno assestato con decisione sulle costole e mani che tirano orecchie e capelli.

- Una telefonata, Giovanni. Pronto, ciao, sono quella testa di cazzo di tuo fratello, sono ancora vivo.

Difficile parlarsi dopo dieci anni di assenza, l'avevo lasciata bambina e me la ritrovavo grande. Dopo la sfuriata, se ne stava lì ferma tenendomi le mani e mi guardava con quegli occhi curiosi di sapere.

Era splendida. Indossava un bell'abito grigio che ne evidenziava le forme generose, ma a dispetto dell'ossatura che si era allungata e allargata dandole quell'aspetto da donna, manteneva gli stessi riccioli biondi e lo stesso

45

identico sorriso pulito dell'ultima volta che l'avevo vista dieci anni prima.

Mi balzarono alla mente alcuni ricordi confusi, l'uno sfumato nell'altro: mia sorella a due anni che senza alcuna ragione mi stava attaccata al polpaccio e si faceva trascinare in giro per la casa o ancora quella polpetta riccioluta che mi guardava con i suoi occhioni verdi, la bocca spalancata e il viso sporco di vernice mentre dipingevo. Ricordo ancora la sua prima parola, un "Giò" un po' masticato e dolcissimo.

Mi guardava e taceva. Se ne stava lì seduta sul letto a guardarmi e aspettava che fossi io a parlare a dispetto della mia scarsissima voglia di farlo.

Del resto era molto difficile scegliere un punto di partenza e continuare da lì. Potevo cominciare dall'inizio, anche se era stato tutto tranne che un buon inizio, non volevo che sapesse quello che avevo imparato a conoscere di mio padre.

Non era semplice nemmeno raccontarle di anni che io stesso stentavo a capire. A cominciare da ciò che mi aveva buttato per strada, a quello che mi aveva spinto a rimanerci, a quello che mi aveva indotto a ritornarci a casa.

Strana parola casa. Mi suggeriva una serie ininterrotta di immagini: bivani umidi e bui, lucernari, balconi, sagome di donne che attraversano le stanze, il rumore dei loro tacchi e poi ancora la casa dei miei genitori, quella in cui abitavamo prima e quella in cui mi trovavo adesso. Mancava l'immagine definitiva, l'immagine unica che sostituisse quei luoghi confusi e sfumati nella mia memoria: non avevo un posto da poter chiamare veramente casa.

- Dove sei stato tutto questo tempo?
- Me ne sono andato un po' in giro.
- Bello largo l'hai fatto, questo giro.

Si sdraiò sul letto e rimase ad ascoltare la sfilza di nuovi inizi che avevo tentato negli ultimi dieci anni, uno peggiore dell'altro. Di come ebbi la sensazione di essere diventato uomo una notte a Odessa sei anni prima, quando nel cuore di una rissa con tre skinheads, io e Nico ne lasciammo uno per terra e non capimmo mai se fu la testata sul setto nasale assestatagli da Nico o la scarica di sinistro-destro, gancio e montante sinistro al fegato e destro in uscita con cambio guardia, sulla quale avevamo lavorato col vecchio Vadim nelle ultime settimane, come non sapemmo mai se fu capace di rialzarsi con le sue gambe o fu sollevato da terra dalla polizia scientifica e poi gettato in un sacco di plastica nero, mentre i suoi amici se la davano a gambe.

Non dissi a Paola nemmeno delle volte in cui avevo abbandonato alcune donne con le quali avevo allacciato una relazione per il semplice motivo che dopo un po' di tempo le persone diventavano noiose.

Le dissi solo che ero felice di vederla, coprendo con quella banale ma sempre efficace frase una marea di liquame che sentivo montare e irrigidirmi i muscoli del collo e delle spalle. Mi guardava mentre cambiavo repentinamente posizione sul letto, mi sdraiavo o mi mettevo seduto serrando le mascelle, mi passavo la mano sulla faccia o mi grattavo la nuca o ancora, mi strappavo la pellicina attorno alle unghie.

Andò decisamente meglio quando Paola mi riassunse in maniera superficiale i suoi ultimi dieci anni, caratterizzati da una condotta pienamente condivisa da mio padre e dal totale appoggio di mia madre: stava per laurearsi nei tempi stabiliti e in giurisprudenza come lui, Marco, il ragazzo che frequentava, suo collega di università e a suo dire molto bello e di ottima famiglia, aveva ricevuto il nulla osta ed era stato giudicato idoneo, così come la cerchia degli amici che frequentavano.

    -   E tu?

Io mi sentivo ancora schiacciato da quella pazza da TSO, inchiodato per le spalle al pavimento e con la polvere che mi entrava nella gola, mi sentivo come se non mi fossi mai alzato da terra quel giorno a Barbès-Rochechouart, come se

47

avessi perso la posizione eretta conquistata dai miei antenati oltre un milione di anni fa.

Barbès all'ora di pranzo era un intrico di lamiere che rendeva l'aria irrespirabile per i peti che fuoriuscivano dalle marmitte. Gironzolavo già da una buona mezz'ora per il quartiere quando decisi di svoltare per un vicolo con il mio passo veloce. Lentamente la puzza dei gas di scarico si andava sostituendo con un'altra altrettanto pesante e disgustosa, era quella vomitata dalle cucine di un fast-food, così densa e rivoltante da appestare la zona intera. Anche la puzza sembrava in franchising da un po' di tempo a questa parte e i più bei quartieri di Praga e Parigi avevano lo stesso odore dei più brutti e sporchi di Detroit.

Nico aveva scassato la minchia e aveva insistito perché lo accompagnassi a fare la spesa, poi, come faceva sempre, si era ricordato di qualche altro impegno e mi aveva mandato da solo con una lista chilometrica di roba da acquistare stilata da Adrienne.

Ritornai sulla strada principale passando proprio dall'entrata del fast-food. Gettai uno sguardo dentro attraverso la vetrina e vidi un ambiente, con luci fredde da sala operatoria, sfondo anonimo per gente che andava di fretta, e una folla intenta a scagliarsi con violenza e ingordigia su brandelli di animali morti, salse viscide e panini molto simili a brioches.

Tuttavia un particolare catturò subito la mia attenzione come in un gigantesco "trova l'intruso" per ritardati.

C'era una ragazza seduta da sola a un tavolo, sorseggiava lentamente il suo caffè parigino mantenendo gli occhi fissi sulla tazza di cartone. Ogni tanto si passava la mano tra i capelli quasi biondi che le cadevano ordinati sulle spalle oppure sistemava gli occhiali scuri mantenendo l'espressione di chi non cerca nulla. Le linee del suo mento tendevano a formare un contorno spigoloso, accostarsi a quel viso doveva essere bello come sbattere gli stinchi nel bordo di un tavolino basso. Ma c'era qualcosa di misterioso

48

che mi attraeva. Forse la sua immobilità turbata da repentini scatti della testa per scrutare fuori dalla vetrina, forse era la posizione in cui stava seduta, quasi accartocciata su se stessa, come a voler infittire gli spigoli per diminuire i punti di possibile attacco.

Vidi due ragazzi avvicinarsi a lei uno rimase indietro, l'altro le si parò innanzi e sfoderato il sorriso idiota d'occasione le disse qualcosa. Lei senza battere ciglio rispose, i due ragazzi si guardarono straniti e poi sparirono. Si alzò e uscì in fretta dal locale.

Iniziai a seguirla così, senza motivo, assolutamente ignaro di quello che avrei potuto dirle una volta raggiunta.

Entrò in una specie di mercatino rionale, camminava con passo veloce e schivava le persone che procedevano in direzione opposta alla sua. Ogni tanto si fermava davanti a una bancarella e toccava la merce tenendo sempre lo sguardo basso su quello che esaminava, ma poi alla fine non comprava niente. Aumentò ancora l'andatura e penetrò all'interno del cuore del mercatino, dove la folla era diventata un groviglio inestricabile. La persi di vista, ma continuai a cercarla con lo sguardo. Un misto di delusione e sollievo cresceva dentro di me nel momento in cui realizzai di averla definitivamente perduta, quando invece, con la coda dell'occhio, la vidi entrare in un vicolo strettissimo. Aumentai le falcate ed entrai anche io nel vicolo facendo slalom tra la folla di maghrebini che popolavano il mercato. Proseguii verso una diramazione fin quando non mi sentii afferrare per il colletto della giacca. In un attimo mi ritrovai a terra mentre il tonfo prodotto dal mio corpo sollevava una nuvoletta di polvere da cartone animato. Quando riaprii gli occhi, la vidi seduta sopra di me che mi minacciava con una bottiglia rotta.

- *КОЈИ СИ КУРАЦ САД ТИ[11]?*
- Non capisco.

---

[11] E tu chi cazzo sei adesso?

La ragazza allentò la presa e poi mi parlò in francese. Anche il suo modo di parlare era spigoloso.

- Perché mi stavi seguendo?
- Perché volevo che finissimo in questa esatta posizione, ma senza vestiti e in un ambiente più comodo.

Mi fece alzare e mi perquisì. Com'era prevedibile non trovò niente di suo interesse nelle mie tasche né altrove, mi voltò le spalle, mi diede del coglione e sparì ancora più in fretta di come l'avevo vista materializzarsi nel vicolo. Le gridai dietro

- Come faccio a rivederti – e poi – rifacciamolo qualche volta, sono stato benissimo – ma lei era già lontana.

Seduta sul mio letto Paola rideva, sembrava molto divertita.

- Sono partito con un carico di roba, credendo che la strada da percorrere ti arricchisse, invece ho imparato a mie spese che la strada ti svuota, ha bisogno di continui sacrifici. Oggi qualcosa, domani qualcos'altro per permetterti di andare avanti.
- E tu cosa hai sacrificato?
- No, Paola, tutte queste domande in una volta sono insostenibili e tutto questo esistenzialismo, a quest'ora, butta decisamente pesante. Magari un giorno ti racconterò.

Come tutti gli inizi, anche quello non era stato particolarmente incoraggiante. Ma non che fosse prassi. Era sua personale quanto precisa convinzione che ogni nuovo inizio portasse con sé in egual misura nuovi stimoli e nuove preoccupazioni, ma per quanto lo riguardava, lo preferiva alle situazioni asfittiche che si venivano a creare quando una storia si trascinava troppo per le lunghe. Restava quantomeno l'illusione di poter comporre e disporre gli elementi nella maniera da lui ritenuta più opportuna.

Era immerso in questi pensieri indeterminati quando il taxi che lo stava portando a casa dovette frenare bruscamente. Il tassista aprì repentinamente lo sportello e scese dall'auto, alzò il braccio verso quella Y10 verde che non aveva rispettato la precedenza e urlò

    - *Cunnutu e sbirru.*

Sorrise. Gli sarebbe piaciuto essere lui a pronunciare quella frase. Lo faceva sentire a casa e lo metteva di buonumore molto più dell'italiano formale delle dogane e degli aeroporti degli scali intermedi.

A onor del vero però, il primo contatto con la realtà cittadina lo aveva avuto quando l'airbus che lo aveva portato da Milano a Catania aveva toccato il suolo natio con una manovra magistrale e con solo tre piccoli balzi dell'aereo sulla pista, scatenando l'entusiasmo visibilio tra i viaggiatori nonché gli applausi a scena aperta. Gli parve pure di sentire dai posti delle ultime file un accenno di coro da stadio che diceva

    - Au-tis-ta, au-tis-ta.

Una volta arrivato a casa si preoccupò innanzitutto di riavviare il contatore della luce, di aprire il rubinetto generale dell'acqua, ma soprattutto di spalancare tutte le porte e le finestre dell'appartamento affinché quella puzza densa di muffa e caldo andasse via. Fu affacciandosi dal balcone che si accorse che il suo quartiere era stato sventrato con estrema perizia. Sotto casa sua la macelleria dei "Funciuti", la carrozzeria del signor Pippo e zio Iano "lelettraudo", come recitava la scritta di vernice spray nera sulla saracinesca dell'officina, avevano segnato il passo ed erano stati ceduti ad altri proprietari per diventare locali notturni di quelli alla moda con la fila all'ingresso. E gli sembrava di scorgere anche le diverse stratificazioni che avevano subito negli ultimi anni, trasformandosi da disco-pub, a ristoranti fusion e wine bar.

Prese la rubrica dal mobiletto del telefono e con il cellulare chiamò prima Turi, ma il numero era inesistente o inattivo, e poi Tistazza, con identica fortuna.

Non riusciva proprio a ricordare quando era stata l'ultima volta che era tornato a Catania. Si ricordava soltanto che doveva essere il mese di maggio.

Sì, era il maggio radioso, uno dei tanti. Enzo Bianco si preparava alla sua gloriosa ascesa verso la poltrona più prestigiosa di Palazzo degli Elefanti, al suo rientro attivo nella vita politica cittadina, dopo l'esilio in parlamento, e tutti gli artisti e gli intellettuali di Catania si erano stretti intorno a lui e avevano sposato il suo progetto per rinnovare la città, ignari della rogna che portavano.

Quella sera Tistazza apparve mastodontico dal fondo di via Teatro Massimo. Alto, elegante, ma con la barba lunga di tre giorni e i capelli neri arruffati sulla testa. Era successo ancora, l'avevano licenziato, e quello era il suo modo di comunicarlo al mondo. In quel periodo l'Alitalia lo licenziava ogni tre mesi per riassumerlo dopo uno e lui non ci stava capendo più niente.

Era stato per merito suo se quella sera i tre erano riusciti a organizzare un'uscita.

Non si trovavano contemporaneamente nella stessa città dai tempi del liceo. Si erano beati della loro giovane strafottenza durante quegli anni e avevano fatto di essa la solida base sulla quale edificare una strafottenza più adulta e consapevole. Si prendeva quello che c'era e quello che non c'era non era necessario.

Tistazza fece un paio di telefonate e subito i tre furono raggiunti sotto il palco di villa Bellini da un paio di ragazze. Dove trovasse tutta quella serie di diciannove-venti-ventunenni era e rimase sempre un mistero. Fece le presentazioni e tutti insieme si avviarono al concerto.

Laura, una delle amiche di Tistazza, si mostrava fin troppo interessata alle cose che diceva Salvatore e si avvicinava parecchio al suo lobo sinistro per gridargli la sua approvazione. Tistazza beveva guardingo. Laura guardava Tistazza, Brando sul palco stava dando uno spettacolo pietoso e Salvatore si dispiaceva perché il bassista era un vecchio amico suo. Turi stava preparando la vendetta dell'asino di Buridano, provandoci con due ragazze senza sceglierne una.

Salvatore era la terza scelta di Laura, era evidente, anche se gli sembrava altrettanto evidente che le sue attenzioni fossero così sforzate e gli sguardi verso Tistazza e Turi così insistiti da lasciarlo quantomeno perplesso. A ogni modo, i suoi amici non se la cacavano più di tanto e lei, pur di non rimanere indietro rispetto alle altre ragazze della compagnia decise di invitarlo nel suo appartamento, nella speranza di portare a casa almeno un pareggio e di non essere l'unica a non rimediare quella sera. Mise in campo la terza punta al novantaquattresimo. Il risultato era scontato, Lui era uno stopper da due lire.

Il concerto era finito così come era iniziato, male. Carmen Consoli cantava "Stranizza d'amuri" arrangiata per chitarra, voce, mandolino e violino, ma nonostante tutti i suoi sforzi, dalle casse non uscivano che gracchi e piriti.

Comprarono una bottiglia di rum a un prezzo spropositato e si avviarono verso casa delle ragazze in via Sangiuliano.

Turi era veramente di scarsa compagnia quella sera, sicuramente aveva avuto qualche cazzo da cacare con la sua fidanzata storica. Fu probabilmente per questa ragione che rimase oltre un'ora sul balcone parlando al telefono e privando la compagnia della sua verve e del mucchio di aneddoti divertenti che raccontava.

Poi rientrò e si andò a sedere tra le due ragazze che aveva puntato, ma ormai per lui la serata era finita. E alla consueta domanda "di che segno sei?" postagli da una delle due, Turi si alzò e uscì dalla stanza, prese la giacca dall'appendiabiti e se ne tornò a casa senza dire nient'altro.

Quando anche Tistazza e l'altra ragazza si spostarono nella stanza di quest'ultima, Laura afferrò Salvatore per i fianchi, lo tirò a sé e lo baciò con un bacio tiepido, sebbene la lingua scandagliasse platealmente la bocca del ragazzo.

Laura se ne stava distesa sul letto con la sua pelle chiara e le labbra socchiuse mentre Salvatore si dava da fare con la bocca sul suo basso ventre. Ogni tanto alzava gli occhi e la vedeva in pose forzatamente partecipi, lei gli accarezzava la nuca in modo freddo. Anche lei in fondo si sforzava di farselo piacere, ma non c'era verso.

Salvatore stava in bilico sopra di lei sostenendo il peso del suo corpo con il braccio sinistro mentre con la mano destra si teneva il cazzo strofinandoglielo sulle grandi labbra.

Quello era un momento critico, lui aveva la possibilità di scegliere, smontare tutto, guardarla dritto negli occhi con un'espressione seria e dire "Scusa, credevo..." e lasciare la frase lì. Lei non avrebbe mai avuto il coraggio di chiedergli cosa credesse, si sarebbe sentita stupida e lui se ne sarebbe uscito con fare surreale da una situazione altrettanto surreale.

- Prendi qualche precauzione? – le chiese
- Vai tranquillo – ma lo sguardo di Laura voleva dire – Come? Di già?
- No, no, dico, per dopo.
- Ah, ok.

Stime ottimistiche affermano che Salvatore durò tre minuti.

- Scusa, non mi è capitato mai.
- Immagino.
- Dammi qualche minuto e ricominciamo – disse costernato mentre gli si ammosciava irreversibilmente.
- Dico sul serio, stai tranquillo – e lo guardò direttamente lì – non importa.

Salvatore si gettò un asciugamano da doccia sulle spalle e rimase a fissarsi allo specchio, seduto sul bordo della vasca da bagno.

In maniera alquanto prevedibile, Enzo Bianco perse quella tornata elettorale e fu dato un secondo mandato all'uscente Scapagnini.

III

Il camion più spacchioso del mondo si chiama Iveco
Powerstar. Ha un'anima da sei cilindri in linea per quasi
tredicimila centimetri cubici di cilindrata. Turbo, a
iniezione elettronica diretta, si esprime con 373 kilowatt di
potenza, che in cavalli corrispondono a circa 500. Si muove
grazie a una trasmissione a sedici rapporti Iveco
EuroTronic II completamente automatica, ha un assale
posteriore con una portata di ventuno tonnellate e il blocco
del differenziale. Le sospensioni sono della Hendrickson ad
aria, i freni sono, vabbè, chi se ne frega dei freni.

- Io non lo so se c'è un dio dei camion - disse
  Saro riemergendo sporco di grasso dal vano
  motore – ma se esiste l'abbiamo trovato.

Erano arrivati a Lodz in giornata.
Un nipote di Saro l'aveva trovato sul sito internet di un
importatore polacco e avevano deciso di andare a dare
un'occhiata. Il pupo era stato ritirato da una società di
leasing in Australia nel 2009 perché il primo proprietario
non era riuscito a pagare che le prime due rate del
finanziamento.

Poi era stato bandito all'asta e se lo era aggiudicato un garista per un terzo del suo valore effettivo. Questi lo aveva rivenduto a un concessionario sempre in Australia, ma non c'erano clienti che ne riconoscessero il valore. E allora tramite internet il pupo aveva cominciato a fare il giro del mondo. A Saro non sembrò vero quando suo nipote gli mostrò direttamente il portatile, schiaffandogli sotto il naso le foto del Powerstar in vendita in Polonia. Telefonarono subito augurandosi che il concessionario parlasse tedesco, se non proprio quella specie di tedesco misto al siciliano di oltre cinquant'anni fa dei loro genitori che invece parlavano loro.

Fortunatamente il concessionario non solo parlava tedesco, ma si disse bene lieto di fargli un prezzo speciale su quel camion che pareva non volesse nessuno ma quest'ultima cosa si guardò bene dal dirla.

- Questo camion non ha fatto niente. È immacolato. È un vero affare – disse Saro esaltandosi.

Venne richiamato con un'occhiataccia e con un raschiare di gola dal suo compagno di viaggio e tornò subito serio.

Nel box prefabbricato uso ufficio del concessionario polacco faceva forse ancora più freddo di fuori. Saro, suo nipote e il terzo uomo si accomodarono su delle sedie di fortuna di fronte alla scrivania del polacco emettendo vapore dalla bocca nel tentativo di riscaldarsi le mani. I tre sembravano una riedizione di Totò e Peppino che gironzolavano per Milano poiché non si erano mai abituati al freddo del nord Europa pur essendo figli di emigranti e vivendo a Francoforte praticamente da sempre, ma si tolsero i berretti di lana come segno di rispetto.

La vodka di patate che il titolare offrì loro li aiutò a scaldarsi e a sciogliersi. Cominciarono con le richieste di garanzia che naturalmente non c'era in quanto bene usato. Poi continuarono chiedendo che il camion fosse completamente rigommato, ma anche questo era fuori discussione, i tre non avevano idea di quanto costassero i sei pneumatici del pupo.

Il concessionario sembrava più godere della compagnia di quei tre terroni strampalati piuttosto che interessarsi alla trattativa, e quando finalmente l'uomo più anziano, dagli occhi piccoli e guizzanti e i capelli completamente bianchi gli chiese di tagliare corto e di fare le sue richieste, il polacco prese tempo, cominciò con dei larghissimi giri di parole e non arrivò a nessuna cifra fin quando non fu finita la bottiglia.

Saro si distrasse e si immalinconì, cominciò a pensare a Teresa come faceva sempre e si eclissò dalla discussione, il nipote in quanto appena diciottenne e sprovvisto di baffi non aveva diritto di parola e quindi il vecchio dai capelli bianchi sparò una cifra che era circa il sessanta per cento della richiesta. Il concessionario non si mise a piangere per poco, poi disse che aveva sei mogli e un figlio a carico o viceversa, poi aggiunse che, va bene che c'è la crisi, ma lui il camion mica lo poteva regalare. Allora il vecchio portò la sua offerta al settantacinque per cento della richiesta e il concessionario finse di asciugarsi le lacrime, disse di non ricordare bene ma forse le mogli erano tre, ma i figli due e che lo stato gli stava per prendere la casa. Il vecchio stavolta fu imperturbabile, infilò la mano nel montone e tirò fuori una busta gialla da corrispondenza piena di soldi che sembrava sul punto di scoppiare. Tirò fuori le banconote da cinquecento euro che solo pochi fortunati hanno avuto il privilegio di aver visto, loro tre compresi fino al momento in cui non erano andati a prelevarle in banca quello stesso mattino, e gliele contò sul tavolo.

Il vecchio e il concessionario si strinsero la mano e realizzarono l'affare. Saro era visibilmente commosso e anche il nipote non stava nella pelle. Il venditore sbrigò tutte le formalità, poi consegnò loro i documenti e due copie delle chiavi del pupo.

Saro andò di corsa verso il lato guida del camion, naturalmente a destra, felice come un bambino ricco la mattina di Natale, aprì lo sportello e fece un mezzo inchino in direzione del vecchio, poi gli porse le chiavi e disse

- Zu Pippu, *l'anuri a vossia!*

Il pupo cantò al primo giro di chiave e sembrò sorridere di una gioia sincera quando zu Pippo accese le luci di posizione, poi gattonò con un movimento impercettibile. Un clacson che sembrava il richiamo d'amore del capodoglio scosse l'intera periferia di Lodz. U zu Pippo adesso aveva sciolto la tensione della trattativa in quel suo emblematico sorriso che gli faceva diventare gli occhi sempre più piccoli.

U zu Pippo e Saro Comocane, le grandi firme del camionismo internazionale erano di nuovo sulla strada.

Ero sveglio.

Aprii gli occhi spiando le sagome dei mobili colpite da alcuni fili di luce che entravano dalla tapparella. Seguivo i contorni con lo sguardo, cercavo di ricordare disperatamente dove mi trovassi, ma non avevo alcun senso di smarrimento. Dopo un decennio passato a cercare una collocazione, un posto, ad abituarmi alla disposizione degli oggetti e muovermi anche al buio aiutandomi solo col tatto, avevo capito che era il senso di smarrimento quello che potevo considerare casa. Mi trovavo perfettamente a mio agio. Pian piano iniziai a ricordare. Mi trovavo a casa dei miei genitori. Allungai un braccio verso l'interruttore dell'abat-jour e accesi la luce. Mi soffermai per alcuni istanti a guardare il mio borsone verde chiedendomi se fosse il caso di disfarlo o meno, ma alla fine decisi di soprassedere, ci avrei pensato più tardi.

Mia madre era in cucina. Andai da lei e la abbracciai da dietro dandole un bacio sulla nuca.

- Mammuzza!
- Gioia!

Le chiesi dove fosse finita la mia roba. Non rispose. Si limitò a chinare il capo e a farfugliare qualcosa.

- Tanto l'ha detto che alla fine l'ha fatto, vero?
- Giovanni, tuo padre non è una cattiva persona, se solo ti sforzassi, se solo vi sforzaste entrambi, se riusciste a parlarvi.
- Mamma, io non ho niente da dirgli. E poi avrai pure ragione tu, non è cattivo, ma devi ammettere che è veramente un grande stronzo.
- Giovanni, non ti permetto. Ricordati che stai parlando sempre di tuo padre.
- Sì? È sempre stato un grande a far credere alla gente quello che vuole lui.
- Per te è stato facile prendere tutto e andare via. Siamo state io e Paola a dover vivere con lui questi dieci anni. Non ti rendi conto di quello che ci ha, che ci avete fatto passare. Non hai la benché minima idea di quello che ha combinato per rintracciarti, dei soldi che ha speso, delle amicizie che ha dovuto scomodare.
- Si vede che mi sono nascosto bene.
- Smettila, ti prego. Anche con il processo, veramente, tu non capisci.
- Che processo?
- Giovanni, ti hanno incriminato per diserzione diversi anni fa. Tuo padre si è rivolto al miglior avvocato di tutta Catania per farti assolvere e alla fine ci è riuscito.
- Ci è riuscito l'avvocato, ma'.

Diversi anni prima mio padre, sfruttando parecchie sue amicizie, era riuscito a fare archiviare tutte le accuse nei miei confronti, facendo saltare fuori dal cilindro tutta la documentazione che attestava la mia obiezione di coscienza, nonché un paio di testimoni pronti a giurare che

60

avevo prestato servizio civile alla Misericordia di un paese etneo.

Poi la sera dell'assoluzione, a casa, aveva realizzato di averne avuto abbastanza di quel figlio storto e ingrato che gli era capitato, e sceso in giardino, aveva dato fuoco ai miei cavalletti, a tutti i pennelli e i colori e quando le fiamme erano già alte lo aveva alimentato con diverse centinai di libri e di album in vinile e cd.

Bruciarono tutta la notte con mio padre davanti a testimoniare la completa cancellazione di quello che io avevo scelto di leggere e di ascoltare, di quello che io, in definitiva, avevo scelto di essere. In fogli accartocciati che diventavano brandelli di cenere che cercavano di ascendere al cielo in una notte inutile, finivano la loro nobile esistenza gli avamposti della cultura occidentale. Fluttuavano nel cielo brandelli di Sartre, Cervantes, Shakespeare; una Bibbia in edizione economica, il Calvino dei nidi di ragno e quello delle città invisibili. Mischiavano le loro ceneri la Chute, il Capitale, il Manifesto e Cartas de Che Guevara a Fidel, tutto il Palahniuk conosciuto allora, anche qualche puttanata che all'epoca mi sembrava romantica, scritta da alcuni contemporanei italiani.

E poi era rimasto lì a contemplare la plastica delle copertine di cd e vinili fondersi e ricomporsi fino a diventare una specie di disco gigante. Mi sembrava quasi di sentirlo, una sorta di mash up con De Andrè che si mischiava ai Soundgarden, agli Yes e soprattutto ai Led Zeppelin.

Quanto li avevo amati quei quattro, quanto avevo goduto nel sentire in altissima fedeltà il cigolio della catena che muoveva il battente del pedale della cassa di John Bonham. Ero riuscito a cogliere quel suono e me ne guardavo bene dal parlarne con gli altri, perché mi piaceva l'idea di essere l'unico al mondo a essere sceso così a fondo in un'esperienza così totalizzante. Poi bruciarono pure loro, con tutti gli altri, e finì nel rogo anche la catena del pedale di Bonham.

Mia madre non si arrabbiava mai, e neanche durante quella discussione lo fece. Era più il suo scoramento, l'amarezza che riuscivo a respirare dal suo fiato che il senso di rabbia che non avrebbe risparmiato nessuno. Però era forse questa l'unica cosa di lei che mi faceva incazzare, questo suo essere remissiva a qualunque costo, il suo tentativo di evitare qualsiasi scontro.

Poi con un'inutile aria circospetta, visto che eravamo da soli in casa, mi prese per mano e mi portò in garage. Mi chiese di aiutarla a spostare un grosso mobile a cui mancava un piede e pieno di buchi di tarli. Spostammo con fatica il mobile tra scricchiolii che preannunciavano un cedimento strutturale imminente e scoprimmo due tele coperte da un vecchio lenzuolo.

Avevo completamente abraso dalla mia memoria quei due dipinti. Il primo era un ritratto di mia madre che con molta originalità avevo intitolato "Ritratto di madre", mentre il secondo era uno dei miei tentativi di superare i canoni del già visto. Si trattava soltanto di un equilibrista che stava in bilico su una linea nera piuttosto storta che quando lo dipinsi mi aveva riempito d'orgoglio, ma che a rivederlo adesso non mi faceva un grande effetto.

Mia madre confessò di aver versato parecchie lacrime sul suo ritratto, tornando indietro con il pensiero a quando ciondolavo per casa sporco di colore, noncurante delle menate di mio padre.

Gli altri dipinti erano finiti nel fuoco, ma onestamente questa non si poteva definire una grande perdita per la storia dell'arte.

Solo che ci avrei potuto ricavare qualcosa vendendoli. Avevo un dono e una maledizione. I miei lavori erano troppo poco comuni per piacere al pubblico che acquistava vedute di Trezza, nature morte o scorci con macchie di fichi d'india, ma erano al contempo troppo banali per piacere a quelli che decidevano cosa dovesse piacere ai veri intenditori d'arte. Poi alla fine, come mi capitava spesso e per qualunque altra cosa, mi ero soltanto rotto i coglioni, tutto quell'ambiente di deficienti mi era venuto a noia e avevo smesso, così come avevo iniziato.

E tuttavia le cose che disegnavo o dipingevo o incidevo piacevano a qualcuno. Qualcuno che non avrebbe mai sborsato una lira per acquistare i miei lavori, ma pronto a sperticarsi in lodi perché io di qua e io di là.

Certo, fatta eccezione per un uomo eccentrico che mi vide un giorno in un bar mentre disegnavo a inchiostro di china alcuni scarabocchi su dei comuni fogli A4 e li acquistò per centomila lire l'uno. La possibilità che quell'uomo, che si definiva gallerista e in realtà lo era, avesse pagato quella somma solo per buttarmelo nel culo c'era tutta, però alla fine questo non avvenne.

Non aspettavano mai l'esito delle loro azioni. Sebbene l'imponderabile fosse sempre dietro l'angolo, calcolare tutto nei minimi dettagli riduceva esponenzialmente la possibilità di errore. Il lunedì seguente la fabbrica sarebbe stata investita da una quantità di microesplosioni inaudita.

La segretaria appena arrivata dopo aver portato il caffè al direttore si sedette sulla scrivania, si tolse le scarpe da prassi e cominciò la giornata con la consueta telefonata all'amica che teneva costantemente aggiornata sui suoi appuntamenti della sera prima, tutti moderatamente disastrosi. Del resto gli uomini che uscivano con quella trentasettenne con i fianchi un po' scivolati verso il basso avevano in mente una cosa sola e difficilmente non la ottenevano. La sera prima invece un normalissimo rappresentante di fertilizzanti l'aveva portata a cena, poi a ballare e alla fine se l'era pure scopata, il tutto senza infamia e senza lode ma quella stessa mattina la segretaria aveva ricevuto dall'uomo un sms di buon giorno con lo smile e aveva pensato che magari questo le avrebbe chiesto di uscire addirittura una seconda volta.

Alla velocità di 6800 metri al secondo nemmeno si videro le tre schegge di plastica dura. Una di un paio di centimetri, dalla forma di una pinna di squalo, le strappò un occhio e l'altra le tranciò la lingua di netto. Ma quella che la uccise sul colpo fu la più grande delle tre che le aprì il cranio come un barattolo di piselli.

Il responsabile commerciale per l'estero avviò il computer, poi il programma di gestione posta elettronica dell'azienda e infine quello della posta privata per vedere se c'era qualche risposta da *stellina98*. Erano dieci giorni che non aveva sue notizie e si augurava che il padre non avesse scoperto quella fitta corrispondenza cominciata con allusioni e doppi sensi con una ragazzina di trent'anni più giovane e finita con lo scambio di foto di nudo da parte di entrambi e con l'uomo che si era coperto di ridicolo in svariate occasioni a causa della sua gelosia morbosa. Sarebbe stato ancora più grave – pensava – se la ragazza si fosse semplicemente annoiata di lui.

L'onda d'urto provocata della mina antiuomo a carica esplosiva PMN, di fabbricazione russa, aveva la stessa velocità di picco della precedente, ma i 240 grammi di RDX-TNT contenuti in essa provocavano un cono d'esplosione dieci volte maggiore. Rimase pietrificato mentre osservava la tibia della gamba destra spezzata a metà e i muscoli che si erano accartocciati lungo l'arto come se avesse fatto la svolta a un pantalone a pinocchietto fino a metà coscia e adesso vedeva com'era fatta la sua gamba dall'interno.

L'intera fabbrica era ormai nel panico, dopo che deflagrarono il videoproiettore, alcune poltrone e un sottomano da scrivania.

Nell'area deposito e carico del seminterrato, due operai ignari di quanto stava accadendo ai piani superiori, stavano trasportando una cassa parlando del più e del meno.

L'ottima difesa del Sion avrebbe sicuramente garantito alla squadra la qualificazione ai preliminari di Europa League e l'ultima partita, vinta per due a zero in casa contro il Grasshoppers si era rivelata una passeggiata. Dai volti degli uomini però traspariva altro: il giovane aveva la matematica certezza che la fidanzata lo tradisse, il vecchio invece pensava al contratto che avrebbe firmato quello stesso pomeriggio per l'acquisto del camper per il quale aveva lavorato e risparmiato una buona mezza vita.

Inciamparono nel cavo d'innesco di una mina a frammentazione Valmara-69 XD, identica a quelle che stavano trasportando, se non fosse che quella era il prototipo di un modello speciale.

Non ebbero il tempo di pensare a nulla mentre l'ordigno con uno scatto nervoso si sollevava all'altezza dei loro bacini, come indicato dal libretto delle istruzioni a corredo, ed esplodeva scagliando a trecentosessanta gradi circa duemila schegge di materiale plastico durissimo, disseminando i loro addomi e toraci di tagli, buchi e strappi neri e lasciandoli a terra privi di vita.

Il direttore generale afferrò la busta sul tavolo e la aprì. All'interno c'era una cartolina d'auguri piegata in due con un disegno molto colorato sulla parte esterna e all'interno una foto dello stesso direttore che teneva in braccio suo figlio. Fu un attimo, quello che serviva per aprire il cartoncino a metà e osservare la foto, che il direttore vide le sue stesse mani con gli avambracci attaccati e il biglietto tenuto ancora saldo, sorvolargli la testa e andare a sbattere sul muro dietro di lui, lasciando una chiazza di sangue che somigliava stranamente a Paul Gascoigne. Si guardò le braccia che adesso terminavano con i muscoli maciullati all'altezza del gomito e svenne come un pupazzo rotto sopra il tavolino.

- Grazie di essere venuto, ingegnere - il volto
  dell'uomo elegante appariva disteso, in lui non
  c'era traccia della benché minima ironia.

Biagio già si immaginava come sarebbe stato il suo futuro
prossimo, sprecato a sfogliare i giornali dei concorsi,
mentre cercava di non dare peso agli sfottò degli amici,
quell'ingegnere detto per prenderlo per il culo fin quando
una nuova presa per il culo non si sarebbe sostituita a
questa.
Tutti i suoi amici laureati prima di lui stavano ancora
cercando il primo impiego, marcivano in qualche call
center che era un nuvolone che si stagliava minaccioso e
strafottente su un'intera generazione, o nella migliore delle
ipotesi erano finiti a fare la prima cosa che fosse capitata
loro. Non gli sembrava vero di avere il primo colloquio di
lavoro a meno di due giorni dalla laurea e addirittura con la
Sharp.

- Beva qualcosa
- No, grazie.
- Coraggio, beva qualcosa – disse risoluto.
- Un gin tonic?
- Che fa, me lo chiede? Ordini un gin tonic!
- Ok, allora un gin tonic.

L'uomo fece un cenno col capo al barman dell'albergo, gli
ordinò due gin tonic e lo mandò via. Guardò Biagio e gli
chiese di esporgli il suo progetto.
Sarebbe stato insopportabile per entrambi sostenere
nuovamente la seduta di laurea. Biagio chiuse gli occhi,
fece un respiro profondo e poi partì con l'esposizione del
progetto che aveva mandato a memoria per ripeterla
davanti alla commissione. L'uomo elegante lo bloccò
subito con un cenno della mano.

- Ingegnere, mi risparmi la lezioncina. Non sono
  venuto qua per assumerla, voglio comprare il
  programma.

- Ma è ancora un prototipo, è pieno di bug, roba di poco conto, certo posso risolvere tutti i problemi, ma ho bisogno di tempo.
- Ingegnere, quanto?
- In due mesi posso sistemarlo.
- Quanto costa?
- Io...
- Quanto?

Biagio pensò alle ultime rate del finanziamento per acquistare il vespone, a un week-end con la fidanzata, magari anche a un regalino per lei e poi scarpe, jeans, maglioni, due di tutto, magari un'auto, anche usata. No, questo forse era troppo. Abbassò lo sguardo sul ghiaccio che si scioglieva nel bicchiere che aveva in mano.

- Pensavo duemila.

L'uomo non batté ciglio, aprì la valigetta, tirò fuori un malloppone di carta, circa ottanta fogli e glielo mise sotto il naso. Dal taschino della giacca gessata tirò fuori una penna e gliela porse.

- Firmi in corrispondenza delle frecce, in ogni pagina.

Dalla tasca opposta tirò fuori una busta gialla piegata in due, la appoggiò sul tavolo e chiese a Biagio di contarli. Biagio fece cenno di no, che non c'era bisogno.

- I soldi si contano, anche se si trovano per terra.

Biagio li contò, erano duemila euro in banconote da cinquanta. Non li aveva mai visti tutti insieme, non facevano certo l'effetto dei soldi nelle valigette in TV, sembravano molto più miserabili, ma erano i suoi. Sorrise. Era felice, mentre continuava a firmare un contratto che riusciva a leggere solo di sfuggita, pieno di clausole scritte a caratteri minuscoli e cavilli ancora più piccoli.

- Ingegnere, il conto del bar è pagato.

L'uomo elegante si alzò in piedi, indossò il cappotto e si fece chiamare un taxi dal concierge. Uscì dalla hall dell'albergo e fece due passi a piedi fino a un cassonetto per la raccolta dei rifiuti. Sollevò la valigetta e la lasciò cadere all'interno. Inutile dire a quel ragazzo buffo che l'ordine era di trattare fino a quarantamila euro, lo avrebbe umiliato, e lui non era lì per umiliare nessuno.

Biagio rimase ancora un po' al bar dell'albergo, chiese di poter andare in bagno dove si infilò la busta con i soldi nelle mutande. Uscì nel pomeriggio limpido e respirò forte, si sentiva bene, sentiva di avere il futuro nelle sue mani. Certo, c'era una domanda che lo assillava.

Che cazzo se ne faceva la Sharp del Megax?

Sarebbe valsa la pena di rintracciare il gallerista. C'era la possibilità che mi avrebbe fatto un'offerta per quei due dipinti e io avrei potuto racimolare qualche soldo.

Mi era bastato un solo giorno sprecato a girare per i vari centri di raccolta di rifiuti speciali o per le piattaforme CONAI, o presso alcuni rottamai della zona industriale per vedere se cercassero qualcuno per manovrare il caricatore col ragno o i muletti o ancora, il massimo della libidine, le presse idrauliche per rottami. Ovunque la risposta era stata identica. I responsabili di stabilimento mi guardavano come se fossi appena sbucato da un film in bianco e nero e mi rispondevano

- Lei cerca lavoro? E chi la manda?
- Nessuno, ci sono venuto da solo.

E si capiva perfettamente dal loro atteggiamento che lì anche per avere a che fare con i rifiuti o con i rottami bisognava essere qualcuno o conoscere qualcuno o essere mandati da qualcuno. Chi gestiva la filiera deteneva diverse migliaia di voti che avevano fatto la fortuna di quel qualcuno alla precedente tornata elettorale e avrebbero continuato a farla anche alla successiva. Non ci rimasi nemmeno male per il lavoro che mi era stato negato, l'unico grande rammarico era che mi ero comportato come uno che veramente era appena uscito da un film in bianco e nero.

Avevo bisogno di un'alternativa, così qualche giorno dopo chiesi a Paola di accompagnarmi alla galleria del tizio in via Etnea prima di andare all'università. Uscimmo di casa la mattina che non erano ancora le sette e mia sorella era già in tiro, tailleur, calze nere e un trucco appena accennato.

- Ci si veste sempre così in facoltà da te?
- Più o meno – sorrise - Devo vedere il relatore per la tesi, e poi sai, negli ultimi anni la facoltà si è trasformata in un covo di punkabbestia, marcare le differenze mi sembra il minimo.
- Capisco.
- No, Giovanni, forse non capisci. Le cose sono cambiate negli ultimi anni.

All'altezza di piazza Roma mia sorella attaccò briga con un lavavetri che le aveva poggiato, da prassi, lo straccio sudicio sul parabrezza. Azionò i tergicristalli, poi abbassò il finestrino e mandò quell'uomo a farsi fottere.

Al semaforo successivo se la prese con una zingarella di una decina d'anni che chiedeva l'elemosina, mentre un bambino molto più piccolo, il fratellino forse, giocava ai bordi della strada con un mattone immaginando che questo fosse una macchinina. Lo faceva strisciare per terra, per poi farlo impennare, poi volare e infine atterrare.

- Giò, lo capisci che non può funzionare? Che cazzo dobbiamo fare noi, mica possiamo diventare tutti zingari?
- Già.
- Che poi questi i soldi ce li hanno. Hai visto dove vivono? Mercedes, antenne paraboliche, telefonini. Ci sono regole qui. Allora fermiamo tutto e ci buttiamo tutti ai semafori a chiedere l'elemosina. Diventiamo tutti zingari, che ne

69

pensi? Non mi dire che sei uno di quelli che – continuò incalzandomi, ma poi si interruppe.

- No, no. Figurati. Chi io? Completamente.

Paola fermò l'auto in prossimità del bar Scardaci, scusandosi di non poter proseguire oltre. Presi i dipinti ancora avvolti nel lenzuolo, li ficcai sotto un braccio e mi avviai verso Corso Sicilia.

La galleria d'arte si trovava dove l'avevo lasciata ma era ancora chiusa, avrebbe aperto alle nove.

Mi sedetti sul gradino di pietra lavica e aspettai che aprisse. Poi optai per un caffè nel primo bar che mi fosse capitato a tiro.

Mentre stavo entrando nel bar mi accorsi che la zingara e il bambino stavano correndo come disperati, inseguiti da un vigile urbano ciccione, nella discesa che da via Santa Filomena porta a piazza Stesicoro. I due passarono oltre il bar e continuarono la discesa, mentre il vigile urbano si piegava su sé stesso appoggiandosi contro una macchina parcheggiata proprio di fronte a me, stremato. Si tolse il cappello che gli era rimasto in testa per miracolo e cominciò a sventolarlo per farsi aria. Il sudore scendeva copioso lasciando aloni blu scuro sotto le ascelle e sulla schiena.

- *Sti cunnuteddi nichi!*
- Eh già. Non è che possiamo diventare tutti zingari. Ci vogliono regole.
- *Giustu, bonu parrau lei.*

Mi incamminai accelerando il passo verso la piazza dove la ragazza stava rimproverando il bambino che la guardava con due occhi neri enormi e con le lacrime che li spingevano fuori dalle orbite. Gli diede uno schiaffo sulla mano e gli fece cadere il mattone per terra. Il bambino lo guardò, indeciso se raccoglierlo o lasciarlo lì, poi desistette e si andò a sedere su una panchina dove cominciò a giocare con i lacci delle scarpe, mentre Piazza Stesicoro cominciava a popolarsi di quell'umanità da casbah che la riempiva ogni mattina.

Comprai tre gelati express da una bancarella con gli ultimi euro che mi rimanevano in tasca e li portai ai bambini. Mi sedetti con loro sulla panchina e non dissi nulla. Ripensai a quando, da piccolo, mio padre mi portava in giro per via Etnea e come tappa obbligata ci fermavamo sempre da quegli ambulanti che avevano i vasconi blu pieni d'acqua e facevano nuotare dei sommozzatori di plastica nera. Me ne comprava sempre uno nonostante entrambi sapessimo che si sarebbero rotti alla prima immersione nel lavandino di casa.

- *Locuiţi în clădire poştale, sau în tabără de Zia Lisa?*[12]

La ragazzina mi rivolse alcune frasi in rumeno, ma accortasi che non capivo iniziò a parlare in italiano. Fu in quel momento che compresi il perché degli sguardi pieni di disprezzo che mi lanciavano i passanti.

I bambini vollero vedere i quadri e dissero che erano belli. Era la migliore critica che avessi mai ricevuto.

Il piccolo non perse occasione per toccarli e la bambina riprese a rimproverarlo e a dargli schiaffetti sul dorso delle mani.

- Lascialo toccare, non importa.

Mi alzai continuando a trascinare i quadri ed entrai nel negozio all'angolo. Parlai un po' con la giovane commessa, infilata in leggings che non poteva permettersi. Le chiesi informazioni sull'ubicazione della galleria d'arte, la confusi con qualche sorriso, un complimento appena accennato e soprattutto misi l'involto a fare da schermo tra i suoi occhi e la mia mano destra, memore di come mi ero sfamato per qualche tempo in giro per l'Europa. La salutai con un sorriso e lei ricambiò volentieri. Estrassi dalla scatola la macchinina che avevo appena rubato, gettai l'involucro in

---

[12] Stai al campo vicino alla posta o a quello di Zia Lisa?

71

un cestino, e raggiunto il bambino, gli picchiettai sulle spalle e gli misi il giocattolo sotto il naso. Fu moderatamente contento di quel regalo inaspettato, mi guardò, non disse nulla e si mise subito a giocare per terra. La ragazzina invece si avvicinò e mi ringrazio, poi mi chiese dei soldi.

- Solo cinque euro, dài.
- No.
- Dài, allora due.
- No, no – dissi allontanandomi – e poi aggiunsi ad alta voce, chissà che ora si è fatta.
- Come dici, signore?
- Niente, mi chiedevo che ora è – mentre continuavo ad allontanarmi.
- Signore – mi chiamò – sono le dieci – mi disse guardando l'ora dal display del suo smartphone.

La galleria d'arte era stata completamente rivoluzionata. Quella che prima sembrava più un laboratorio artigianale, con oggetti di qualunque tipo gettati alla rinfusa e polvere che ricopriva ogni cosa, adesso si presentava con i quadri tutti in fila appesi alle pareti, intervallati da due diplomi dell'accademia delle belle arti. Due tavoli in cristallo temperato dalle gambe molto esili in acciaio con sopra alcune riviste di arredamento completavano l'opera, insieme a dei sottilissimi neon che giravano intorno alle due stanze.

I quadri alle pareti erano tutti più o meno simili.

La donna seduta a una delle scrivanie, una cinquantenne che faceva di tutto per non sembrarlo, vestita in modo elegante, mi accolse con un mezzo sorriso, chiedendomi se poteva aiutarmi. Mi disse che il vecchio gallerista aveva passato la mano diversi anni or sono.

- E a chi l'ha passata la mano?
- A me – rispose, adesso realmente infastidita.
- Ah, scusi.

Poggiò un gomito sul tavolo e si sporse in avanti, con la bocca coperta dal pugno come a volermi studiare. Poi indietreggiò con il tronco adagiandolo alla spalliera della poltrona e mi guardò dritto negli occhi.

- Le serviva qualcosa?

Volevo tirare fuori il cazzo e appoggiarlo con uno schiocco sul tavolo e poi chiederle se servisse qualcosa a lei.

- È che al vecchio gallerista, il signor...

- Romano – mi venne in aiuto.

- Romano – confermai – piacevano i miei lavori, ero venuto a proporgli qualcosa – poi temendo di essere frainteso riformulai – Sono un pittore, ho qui due quadri, pensavo di venderglieli.

- Li faccia vedere a me, tuttavia mi corre l'obbligo di informarla che non stiamo cercando altri pittori per la nostra galleria, al momento. Comunque me li mostri, magari posso darle qualche consiglio o mandarla da qualche mio conoscente.

- Parte dal presupposto che non le interessano?

- No parto dal presupposto che non stiamo cercando niente al momento.

Adagiai l'involucro sopra il tavolo e lo spacchettai. Le porsi "Ritratto di madre", lei lo prese e cominciò a scrutarlo. Le osservai le mani mentre rivoltavano il quadro. Mi soffermai sulle unghie laccate di bianco e sulle dita lunghe e ossute. Rimase in silenzio, poi afferrò con decisione "L'equilibrista", lo guardò, alzò la testa di scatto e tornò a osservare me, poi si tuffò ancora sul quadro.

- Li ha fatti lei?

- Sì.

- Non sono nemmeno firmati.

- Posso firmarli adesso.

Abbozzò un sorriso, ma durò un istante.

- Senta, io non vorrei offenderla, ma non voglio neanche guai. Sono troppo diversi l'uno

73

dall'altro, non c'entrano proprio nulla. Non ravviso il minimo punto in comune fra i due. Dove li ha presi?

- Mi sta accusando di averli rubati?
- Senta, andiamo, lei non ha l'aria di essere un pittore.
- Perché, i pittori che aria hanno?
- La sua no di sicuro.

Era sicuramente a causa di questa cronica mancanza di denaro che mi comportavo in maniera imprevedibile e, infatti, anziché offendermi, cominciai a fare il simpaticone con lei. Ero a un passo dal mandarla a cacare o dal prenderla a schiaffi o entrambe le cose, però mi venne istintivo afferrare un foglio e una penna sul suo tavolo e ricopiare in scala ridotta, chiaroscuri compresi, il dipinto che stava appeso alle sue spalle.

- Signora, che faccio, firmo?
- Io mi chiamo Cettina.

Scrissi il mio nome sul disegno che avevo appena fatto e glielo porsi.

- Giovanni.
- Ho bisogno di vedere altri tuoi lavori e di considerare meglio questi. Mi serve un po' di tempo per decidere. Facciamo così, lasciami il tuo biglietto da visita e ci risentiamo.
- No, senti, io pensavo di venderli.
- Non funziona mica così, non è che siamo al monte dei pegni. Guarda, al limite me li puoi lasciare in conto vendita, ma sappi che sto facendo un'eccezione.

Mi fece firmare un foglio e chiese i miei dati personali. Dovetti fare ricorso all'elenco telefonico per darle il numero di telefono di casa dei miei genitori. Poi mi congedò spiegandomi che era molto impegnata perché doveva organizzare parecchie cose e aveva delle scadenze pressanti. Mentre stavo per uscire dalla porta ci ripensò. Mi

74

chiamò, mi diede il suo biglietto da visita e mi disse di chiamarla nel pomeriggio, ché sicuramente qualcosa si poteva combinare.

La scritta arancione che campeggiava sul bordo della busta era inconfondibile. Erano le cinque lettere che componevano il nome del marchio, senza alcun logo o fregio, solo i caratteri della scritta SHARP accostati uno dopo l'altro. La busta se ne stava infilata per buoni tre quarti dentro un volantino con le offerte di un ipermercato. Biagio quasi svenne quando la vide cadere per terra e mostrarsi per intero ai suoi occhi.

Un milione di pensieri velocissimi cominciarono a girare nella sua mente, dettagli sul contratto, causa civile perché il programma non funziona, offerta di un posto di lavoro, offerta della presidenza della Sharp, offerta della presidenza del consiglio, lei ci ha fregato, ci restituisca tutto il denaro che le abbiamo dato.

Biagio rimase come un idiota a fissare la busta senza aprirla, ripensò in fretta ai soldi che se ne erano andati quasi subito, insieme alla sua ragazza che l'aveva lasciato un paio di giorni dopo la laurea, alle rate restanti del vespone che non era riuscito a saldare.

La ricerca del lavoro su internet non aveva dato i frutti sperati. Il trattore di suo padre sulla campagna arida ai piedi dell'Etna lo aspettava, c'era da *spitrari, pumpiari e 'nzitari*[13] , ma neanche suo padre voleva che Biagio finisse a lavorare con lui, non lo aveva fatto laureare a furia di schiaffoni per poi portarlo in campagna con sé.

Sui siti delle migliori agenzie di lavoro interinale, le *vacancies*, ché oggi si chiamano così e lui ne aveva colto al volo il significato perché era identico a quello della parola

---

[13] Spietrare, irrorare e innestare.

vacante, andavano scemando man mano che da Milano si scendeva verso sud. Nelle colonne a destra o a sinistra delle home page era tutto un consiglio su come scrivere il curriculum e la lettera di presentazione, del tipo "provate a mettere come domicilio un comune vicino al posto di lavoro per il quale vi state candidando".

Biagio nemmeno ce l'aveva la lettera di presentazione, ne scaricò una a caso e la riempì con i suoi dati, poi si distrasse e finì per scrivere, ma senza accorgersene, Bronte, provincia di Monza-Brianza, e lui manco lo sapeva dove cazzo fosse la provincia di Monza-Brianza.

Si passava dalle 183 offerte di lavoro nella provincia di Catania alle più di tremila della Lombardia e comunque Biagio aveva imparato a distinguere da subito lavori veri da lavori palesemente falsi: da un lato c'erano gli immarcescibili banconisti, meccanici, ma solo di mezzi pesanti, ché quelli di motociclette passavano le giornate agli angoli della strada e nei bar, tecnico di manutenzione per turbine eoliche (uno), dall'altro cominciavano i coordinatori culturali, i *key e sales account*, i rilevatori *face to face*, gli addetti della GDO e i rilevatori D2D, comunque sigle che ti dovevi aprire una pagina apposita sul motore di ricerca per capire cosa significassero. Alla fine, immediatamente prima di quelli che vendono le calze all'autogrill c'erano i procacciatori d'affari. Generalmente dovevano proporre roba invendibile e a un prezzo fuori mercato. Oggetti inutili e fuori moda, con una concorrenza spietata che dava diritto, uno volta venduta, a provvigioni ridicole. Anche i contratti che ti proponevano erano da ridere, ma solo se non avevi una pistola a portata di mano per spararti in bocca. Contratti di formazione, di collaborazione, contratti a progetto che ti inquadravano in progetti che stentavi a capire. E se avevi il buco di culo così spanato da trovare un contratto a tempo indeterminato, e potevi essere assunto al terzo livello del contratto nazionale collettivo, ti assumevano al quinto e mica era detto che ti dessero realmente quanto risultava in busta paga. Biagio spegneva il computer con un senso di nausea, riflettendo sul fatto che lavoro ce n'era quanto ne volevi, ma se godevi del privilegio di averlo un impiego, non è che potevi anche pretendere di essere pagato.

Comunque andava in giro a vantarsi con gli amici di non esserci poi finito al call center come tutti gli altri, anche se questa non era l'esatta versione dei fatti.

L'impiegata incaricata della selezione del personale, dopo avergli fatto le solite domande di routine aveva voluto metterlo alla prova, da prassi, con una simulazione di vendita telefonica. La ragazza aveva finito con l'incazzarsi con Biagio perché non riusciva a capire nemmeno una parola di quest'ultimo.

Del resto Biagio lo sapeva, aveva difficoltà perfino a farsi capire al citofono, biascicava il suo nome in brontese stretto, ma era all'ultima spiaggia, non aveva più un centesimo e nessuna speranza di trovare qualunque altro lavoro, per questo era finito a fare il colloquio, con ottime possibilità di essere assunto perché raccomandato da un assessore comunale convinto che Biagio avesse votato per lui alle ultime elezioni.

Dopo il colloquio Biagio era caduto in depressione ed era rimasto due mesi senza mettere il naso fuori di casa, in mutande, sempre lo stesso paio, con quella che suo cugino Biagio un paio di decenni prima aveva definito "faccia da Renica", fino a quando sua madre, una donna di polso, non lo aveva trascinato per le orecchie sotto la doccia, spogliato e rivestito di tutto punto. Allora Biagio rimase con il vestito buono per qualche altra settimana, finché quella mattina non si trovò di fronte la busta inviatagli dalla Sharp.

La aprì come quando da bambino apriva le bustine delle figurine: terrorizzato da quello che poteva trovarci dentro.

- Noi stiamo andando a fare la spesa. Tu rimani in piazzetta e non ti muovere – disse sua madre nella consueta postura, con la mano sul fianco e

il dito accusatorio d'ordinanza – e non fare il
monello che tanto me lo dicono.
E aveva ragione. Intorno alla piazzetta dove viveva c'era
una rete di spie che al confronto CIA e KGB sembravano la
Nuova Infallibile, quella scalcagnata agenzia investigativa
di San Giovanni Galermo.
A cominciare dalla *za* Lucia, la sorella di sua madre, per
poi passare alla signora Agata della pizzeria, sogno erotico
al ribasso di una generazione che aveva appreso
precocemente che nel suo futuro non ci sarebbero state né
Schiffer né Campbell, al signor "Testa di calamaro" con
gentile consorte, che però in confronto agli altri erano solo
bassa manovalanza. Le peggiori di tutti erano Angilinazza
ma soprattutto le due sorelle, quelle che non avevano
nemmeno dignità di nome, poiché tutti le sapevano sentire i
curtigghiari[14].
Da bambino faceva sempre questo gioco di nascondersi
dietro agli alberi oppure tra le macchine parcheggiate
quando questi personaggi passavano dalla piazzetta. Se li
immaginava equipaggiati con tutto l'armamentario
voluminoso degli agenti dei film di spionaggio degli anni
80, con tanto di cuffie che manco Cecchetto e
l'immancabile registratore a bobine, trasportabile solo con
un'autogru.
   - Ha detto minchia, abbiamo le prove, l'abbiamo
     registrato. Appena torna sua madre…
All'angolo della piazzetta alcuni bambini si stavano
scambiando le figurine dei calciatori. Lui aveva perso
interesse dopo un po', come gli accadeva di frequente e per
diverse cose, ma quell'anno in special modo.
Il primo pacchetto di figurine era stato aperto con la solita
gioia, anche perché quello era un rito che indicava il
succedersi delle stagioni. Si tornava a scuola, è vero, però

---

[14] Pettegole.

si rivedevano anche amici che non si incontravano da tempo, e poi ricominciavano le partite.

Ma già al secondo pacchetto capì che c'era qualcosa che non quadrava. Fece scorrere le dodici figurine da una mano all'altra e si accorse di avere già un doppione. Alessandro Renica, libero del Napoli, proveniente dalla Sampdoria. Mai sentito. Faccia simpatica, anche se un po' anonima, capelli ricci arruffati e proverbiale maglia azzurra. Pazienza, si disse.

Il problema è che anche nel terzo pacchetto di figurine che aprì c'era Renica. E fu lì che cominciò a stargli antipatico. Nel quarto pacchetto di figurine, fortunatamente, non trovò Renica. Il quarto era anche l'ultimo per quel giorno perché sua madre aveva stanziato seicento lire per le figurine nonostante i suoi tentativi di negoziarne almeno mille e due, mille e cinquanta, novecento, ma'. Sua madre non aveva voluto sentire ragioni, per lei quella cifra era ragionevole e più che sufficiente, ragion per cui se la doveva fare bastare. E che non si azzardasse a chiamarla ancora ma'.

E così vedeva i mucchi di doppioni dei suoi amici legati con doppio giro di elastico, crescere a dismisura e innalzarsi come torri sui banchi di scuola, mentre lui aveva quel misero mucchietto che sembrava una casa popolare.

Il giorno seguente trovò altri tre Renica, poi altri due, poi un altro ancora. I suoi tentativi di smerciare quei doppioni furono vani: quanti cazzo di Renica poteva assorbire il mercato. Il colmo lo raggiunse quando in una bustina trovò lo scudetto della Fiorentina (doppione) e cinque Renica.

Ne aveva avuto abbastanza, decise che avrebbe smesso in quell'istante con la raccolta e così fece. Per un po' di tempo disseminò casa di figurine di Renica appena poggiate sui davanzali delle finestre o sui vasi da fiori nel balcone e le utilizzava come bersagli per il suo fucile a piombini, poi si scocciò pure di quel gioco.

Quel giorno infatti era uscito di casa senza fucile a piombini e senza figurine.

Quando il capannello di bambini cominciò a surriscaldarsi, lui si avvicinò incuriosito. Un ragazzo di due anni più grande di lui, Sergio, che lui comunque odiava perché lo aveva sempre considerato un bambino ricco, salvo cambiare opinione una decina di anni dopo, quando si accorse che in realtà non lo era così tanto, aveva offerto tutte le sue figurine, ed erano tantissime, in cambio della numero 176.

Aveva un foglietto spiegazzato con una manciata di numeri scritti sopra, tutti tagliati tranne quello. Al solo sentire il numero gli vennero le vertigini, lo conosceva a memoria quel numero. Senza pensare gli disse che ce l'aveva, mentre gli altri bambini scartabellavano le figurine girate sul dorso per controllare i numeri, glielo giurava.

- E dammela, ti do tutte queste in cambio.
- È che ce l'ho a casa – rispose.
- E vai a prenderla che completo l'album - disse - sbrigati.
- Mia mamma è a fare la spesa, sta tornando.
- Sì, che io ora aspetto a te.

Un bambino più piccolo, che nemmeno frequentava la piazzetta, infilò una mano dentro il capannello e disse – tieni, qua c'e la figurina che cerchi, ora dammi le tue. Sergio la girò sul dorso, controllò il numero, 176, e disse che andava bene. Poi consegnò il malloppo al bambino, girò ancora la figurina ed esclamò

- Che faccia di minchia, questo Renica!

Biagio si ridestò con la busta della Sharp ancora in mano, allontanando da sé il timore che dentro ci fosse l'ennesima figurina di Renica.

Non aveva nulla da perdere, lo sapeva benissimo, così la aprì, polverizzandola in mille pezzi, facendo cadere per terra tutto il suo contenuto per poi raccoglierlo e sparpagliarlo sul tavolo.

Si sedette e cominciò a leggere la lettera di presentazione. Non era niente di quello che lo aveva terrorizzato o lo aveva fatto sperare qualche attimo prima, si trattava solamente di un training motivazionale di un giorno, promosso dalla ditta alla quale avrebbe fatto immenso piacere se lui avesse partecipato. Il costo del corso era di duecento euro per coprire le varie spese, tuttavia per incentivarlo a partecipare, la Sharp poteva permettersi di offrirgli un biglietto aereo Catania-Roma di sola andata e di fornirgliene uno per il ritorno direttamente all'hotel dove si sarebbe svolto il seminario.

- Eh, ma che gliene fotte alla Sharp di motivazionarmi, o come cazzo si dice, visto che non sono un suo dipendente?
- *Beàcc' nun fa o strunz', pigliete stu cazz' e duecient' eur' du casciol' e vatenn' a stu cazz' e comm' si chiama* – rispose inequivocabilmente il padre.

La madre di Biagio aveva deciso di perpetuare anch'essa uno stereotipo, offrendosi di cucinare qualcosa per il viaggio, rinunciò solo perché in un raro slancio di ragionevolezza era stata convinta dal figlio che si trattava di un viaggio con andata e ritorno in giornata. Avrebbe fatto colazione a casa e sicuramente ci sarebbe stato un buffet in hotel all'ora di pranzo.

Paola venne a prendermi con un ritardo mostruoso dove mi aveva lasciato parecchie ore prima.

- Sbrigati che è tardi, papà si incazza.

Non dissi niente, anche perché farlo incazzare era stato uno dei miei hobby preferiti e mi era mancato da morire. Poi a voler essere sinceri, ero rimasto lì ad aspettare due ore come un idiota che lei si facesse i cazzi suoi e adesso dovevo pure sbrigarmi.

E in ultima analisi, io non ero mai stato un grande osservatore, uno di quelli che nella Settimana Enigmistica riuscivano a trovare le dieci piccole differenze del cinese disegnato nelle due vignette affiancate, però potevo scommettermi la palla sinistra che la cerniera della gonna di mia sorella, stamattina, fosse dal lato opposto.

Mia madre ci accolse con una gioia smisurata e debordante. Vederci rincasare insieme dovette per qualche ragione farle pensare a una sorta di normalità cercata per lungo tempo e poi improvvisamente e casualmente ritrovata: il fratellone e la sorellina che tornavano dall'università.

Tuttavia, vedermi rincasare senza i quadri con i quali ero uscito quella mattina, gettò un'ombra nel suo sguardo della quale non si sarebbe liberata facilmente. Mi conosceva bene, lo sapeva che certi gesti mi erano propri, come quando un giorno vendetti tutto l'oro che avevo accumulato tra battesimo, comunione e cresima, così senza motivo.

E sebbene fosse già tardi per gli standard di casa mia, avevano aspettato Paola e me per pranzare tutti insieme.

Poi mia madre mi avvertì, con fare neutro come quando si dice che sono finiti i tovaglioli di carta e bisogna ricomprarli, che una donna aveva telefonato durante la mia assenza. Riuscì solo a dirmi che forse parlava in francese ma che lei non era riuscita a capire nulla. Composi il numero di Vinka e rimasi ipnotizzato ad ascoltare il suono del telefono che dava libero, immaginandomi gli squilli che andavano a sbattere sulle pareti vuote di casa sua.

Dal mio posto a tavola vedevo la libreria enorme di mio padre che un tempo era una specie di contenitore di soprammobili e di libri inutili come quello del pollo che voleva diventare aquila e invece se lo cucinavano a brodo, oppure libri illustrati comprati a tot al metro lineare, come quelli delle sale d'attesa dei medici. Adesso invece riuscivo a distinguere il meglio della letteratura mondiale, tutti i classici che erano d'obbligo in una biblioteca che si rispetti, e fino a qui, ma anche una caterva di romanzi di esordienti, di case editrici underground, di titoli stranissimi. E poi i CD.

- Ma di chi è 'sta roba?
- Come di chi è? Mia, di chi vuoi che sia - rispose lui.
- E che cazzo te ne fai dei Sonic Youth o di Jon Spencer o di Tito & Tarantula?
- Giovanni, ma che domande fai? Che me li ascolto, no? Che vuoi che ci faccia con i CD? Piuttosto, Paola, com'è andata col relatore?
- Tutto a posto. Mi laureo a marzo, siamo pronti.
- E poi che fai, vai a lavorare con papà? - chiesi.
- No – incalzò mia madre – tua sorella già fa praticantato nel migliore studio legale di Catania. Sai quello che...
- No, mamma non lo so – tagliai corto.

Lo squillo del telefono interruppe la conversazione, Paola si alzò dalla tavola per andare a rispondere, immediatamente prima che mia madre iniziasse a decantare le lodi dello studio legale più in vista della città, come se gli altri non fossero degni di menzione, come se non esistessero. Era sempre così con lei, la migliore scuola della città, la migliore facoltà, la migliore comitiva, fatta dalle migliori persone. Se in famiglia avessimo avuto le emorroidi, queste sarebbero state le più grosse e succulente, le migliori della città.

Paola tornò in sala da pranzo e mi disse

- È per te, è una.
- Grazie.

Sprofondai al solo pensiero di sentire di nuovo la voce di Vinka, mi precipitai a rispondere ma dall'altro capo del telefono mi rispose la voce di Cettina che mi invitava la stessa sera a bere qualcosa in centro. Le dissi che ero impegnato con mia sorella nella prima parte della serata ma che forse avrei potuto trovare il tempo di incontrarla nella tarda serata. Mi rispose di mandarle un messaggio quando mi fossi liberato.

Mentre parlavo al telefono, mio padre mi passò davanti perché era già fuori tempo massimo per il suo espletamento, lo chiamai e con un rapido gesto dal braccio gli passai un giornale. Mi ringraziò mi fece l'occhiolino e poi sparì inghiottito dalla stanza da bagno.

Solo dopo pranzo, quando mio padre era al cesso, Paola mi confidò che no, in realtà il CD dei Sonic Youth l'aveva fatto girare nel suo stereo da un milione di dollari per circa un minuto, poi in preda alla labirintite per i troppi *larsen* (Paola li chiamò fischi), dovette staccare.

Mentre fino a qualche anno prima leggeva solo La Sicilia, di punto in bianco aveva iniziato a comprare Repubblica tutti i giorni. Arrivava in ufficio alle sette del mattino come sempre e si metteva a leggere la cronaca cittadina sul quotidiano locale, quella nazionale e la pagina culturale su Repubblica. E finiva sempre che c'era qualche nuovo narratore contemporaneo imperdibile oppure qualcuno che spostava in avanti la nuova frontiera dell'hip hop, e lui tutti i venerdì tornava a casa con un sacchetto pieno di libri e CD. I primi provava a leggerli e qualcuno riusciva pure a finirlo, ma i cd no, restavano lì in esposizione mentre lui continuava ad ascoltare Paolo Conte.

IV

Il padrone di casa, un ragazzo di una trentina d'anni molto
più elegante degli altri si alzò dal tavolo e ci venne
incontro. Si riavviò i capelli con un rapido gesto delle mani,
baciò Paola sulle guance e le disse
- Finalmente sei arrivata, ti aspettavamo tutti, sei
  splendida.
Mia sorella liberò le sue mani dalla morsa del ragazzo, si
ritrasse, poi sorrise.
- Sei sempre gentile.
- E Marco, Marco dov'è?
- No, non è potuto venire, ma vi saluta tutti e si
  scusa.
- Quindi stasera sei tutta per me, vero?
- Sì tesoro, sono tutta tua. Conosci mio fratello?
Il ragazzo allungò una mano verso di me
- Piacere, Riccardo Torre - disse indugiando con
  intenzione sul cognome, come se dovesse
  ricordarmi qualcosa.
- Giovanni.
- Tua sorella parla sempre di te.

- Mia sorella non sa niente di me – pensai, ma riuscii solo a dire – lo spero bene.
- A ogni modo, divertitevi ragazzi, siete miei ospiti.

Il salone enorme era già pieno di gente. L'età media era intorno ai trent'anni con qualche picco verso i quaranta e verso i 18 (un paio di ragazze che si stavano annoiando stravaccate sul divano). L'ambiente era formale, i ragazzi indossavano tutti abiti molto costosi, ma si potevano facilmente distinguere i ricchi di vecchia generazione da quelli nuovi perché questi ultimi avevano molta più voglia di ostentare.

Al centro della sala era stato disposto un lungo tavolo rettangolare con sopra il panno verde per la giocata e tutti gli invitati erano già nel bel mezzo della partita.

Fumavano tutti e sopra le loro teste una densa nuvoletta di fumo stazionava a mezz'aria, mentre un vocio incessante si insinuava da dietro.

Mi avvicinai al tavolo e vidi che stavano giocando a baccarat. Anche quello era un rito, tutti gli inverni, Catania si riempiva di questa specie di bische domestiche, dove comitive più o meno variegate si sfidavano a colpi di aperture e chiusure, di otto e nove. E in quanto rituale, la giocata a carte a volte poteva assumere anche il valore di richiamo d'accoppiamento, con la specie animale che adesso, invece di roteare la buffa codina e fare innalzare una colonna di merda fresca fino al cielo per impressionare le femmine del branco, o fare a cornate, preferiva fare affidamento al proprio cognome, alla professione del padre oppure a quanto riuscivano a perdere a carte in una sera senza nemmeno cambiare l'espressione del volto.

Poi per stemperare l'atmosfera, o forse era una caratteristica di questi ragazzi, ripetevano delle frasi. Uno le cominciava e tutti insieme le finivano. Oppure una ragazza applaudiva in maniera scomposta battendo le mani sulla sua testa dicendo "brava, brava, brava" e ripetendo quel gesto fino alla nausea.

Poteva sembrare un codice di quelli che si creano in ogni comitiva, ma a meglio vedere, e una ragazza in seguito me ne diede conferma, non si trattava d'altro che di alcuni tormentoni di un programma comico della TV.

Anche Paola giocava forte e perdeva forte senza farselo passare par l'anticamera del cazzo.

Le chiesi il cellulare in prestito e mandai un messaggio a Cettina, nella ridicola speranza che potesse salvarmi da quella noia mortale, poi restituii il telefono a Paola e mi spostai in un altro lato del salone per versarmi da bere.

Alcune ragazze parlottavano tra loro e mi guardavano.

Non mi conoscevano e questo era sufficiente per stimolare la loro curiosità.

- Paola dice che sei stato fuori per molto tempo.

Mi voltai e non vidi nessuno, chi cazzo aveva parlato? Abbassai ancora lo sguardo su una ragazza piccola di statura e con due minne enormi che mi sorrideva.

- Affari? – continuò.

- Sì, affari.

- Io sono Nancy – disse.

Nancy, nome salito alla ribalta nel periodo reaganiano, da noi poteva significare Annunziata oppure Provvidenza, aveva sostituito i più proletari Nunzia ed Enza e aveva la sua enclave più numerosa alle pendici dell'Etna, nella zona che da Zafferana arriva fino a S. Venerina.

Mi portò in giro preoccupandosi che io conoscessi tutti lì dentro e presentandomi uno per volta, come capitava, i ragazzi che incontravamo. Secondo Nancy erano tutti simpaticissimi ma non appena questi si allontanavano cominciava con la radiografia: passarono in rassegna figli di cardiochirurghi, di notai, di commercialisti, i figli di due deputati all'Ars di avverso schieramento politico, il figlio di un docente universitario, docente universitario a sua volta. Mi incuriosivano due ragazzi dall'aria scanzonata, robusti, vestiti come due gangster da film noir, con i capelli riccissimi, unti e lunghi sulle spalle, uno un po' più giovane dell'altro, ma chiaramente fratelli, che giocavano, vincevano e perdevano esaltandosi e facendo un chiasso infernale per qualunque cosa.

Erano i figli di un imprenditore che aveva ottenuto in appalto la gestione dell'intero ciclo dei rifiuti di tutta la provincia. Nancy non tralasciò di insinuare legami con gente "di un certo tipo" e fece persino le virgolette con le dita. Chiamare la mafia con il proprio nome in quel contesto poteva sembrare poco elegante. Aggiunse che probabilmente erano i più ricchi di tutti e che si sarebbero potuti comprare il resto dei presenti vestiti a festa con i soldi della merenda.

Tutto questo avveniva qualche ora dopo che i ragazzi dei centri sociali di destra avevano finito di fare doposcuola ai figli degli abitanti della Civita e quelli dei collettivi avevano ultimato di servire la cena sociale organizzata per i poveri del quartiere San Cristoforo. Poi probabilmente i due gruppi sarebbero venuti a contatto nella tarda serata e complice l'aria di festa e qualche bottiglia di troppo, ci sarebbe uscita una bella rissa d'altri tempi con manganelli, caschi e catene dei motorini e ci sarebbe scappato pure il morto.

Paola si avvicinò, si scusò con Nancy e mi porse il telefono.

- È per te, è sempre quella.
- Grazie.

Cettina cominciò a parlare in modo concitato, allontanai il telefono dall'orecchio mentre Nancy rideva per la scenetta. Feci sfogare Cettina e poi, riavvicinato il telefono all'orecchio, le dissi che non avevo la macchina. Rispose che sarebbe passata lei se le avessi spiegato dove mi trovavo. Le ripassai Paola, che in maniera infastidita le spiegò la strada e poi fece la faccia schifata a semplice uso

88

e consumo dei giocatori seduti attorno al tavolo. Poi cambiò espressione

- Sì, dai Torre, sì.

Nella mezz'ora successiva, Nancy si era sforzata di rendersi interessante con i racconti della sua carriera universitaria a scienze politiche, poi con quelli dei suoi ex, sempre e comunque a voler perpetuare uno stereotipo, e come se me ne potesse fottere qualcosa dei suoi ex, per poi passare a dove vai in vacanza quest'estate. Insomma, il repertorio completo per farmi diventare lo scroto quanto il dirigibile Good Year.

Nel non detto, tra di noi c'era la sua irritante voglia di compiacermi a ogni costo e una vocina acuta fastidiosissima e la mia maledizione che consisteva nel catalizzare perennemente l'attenzione della più cessa dell'intera comitiva. E scusami Nancy se questa cosa non può funzionare, ma ci sono cose che non funzionano e basta, senza dover fare filosofia a tutti i costi.

- Lo vedi quello?

Sì, lo vedevo. Alto, magro, con l'aria divertita, i jeans scoloriti, un maglioncino sformato e i capelli biondo sporco che gli coprivano quasi gli occhi.

- Lavoravo da suo padre, quando il mio si era messo in testa che io dovessi fare qualcosa perché non davo un esame da diciotto mesi. Lavoravo dodici ore al giorno ma lo trovavo allo studio e lo lasciavo lì quando tornavo a casa. Faceva pagare gli apparecchi e le dentiere cinque volte quanto gli costavano e non faceva sconti nemmeno a sua madre. Sai quante volte ho dovuto rifiutarmi di consegnare la dentiera a un vecchio perché non aveva i soldi?

- No - mi strinsi nelle spalle.

- Cioè, dico, così però non è giusto. E poi mi dava cinquecento euro al mese. Se le pagava con una dentiera, il tirchiaccio. Tutto in nero, naturalmente. E poi pensa, si dice che ogni tre quattro mesi si traveste da barbone, riempie uno zainetto con i soldi che ha guadagnato e che tiene nascosti in una cassetta di sicurezza e va a depositarli sul suo conto in Svizzera, come si faceva una volta, perché pare che non si fidi dei conti online o forse per non lasciare tracce. Però io non l'ho mai visto. Ci pensi?

Cettina si presentò così, facendo piombare in un attimo il silenzio nel salone. Si voltarono tutti a guardarla tanto era in forma. Mi trascinò via dal divano sul quale ero seduto con Nancy, poi scambiò qualche parola con il padrone di casa, che conosceva, così come conosceva la maggior parte di quei ragazzi ai quali forse non poteva venire madre, ma zia maiala, quello sì.

- Ho interrotto qualcosa? – chiese con una chiara allusione a Nancy.
- No – risposi – vuoi restare o vuoi andare via?
- Come vuoi tu.

Lei se ne voleva andare.

Salutò Riccardo Torre e gli chiese di portare i suoi saluti anche a mamma e papà. Poi forse se ne pentì, ma non sembrò dispiacersi più di tanto. Fece fischiare le ruote del suo fuoristrada, sgommando sul vialetto della villa e poi uscimmo senza direzione in una notte stranamente calda per essere fine dicembre.

Non avendo santi da bestemmiare, ché nella religione induista non ce n'erano, i tre ingegneri informatici si limitarono a entrare in uno stato di panico diffuso che riguardava solo i loro occhi, sgranati di fronte ai monitor, mentre il resto del corpo rimaneva immobile. Il sudore scolava da sotto i turbanti, attraversava la pelle e finiva la sua corsa inzuppando tre paia di baffoni neri. Non mangiavano o dormivano da trentasei ore, durante le quali non avevano fatto altro che mandare giù una tazza di caffè solubile dopo l'altra e fumare sigarette dalla marca impronunciabile, mentre osservavano l'icona di un omino che cercava di spingere un elefante attraverso una rampa di scale che il programmatore del sistema aveva utilizzato invece della solita clessidra. Poi qualcuno mandò giù del Maalox per contrastare la gastrite e qualcun altro fu distratto dal rumore del proprio stomaco, intanto che nel prompt dei comandi del sistema, verde su nero, continuavano ad apparire i segnali di errore 106 a, 209, 24/3 e infine quello di "errore di sistema irreversibile, riavviare il sistema e sperare in un futuro migliore" che il programmatore aveva previsto in uno slancio di spiritosaggine misto a stanchezza e fretta di finire il progetto.

I tre indiani tentarono di riavviare per l'ennesima volta, ma il computer era talmente impallato che ignorò persino il comando di riavvio e uno degli ingegneri cominciò a credere che l'omino che spingeva l'elefante si girasse ogni tot numero di secondi prestabiliti per mostrargli il dito medio mentre l'animale faceva impennare la coda con un pirito. Il secondo indiano cominciò a sudare copiosamente nel suo camice bianco e a grattarsi la testa da sopra il turbante, preoccupandosi che lui e i suoi colleghi si fossero messi in qualcosa al di sopra delle loro possibilità e soprattutto per il fatto che l'arabo e la ragazza magrissima non fossero quei rispettabili uomini d'affari che avevano fatto credere loro. Il terzo indiano si immalinconì e pensò alle sue bambine. Durante la quarantunesima ora di veglia a un sistema moribondo, non apparvero né angeli né madonne, ma i tre vennero svegliati di soprassalto dal contemporaneo attivarsi di tutte le ventole di raffreddamento del computer che sembrava dovesse decollare da un momento all'altro.

Alla fine della quarantanovesima ora, l'ingegnere più giovane, quello che aveva la certezza che il programma lo stesse prendendo per il culo, sollevò lo sgabello sul quale era seduto e cercò di fracassare l'unità centrale ma fu bloccato dagli altri due. Il più anziano gli assestò un paio di schiaffi belli forti e poi gli ordinò di andare a comprare del cibo qualsiasi. Al suo ritorno con le mani cariche di pacchettini con cibo da asporto, trovò i colleghi addormentati e l'elefante dell'icona che si era cappottato e aveva schiacciato l'uomo, mentre la stampante stava vomitando dei fogli. Svegliò i colleghi anziani e spiegò loro la situazione, ma proprio mentre i tre stavano cercando di forzare l'ennesimo riavvio, un sibilo fortissimo e fastidioso, stavolta come quello di un aereo a reazione, spaccò i loro timpani. C'era voluta una settimana dall'avvio, ma il sistema alla fine aveva scandagliato i documenti di trasporto merci di tutte le società di trasporti d'Europa, aveva comparato gli orari di partenza e di arrivo previsti con quelli effettivi, erano stati inseriti nei parametri di ricerca anche consegne mancate ed eventuali danni alle merci trasportate. La risposta si fece attendere, ma non dava spazio a equivoci. In tutta Europa, per lo meno in quella parte che aveva i documenti digitali, la migliore compagnia di trasporti era la ZPSC Transport di Francoforte, di Giuseppe Cutuli e Rosario La Ferla.

Il monitor divenne completamente nero e si arrestarono tutte le funzioni vitali del Megax che adesso sembrava proprio defunto, subito dopo avere stampato l'ultimo foglio del curriculum vitae di tale Salvatore Raciti.

Addormentarsi alle sette di sera sul divano con i capelli bagnati dalla doccia e la testa messa completamente di sbieco rispetto al resto del corpo non era stata un'idea geniale. Svegliarsi con la cervicale che sembrava trafitta da uno spillone voodoo ne era la diretta conseguenza, ma nonostante ciò, Salvatore non era tanto preoccupato per questo, quanto per la rimpatriata che suo malgrado gli si era piazzata tra una palla e l'altra. E come tutte le idee che si possono considerare degne di menzione, anche quella doveva subire una lunga analisi, un attento vaglio, per scoprire che non era stata affatto una buona idea. Ma neanche per il cazzo.

Si svegliò tardissimo. Si mise addosso jeans e maglione che indossava già da tre giorni, che cominciavano a emanare odore di sudore e polvere e si incamminò verso il luogo dell'appuntamento senza nemmeno pettinarsi, tanto che il segno della sciagurata postura nella quale si era addormentato, gli solcava la faccia da un lato e gli schiacciava i capelli dall'altro.

Attraversò il Viale Libertà e camminò ancora fin quando non si trovò nel centro della piazza dalla quale telefonò al suo amico e si fece dire dove fossero. A un certo punto le vertebre cervicali gli scrocchiarono e si liberò definitivamente del mal di collo che lo aveva tenuto bloccato per qualche ora. Entrò nel pub dove lo stavano aspettando i suoi amici, ovvero, per la precisione, entrò in quel locale affollato e con la musica messa a un volume assurdo, dove quelle persone che aveva frequentato per un periodo della sua vita si stavano facendo i cazzi propri e non stavano aspettando nessuno. Benedisse la doccia, il divano, essersi addormentato e anche il mal di collo per avergli impedito di presentarsi in orario per la cena, dove si sarebbe dovuto sorbire l'inutile ed edulcorato repertorio di gente che in breve gli doveva riassumere diversi anni di vita e che chiedeva il resoconto della sua. I suoi amici stavano ballando nella sala del pub e alcuni erano al bancone a bere. Altri erano fuori per la gran botta di caldo che avevano preso dentro. Aver lisciato di brutto l'appuntamento aveva avuto come conseguenza che l'unica cosa alla quale dovette sottoporsi fu una processione di baci sulla guancia con uomini e donne, pacche sulle spalle, abbracci e "come stai? Tutto a posto". Era salvo. Ed era Salvo anche per distinguerlo da Turi, ché Tistazza si distingueva da solo, ma le uniche due persone con le quali avrebbe voluto rincontrarsi non erano reperibili.

Avere frequentato una facoltà a indirizzo umanistico, gli aveva fatto conoscere persone della peggio specie. Avevano tutti una qualche velleità artistica e il mondo vero, quello là fuori, non aveva che farsene di loro. Nella compagnia c'erano due di tutto: due registi che rosicavano l'uno nei confronti dell'altro per quei minuscoli successi che il cinema catanese ti concede, scrittori naturalmente senza editore, musicisti senza casa discografica che suonavano cover nei pub per le canoniche trecentomila lire meno le spese e si sentivano Jeff Buckley messo in croce, un paio di attrici indiscutibilmente bone e altrettanto cagne. Poi c'era persino un pittore, ma era durato pochissimo, nella comitiva così come all'università, era sparito un giorno di troppo tempo fa senza lasciare traccia.

- Io dovrei passarti sul corpo con un rullo compressore fino a che morte non sopraggiunga, ma sono troppo contenta di vederti.
- Minchia, Claudia!

La abbracciò per un istante e poi si allontanò da lei per osservarla meglio. Erano stati insieme per un breve periodo, l'ultimo prima che Salvatore decidesse di partire per il Sudafrica. Si erano piaciuti e avevano scopato un paio di volte finché Salvatore, con eccellente scelta di tempo, non la mise al corrente che aveva accettato un lavoro a Johannesburg e che le storie a distanza non facevano per lui. Claudia l'aveva presa con serenità e fermezza: si sarebbe limitata a ucciderlo se gli fosse capitato tra le mani. Poi un giorno ammazza l'altro, un mese si accartoccia su se stesso, un esame va bene e l'altro no, qualche quadrimestre viene sprecato in attività stupide e improduttive e fine della delusione per Salvatore.

Salvatore non aveva smesso di guardarla nemmeno per un attimo, ma non era una novità per lui, anzi, gli capitava tutte le volte che incontrava nuovamente una con cui era stato.

Generalmente scopava con chiunque, o quasi, anche con ragazze dall'aspetto e dalla personalità insignificante. Poi, quando non scopavano più, sempre a causa sua, queste si tiravano a lucido, dimagrivano, andavano dall'estetista, e dal parrucchiere, qualcuna si era pure rifatta le tette e quando le incontrava erano diventate il più delle volte dei grandissimi pezzi di sticchio, e lui non sapeva se essere contento per essersele fatte o rammaricato perché aveva la sensazione che i nuovi accompagnatori delle ragazze lo guardassero come quelli che hanno comprato la tua stessa macchina allo stesso prezzo ma tu hai preso il modello base e loro il full optional.

Nemmeno Claudia sfuggiva a questa logica. Quando l'aveva frequentata era una bella ragazza mora, formosa e complessivamente interessante, adesso si trovava di fronte una donna di quelle che quando era più giovane pensava "io lì non ci posso arrivare". Sembrava anche più alta, ma quando cazzo lo aveva fatto lo sviluppo, a ventotto anni?

Il fatto che Claudia fosse poi la più grande estimatrice di tutto quello che facesse lo irritava ancora di più.

Tra capo e collo piombò Giacomo che interrompendo la magia con la quale Salvatore aveva evitato il "come eravamo" li informò che Francesco piccolo, Marzia, Davide e Valeria nell'ultimo mese avevano deciso di ingrossare le fila dei catanesi emigrati a Milano, stufi di essere rimbalzati da un call center all'altro e poi cominciò a massacrare Salvatore, ricordandogli come e perché aveva deciso di andarsene.

- Com'è finita col disco?
- È in lavorazione.
- E il libro?
- Sono a due terzi.

- Prospettive?
- Un paio di buoni contatti, sia discografici che editoriali. Piccole realtà, abbastanza cazzute. Gente che mira alla qualità, non alle vendite.
- Bene, bene. Mi fa piacere – e si allontanò perché il deejay stava mettendo una canzone che gli piaceva.

Anche Salvatore come tutti gli altri aveva avuto delle velleità artistiche, solo che a un certo punto della sua vita, aveva deciso di metterle da parte e di lasciarsi consapevolmente inaridire.

- Mica è vero – sembrò scusarsi con Claudia.
- E allora?
- E allora, a parte il fatto che la gente che mira alla qualità e non alle vendite non esiste, e perché dovrebbe farlo poi? Il fatto è che ho lasciato tutto da parte quando me ne sono andato. Le cose che scrivevo sono andate perdute in un hard disk bruciato, la musica idem.
- Mi dispiace.
- Non dispiacerti, va bene così.

Claudia si mise a giocare con il telefonino di Salvatore, poi compose il suo numero e si chiamò.

- Penso che non accadrà, ma se dovesse venirmi voglia di vederti so come fare.

Salvatore si congedò dai colleghi di una volta e tornò verso casa. All'altezza di via Di Prima decise di tagliare per i vicoletti retrostanti.

Fu sorpreso nel vedere come in qualche anno il quartiere a luci rosse di Catania si era trasformato. La via Di Prima era una volta una sorta di spartiacque che separava la zona del teatro Massimo con i suoi locali e la movida sette giorni su sette, da un quartiere negro e zingaro frequentato da militari in libera uscita, marinai e uomini qualunque che desideravano passare un po' di tempo con qualche ragazza pagandola, così come pagavano per tutto il resto.

E si ricordò anche del suo diciassettesimo compleanno con Turi e Tistazza che gli avevano pagato la migliore puttana di tutta Via delle Finanze, mentre Turi si appartava con una mora e Tistazza a causa della sua terza coscia supplementare veniva rimbalzato da quelle più carine. Tistazza di anni ne aveva diciannove, ma quando lo rifiutavano le puttane, gli occhi gli si riempivano di lacrime e dovevano cercargli qualcuna che avesse dimestichezza con i cazzi *heavy duty*. L'unico inconveniente era che generalmente queste erano delle budellone enormi e sudaticce, sudamericane o nigeriane che avevano già passato il primo tagliando dopo i trentamila chilometri di minchia ricevuta. Di solito Tistazza trascorreva le sue serate al bar di fronte Via delle Finanze che comunque era frequentato dalle stesse budellone che, vedendolo triste, si facevano raccontare il suo dramma, se ne facevano carico e poi glielo risolvevano a modo loro.

Poi a un dato momento era successo qualcosa di impensabile: le retate delle guardie si susseguivano giorno dopo giorno e le porte dei bassi occupati dalle signore erano state murate. In poche settimane, il sindaco aveva deciso di stroncare la prostituzione a Catania e di risanare l'intero quartiere. Il risanamento alla fine non c'era stato e la zona appariva oggi come diversi anni prima, solo che non c'erano più le puttane. Il problema era comunque estetico e non etico visto che le prostitute che ricevevano in casa e avevano svariati annunci su internet superavano le diverse centinaia di unità. E poi comunque le nigeriane si erano spostate nella strada parallela, e le rumene e le polacche di ultima generazione stazionavano sul viale Africa e al Faro e per gli amanti delle emozioni forti c'era l'immarcescibile superstrada Catania-Gela.

Salvatore attraversò il quartiere ormai quasi deserto, evitò le attenzioni di un paio di travestiti e di trans che adesso erano di moda anche nella sua città e arrivato a casa si gettò a letto vestito pensando che gli era andata di culo a non aver dovuto parlare delle sue esperienze in Africa. Del resto lui non era Ferdinand e nemmeno Kurtz, ma soprattutto prima di prendere sonno, meditò su quanto fosse diventata fica Claudia.

Io e Cettina girammo un bel po' nei paesi dell'hinterland etneo alla ricerca di un bar aperto, ma si era fatto tardi e di aperto a quell'ora c'erano solo gli autogrill sulla Catania-Messina.

- Se non mi fraintendi, possiamo andare a bere a casa mia.
- Non ti fraintendo.
- Io ho parecchie cose da dirti, ma vorrei dirtele davanti a un bel bicchiere di qualsiasi cosa, ne ho bisogno. È stata una settimana – si interruppe – un anno pesante.

L'ora tarda e la stanchezza insieme al fatto che mi fossi alzato così presto quella mattina mi rincoglionirono del tutto, mi sbracai sul sedile e confessai

- Anche i miei ultimi dieci.

Poi mi ripresi il minimo indispensabile, mi raddrizzai sul sedile e la guardai, mentre ormai giunti a Nicolosi, stava parcheggiando l'auto sotto casa sua.

Cettina abitava in una villa di due piani con un giardino. Dalla scala esterna si accedeva direttamente a un salone molto grande, diciamo quanto i miei appartamenti di Swansea e Parigi messi assieme, arredata con cura del dettaglio, in stile moderno ma con una virata decisa verso l'etnico. La libreria era piena di riviste d'arte e arredamento e di monografie dei pittori più famosi che si interrompevano a Picasso, come se da Picasso a oggi pomeriggio non fosse successo niente di rilevante nel mondo della pittura.

- Complimenti, bella casa.

- Vuoi che metto un po' di musica?

Il solo pensiero mi terrorizzava. Risposi di no, ché avremmo parlato meglio senza. Mi chiese letteralmente perdono mentre si stravaccava sul divano afflosciandosi come una pianta da vaso moribonda. Poi con un gesto lento delle gambe si tolse via le decolleté nere e le fece scivolare alla sua sinistra.

- Ti dispiace se ci pensi tu?
- No, affatto.
- Io vorrei un black Russian si fa con...
- Lo so come si fa il black Russian.

La signora aveva un angolo bar sorprendente, non si faceva mancare proprio nulla. Riempii un bicchiere da long drink di ghiaccio, mescolai Kalhua e un'ottima vodka d'importazione, rammaricandomi non poco per questo, lo girai con lo *stirrer*, perché aveva pure lo *stirrer* e la servii. Io mi versai un cognac.

- Vedi Giovanni – bevve una lunga sorsata, asciugandosi metà del cocktail, poi non aggiunse nient'altro se non – wow, questo è il miglior black Russian che io abbia mai bevuto.

Non che ci volesse l'acceleratore di particelle per farne uno come si deve, ma il fatto che si stesse finalmente rilassando, a piedi nudi sul divano e con un po' di alcol in circolo, fece distendere pure me.

- Buono a sapersi, se non ti piaccio come pittore mi puoi assumere come barman.

Rise.

- Vedi, Giovanni – e bevve un'altra sorsata – mmmhhh, è proprio buono.
- Sì, Cettina. Io vedo.
- Penso che il ritratto non abbia grande valore commerciale, è troppo personale, nessuno dei miei clienti vorrebbe appendere...
- Mia madre.

- Tua madre, alle pareti di casa propria o del proprio studio. Ciò non significa che non sia buono, anzi è tecnicamente superiore all'altro.
- Tuttavia?
- È invendibile. Senti tesoro perché non me ne fai un altro?

Le preparai un altro black Russian mentre dall'angolo bar le chiedevo di continuare a parlare.

- L'altro è stupendo. Veramente. È una vertigine, un'esperienza – disse mentre continuava a mandare giù vodka e kalhua – è testimone di un mondo di, come dire …
- E se non lo sai tu – pensai.
- Ascolta, io sono sicura di poterlo vendere anche domattina.

Bene. Fallo che sono a secco.

Le porsi il secondo cocktail mentre continuavamo a parlare del più e del meno. Mi chiese quanti altri quadri avessi per lei. Venti – mentii, e naturalmente non mi credette. Mi pregò di essere quanto più onesto possibile nei suoi confronti perché tra gallerista e pittore doveva esserci lo stesso rapporto che c'è tra confessore e fedele. Non poteva di certo sapere che la mia ultima opera erano stati due tamarrissimi occhi di squalo sul montante del muletto a Swansea e che non toccavo un pennello da secoli. Mentre il mio penultimo lavoro erano due piccoli simboli con la falce e il martello sopra le nocche sui guantoni a Odessa. I ragazzi ucraini non l'avevano presa benissimo, ma lungi dal darmi una lezione come si deve, si erano limitati, a titolo di avvertimento, a cacarci dentro.

E certo che l'alcol le scioglieva la lingua. Continuò rovesciandomi addosso una caterva di luoghi comuni misti a complimenti per i miei quadri e inspiegabilmente per i miei capelli. Buttò lì anche qualche nome illustre, probabilmente per impressionarmi, fece menzione della sua amicizia con l'assessore, sì che lo conosci, proprio quello e

100

poi iniziò a parlare di una roba mista fra psicanalisi e new age, dimostrandomi, se ce ne fosse stato bisogno, quanto fosse patetica e d'accatto la realtà culturale della mia città e dandomi conferma di quanto poco me ne importasse.

Poi passò a raccontarmi del suo divorzio che risaliva a un anno prima, dell'ultimo anno che era stato veramente durissimo, perché comunque c'era la crisi, e di altre cose che deprimevano entrambi.

Mi chiese di farle il terzo cocktail e mentre glielo porgevo mi accorsi di come Cettina stesse sfiorendo, sorso dopo sorso, sdraiata sul divano. Le scarpe erano già volate via, i primi due bottoni della camicetta bianca si erano aperti, i capelli adesso le si stavano gonfiando e la pettinatura curata di inizio serata non era che un ricordo. Anche il trucco non era più convincente come quando si era presentata a casa dei Torre diverse ore prima. Gli occhi le lacrimavano, volevano tregua e non sopportavano più le lenti a contatto. Sembrava adesso una specie di maschera tenuta su con degli spilli. E insieme alla sua figura complessiva, anche i suoi discorsi subivano la stessa involuzione. Continuò a bofonchiare roba sull'arte e poi sui suoi clienti e su Catania in genere, e il suo giudizio definitivo era che fossero tutti degli stronzi. Poi in un attimo abbassò la guardia e si fece scappare che in realtà Sex and the city aveva alterato la percezione che la gente aveva delle gallerie d'arte della città e che lei doveva fare il diavolo a quattro e fare anche da corniceria per tenere in piedi l'attività.

- Cettina, scusa, cos'è Sex and the city?

Mi guardò come si guarda uno che è stato scongelato nel microonde da qualche minuto o come si guarderebbe Tom Hanks, acconciato come in Cast away, incontrandolo sulla spiaggia di Bagnaculo.

Si limitò a spiegarmi che era un telefilm.

In seguito si riprese un po' e l'alcol la aiutò a cambiare di segno ai suoi discorsi. Ritornò spavalda come era stata fino a poco prima e ricominciò a parlare di sé come di una figura chiave nel mondo della pittura a Catania. Arrivò a dire che erano lei e altre due persone in città che decidevano chi esponeva e chi no quali erano i generi in voga e chi poteva definirsi pittore e chi invece non sarebbe mai entrato nell'olimpo dei [rutto]. Ma io sicuramente sì. Completò il discorso esibendo un sorriso sfiancato, non ne poteva proprio più, aveva bisogno di andare a letto, ma mi chiese un altro cocktail.

- Non ne hai avuto abbastanza?
- No, caro. Io non ne ho mai abbastanza.

Ma ormai era andata completamente. Le parole uscivano fuori come un sibilo alcolico strascicato e cantilenante. E per quel cazzo che me ne potesse importare le feci il quarto black Russian, abbondando con la vodka, cattivissimo.

- Wow, wow, wow, questo è il più buono di tutti! Dài, adesso vieni a sederti un po' qui che ti spiego come si diventa famosi in questa città del cazzo.

E scoppiò a ridere. Poi allungò le gambe e le appoggiò sulle mie.

- Ho avuto un'idea grandiosa. – disse mentre mi spalmava un piede in faccia facendomi ritrarre indietro con uno scatto.
- Sentiamo.
- Fammi un massaggino ai piedi.
- Sarebbe questa l'idea grandiosa?
- Sì – rispose mentre improvvisava una specie di broncio, quello che le ragazze fanno quando vogliono qualcosa ma l'unica cosa che ottengono è coprirsi di ridicolo.
- Non mi sembra granché come idea.
- Eddaiiiii!

Iniziai a massaggiarle il piede destro quando dopo pochissimo lei col sinistro iniziò a cercare il cazzo. Mi alzai e le chiesi di poter andare in bagno.

Dentro l'armadietto c'era una quantità surreale di boccettine, di pillole e gocce, creme antirughe e altre cose del genere e una scatola di preservativi scaduti nel 2004. Questo non significava certo che la signora non vedesse minchia da sette anni; per quello che ne potevo sapere, poteva essere in menopausa da quel periodo e quindi le si potevano rifare le tubature andandoci liscio.

Pisciai e tornai di nuovo da lei, ma la trovai che russava facendo un rumore di motosega ingolfata, la raddrizzai un pochino sul divano, mi soffermai a guardarle una piccolissima ricrescita di capelli bianchi sotto la tintura nera proprio all'altezza dell'attaccatura. Poi cominciai a frugare nella sua borsa, tirai fuori il cellulare e chiamai Paola.

- Hey.
- Sei a casa?
- No, sono ancora in giro, poi ti racconto.
- Io sono a Nicolosi, mi passi a prendere?
- Come no? Dammi una mezz'oretta e sono da te. Che fine ha fatto la vecchia?
- Dorme. Dài, sbrigati, ti aspetto ai Pini.

Uscii che era quasi l'alba, camminai per una buona decina di minuti verso i pini e pensai che se Magritte si fosse trovato in quella casa la sera sbagliata, avrebbe gettato via i pennelli e avrebbe aperto un panificio.

Dopo un paio d'ore vidi la macchina di mia sorella salire da via Etnea in direzione della piazza dei pini. Era inseguita da una motocicletta ma entrambe procedevano lente. Quando si fermarono nella piazza ed ero già pronto per fare a pugni, mi accorsi che in realtà la moto non stava seguendo Paola, la stava scortando, e il ragazzo che aveva poggiato la moto sul cavalletto non era Marco, ma un misto fra un *mammoriano* e un *hell's angel*, con i pantaloni di pelle, gli stivali e i capelli tagliati a scodella.

Mia sorella si sporse dal finestrino e il tizio la baciò, poi lei gli disse – ti chiamo io – e il motociclista si dileguò tornando in direzione Catania.

Salii in macchina e chiesi spiegazioni a Paola per il ritardo, mi rispose come se fosse piombata lì da un altro pianeta e per la sorpresa aveva iniziato ad agitarsi.

- Perché che ore sono scusa? Ma è molto che aspetti?

E fu lì che ebbi la certezza che Paola fosse completamente strafatta di coca.

- Tu piuttosto, che hai fatto, l'hai demolita la vecchia.
- Non è poi così vecchia.
- Se, come no? Ha cinquantaquattro anni. È più vecchia del *pirito*.
- Ma tu che ne sai, scusa?
- Capirai. È stata l'argomento di tutta la serata non appena ve ne siete andati.
- Sì, sì, vabbè. Ma come fai a sapere quanti anni ha?
- Ma dài, Giovanni, si vede.
- Paola, si vede un cazzo. E poi mi ha detto di averne meno di cinquanta.
- Sì e tu ci credi. Comunque, abbiamo fatto una scommessa e abbiamo partecipato tutti. Cinquanta euro a testa, eravamo trentadue, fai tu.
- Ti prego, non mi dire che l'hai chiamata al cellulare per chiederle l'età.
- Ma figurati, e poi, scemo tutto, non sei stato con lei? Hai sentito telefonate di questo tipo?
- No, hai ragione.
- La signora è l'ex moglie del notaio Barresi, ha rilevato una galleria d'arte con i soldi che ha portato via al marito con il divorzio e se la passa

discretamente. È bastato chiamare il padre di Giorgio, te lo ricordi Giorgio?

- No.
- Era lì stasera. A ogni modo, il padre di Giorgio è il suo commercialista. Prima ha mandato a fanculo Giorgio perché l'ha svegliato a quell'ora, poi si è convinto a darci il codice fiscale della signora, e indovina chi ha vinto? Ta-da!

Tirò fuori dalla borsa un malloppo di banconote da cinquanta euro e mi disse di tenerle, che aveva vinto grazie a me.

- Paola, non è per puntualizzare, ma i soldi io non li voglio e comunque non sono 1600 euro, saranno di meno, non è che ti hanno fregato?
- Sì, che ora loro riescono a fregare me. Che c'entra, dopo la giocata ho pagato la discoteca, da bere per tutti e poi ho preso un po' di coca. Però te ne ho conservato un paio di botte.
- Che pensiero squisito, grazie cara. Ma il mammoriano chi era?
- Niente, uno che si è offerto di scortarmi fin qui vista l'ora.

Mentre Paola guidava verso casa, apprese con delusione che con Cettina non c'era stato proprio niente, mentre lei poi confessò che il mammoriano di prima lo aveva conosciuto in discoteca. Trovava molto buffo, anzi eccitante, che quell'uomo non beccasse un congiuntivo neanche per sbaglio e che fosse in tutto e per tutto una bestia. Lui se l'era portata nella sala giochi di un amico, aveva buttato fuori tutti i ragazzi che c'erano e se l'era scopata sul biliardo. Fu molto minuziosa nel descrivere i tatuaggi di lui e le sue braccia muscolose che la afferravano. Paola vide il mio sguardo farsi cupo, poi partì in quarta, ancora sotto l'effetto della coca.

- Io non devo giustificarmi con nessuno, tantomeno con te. Tu hai preso e un bel giorno sei sparito senza dire niente, come se non fossi mai esistito. Ed io sono rimasta qui, a nutrire le speranze e le aspirazioni di mamma e papà. Tu pensi che mi piaccia essere sempre la prima della classe, essere sempre fica, laurearmi nel tempo stabilito, avere una relazione con un ragazzo che loro approvano. C'è da diventare scemi con loro. Non è che possiamo essere tutti dei vigliacchi come te.
- E tu pensi che scoparti un mammoriano sia la soluzione?
- No, non lo è, ma se non lo faccio divento pazza. Io domani mattina sarò la dolce Paola che tutti conoscono, e non sarà successo niente. La coca nascondila bene, preferibilmente nella giacca o nella tasca dei pantaloni, perché papà e mamma hanno 'sta cazzo di abitudine di frugare ovunque.
- Senti, io non la voglio la coca, non ne prendo.
- Ma smettila, tutti la prendono.

Paola fece manovra nel viale di casa e parcheggiò. Fortunatamente il clima si era un po' disteso e ricominciammo a scherzare su quanto fosse interessante Nancy, che si era imbarazzata a morte ma alla fine aveva trovato il coraggio di chiederle il mio numero di telefono e su quanto fosse frocio il giovane Torre, che faceva il play boy ma alla fine erano tutti al corrente della sua vera natura.

Poi in uno dei suoi consueti sbalzi d'umore mi disse che era veramente felice che io fossi tornato.

Rincasammo ridendo mentre la luce del salone si accendeva. Mio padre in mutande mi guardò e mi disse buongiorno, io risposi buonanotte e mi avviai verso la mia stanza. Spedì Paola in camera sua con fare autoritario, poi

106

mi bloccò con un braccio, e con gli occhi che gli stavano schizzando fuori dalle orbite mi disse che se ero tornato per deviargli l'unica figlia normale che aveva, mi avrebbe ucciso subito e a mani nude.

Pronunciai qualche fonema astratto, ma appena il vecchio cane da guardia sentì le parole "lavoro", "donna" e "scusa", si tranquillizzò e mollò la presa.

Abbozzò un'espressione ridicola, più o meno assimilabile a un sorriso e mi mandò a letto, non senza prima aggiungere che comunque era molto tardi e quello non era modo di comportarsi e che Paola aveva assoluto bisogno di ritmi regolari.

Quella mattina, scarsa di connotazioni più specifiche, Biagio indossò l'abito della laurea, la madre gli lucidò le scarpe scrostando via anche la cacata della colomba che stazionava ancora sulla punta dando forma a una ghetta di merda, prese una ventiquattrore con un paio di curricula all'interno e uscì di casa prestissimo. Il padre lo accompagnò alla porta e lo salutò con affetto, mentre suo cugino Biagio stava massacrando i timpani dei vicini con il clacson, poi disse in italiano, la lingua straniera utilizzata per le occasioni importanti

    - Scusa Biagio, lo sai che non sono bravo con queste cose, ma...

Si bloccò, avrebbe voluto infondergli tutto il coraggio che poteva, voleva dirgli di sbattersene il cazzo di tutto e tutti, di andare lì e fare un figurone, di rompere il culo a tutti quelli che si fossero messi sulla sua strada, che se questi lo hanno cercato già due volte è perché qualcosa in lui l'hanno vista, no? Che credi che si mettono così a pagare biglietti aerei a gente sorteggiata a caso? Riuscì ad abbracciarlo, a infilargli altri cento euro nel taschino della giacca e a pronunciare soltanto un generico

- Stai attento.

Suo cugino Biagio stavolta fu più affidabile.

Era arrivato con dieci minuti d'anticipo all'appuntamento e aveva guidato in maniera responsabile e concentrata lungo la strada che da Bronte arrivava all'aeroporto. E percependo la tensione nello sguardo di suo cugino, gli risparmiò pure tutto il repertorio di battute, di balle e di cazzate con le quali lo tempestava da sempre.

Completate le formalità di imbarco, superato il controllo al metal detector Biagio comprò un giornale per ingannare il tempo del volo.

Una volta atterrato a Fiumicino prese un taxi che con un giro clamorosamente largo lo portò all'hotel dove si sarebbe tenuto il corso. Si presentò in portineria dove venne indirizzato alla sala Cassiopea nella quale già c'erano seduti altri tre ragazzi, più o meno suoi coetanei.

Biagio biascicò un buongiorno e si sedette in corrispondenza della cartellina con il suo nome, mentre alla spicciolata continuavano ad arrivare persone.

Aprì la cartellina per ingannare il tempo. All'interno non c'erano che fogli e una matita. La richiuse. Alzò lo sguardo in direzione dei tre ragazzi che occupavano posti in ordine sparso nella sala. Cercò un contatto visivo con loro, un sorriso di circostanza, ma tornò subito ad armeggiare con la cartellina. Si fermò a pensare che quei ragazzi non davano confidenza perché probabilmente si sentivano in competizione con lui. Il ragionamento di suo padre nella sua estrema semplicità girava che era una meraviglia. Forse c'era una qualche opportunità da giocarsi, forse il corso motivazionale aveva la sua ragione d'essere nel fatto che magari, motivato a dovere, lui poteva tornare utile all'azienda. E allora quei ragazzi avevano ragione a sentirsi in competizione. Chissà se anche a essi erano stati offerti soldi per cedere le loro tesi di laurea, e chissà quanto avevano chiesto, chissà se, come al solito, gli altri avevano ottenuto più di quanto non avesse ottenuto lui.

Si liberò con intenzione e forza da quel pensiero e alzò nuovamente la testa, stavolta con più coraggio e convinzione di prima. Cercò gli sguardi degli altri e stavolta li sostenne, specchiandosi dentro pensieri che adesso percepiva identici ai suoi. Il ragazzo alla sua sinistra aveva un'aria di sfida, nascosta a malapena dietro un'esibita strafottenza. Aveva capelli lunghi e biondi, era molto alto e sembrava nascondere un fisico da atleta sotto un cappotto lungo di cashmere antracite.

La porta si spalancò all'improvviso e apparve una ragazza minuta, con i capelli castani raccolti in una coda, vestita in jeans scuri invecchiati artificialmente e maglia arancione, una sciarpa multicolore al collo e una borsa verde a tracolla.

- Uff. Mi sa che ce l'ho fatta, non avete ancora iniziato vero?
- No – si levò un coro fuori sincrono.
- Ma siete tutti uomini.
- Già – disse uno dei ragazzi.
- Ti dispiace? – disse un altro.
- Mi è indifferente – rispose – io sono Elisa.
- Matteo, piacere –disse il primo porgendole la mano.
- Dario, piacere.

I due si guardarono e poi si strinsero la mano a loro volta. Elisa si sporse verso Biagio al di là dei banchetti per stringergli la mano.

- Ciao io sono Elisa.
- Piacrmichiambeàcc' – riuscì a dire.
- Non ho capito, scusami.
- Biagio – scandì.
- E il vichingo laggiù?
- Non so.
- Scusanchetusei laureata iningegnrianformatica?
- Perdonami Biagio io quando parli non ti capisco.

- *U ssacc'* a me non mi capisce mai nessuno – si sforzò di dire.

Elisa scoppiò in una risata spontanea e Biagio si sorprese a guardarle i denti bianchissimi e privi di imperfezioni.

- Dài Biagio, cerca di sforzarti, che mi stavi chiedendo prima? Ho capito, se ho capito, solo la parola laureata e comunque no, non lo sono.
- Come no?
- Perché non si può? – rispose mentre il sorriso e le lacrime di poc'anzi si trasformavano in un'espressione severa. Che se ne deve fare la L'Orèal di laureati?
- L'Orèal? Vuoi dire Sharp?
- No, no. L'Orèal – rispose la ragazza con in mano la lettera d'invito.

A Biagio vennero le vertigini, si dovette sedere. Pensò di avere sbagliato turno, ora, giorno, albergo, città. Si sentiva gli occhi gonfi e non riusciva a crederci. Aprì la valigetta e controllò minuziosamente le informazioni contenute nella lettera. Corrispondeva tutto e del resto anche il biglietto aereo era valido. Matteo e Dario si avvicinarono. Elisa chiese loro se fossero stati invitati dalla Sharp o dalla L'Orèal e vide lo smarrimento anche nel loro volto al solo sentire la domanda.

- Non è Sky? – disse Matteo.
- Che cazzo sta succedendo qui? - disse Dario – io ho un regolare invito della, vabbè, che ve lo dico a fare. Una delle più importanti industrie chimiche a livello mondiale.

Biagio detestava quelli che usavano la parola "a livello" in qualunque occasione e finì per detestarla in qualunque occasione, anche quando fosse stata pertinente.

- A livello di 'sta minchia – pensò.

I quattro ragazzi confrontarono gli inviti, erano simili, tranne per il logo dell'azienda che li convocava, in bella mostra in alto a destra e naturalmente per il nome e la provenienza.

Elisa era di Roma, Matteo del nordest e Dario di un posto non molto ben precisato perché Biagio non conosceva di dove fosse la sigla della provincia AP.

Quello che in fretta venne ribattezzato come "il vichingo" si avvicinò e sovrappose il suo invito a quello degli altri. In alto a sinistra la scritta "Gazprom". Pregò gli altri di fare silenzio con il consueto indice di taglio sulle labbra e sussurrò

- Sicuramente ci stanno già osservando. Comunque, la logica suggerisce che, magari queste aziende si sono rivolte a un'unica agenzia per il corso. Non c'è di che allarmarsi. L'unica cosa che mi fa sperare bene è che si tratta di realtà molto solide. Quindi, Dario, smettila di sentirti in competizione, mi sa che qui sei l'unico chimico, dato che Biagio è un ingegnere informatico, Elisa una, che so, truccatrice? E tu Matteo, cameraman? Regista? Che fai tu?
- Scusa, ma tu queste cose come le sai? – chiese Elisa.
- Basta ascoltare. Anche con te Biagio, basta ascoltare, si capisce quello che dici.

Entrarono altre persone nella sala Cassiopea. Prima un gruppetto di tre, poi altri quattro alla spicciolata. Un uomo in abito blu, di una quarantina d'anni entrò subito dopo gli ultimi e prese posto davanti a loro. Salutò e sbrigò le formalità in maniera rapida. Osservò il posto vuoto esattamente a metà della elle descritta dai banchetti uniti e sottolineò con rammarico l'assenza di una persona. Si avvicinò alla cartellina, la raccolse e disse ad alta voce – credo che dovremmo fare a meno della signorina. Scosse la testa e si riprese – per cominciare – disse, mentre divideva dei fascicoli - vorrei che vi presentaste.

Un attimo di imbarazzo colse i presenti. Fu Elisa a rompere gli indugi.

- Mi chiamo Elisa Mancini, sono di Roma e sono qui perché mi avete invitata a questo corso. Mi occupo di – fece una breve pausa – trucco. Sì, sono una truccatrice professionista. Ho anche collaborato alla realizzazione di qualche cortometraggio, sempre nel mio campo, s'intende. Che altro… mi piacciono i gatti.

Seguirono in ordine sparso tutti gli altri che, come sempre in questi casi, si adeguarono al plot del primo intervento. Uscirono fuori persone che amavano i cani, gente che teneva alla "maggica", due appassionati di soft air, anzi, per la precisione, uno di soft air e un altro di splash combat, e che per questo stavano per mettersi a litigare, ma tutti annuirono quando qualcuno si dichiarò appassionato dei cartoni anni 80. Si levò qualche commento – perché scusa, la dance? La pubblicità delle morositas? Le pizzette catarì? Calmano la fame, stuzzicano l'appetito, fu il coro unanime – e Lamù? Lamù? Deejay Television? La sigla di Jeeg Robot d'acciaio, quella cantata da Pelù?

- Il tempo delle mele e Top Gun – disse ad alta voce Elisa.
- Lei non vuole aggiungere niente? – chiese il relatore al vichingo.
- Non saprei cosa. Mi chiamo Salvatore e non sapendo cosa volete da me, preferisco non dire nulla.
- D'accordo, allora le dico cosa voglio da lei. Commenti i profili dei suoi colleghi.
- Se è questo che vuole.
- Sì, proceda.
- Mi sembra irrilevante definire sé stessi in base all'amore per un animale domestico. Senza offesa, Elisa.
- Ma figurati.

112

- Credo sia ancora più insulso farlo parlando del proprio tifo calcistico.
- Va bene così. Adesso può dirmi cosa pensa del gruppo nel suo insieme?
- Con i pochi elementi che ho è impossibile. Posso ipotizzare, così, a occhio, che è un gruppo omogeneo e non è stato selezionato solo in base alle caratteristiche professionali di ciascuno. Io sono il più vecchio qui, gli altri sembrano tutti coetanei. Sono vestiti tutti più o meno uguali, eleganti ma con una decisa virata sul casual: un accessorio, cintura, orologio, scarpe. Non avendo i vostri criteri di selezione non posso aggiungere altro, ma sono più che sicuro che dietro ci sia qualcosa.
- Ah, lei è un dietrologo, quindi.

L'attenzione dei presenti fu distratta da un bussare energico e dalla porta che si apriva senza nemmeno aspettare un cenno da parte del relatore. Da questa entrò nella sala Cassiopea una donna giovane. Attraversò la stanza con fare deciso ma lentamente, dando il tempo agli undici uomini e anche a Elisa di osservarla e raggiunse il tavolo dove aveva preso posto il relatore. Bionda, con i capelli legati da alcuni fermagli che permettevano ad alcune ciocche un po' più corte e scure di partire in direzioni imprevedibili. Indossava un tailleur grigio metallizzato con la gonna di poco sopra il ginocchio, la giacca corta che arrivava ad arte a scoprire il culo e sotto la giacca un body nero dal quale strabuzzavano due tette compresse in un push-up. Una collana di palle le rimbalzava su quelle molto più grosse che aveva in dotazione e contribuiva a darle un'aria spiritosa. Truccata di tutto punto con un ombretto blu che le contornava gli occhi, un rossetto viola acceso, si chinò leggermente sul tavolo del relatore. Dalle scarpe aperte si vedevano i piedi molto grandi e curatissimi, con le unghie laccate di viola.

- Deve scusare il mio ritardo. Non ce l'ho proprio fatta a svegliarmi stamattina – disse inclinando la testa e accennando un sorriso.
- Non si preoccupi, vada a prendere posto.

La ragazza tornò sempre lentamente al posto che le era stato assegnato e si sedette accavallando le gambe, proprio a fianco di Salvatore. Dalla sua angolazione, appena sotto il piano utilizzato per scrivere, Biagio riusciva a vedere quelle gambe in tutta la loro pienezza e a perdersi nelle pieghe dove un ginocchio si posava sull'altro e nel chiaroscuro delle zone che rimanevano estranee alla luce, nello spigolo del malleolo che sporgeva come un invito nella sua direzione. La ragazza ricambiava gli sguardi, di tutti. L'attenzione era bella che andata a puttane. Il relatore richiamò all'ordine il gruppo e lo pregò di voler continuare con quello che stava facendo.

- Se non sbaglio mancate solo voi due alla presentazione.

Biagio cambiò un paio di volte colore in viso, poi si alzò e cercando di scandire al meglio le parole biascicò

- Mi chiamo Biagio Incognito, sono di Bronte. Sono un ingegnere informatico e ho elaborato un software che secondo me è innovativo.

Il relatore si avvicinò all'ultima arrivata e le consegnò il fascicolo con gli esercizi che stavano facendo gli altri. Biagio si stupì molto di quei banali esercizi di logica da Settimana Enigmistica, la cui soluzione era veramente facile, ma soprattutto non ci vedeva niente di motivante in quello che stava facendo.

Completò gli esercizi velocemente, girò il foglio e vi pose la matita sopra, così come gli era stato richiesto. Del resto, lui non era lì per sindacare né per esprimere opinioni, e a dirla tutta nemmeno per distrarsi fantasticando sulle cosce di quel grandissimo pezzone di fica, che, a essere sinceri fino in fondo, sì, era vero, ricambiava gli sguardi, suoi e di tutti gli altri, ma questo poteva essere sintomo di innata

114

puttanaggine, e poi Salvatore era già all'attacco, le aveva addirittura ceduto il malloppo con gli esercizi già svolti e li stava facendo una seconda volta per sé.

La seconda parte del corso fu senza dubbio migliore. Fu proiettato un video con Julio Velasco che parlava di pallavolo e delle strategie per motivare i giocatori della nazionale. Il senso ultimo dell'intervento era che dalle vittorie non si impara nulla e che se lo schiacciatore non fa bene il suo lavoro, la colpa non può essere dell'elettricista che ha sistemato i faretti nel palazzetto.

Biagio prendeva appunti scrivendo su un blocco persino elettricista e palazzetto e si sforzava di ignorare la ragazza che adesso lo guardava scopertamente.

Consumarono la pausa pranzo velocemente mentre il relatore usciva dalla stanza. Salvatore tampinava sempre la ragazza alta mentre lei continuava a essere molto più interessata a Biagio.

- E allora che mi dici di bello?

Biagio era incredulo, davvero ce l'aveva con lui?

- Niente, lo trovi interessante il corso?

- Sì, molto.

Le pose della ragazza erano studiate nel dettaglio. Lo guardava di sottecchi offrendogli in cambio sempre qualcosa: uno scorcio di decolleté, qualche pezzo di bocca o la lingua che andava a sbattere sul palato o sui suoi denti bianchissimi.

- Tu devi essere un tipo interessante. Senti, ti va di portarmi fuori stasera?

All'improvviso i due furono circondati da quasi tutti gli altri ragazzi del corso. Salvatore aveva ripreso a provarci con la ragazza ed Elisa invece si difendeva dagli assalti di tutti gli altri che l'avevano accerchiata in quanto preda ritenuta più facile.

Biagio non seppe se essere grato al collega per averlo tratto d'impaccio o incazzarsi per il furto subito, poi pensò che

115

non aveva soldi a sufficienza per rimanere a Roma un giorno in più e lasciò perdere.

Elisa gli propose di bere un caffè alla macchinetta che c'era nel corridoio e di andare a fumare. Biagio accettò di buon grado anche perché la presenza di Elisa lo metteva meno a disagio di quella della strafica.

- Lo diciamo pure al vichingo?
- Ma sì.

Biagio lo chiamò

- Tretag, detrag, tretagono.

Salvatore si voltò e rise. Per un attimo si vide al fianco dell'imperatore Diocleziano, di Massimiano e di Costanzo Cloro, poi guardò Biagio con vera tenerezza d'animo e gli disse

- Forse volevi dire dietrologo?
- Eh, sì, dietologo.
- D'accordo. Facciamo che mi chiami Salvatore?

Salvatore qualche hanno prima era stato ribattezzato mister 7%, soprannome, del cazzo bisogna dire, dovuto all'aumento di fatturato lordo che era riuscito a ottenere quando lavorava per una multinazionale sudafricana a Johannesburg. Era arrivato come responsabile delle risorse umane, quando per alcuni incredibili quanto fortuiti casi, si era trovato alla direzione generale. Aveva cominciato col rendere partecipi tutti gli operai e gli impiegati di quale fosse il progetto e l'obiettivo da perseguire, anche i negri che lavoravano a saldatrici e troncatrici. Li aveva addestrati al meglio, ciascuno con la propria mansione. Anche le signore che portavano i caffè e facevano le pulizie dopo l'orario di chiusura si sentivano parte di un gruppo. E alla fine, a causa di una clamorosa botta di culo di quelle che capitano una volta sola nella storia dell'umanità, complice anche una positiva congiuntura economica, ma soprattutto per il fatto che la tanzanite nelle miniere al confine con la Tanzania era stata finalmente trovata, le commesse erano schizzate alle stelle.

116

Destinò una percentuale relativamente piccola dei ricavi per coprire le intere spese mediche degli operai e delle loro famiglie e per l'istruzione dei loro figli, stipulando un contratto con una società privata.

L'indomani trovò un'e-mail con la quale la compagnia si congratulava con lui per gli insperati obiettivi raggiunti e si augurava che potesse raggiungerli e superarli nella sua nuova destinazione: Windhoek (Namibia). La lettera era corredata di biglietto aereo elettronico con partenza l'indomani mattina alle sette.

In Namibia non fece altro che bere e scopare con quelle negre belle e stranissime che non sembravano nemmeno appartenere alla razza umana, ma piuttosto erano aliene, o forse gli sembravano un impossibile meticciato tra i negri e le donne di quartiere della sua città natale.

Da Windhoek, dove si rovinò il fegato e la vita fu trasferito a Gibuti, con mansioni e stipendio ridimensionati. Poi Mogadiscio, poi Accra e infine Kazan.

Dopo due giorni passati in quella specie di bomboniera a -19° e con pochissime ragazze di colore, scrisse una lettera piena di rancore, improperi, insulti e anche un paio di bestemmie alla direzione generale, con la quale rassegnava le dimissioni da qualunque incarico, e augurava a loro e alle loro famiglie cose che nessuno nella vita dovrebbe mai sentirsi dire.

Quello che ignorava Salvatore era che in realtà il suo stato di servizio presso la compagnia era arrivato sulla scrivania giusta e che, sebbene le prime quattro destinazioni fossero state punitive, l'ultima, Kazan, era invece stata imposta dal numero uno in persona, in funzione di una previsione di incremento delle vendite che al confronto quel +7% sembravano gli spiccioli per la signora del cesso dell'autogrill.

Ma tutto questo Salvatore non lo seppe mai.

Al rientro dal piccolo buffet, l'uomo che dirigeva il corso li pregò di volersi spostare nella sala attigua e non appena i ragazzi furono nell'altra stanza li divise, non senza difficoltà per una questione di multipli e sottomultipli, in quattro gruppi. E dato che l'unico criterio scelto per la suddivisione dei gruppi era la vicinanza, Biagio, Elisa, Salvatore e la strafica erano capitati insieme. Il relatore diede un pezzo di corda di una decina di metri di lunghezza ai quattro gruppi e poi spense la luce. Il gioco era semplice, bisognava eseguire delle forme geometriche con la corda. Le regole erano ancora più semplici: potevano fare quello che volevano, l'unica cosa che contava era il risultato.

Al buio, nel centro della sala, si sentiva un brusio continuo che cresceva fino a diventare fastidioso. Il relatore aveva chiesto di fare un semplice quadrato e già la maggior parte di essi era nel panico. Salvatore toccò al buio le mani di due e chiese

- Biagio? Elisa?
- Sì – risposero entrambi.
- Era per escludervi. Tu come ti chiami?
- Marika.
- Piacere Marika. Cerchiamo di parlarci e di venirci incontro, e fammi un'altra cortesia.
- Sì?
- Tieni le mani a posto.
- Ok, scusa.

Si produssero in quattro forme geometriche con difficoltà crescente ma il risultato ai quattro sembrò soddisfacente.

L'ultima parte del corso mutuava da qualche disciplina orientale e consisteva nel rompere una tavoletta di compensato che si sarebbe rotta lo stesso se qualcuno l'avesse sgridata con vigore. La particolarità era che ciascuno di essi avrebbe dovuto scrivere sulla tavoletta, prima di colpirla, il nome di quello che considerava il più grosso ostacolo per la propria realizzazione personale o professionale.

Elisa scrisse "Valerio", Marika scrisse "$", Salvatore ci pensò su per un po' e poi scrisse *maatskappy*[15] mentre

118

Biagio non ebbe dubbi, tolse il cappuccio dal pennarello, si guardò intorno con circospezione e poi scrisse a caratteri molto grandi "mè".

Espletata la formalità della rottura delle tavolette, il relatore procedette in maniera molto breve a ringraziare gli intervenuti e a consegnare a ciascuno di essi l'attestato di partecipazione e una busta.

Il commento sarcastico di Biagio, ancora incazzato per la rottura della tavoletta che gli aveva scatenato un malumore palpabile fu

- *Uora nu friemu ccu l'ova.*
- *Tu di unni si*, Biagio, di Bronte o di Randazzo?
- No, quale Randazzo, *bruntisi* cento per cento, e tu Salvatore?
- Catania.

Al bar dell'albergo, dove era stato offerto un aperitivo di congedo, i partecipanti al corso dopo aver consumato cominciarono a rincasare. Nella busta di tutti c'era il biglietto di ritorno e una diaria di ottanta euro.

Biagio osservò gli altri ragazzi aprire le loro buste si fermò a guardare e soppesare la propria. Era troppo sottile per contenere delle banconote. La mise in controluce ma non riuscì a vedere niente, al tatto si intuiva soltanto la sagoma di una carta. Era rimasto traumatizzato e nella certezza che la busta contenesse l'ennesima figurina doppione di Renica, chiese a Salvatore di aprirgliela.

All'interno non c'era né il biglietto aereo né la diaria e ovviamente nemmeno la figurina di Renica. C'era soltanto una scheda magnetica con un codice a barre e il numero 315 stampigliato sopra. Biagio aveva la certezza che lo avessero fregato e adesso non c'era più nessuno con cui protestare. Stava già pensando di farsi dare una postazione internet e cercarsi un biglietto low cost per tornare a casa,

---

[15] In afrikaans, compagnia.

quando Salvatore mostrandogli la sua scheda magnetica gli disse

- Anche a te?
- Sì.
- E che è 'sta minchiata?
- 'Sta minchiata è la chiave della stanza 312.
- E che vuol dire?
- Vuol dire che tu ed io stanotte dormiamo qui. E domani poi si vede. Ora ci organizziamo per bene, ci diamo una bella rinfrescata, ci vestiamo come due assassini, e ci facciamo un giro per Roma.
- Eh, *'o cazz'*. Avevo previsto il rientro in giornata, non ho neanche le mutande. E poi sei sicuro che ce lo danno il biglietto per tornare?
- No, sono sicuro che non ci lascino qui senza dirci niente. 'sta storia mi puzza da quando ho ricevuto la lettera. Ci sono troppe cose che questi, chiunque essi siano, sanno ma non potrebbero sapere.
  E poi, scusa, concettualmente, se noi non siamo dipendenti di nessuna delle compagnie che pare ci abbiano invitato, che cazzo gliene frega a loro se siamo motivati o demotivati.
- Vero? L'ho detto anche a mio padre, ma lui per *strunz'* mi ha pigliato e per *strunz'* mi ha lasciato.

Appresero alla reception che le due camere erano state prenotate solo per quella notte e che potevano anche usufruire di tutti i servizi dell'hotel poiché era tutto pagato.
Elisa era rimasta fuori dall'albergo e guardava i taxi sfilarle davanti senza avere il coraggio di fermarne uno, né quello di muoversi verso la più vicina fermata della metro. Biagio e Salvatore la videro fuori dalla porta girevole dell'hotel con un'aria che faceva una pena sincera e si avvicinarono.

- Voi non andate a casa? – domandò.

- No, abbiamo prenotato una stanza per stanotte e poi domani torniamo a Catania.
- *Me cojoni*, ve la dovete passare bene allora per dormire qui.
- Sì, è così. Tu piuttosto, non torni a casa?
- Sì, dovrei – rispose con la faccia che condivideva in pieno il senso di amarezza e inutilità di Biagio per quello a cui si erano sottoposti, due disoccupati motivatissimi – ma se torno a casa impazzisco. Valerio, il mio ragazzo mi ha lasciato ieri e si è portato tutte le sue cose, gatto compreso. Mi ero affezionata a quel gatto.
- Sì, anche la mia ragazza, Clelia, mi ha lasciato un paio di mesi fa.
- E tu Salvatore, appena scaricato pure? – ribatté Elisa, adesso confortata da una situazione che lei vedeva come il male comune, ma soprattutto pensando che Clelia fosse davvero un nome del cazzo.
- No, Elisa. Ma comunque stai serena, che con noi stasera hai svoltato, ti offriamo chiacchiere e cazzate a volontà. Ma visto che la padrona di casa sei tu, dove ci porti?

Nella busta di Marika c'erano i seicento euro pattuiti per cercare di distrarre i numeri 7 e 11, sì, quello alto e palestrato e quello più basso, scuro e bruttino.

Dietro insistenza di Biagio, Salvatore si fece convincere a rimanere in albergo e a cenare lì invitando anche Elisa. Non poteva permettersi di uscire né di andare a cena fuori né di tornare in taxi. Salvatore accettò e si fece indicare dal receptionist la sala ristorante "Le Pleiadi".

Biagio ordinò alcune pietanze a caso affidandosi più al loro nome che all'effettiva voglia che aveva di mangiarle e tutto gli era sembrato abbondantemente sotto gli standard culinari di sua madre. Anche Salvatore sembrava non prestare molta attenzione al cibo, era più interessato alla carta dei vini, mentre Elisa ordinò una paella che non mangiava dal viaggio del diploma a Lloret de mar.

Neanche Elisa riusciva a spiegarsi quell'invito da parte della L'Oréal perché aveva sì inviato un curriculum ma tanto di quel tempo prima che l'aveva pure dimenticato. Era il periodo in cui l'ottimo e ormai volatilizzato Valerio, regista underground romano, aveva ottenuto il finanziamento pubblico per la realizzazione di un lungometraggio, grazie all'interessamento dello zio deputato. L'horror-thriller dal titolo "Psychomattanza" era una cacata micidiale ed era rimasto in proiezione nelle sale romane soltanto per una decina di giorni, giusto il tempo che lo andassero a vedere gli amici, i parenti e tutti quelli che avevano ricevuto un invito, ché gente disposta a pagare per vedere quel pretenzioso polpettone girato come il video della prima comunione di un nipote, non se ne trovava neanche a parlarne. L'unica cosa che si salvava del film era giusto il make-up, che un'Elisa stremata da venti ore di lavoro al giorno era riuscita a rendere assolutamente credibile. Poco importava che da quell'esperienza non avesse guadagnato un centesimo, anzi, ci aveva rimesso pure i soldi di autobus e metro per andare da Via Valentino Banal, Casilino 23, a Cinecittà. Perché nell'ottica dell'adorabile ma ahimè ormai latitante Valerio, aver lavorato al film le faceva curriculum e poi lo stesso Valerio pensava pure che andare a letto con il regista fosse la migliore retribuzione possibile.

- E questo è stato il momento più alto della mia vita – disse Elisa sfoderando un sorriso amaro e vuotando in un sorso il mezzo bicchiere di un costoso Gewurztraminer sudafricano suggeritole da Salvatore.
- Sono curioso di conoscere il più basso.
- Non sono sicura di volerne parlare, Salvo.

Tre bicchieri di Gewurtztraminer dopo, Elisa raccontò a Biagio e Salvatore di quando, subito dopo le superiori, istituto tecnico femminile per la precisione, era andata a Londra per farsi la sua bella esperienza all'estero e di come fosse finita a lavare pavimenti in un ristorante marocchino, con il titolare che sbraitava dalla mattina alla sera e i cuochi che le mettevano sempre le mani sul culo, come se a Roma mancassero pavimenti da lavare, gente che sbraitava o marocchini che ti mettevano le mani sul culo. Di quell'esperienza le era rimasto solo un inglese parlato a un buon livello sebbene con tutti gli strascichi del romanesco, e poco altro, forse la lezione appresa dall'essere scaricata da un ragazzo scozzese con i capelli neri e gli occhi azzurro cielo, così di punto in bianco e senza motivo.

- Ho imparato che è inutile rimanere incastrati in un paio di occhi azzurri.

Fare rimbalzare il segnale da Parigi a Belgrado era stato semplicissimo. Uno dei ragazzi rimasti in patria lo aveva raccolto e smistato a tutte le agenzie di stampa della ex Jugoslavia nonché alle maggiori d'Europa, e complice l'aria di festa che induce ad abbassare la guardia e il fatto che fosse arrivato la notte tardi, proprio al limite della messa in stampa dei giornali, fece sì che la notizia passasse liscia senza che nessuno avesse il tempo o la voglia di andarla a verificare. Del resto aver falsificato il dispaccio con la carta intestata degli organi di polizia e aver fatto modificare le foto da un professionista avevano giocato un ruolo chiave per fare passare il messaggio.
Poi, certo, vai a capire l'idiozia del grafico che aveva fatto il fotomontaggio che per vezzo, come quelli che mettono i messaggi subliminali nei cartoni della Disney, aveva copiaincollato l'ovale di Kurt Cobain sulla faccia di uno dei quattro poliziotti che stavano al lato del presidente in

manette. Naturalmente nessuno dei giornali che l'indomani pubblicarono la notizia del falso arresto di Goran Hadzic, ex presidente della Repubblica Serba di Krajna, se ne accorse e il messaggio arrivò forte e chiaro a chi doveva arrivare.

Nelle due settimane che seguirono, la latitanza di Hadzic si fece sempre più dura e oltre al cappio che il piccolo gruppo di reduci sentiva stringersi intorno al collo a causa dei numerosi posti di blocco che dovettero evitare e alle telefonate durante le quali facevano sempre più caso a fruscii e click sospetti, la cosa che li gettò nello sconforto fu la consapevolezza che soldi non ce n'erano proprio più, erano finiti nel vero senso della parola, non si riusciva a trovare nemmeno qualche spicciolo per un caffè, si poteva fare affidamento solo alla generosità delle persone che si incontravano lungo il cammino per rimediare un posto letto o del cibo.

Fu così che Alja decise di telefonare a quel collezionista di opere d'arte per piazzare l'ultimo dipinto rimasto, "Ritratto di un uomo" che Amedeo Modigliani aveva realizzato nel 1918 e che il presidente aveva trafugato a casa del suo padrino Zoran Mandic a Novi Sad insieme ad altri dipinti di valore, tutti di provenienza quantomeno dubbia, con i quali si era finanziato una quindicina d'anni di latitanza.

L'uomo corpulento con i pochi capelli scompigliati dal vento tese la mano macchiata dai segni della vitiligine verso Alja che la strinse guardandolo dritto negli occhi. Indossava un giaccone militare da bancarella molto più largo della sua taglia e un paio di pantaloni di velluto a coste su un paio di anfibi scadenti e ricoperti di fango. Alja lo invitò ad accomodarsi al tavolo della trattoria inspiegabilmente affollata per quel lunedì e l'uomo prese posto stravaccandosi sulla sedia. Alja gli riempì il bicchiere di vino fino all'orlo e ripeté il gesto col suo, poi sollevò il bicchiere e brindò "agli affari".

- Agli affari - rispose l'altro.

- Non hai l'aria di un esperto d'arte – continuò posando una Beretta semiautomatica sul tavolo tra l'indifferenza generale.
- Quella non ti serve. Mettila via.

L'uomo tirò giù la cerniera del giaccone, lo sfilò e lo porse ad Alja rimanendo soltanto con un maglioncino di cotone addosso.

- Sono un professore di storia dell'arte.
- E dove insegni?
- All'Accademia di Vukovar.

Vu, l'aria risucchiata dalla canna della pistola, *ko*, l'indice che sfrega sull'acciaio del grilletto e sposta indietro il carrello, *var*, il foro del proiettile nella testa. Erano passati anni, quello che era di moda era diventato fuori moda, i capelli erano caduti o ingrigiti e le pance si erano gonfiate, ma ancora il suono di quella parola li lasciava incapaci di liberarsi del passato. Alja si scosse e dal palmare cercò di connettersi con il sito dell'accademia di belle arti di Vukovar, ma non c'era linea.

- Oh *kurac*[16].
- Ti devi fidare.
- I soldi.
- I soldi sono in macchina.

Sul piazzale sterrato antistante la trattoria il professore aprì il cofano della Land Rover, dove ad attenderlo, una canna di fucile da cecchino con guida laser disegnava un puntino rosso sulla fronte sudata di Alja.

- Mi dispiace - riuscì a dire il professore mentre lo disarmava e lo ammanettava - su, vieni dentro, ragazzo, è finita.

Dentro la trattoria, il cameriere nuovo teneva sotto tiro quelli vecchi con un mitra, mentre i clienti vestiti da rocciatori seduti al tavolino all'angolo, armati di pistole, le puntavano verso il tavolo in fondo. Dalla cucina

---

[16] Cazzo.

125

riemergevano i cuochi ammanettati che scuotevano la testa in segno di impotenza sotto minaccia di altre persone che erano entrate dal retro e dal bagno.

- Presidente, si alzi.

La zazzera che aveva un tempo sulla testa aveva lasciato spazio a una pelata totale, mentre a incorniciare il mento, una foltissima barba brizzolata da talebano piena delle briciole del pasto che stava consumando. Anche la mimetica e il berretto verde militare avevano lasciato il passo a un paio di jeans sformati e dal taglio grossolano e a una t-shirt bianca e unta.

- Posso finire di mangiare?
- Certo presidente.
- Si sieda, mi faccia compagnia. Дама[17], un'altra bottiglia di vino.

Hadzic addentò degli altri pezzi di stufato di carne col sugo che scolava lungo la forchetta e sul dorso della mano, mentre l'uomo con la grossa macchia viola sulla tempia sorseggiava il vino denso della regione di Fruska Gora. Strappò un angolo di pane da una forma da un chilo e cominciò a inzupparlo nel sugo rimasto, cancellandone le tracce e poi lo portò alla bocca. Con ancora la bocca piena di pane e sugo guardò lo sbirro e gli chiese

- In quanti siete venuti a prendermi?
- Presidente...
- Mi risponda.
- Siamo in dodici.
- Non va bene. Diciamo che siete una quarantina.
- Come vuole lei. Siamo in quarantadue. Le sta bene?
- Sì, così funziona.
- Un'ultima cosa, presidente: adesso ci deve dire dove sono i "Cani".

---

[17] Signora.

- E perché non mi chiede pure dov'è il palazzo di Babbo Natale? Quella era pura propaganda di guerra, non esistono i "Cani".
- Io credo che la vera propaganda sia stata quella del dopoguerra, quella che ha cercato di negare la loro esistenza. E mi chiedo anche perché.
- Creda ciò che vuole. La avverto, sprecherà solo il suo tempo.
- Presidente, di tempo ne ho fin troppo, con la sua cattura ho portato a compimento quello che dovevo fare. Adesso, per l'ultima volta – disse tirando fuori una cartellina vinaccia dalla borsa e aprendola, facendo scorrere sotto gli occhi annoiati di Hadzic una serie di foto – vuole dirmi dove posso trovare i cani?
- Al canile?

Nelle foto, un ponte crollato, alcuni ripetitori televisivi abbattuti, banche svaligiate con la tecnica del buco e diverse decine di cadaveri coperti da lenzuola.

- Queste cose chi le ha fatte, Babbo Natale?
- Potrebbe essere stato chiunque.
- Non è stato chiunque, sono stati loro.

Hadzic abbassò la voce, poi con un gesto combinato di occhi e mento indicò Alja.

- Io faccio una cosa per te e tu una per me.
- La ascolto.
- Il ragazzo... aveva due anni quando è cominciato tutto.
- Le prometto che ci andremo leggeri.
- No, voi lo lasciate libero.

Sullo spiazzo sterrato si erano materializzate dal nulla alcune camionette fuoristrada. Tutti gli occupanti della trattoria erano stati ammanettati e invitati a salire a bordo. Hadzic su una Land Rover preceduta da un'altra sulla quale erano saliti lo sbirro, Alja e altri due soldati.

Mentre il capannello si muoveva in direzione di Belgrado, lo sbirro teneva il Modigliani sulle ginocchia. Estrasse dalla tasca un malloppo di carta con sopra stampate le foto di alcuni uomini sulle quali era stata apposta una X con un pennarello rosso e lo poggiò sul quadro, fregandosene del fatto che potesse rovinarsi. Con lo stesso pennarello appose un'altra X rossa sull'ultima faccia in fondo alla lista e disse a sé stesso che quella storia era durata fin troppo ed era giunto il momento di farla finita, di annegarla in una marea di vodka, fumo e routine quotidiana, e lasciare che il trascorrere di un paio di generazioni la chiudesse definitivamente, nell'ingenuo auspicio che le future generazioni sarebbero state migliori di quelle che le avevano precedute.

- E con questo sono 161. Signori, siamo ufficialmente disoccupati. Tom, accosta e fatti superare dagli altri.

Mentre le auto sfilavano alla loro sinistra, l'uomo dalle mani striate di viola fece scendere Alja e liberò i suoi polsi dalle manette. Gli indicò una strada oltre il bosco che doveva attraversare, strada che peraltro Alja conosceva benissimo e gli disse che se avesse camminato a lungo e avesse trovato un passaggio, sarebbe arrivato al confine ungherese in breve tempo. Il ragazzo cominciò a indietreggiare verso il bosco, diffidente. Girò le spalle alla Land Rover, continuando a voltarsi ogni tre passi. Poi non si voltò più, proprio quando il puntino laser del mirino gli si conficcava tra le scapole.

Alja cominciò a correre a perdifiato, seguito sempre dal mirino, fin quando lo sbirro non rimise la sicura alla pistola e chiese al soldato al volante di lasciarlo all'aeroporto.

Per strada sognò un sogno confuso e ripensò a un racconto di Maksim Gorkij che leggeva sempre da ragazzo dal suo libro di antologia delle scuole medie.

Si intitolava "Vendicare il figlio".

V

Trascorsi qualche settimana senza fare nulla di preciso, preoccupandomi solo di dribblare mio padre e di comprare un numero imprecisato di regali per Paola, con i quali mi sputtanai tutti i soldi che mi erano rimasti. La mattina di Natale mia sorella venne a svegliarmi verso le dieci e mi trascinò in bagno dove aveva già preparato la vasca con l'acqua bollente. Mi scaraventò dentro mentre ero ancora vestito e poi fece finta di volermi affogare senza dare il minimo peso alle mie proteste. Alla fine smisi di lamentarmi e vinto, lasciai andare la testa all'indietro. Mi fece uno shampoo accurato, mi lavò la schiena e poi si occupò di fare sparire le mezzelune di sporco dalle mie unghie.

Udii i passi di mio padre nel corridoio. Si fermò proprio davanti alla porta sentendo le nostre risate; rimase immobile per un istante e poi se ne andò bestemmiando.

Io e Paola continuammo a ridere, poi improvvisamente diventai serio, e con i lineamenti e il tono della voce che si erano tragicamente trasformati in quelli di mio padre le chiesi cosa stesse combinando.

- Intendi con Claudio?
- Intendo con tutto.
- Niente che io non sia in grado di controllare.
- Questo lo dici tu. Sinceramente non ti ci vedo a tenere testa al tizio dell'altra sera.
- Ma dài. E chi lo rivede più quello. Piuttosto a preoccuparmi è l'assistente di diritto di famiglia.
- Eh!?
- Sì, il relatore. Insomma, c'è stato qualcosa, ma lui lì a insistere, molla il tuo ragazzo, mettiamoci assieme. Patetico. E pensa che questo si era presentato come un duro, era convinto di potermi trattare come tratta le altre. Dopo un giorno già piangeva al telefono.

Paola continuò a vuotare il sacco, visto che ormai aveva iniziato. Marco, l'assistente di diritto penale, l'istruttore di body building – e il mio sopracciglio destro che cominciava a impennare. Dissi la prima stronzata che mi passava per la testa, tipo che tre è il numero perfetto, solo che Paola giustamente continuò senza dare peso alle mie parole. L'avvocato presso il quale faceva praticantato, e sono quattro, e forse per lei in quel caso quattro era un numero ancora più perfetto di tre.

Confessò di amarli tutti, certo, a modo suo. Ognuno di essi riusciva a darle qualcosa di diverso. Parlò allusivamente di sapori, vibrazioni e piccoli particolari che da soli riuscivano a occultare enormi difetti, ma anche di enormi particolari che facevano passare in secondo piano dei minuscoli difetti.

Si sarebbe laureata a breve e con la lode, ne era certa. Riusciva a tenere a bada il vecchio, sarebbe riuscita in realtà anche a pisciargli in tasca, se è per questo.

- Paola, va bene così. Basta. Perdonami, non voglio sentire più nulla dei tuoi quattro uomini.
- Cinque, c'è anche Alfredo. Ma lui è fuori classifica, è il migliore in tutto.

- E allora perché cazzo non stai con lui, non sarebbe più semplice?
- Perché è bisex, mi ha detto che non posso dargli quello che vuole. Il mio problema è che ho l'innamoramento facile, repentino e però brevissimo. Si asciuga in fretta.

E forse per Paola non era nemmeno cinque il numero perfetto, probabilmente era l'uno, ma solo a condizione che questo uno non fosse raggiungibile.

Rimasi immobile come un idiota dentro la vasca da bagno mentre Paola mi guardava con un irritante sorriso soddisfatto. Fu lì che ebbi la netta sensazione di non essere tornato a casa per una ragione specifica. A voler abusare di un archetipo e non del solito stereotipo, il viaggio di Odisseo, senza momenti eclatanti, terminava con la scoperta che Penelope era una zoccola.

- Buon Natale, Salvatore.
- Buon Natale anche a lei.

L'uomo elegante si scusò con Salvatore per averlo fatto rimanere a Roma fino alla mattina di Natale, ma sosteneva che avevano un progetto fondamentale per lo sviluppo della loro compagnia che non doveva partire più tardi del tre gennaio. Salvatore ascoltava con estrema attenzione quello che quell'uomo dall'aria distaccata aveva da dirgli.

- Lei cosa ne pensa del capitalismo?
- Penso che la filosofia sia improduttiva e che si debba gestire il reale per come si presenta.
- Quindi lo dà per scontato.
- Sì, in poche parole, sì.
- E se le dicessi che abbiamo la possibilità di cambiare le cose?
- Vi darei degli illusi.

- Lei non è forse quello che ha stipulato questo contratto?

Salvatore rimase paralizzato quando si vide davanti agli occhi, proprio appoggiato sul tavolo, il contratto di assicurazione che aveva stipulato per gli operai qualche anno prima in Sudafrica. Lo prese in mano e capì che si trattava di una copia.

- Chi ve l'ha dato?
- Non lo ritiene questo forse un modo per cambiare le cose?
- Se non mi dice come l'ha avuto la nostra conversazione finisce adesso.
- Ma si calmi. Cosa vuole che sia? Ci documentiamo sulle persone che intendiamo assumere, tutto qui. Non stia sulla difensiva. Però, mi dica, non la trova paternalistica questa cosa?

Salvatore guardò ancora una volta il contratto e poi l'uomo brizzolato seduto davanti a lui dritto negli occhi. Il fatto che questi sapessero tante cose di lui e lui invece non conoscesse nemmeno il nome della compagnia lo rendeva nervoso e incapace di negoziare a causa della situazione di squilibrio che aveva appena accertato. Poi lui in realtà non aveva mai voluto appiccicata addosso l'etichetta di benefattore e tra le altre cose, subito dopo essere stato punito con il trasferimento a Windhoek, aveva ritenuto chiusa la faccenda e non ne aveva parlato più.

In realtà di quei quasi due milioni di dollari in più che aveva portato a casa quell'anno, non a casa sua, ma nelle casse della compagnia, soltanto un centinaio di migliaia li aveva utilizzati, senza dire niente a nessuno, per stipulare quei contratti per i sessanta operai. Era riuscito a cavare fuori il sangue dalle pietre e aveva l'obbligo di mantenere le promesse. Inoltre era sua intenzione cavalcare il momento favorevole e portare l'incremento dell'anno successivo fino al 15%.

E a voler essere sinceri fino in fondo, aveva promesso loro dei benefit e gli faceva schifo che andassero sprecati in ammortizzatori rinforzati per fuoristrada o alettoni, in alcol e puttane o persi in qualche casinò, tutto qui. Da qui l'idea, ammantata di un'aura di nobiltà, di bloccarli per far avere a quei cazzo di *baboons*[18] la copertura sanitaria e l'istruzione per i loro figli.

- D'accordo, saranno state solo sessanta persone, ma noi riteniamo che i grandi numeri siano composti da piccoli numeri. Non le piacerebbe mettere a disposizione le sue competenze per un sistema nuovo finalizzato non solo agli utili ma anche e soprattutto alla giustizia sociale?
- Ma mi pagate in dollari o in giustizia sociale?
- Paghiamo in euro, se per lei va bene. Ce la fa ad arrivare a Parigi entro il tre gennaio?
- Per fare?
- Le sarà spiegato tutto al suo arrivo. Qualcuno verrà a prenderla all'aeroporto e lei si metterà a disposizione di due nostri supervisori, sono un uomo arabo e una ragazza serba. Le piaceranno, vedrà.
- Ho capito, ma mi accenni qualcosa.
- Lei cosa ne sa delle fonti energetiche alternative?
- Che di solito, dove c'è la parola "alternativo", io sento puzza.
- Su questo non posso darle torto.

L'uomo si alzò in piedi e si mise ad armeggiare con degli espositori che si trovavano alle sue spalle. Salvatore si rabbuiò pensando che si trattasse della solita stronzata dei pannelli fotovoltaici, che in sé e per sé non lo era, solo che come in tutto il resto, i primi che arrivavano a un'idea di solito ci facevano i soldi, e anche tanti, e quelli che si

---

[18] Babbuini.

accodavano erano destinati a fare la fame. Era così in tutto: telefonia, informatica e il fotovoltaico non era da meno.

L'uomo posò sulla scrivania un piccolo cubetto che a prima vista sembrava hashish.

Il colore era quel marroncino sabbia bagnata della qualità *super pull* che aveva portato giù da Amsterdam insieme a Turi e a Tistazza. Un panetto che sembrava il telecomando di un vecchio videoregistratore VHS.

L'uomo seduto dall'altra parte della scrivania aveva depositato tre piccole sfere che smisero di rotolare davanti a lui.

- Sa cosa sono, Salvatore?

Ne afferrò una tra pollice e indice e la osservò con attenzione. La annusò, ungendosi il naso di una sostanza densa e cominciando a sentire una puzza di olio esausto e kebabbaro che lo avrebbe accompagnato fino all'indomani mattina. Poi scosse la testa.

- Sono semi di colza. Ne avrà sentito parlare.
- Sì, pare che se ne ricavi un olio e possa essere utilizzato come combustibile per vecchi motori diesel.
- E questo è il punto. Quello che ha nelle mani è un esperimento. Le faccio vedere.

L'uomo indossò un paio di occhiali antinfortunistici di plastica trasparente, poi mise su un fornellino uno dei semi che aveva tirato fuori poco prima dalla bustina e sul fornello accanto ne pose un altro che aveva tirato fuori da un espositore a cassetti. Diede fuoco a entrambi quasi contemporaneamente e si fermò a osservarli. Il primo continuò a bruciare anche dopo che il secondo si era ridotto a una cenere maleodorante.

- Vede? A parità di peso, il secondo chicco ha un tempo di combustione di almeno dieci volte superiore.
- E quindi?
- E quindi dura dieci volte di più.

Il vecchio spiegò a Salvatore che quello era un progetto al quale avevano lavorato per circa dieci anni, da quando un ragazzino pakistano studente di botanica si era messo in testa di selezionare artificialmente le qualità di semi, incrociarle fra di loro e ottenere così un super seme di colza. Si era laureato con il massimo dei voti, gli avevano offerto un posto di dottorato di ricerca, ma poi avevano interrotto il progetto per mancanza di fondi. E lì era subentrata la compagnia. Avevano assicurato al ragazzo uno stipendio dignitoso per continuare i suoi studi, a condizione che i risultati ottenuti sarebbero stati di proprietà della compagnia.

- E poi cosa è successo?
- Poi è successo che il ragazzo è sparito. Dall'oggi al domani, senza nemmeno un bigliettino, che so, una lettera di spiegazioni.
- E allora?
- Il progetto è andato avanti. Si ricordi Salvatore, tutti sono importanti ma nessuno è indispensabile. Stiamo aspettando un carico da una località segreta. Tra poco inizia la fase due dell'operazione. Riempiremo l'intera Ile de France di semi di colza. Si fa un pieno con l'olio estratto da cinque di questi semi. All'utente finale costa cinque euro più uno di un additivo speciale, una sorta di legante che armonizza il diesel e l'olio di colza. Il rapporto è uno a dieci. Un litro di diesel, dieci di olio di colza e dieci ml di legante.

Sull'olio di colza, l'unica cosa che sapeva Salvatore era che qualche scemo, specie nel nord est d'Italia, lo aveva messo nel motore rovinandolo in modo definitivo.

L'uomo fu tuttavia molto generoso con le spiegazioni dissipando ogni dubbio sull'effettiva efficacia delle fonti energetiche cosiddette alternative. L'olio di colza non era il biodiesel e quest'ultimo per essere utilizzabile aveva bisogno di una marea di accorgimenti ma soprattutto doveva essere raffinato con un procedimento leggermente più costoso di quello del diesel.

- E quindi è antieconomico.
- E se le dicessi che questo nuovo seme che ha visto non ha bisogno di raffinazione ma solo di una spremitura a freddo e che il cosiddetto "sapone" viene eliminato a caduta per peso specifico?
- Direi che avete risolto un problema. Ma posso farle una domanda? Funziona?
- Sì. Al cento per cento. Siamo in attesa dell'ultimo test drive.
- E allora qual è il problema?
- Il problema è che le persone che hanno contribuito allo sviluppo di questo progetto sono tutte sparite, tranne quelle dell'operativo, ma quella è gente particolare, non si fa fregare facilmente. Inoltre, sembra che le auto soffrano ancora il nuovo carburante.

Le dita a uncino che avevano disegnato le virgolette immaginarie intorno alla parola "particolare" erano rimaste appese a mezz'aria. Salvatore rimase a fissare i polpastrelli cercando di immaginare le particolarità di questo settore operativo.

Uscii di casa profumato come una prostituta libica, mentre mia madre mi urlava contro di non fare tardi per il pranzo di Natale. In realtà non avevo molta fame, avevo solo una voglia tangibile di mettere qualche chilometro di distanza tra me e i discorsi di Paola.

Presi la macchina di mia sorella e gironzolai per un po' senza badare alla direzione. Mi fermai in un bar, bevvi un caffè e comprai una bottiglia di calvados a un prezzo altissimo. Ripresi a girare fino a quando mi accorsi di essere arrivato sotto casa di Cettina.

Il fuoristrada era parcheggiato nel vialetto d'accesso della grande villa, pensai che probabilmente qualcuno fosse venuto a prenderla per festeggiare il Natale con lei. Poi mi accorsi invece che alcune delle persiane della villa erano aperte e decisi di suonare il campanello, ma non ottenni alcuna risposta. Stavo per andarmene quando sentii il citofono emettere una specie di rantolo e il portone esterno aprirsi con uno scatto elettrico. Attraversai il viale, salii le scale esterne dell'edificio ed entrai nel salone. Cettina era stravaccata sul divano a pancia in giù, con la schiena nuda, mostrando un perizoma che forse non poteva più permettersi, mentre per l'intera stanza si andava diffondendo un forte odore di rancido. La tirai su reggendola per le ascelle e la portai in bagno. Le infilai la testa sotto il getto d'acqua gelida e poi la feci sedere sul water. Aprì gli occhi, mi chiamò per nome e sporse le labbra verso di me per farsi baciare. Non era proprio il caso, sia in senso generale, che nel momento specifico, visto quanto puzzava. Con il massimo sforzo riuscì a dire

- Devo fare la cacca.
- Ok, io ti aspetto fuori. Se hai bisogno chiamami, magari quando hai finito.

La vidi armeggiare col perizoma e poi accartocciarsi su se stessa senza riuscire in quella che era diventata un'impresa. Le tirai giù le mutande e le posai sul ripiano in marmo bianco del bagno indugiando con lo sguardo, ma solo per un attimo, su quella che a tutti gli effetti era una gran bella fica.

Trasalii quando la signora iniziò a emettere i classici rumori e uscii dalla stanza.

Nel salone c'erano tracce di quella che doveva essere stata una serata memorabile, se non altro per la quantità di bottiglie vuote disseminate sul pavimento, i cartoni di pizza da asporto, ma anche per le scatole di analgesici abbandonate sul tavolino basso del soggiorno. Qualcuno la sera prima se l'era spassata alla grande e adesso ne stava pagando il prezzo.

- Tutto a posto lì dentro?
- Sì, va meglio. Grazie.
- Posso entrare?
- Ti prego.

Aveva avuto la decenza di indossare un accappatoio bianco di quelli che si rubano negli hotel e mi guardava con l'aria della bambina che l'aveva combinata grossa e che cercava a tutti i costi il perdono, ma solo perché era stata sgamata. Andai in cucina, dove invece l'ordine era assoluto e preparai un paio di caffè. Gliene portai una tazza in bagno e lei lo mando giù d'un fiato continuando a ringraziarmi. Le dissi che avevo voglia di fare una passeggiata e di darsi una sistemata se voleva farmi compagnia. Protestò ma solo per un attimo, dicendo che non era in condizioni di uscire, poi si sciacquò nuovamente la faccia e mi disse di avere bisogno di un po' di tempo per prepararsi.

- Tu fai quello che ti pare. Versati da bere.
- Cettina, sono le undici del mattino, magari un succo di frutta.
- Non ne ho. Ho dimenticato di fare la spesa.

Armeggiai un po' col telecomando del televisore, ma spensi subito. Mi spostai verso lo stereo e cominciai a frugare tra i vinili. Non c'era altro che Viva Santana! Super Santana, Tutto Santana, mancavano giusto Minchia, Santana! e Mannaggia Santana.

Naturalmente quei dischi erano del marito, che nel divorzio ce li aveva rimessi insieme alla casa, allo stereo e a chissà che altro.

Cettina tornò nel salone con l'aria di un gatto spiaccicato sull'asfalto, aveva due occhiaie spaventose e lo sguardo che sembrava ferirsi al solo contatto con la luce che entrava dalle finestre. Inghiottì altre due pillole di chissà cosa e si sforzò di sorridermi. Adesso l'aria di mortificazione che aveva addosso era resa più evidente dal riemergere di alcuni sprazzi di lucidità.

- Mi sa che ho esagerato ieri sera.
- Eh, mi sa di sì. Comunque capita.
- Dove mi porti di bello?
- Dove vuoi tu, basta che ti sbrighi.

La aspettai circa un'ora, poi ritornò da me completamente restaurata come il giorno in cui l'avevo conosciuta. Il trucco era ineccepibile, i capelli, con la tintura fatta di fresco, cadevano ondulati sulle spalle. Indossava un paio di pantaloni scuri e scarpe con il tacco a spillo e una giacca molto bella che aveva un tessuto a fantasia orientale che le stava molto bene. Cettina mi spiegò che si trattava di una giacca di taffetà dorato e aggiunse il nome dello stilista e il prezzo. Se fosse stata una modella slava di una ventina d'anni sarebbe stata una gran fica, ma onestamente, quell'abito stava bene anche a lei.

La aiutai a chiudere casa e scendemmo nel vialetto. Piantò un casino inverosimile perché voleva andare con la sua macchina e voleva guidare lei, alla fine si convinse che forse era meglio che guidassi io, ma comunque sul fuoristrada non volle sentire ragioni, anche perché mi confessò che in auto aveva tutte le medicine che le potevano servire in caso di necessità.

Mentre uscivamo dal vialetto Cettina, che ormai si era ripresa quasi del tutto ma che era ancora docile per la botta patita, si scusò per l'ennesima volta dell'accaduto e poi mi disse

- Sono quasi contenta che tu mi abbia visto dare il peggio di me in questi giorni.
- !?
- Perché da questo momento in poi si può solo risalire.

Per risalire dall'abisso nel quale l'avevo trovata quella mattina, con il repertorio completo di rumori e puzze, ci voleva un campione di alpinismo.

- Ti ho portato una bottiglia di calvados, l'ho lasciata sul tavolo in sala da pranzo, buon Natale.
- Grazie caro.

Guidavo il suo fuoristrada fin troppo lentamente mentre percorrevo la provinciale che dall'Etna scendeva fino a Catania. Per strada non c'era nessuno. L'aria rarefatta del dicembre etneo dava ai raggi del sole il potere di rifrangersi sul contorno degli oggetti e cancellarli.

- Perché sei passato?
- Perché sono abituato a fare cose senza motivo.
- Speravo sinceramente in una risposta migliore.
- Era quella la risposta migliore.

Fermai la macchina davanti al cancello automatico di casa di mio padre, scesi e citofonai. Paola venne ad aprire e mentre percorrevo il vialetto di casa Cettina mi chiese dove fossimo.

- È casa mia. Casa di mio padre, dovrei dire.
- Ma siamo soli?
- Sì, Cettina, il cancello l'ha aperto Mami, la cameriera negra di Via col vento.
- No, ti prego, non mi dire che c'è tutta la tua famiglia.
- No, tranquilla. Ci sono solo i miei genitori e mia sorella. Non ti aspettare un pranzo da duecento persone. Mio padre è stato capace di litigare con tutti i suoi fratelli e con quelli di mia madre.
- E tu pensi che questo mi tranquillizzi?

Abbassò il parasole e si guardò allo specchio, era paonazza. Tirò fuori dalla borsa un piccolo necessaire e si rifece il trucco, poi chinò il capo per considerare il vestito e mi chiese se stava bene, se non fosse troppo scollata.

- No, guarda anche volendo – si girò di scatto e mi guardò incredula. Io non avevo reali motivi per continuare a massacrarla e aggiunsi – voglio dire che siccome – le parole si accartocciavano

140

su loro stesse e i pensieri facevano a cazzotti –
che non sei grossa, anche una scollatura più
- Sì?
- Generosa, generosa. No, intendo che non
sarebbe volgare – L'ha bevuta? – mi chiesi.
Probabilmente se la bevve ma continuò a essere
preoccupata.
- Ma sono anche a mani vuote. Hai almeno
avvisato della mia presenza?
- No.
Mio padre mi accolse con il suo prevedibile si può sapere
dove cazzo, salvo poi interrompersi non appena vide
Cettina.
Fu inizialmente sorpreso dalla presenza di un'altra persona
in casa, specie durante il pranzo di Natale e iniziò a
gironzolarle attorno guardingo. La squadrò dalla testa ai
piedi, poi ricordandosi di essere il padrone di casa le si
avvicinò esibendosi in tutta la sua formalità. Le tese la
mano e si presentò con il solo cognome, si fece consegnare
il cappotto e la invitò ad accomodarsi e a fare come se fosse
a casa propria, ma io mi augurai sinceramente che non lo
facesse.
Mia madre mi chiamò dalla cucina mentre Cettina, che
riusciva a tenere testa a mio padre in quanto a formalità, si
esibiva in lodi misurate in merito all'arredamento, per poi
passare a quelle sulla sua biblioteca, facendo breccia e
guadagnando un posto d'onore in quella poltiglia
semisolida di caccole, muco e peli del culo che mio padre
aveva dove tutti quanti hanno il cuore.
Quello che fece capitolare definitivamente mio padre fu il
fatto che Cettina riconoscesse al primo sguardo gli autori
dei quadri appesi alle pareti, dandogli un senso di
soddisfazione infantile e gratificandolo, laddove per mia
madre quella roba alle pareti erano solo dei costosi
scarabocchi, mentre a Paola interessavano quanto le

potessero interessare le maniglie delle porte o i rubinetti del bagno.

Quello è Tizio, quello è Caio, con quello sono andata a cena di recente e di quell'altro ho curato l'ultima personale a Taormina.

Fui sottoposto a una prevedibile quanto sacrosanta lavata di capo da parte di mia madre per una serie svariata di motivi, ma il principale era forse che loro, non aspettando ospiti, erano vestiti da casa e l'eleganza di Cettina li faceva sfigurare. Le dissi di non preoccuparsi e mi offrii volontario per finire di apparecchiare la tavola, mentre Paola mi chiedeva cosa cazzo ci facesse quella donna a casa nostra.

Anche lo svolgimento del pranzo fu piuttosto imbarazzante, con mia madre che volutamente si era disinteressata delle dinamiche della tavola e non faceva altro che alzarsi, andare a prendere un numero inutilmente alto di piatti, tornare a sedere e ricominciare da capo. Mio padre era distratto da Cettina, ma fingeva di distrarsi da lei sforzandosi di guardare il telegiornale di un'emittente locale, che per quanto ne sapessimo, poteva anche essere la stessa replica da dieci anni, con i suoi servizi sui consumi, quello sui commercianti del centro o il sondaggio sul regalo più ambito di quest'anno. Paola invece si limitava a non degnare Cettina della minima attenzione e a piazzare qualche frase qua e là tipo - ho visto Nancy ieri sera, ti saluta – e ancora – te la ricordi Nancy, carina vero?

- Io Nancy proprio carina non me la ricordo.
- Eh, ma sai Giovanni – intervenne mio padre, ammiccando – per le ragazze tutte le loro amiche sono carine, a meno che non si sentano minacciate o in competizione. In tal caso diventano brutte, racchie o facili.

Cettina da parte sua si limitava a sorridere e rispondere con monosillabi. Accettò una porzione di qualsiasi cosa mia madre le proponesse e bevve con moderazione. Poi, man mano che il vino spariva dai bicchieri, una sensazione leggermente più confortevole si andava diffondendo intorno alla tavola, ma riguardava selettivamente solo mio padre e Cettina.

Poi di punto in bianco Paola disse

- Sai che hanno chiuso un locale di scambisti qui vicino?
- Sì, l'ho letto sul giornale – rispose mio padre tagliando corto.

Ma Paola continuò – pensa che squallore. Vedere la donna che ami scopata da un altro. O da altri. E tu lì a guardare contento. Tu che ne pensi Giò?

- Penso che non è che mi interessi poi tanto.
- Ma ammetterai che è squallido.
- Sì, Paola, è squallido.

Il trillo del telefono di casa mia stroncò sul nascere quella discussione e distrasse mia madre che come in preda a un riflesso condizionato si alzò e andò a rispondere

- *At mòment*. Giovanni è per te.

Mi alzai e andai a rispondere al telefono

- *Срећан Божић.*
- *Срећан Божић и теби.*
- *Како си?*
- *Добро, хвала. како сте ви?*
- *Недостајеш ми[19].*
- Come hai fatto a trovarmi? - continuai in inglese.
- Mi ha dato il numero il tuo amico dello Stalingrad.
- Come cazzo fai a dire sempre bugie? Nico non ce l'ha il mio numero.
- Ti dispiace?

---

[19] - Buon Natale.
   - Buon Natale anche a te.
   - Come stai?
   - Bene, grazie. E tu?
   - Mi manchi.

- Cosa mi deve dispiacere?
- Che ti ho trovato.

La risposta esatta era no, ma non riuscii a dirla. Ero felicissimo di sentire la sua voce dopo un paio di mesi che non avevo sue notizie e tuttavia mi cedettero le ginocchia di schianto e dovetti sedermi. C'era stato un giorno in quei mesi, come un punto esatto che però non riuscivo a mettere a fuoco, in cui mi ero liberato dal senso di angoscia e di preoccupazione che mi assaliva ogni volta che pensavo a lei. Poco importava se una delle prime volte che aveva rifiutato di fermarsi a dormire da me mi aveva fatto sentire un perfetto idiota solo per essermi offerto di accompagnarla a casa e dopo aver insistito l'avevo congedata dicendole comunque di stare attenta, ricevendo in cambio come risposta un irritante "a cosa devo stare attenta, dimmi. Pensi che lì fuori sia peggio di Sarajevo negli anni novanta quando i cecchini mi sparavano addosso"?

Io non riuscivo a non preoccuparmi per lei, per il suo essere randagia, per quella banda di tagliagole che frequentava, per i numerosi giorni in cui spariva senza dare notizie e per quello stronzo di un arabo che si sentiva domineddio e che stava sempre con lei.

- Ma mi senti, Giovanni? Ti ho chiesto quando torni.
- No Vinka, mi sa che non torno – le risposi abbassando la voce, nel timore che Paola e Cettina potessero capire, perché i miei erano invece fuori gioco – mia sorella si laurea tra un paio di mesi e credo proprio di avere trovato anche un lavoro qui.
- È un addio?
- Sì.
- Stronzate, Giovanni. Tu mi ami.
- Ha smesso di contare qualcosa quando mi hai cacciato via.
- Giovanni, ci sono cose più grandi di noi.

Pensai alla buonanima di Barry White, poi all'autobus numero 334 piazza Borsellino-Acicastello e infine a Moby Dick, nel senso della balena, ma non c'era verso di capire cosa cazzo fossero queste cose più grandi di noi che ci avevano impedito sin dall'inizio di stare assieme come due normalissimi stronzi qualsiasi. Stare con lei era un susseguirsi di balle, mancanze, reticenze. Stare senza lei era una noia mortale, non mi divertiva più nulla, giusto qualche puttanata di Nico che era sempre in agguato, ma il resto era trascinarsi in una città ostile che non perdeva occasione per disfarsi di me.

- Vinka io non torno.
- Giovanni, ti aspetto a Parigi.

Mise giù il telefono mentre stavo cercando la lingua più adatta per mandarla affanculo.

Mi scrollai di dosso la sensazione di chi sta cercando di digerire una lametta arrugginita, mi alzai e andai a preparare i caffè mentre Paola e Cettina uscivano in balcone a fumare.

Mio padre mi chiese in che lingua avessi risposto al telefono e si stupì quando immaginò che parlassi il serbo.

- No, papà, so solo dire quattro fesserie, i soliti buongiorno e buonasera.
- E la tua ragazza non parla italiano?
- Non è la mia ragazza e comunque no. È jugoslava.
- Ma che jugoslava, la Jugoslavia non esiste più.
- Eh, prova a dirlo a lei. Quando ho affrontato l'argomento e le ho detto che secondo me lei avrebbe dovuto dire che è serba mi ha risposto che adesso la Jugoslavia la chiamano Serbia.

Quando tornai con il vassoio con i caffè vidi che le due stavano rientrando ma adesso Paola, che durante il pranzo aveva digrignato i denti ed era pronta ad azzannare, era tornata ammansita a sedersi al suo posto.

145

Poi con uno slancio si alzò dal tavolo e disse che era giunto il momento dei regali.

Io avevo delegato Paola di fare i regali ai vecchi da parte di tutti e due e le avevo dato parte dei soldi che in realtà aveva vinto lei, disinteressandomi completamente della faccenda. Solita roba. Poi Paola si spostò in un'altra stanza e ritornò con un mucchio di pacchi molto voluminosi dicendo.

- È per te, da parte di tutta la famiglia.

Cominciai a scartare i regali e trovai un cavalletto, una valigetta piena di pennelli, un set di colori a olio e uno di acrilici. Una tavolozza fatta con dei fogli di carta oleata e pressata che si potevano strappare una volta finito, una serie di tele di diversa misura, acquaragia, trementina, olio di lino e tante altre cose delle quali ignoravo l'utilizzo.

- Adesso sei a posto, non vediamo l'ora di vederti ritornare a dipingere.
- Sì – aggiunse Cettina – non vediamo l'ora – e strizzò l'occhio a Paola.

Pensai a una congiura, poi lessi il disappunto sul volto di mio padre, che evidentemente non ne sapeva nulla, e mi sforzai di diventare allegro. Baciai mia madre e mia sorella e mi scaraventai sul divano.

Cettina chiese scusa e chiamandomi tesoro, ma lo aveva per vizio, volle le chiavi della macchina. Scese giù e ritornò dopo pochi minuti con un quadro avvolto in una spessa carta marrone e legato con un filo di spago. Lo consegnò a mia madre che la guardò sorpresa, pur mantenendo il sotterraneo fastidio delle ultime ore.

- Io e Giovanni abbiamo pensato che le avrebbe fatto piacere.

Mia madre imbarazzatissima si schernì e disse che non c'era bisogno e tutto il repertorio del caso, ma quando aprì l'involto, scoprì che all'interno c'era "Ritratto di madre".

- Sa, signora, io e Giovanni volevamo una cornice che fosse all'altezza del quadro.

La balla era clamorosa e facilmente smascherabile perché la cornice non c'entrava neanche il cazzo con i colori di casa, ma le balle si rivelano tali solo se c'è l'intenzione di scoprirle. Mia madre trattenne a stento le lacrime, doppiamente contenta per la restituzione insperata del quadro e perché in tal modo era anche uscito dalla condizione di clandestinità nella quale lei lo teneva ma soprattutto perché, trattandosi di un regalo, mio padre non avrebbe potuto dargli fuoco. Venne ad abbracciarci e baciarci entrambi, poi ancora a disagio si scusò dicendo la prima cosa che le venne in mente, tipo che doveva andare a caricare la lavastoviglie.

Mi addormentai per una decina di minuti e al mio risveglio vidi che a tavola erano rimasti solo mio padre e Cettina a chiacchierare. La donna iniziò lo stesso discorso che aveva fatto a me qualche settimana prima, quando andai a casa sua, solo che adesso aveva trovato un destinatario ideale per le sue parole, non tanto per le sue dissertazioni filosofiche a metà strada tra psicoanalisi e new age, ma per quelle che riguardavano contratti, distribuzioni, esclusive. Mio padre ascoltava estasiato quella donna ricca di fascino che gli parlava con estrema competenza di fatturato, planning, gestione delle risorse umane e *outsourcing*. Quando ne ebbi abbastanza, e precisamente ne ebbi abbastanza quando si scambiarono i biglietti da visita, mi alzai dal divano e andai in camera di Paola, ma la trovai che dormiva. Decisi di tornare in sala da pranzo e incrociai mio padre nel corridoio. Stravolse la faccia in uno dei suoi inutili tentativi di sorridere e mi disse solo

- Ragazzo.

Si dileguò alla velocità della luce, le 14 e 35 erano passate già da un pezzo e lui aveva superato il limite di sopportazione.

Lungo la strada del ritorno, mentre accompagnavo Cettina a casa, un'ombra di risentimento mi oscurò lo sguardo. Era tutto molto indefinito, ma vedevo una ragnatela di fili esilissimi che si stringevano intorno al collo per impedirmi di respirare.

- Come ti senti? – le chiesi.
- Meglio, grazie. Ho passato una giornata splendida. Tu piuttosto, che ti è preso?
- Ma nulla, solo stanchezza. E poi ho mal di testa, sarà stato il vino scadente del pranzo.
- Magari ha a che fare con la telefonata che hai ricevuto.
- No niente, storia vecchia.
- Storia chiusa?
- Bah, più o meno. E poi te l'ho detto sarà stato il vino.
- Quel vino costa una quarantina di euro a bottiglia. Tu non le sai dire le bugie, vero?
- No, mai stato capace.
- Io questa cosa di te la a-do-ro.
- È faticoso, devi starci dietro, coltivarle. La verità è più semplice.
- Dici? La verità ti mette di fronte alle tue responsabilità, quindi, vuota il sacco.

Cettina iniziò ad accarezzarmi una gamba mentre guidavo e si distese sul sedile, guardandomi dal basso verso l'alto con quello sguardo che lei riteneva seducente. Ma io non avevo nessuna intenzione di vuotare il sacco con lei, né quello metaforico di cui aveva parlato poco prima, né tantomeno quello delle palle.

- Posso sapere cosa vi siete dette con Paola?
- Niente, cose da femmine.
- Tipo?
- Ma niente, Giovanni, ho solo cercato di mettere a posto le cose. Sai, io sono buona e cara – Cettina aveva questa tendenza a parlare per frasi fatte; e a me in realtà non sembrava tanto buona, ma sul fatto che fosse cara l'ex marito ci avrebbe giurato – ma tua sorella non la sopporto

proprio. È dalla sera dei Torre che non perde l'occasione di stare zitta, e credimi, io non ci sto a farmi trattare così da una ragazzina acida e viziata.

- Sì, ho capito, ma cosa le hai detto.
- Le ho detto di rilassarsi se non voleva che le sue narici diventassero l'argomento del giorno.
- Perché si vede?
- Sì. Ma lo ammetto, è difficile vedere le cose così da vicino, non so se capisci. Le cose le hai a casa e non te ne accorgi, poi le vedi tali e quali in televisione capitare ad altri e ci rimani di
- Merda.
- Stucco – dicemmo all'unisono. Cettina rise – stucco, preferisco stucco.
- No, io in realtà preferisco dire: ci rimani *comu chiddu ca ci ha visti a so soru*, e ti diffido dal fare facili battute.

La signora non aveva questo grande senso dell'umorismo e la battuta nemmeno le passò per la testa, inoltre si mostrò contrariata o meglio delusa, perché mi ero espresso in siciliano.

Una volta arrivati a casa, mi chiese da copione se volessi entrare. Rifiutai dicendole che me ne volevo tornare a casa, ma lei insistette spiegandomi che c'erano alcuni punti da chiarire. Aprì il bagagliaio dell'auto e mi chiese di tirare fuori il quadro che c'era all'interno. Mi spiegò che un paio di giorni prima aveva fatto incorniciare i quadri che le avevo lasciato alla galleria e che erano rimasti in auto perché aveva dimenticato di portarli in casa.

- Ritengo che 1400 euro per entrambi i quadri sia una cifra accettabile. E beninteso, ti pago anche quello che abbiamo regalato a tua madre.

Quando parlava di soldi o di affari in genere Cettina cambiava modo di esprimersi. Il ritmo delle frasi si dilatava facendosi più lento e anche la scelta delle singole parole risultava più ponderata.

- Sinceramente pensavo di ricavarci almeno il doppio.
- Andiamo, tesoro. Sei un esordiente, nessuno paga tremila euro per un esordiente, anche se è un esordiente meraviglioso come te.
- Allora, dammene duemila.
- No, Giovanni, millequattro vanno più che bene.
- Tu quanto pensi di farci con l'equilibrista?
- Molto più di quello che immagini, ma non in termini strettamente economici. Mi serve per fare circolare il tuo nome, per creare aspettative, per costruirti una reputazione. E poi quello non lo vendo, è mio. Lo a-do-ro.
- E allora dimostramelo.

Cettina fraintese. Si alzò e venne a spalmarsi su di me mentre me ne stavo seduto sul divano e cominciò a baciarmi. Io la lasciai fare anche quando iniziò ad armeggiare con la fibbia della cintura, mi abbassò la cerniera dei pantaloni e lo tirò fuori, prendendolo in bocca in una sola volta. Dopo qualche minuto, quella mezza erezione andò scemando e il cazzo mi si ammosciò completamente nella sua bocca.

Eravamo entrambi troppo scafati per farne un dramma, Cettina si limitò a dirmi che non aveva importanza e che probabilmente era successo perché non mi piaceva abbastanza. Glielo lasciai credere e mi limitai ad accarezzarle la testa e a riabbottonarmi i pantaloni. Ma ormai la sensazione che qualcosa si fosse rotto c'era tutta. Dopo qualche attimo di silenzio Cettina si alzò da terra e senza nemmeno guardarmi in faccia tirò fuori il carnet e mi firmò un assegno da duemila euro.

- Cos'è, mi stai dando seicento euro per un non pompino?

- No, Giovanni. Ti sto dimostrando che il quadro che mi hai lasciato mi piace, l'altra cosa l'ho fatta perché mi andava – rimase in silenzio qualche attimo e poi disse ridendo – un *nompino,* già.
Ci abbracciamo sull'uscio di casa come due che forse non si sarebbero incontrati più.

L'uomo elegante fece accomodare Biagio in una sala Cassiopea ormai deserta e gli chiese a bruciapelo
- *Dear engineer, how do you think to improve your OS?*
Biagio non rispose, ma si limitò a fare quella che suo cugino Biagio chiamava la "faccia da Renica" e che corrispondeva al totale collasso della dignità di un uomo. Aveva colto soltanto *engineer, sink* e *system* ed era troppo poco per mischiarli e cercare con il suo inglese da terza media di azzardare una risposta.
- *We had several problems approaching your Megax system* – proseguì.
Stavolta naturalmente capì solo *problem* e Megax e si azzardò a miscelarli.
- *Eu vi l'ava dittu ca ancora no era pronto.*
- Ingegnere, mi scusi, ma lei non parla inglese?
- No – rispose cercando di nascondere il colorito che diventava rossastro, guardando un foglio di carta sulla scrivania.
- Ma allora perché nel suo curriculum c'e scritto che lo parla a livello professionale e che preferisce lavorare in ambienti multiculturali? Intende qualche bazar o una rivendita di kebab?
- Scusi, ma i curriculum li gonfiano tutti.
- Sì, ma io le ho fatto due domandine semplici peraltro inerenti a un programma che ha

151

inventato lei e lei non ha aperto bocca. Forse preferisce il francese?
- No.
- Ingegnere, questo è un guaio. Noi avremmo piacere a farla entrare nella nostra famiglia, ma così come facciamo?

Biagio era realmente dispiaciuto per la balla che aveva raccontato, la faccia da Renica aveva lasciato spazio a un'espressione più preoccupata. Sentiva che si stava giocando molto, se non tutto, in quel colloquio e aveva la sensazione di stare per soccombere. Poi c'era stato un moto d'orgoglio e il tentativo di giocarsi il tutto per tutto. Com'è che diceva suo padre? Era arrivato forse il momento di farsi crescere una spina dorsale? No, suo padre parlava di *cugliuna*.

- Mi scusi, signore.
- Dica ingegnere.
- Lei aveva l'opportunità di assumermi due mesi fa, quando ci siamo incontrati a Catania, ma non l'ha fatto. Mi domando perché. E mi domando perché mi sta proponendo un lavoro adesso. Non è che per caso non siete riusciti a capirci una minchia del programma e vi sembrava più facile e adesso vi serve il giovane ingegnere paesano?
- Tanto vale giocare a carte scoperte, ingegnere. È esattamente come dice lei. Abbiamo avuto difficoltà insormontabili con il suo programma, i nostri ingegneri non sono riusciti a venire a capo di nulla. Sa, potremmo anche farle causa, abbiamo un contratto – disse l'uomo elegante.
- E allora mandatemi la lista degli errori di sistema che li metto a posto. Anche a gratis, basta che non mi create problemi, però poi sparite, no che illudete le persone con queste pagliacciate.
- Ma di quali pagliacciate va parlando, scusi?

- Di questo corso motivazionale.
- Stavolta non ci ha preso, Biagio. La mia idea è di assumerla a tempo indeterminato e di darle la piena responsabilità del progetto, ma le dico anche che la nostra sede operativa è a parigi, anche se i nostri parlano tutti inglese e non abbiamo il tempo di aspettare che lei impari una lingua utile per comunicare con lo staff.
- Prendiamo un interprete – Biagio stava anche per dire che si sarebbe decurtato il costo di quest'ultimo dal suo stipendio, ma non lo fece e prese tempo.

Ingegnere, noi nella nostra società, interpreti ne abbiamo fin troppi, ma non possiamo permetterci il lusso di coinvolgere altre persone, lo sviluppo del programma è segretissimo, se la concorrenza viene a sapere quello che stiamo preparando, se ne vanno per aria anni di lavoro e milioni di dollari in fumo. Per quanto riguarda il corso, non è stata una pagliacciata, come dice lei. Abbiamo veramente valutato tutti con la massima attenzione, solo che siamo un tantino esigenti. In alcuni di essi c'erano dei particolari profili delle loro personalità che ci impedivano di continuare qualunque tipo di rapporto.

Poi Biagio ebbe l'illuminazione.

- Che ne dice di Elisa Mancini? Era qui ieri, dice di aver lavorato per anni a Londra, lo parlerà bene l'inglese, certo magari non quello tecnico, ma ci aiuteremo. E se era qui, probabilmente andava bene pure a voi.
- Non è una decisione che posso prendere adesso, e comunque non da solo. Mi ci lasci pensare.

Dopo il bagnetto il pupo sembrava ancora più bello di prima. I tre lo avevano asciugato a mano con degli asciugamani morbidi da grand hotel rubati chissà dove, per impedire il formarsi degli aloni a causa di un cretinissimo sole che era spuntato quel mattino a sfregio. La vernice rosso Ferrari splendeva, i fari appena tirati a lucido sembravano voler strizzare l'occhio e i cerchi in lega e gli pneumatici nuovi completavano quella che per loro era un'installazione artistica nel piazzale della ZPSC trasporti, Frankfurt.

Avevano cominciato trent'anni prima come padroncini e avevano fatto tutta la trafila con i frigoriferi e i trasporti eccezionali. Poi avevano acquistato un secondo camion e poi il terzo e il quarto. Con l'età pian piano si erano ritirati nell'ufficio a coordinare i quattro camion che trasportavano tutto il trasportabile in giro per l'Europa.

E poi era arrivata quella commessa enorme, no Yésica, la sudamericana obesa che teneva le loro carte a posto, e verso il cui culone Saro provava una specie di attrazione magnetica, ma quel lavoro lontanissimo per il quale serviva il non plus ultra dei camion, il pupo. Ma dovevano farlo proprio loro in prima persona, quella ragazza magra e quel tizio arabo erano stati categorici. Non potevano permettersi di pagare l'inesperienza di uno dei loro autisti, in definitiva volevano proprio che le "grandi firme" ritornassero sulla strada per un ultimo grandioso trasporto.

    - Zu Pippo, mi sarei permesso.

Saro aveva tirato fuori con una sciabolata plateale dei fogli di stampante con delle fotografie rielaborate male dal nipote con Photoshop. Nella prima i portelloni posteriori del rimorchio del camion presentavano un Giovanni Paolo II gigante con una mano alzata a benedire le code di auto che si sarebbero formate dietro; u zu Pippo l'aveva guardata per un istante e poi l'aveva passata a Saro senza dire nulla. Nella seconda un Padre Pio hard rock mostrava una mano stimmatata che col dito medio anche lui benediceva, ma a modo suo, gli automobilisti; anche questa venne scartata, ancora più velocemente della prima.

154

- Va bene, zu Pippo, allora che mi dice di questa?
  È la mia preferita.

U zu Pippo prese la penultima fotografia ritoccata dal nipote di Saro, e la scrutò con estrema attenzione, poi scosse la testa e disse

- Lo sparviero?
- Eh! – rispose Saro con aria compiaciuta.
- Del mare?
- Sì – confermò.
- Saro, e perché minchia c'è stampato un cavallo rampante?
- Mi sembrava una buona idea.
- Lo è se vuoi essere preso per il culo da mezza Europa.

Saro si fece convincere dallo zu Pippo a scartare l'idea di chiamare il pupo "lo sparviero del mare" nonostante gli piacesse tanto.

E poi quel cavallo rampante era fichissimo.

- Fammi vedere l'ultima, dài. Ecco, vedi, questa è bella.

Sui portelloni posteriori, per tutta la lunghezza e senza svolazzi da invito a un matrimonio, una scritta in corsivo recitava "Le grandi firme" e due scritte più piccole in basso che partivano in diagonale e dicevano " Zu Pippo" e "Saro Comocane".

Per dipingere, mio padre mi aveva messo a disposizione una stanzetta nello scantinato di casa sua, non senza rimostranze e fastidi vari e assecondando così le pressioni di mia madre, di Paola e di Cettina. Io me ne stetti per un periodo abbastanza lungo con il pennello in mano, la tela bianca di fronte e nemmeno lo straccio di una cazzo di idea per ricominciare. E mi ricordai perché avessi smesso. Ero veramente abraso, cancellato, asfaltato. Non avevo nulla da dire e nessuno a cui dirlo, che di suo sarebbe la situazione ideale se non mi fossi sforzato di dover dire qualcosa anche e soprattutto per le aspettative che la mia famiglia e Cettina avevano riposto in me.

La gallerista si era tra l'altro prodigata, con dei suoi contatti al nord Italia e all'estero, per farmi inventare di sana pianta un curriculum degno di nota, e a suo dire, nell'ambiente, la curiosità per la mia prima personale stava montando. Naturalmente il mio lavoro era da considerarsi top secret e i curiosi dovevano accontentarsi di una cartolina con su la stampa del mio "equilibrista". Uscirono anche un paio di articoli sui due quotidiani regionali, che salutavano il mio ritorno a casa, ma loro dicevano patria, perché il termine era tornato di moda, e lo vedevano come una "ventata di possibile rinnovamento in una realtà culturale asfittica".

Avevo pensato troppo e com'è noto il troppo pensiero blocca il gesto. Alzai il braccio che sembrava pesare una tonnellata e tirai una linea azzurra a cazzo al centro del quadro. Poi disegnai una minchia come quelle che fanno i bambini, con i due cerchi a formare le palle e quella specie di ellissi a fare l'asta. Rifinii il tutto con i peli del cazzo e lo sperma che erano uguali in modo ridicolo, solo delle lineette tratteggiate. Completai ricoprendo il tutto con il bianco dando alla tela un paio di colpi di rullo.

Avevo deciso consapevolmente di lasciarmi andare, di passare le giornate buttato sul divano ad abbrutirmi e a ingrassare, oppure a dipingere cose insulse che avevano finito per riempire la cantina, con l'unica preoccupazione di non farlo davanti a mio padre e di evitare con cura di incontrare mia sorella o Cettina, ma non avevo tenuto in considerazione l'ineluttabilità del capodanno.

La gallerista mi chiese di accompagnarla a un cenone con amici, mettendomi tuttavia in guardia e con la massima onestà che mi sarei dovuto vestire elegante e che probabilmente per la noia, mi sarei impiccato al lampadario tra il primo e il secondo piatto del cenone. Per Paola invece non c'erano cazzi, metaforicamente parlando, s'intende, ché di quelli veri ce n'erano fin troppi. Era obbligatorio andare alla festa che si sarebbe tenuta in un capannone della zona industriale e alla quale avrebbero partecipato tutti.

VI

Salvatore aveva deciso di fare a meno del capodanno. Di prepararsi latte e biscotti alle nove di sera, magari con una leggera correzione di gin, ingoiare due sonniferi, facciamo tre, e svegliarsi l'anno successivo, visto che farlo dopo due anni non era oggettivamente realizzabile.

Claudia gli scombinò tutti i piani, come aveva fatto durante le ultime settimane, invitandolo a un cenone a casa di amici. Di Claudia.

Da quando si erano incontrati di nuovo alla rimpatriata, nonostante il "sicuramente non accadrà" di Claudia, lei lo aveva cercato dopo un paio di giorni, era passata a prenderlo in auto vestita come una che aveva in programma di farsi l'ultima grandiosa ficcata della sua vita, avevano bevuto e avevano chiacchierato di tutto. Erano stati brillanti, lei gli aveva garantito che i vecchi rancori erano belli che andati e lo aveva implorato di rilassarsi. Salvatore dal canto suo era felice per quella inaspettata reunion con una ragazza che aveva dimenticato quanto gli piacesse e che giurava di aver superato alla grande l'accaduto.

Ma quello che aveva imparato, se mai aveva imparato qualcosa, era di non fidarsi mai di una donna che si era scopato e poi lui aveva unilateralmente deciso di non infilargliela più. Era una categoria a sé stante e mortalmente pericolosa.

Dopo averlo sfinito di chiacchiere al tavolo di un pub e avergli fatto vedere il repertorio completo di lingua, labbra, cosce, tette e culo, gliela fece solo sniffare da lontano e lo depositò a casa. E così avvenne anche durante le uscite successive.

Il fatto di andarci liscio con Claudia non lo preoccupava più di tanto, in primo luogo perché lei aveva da poco oltrepassato la soglia dei trent'anni e questo la rendeva un soggetto pericolosissimo, con due lombi caricati a molla e gli ovuli pronti a farsi fecondare dal maschio alfa di turno, ma anche da quello omega per dire la verità, dimostrando che le donne della specie umana sono molto meno furbe degli animali. In secondo luogo perché lui l'aveva sempre vista come una fica a tagliola, una di quelle che una volta inserita la minchia in una delle apposite fessure, scattava il meccanismo ghigliottinante che te l'avrebbe bloccata lì dentro per sempre e l'unica via di salvezza sarebbe stata strapparsela a morsi come facevano gli animali con le zampe intrappolate. Sacrificare la minchia per salvarsi la vita.

Quello che gli si parava davanti era una sorta di tappa obbligata, l'aveva fatto tante di quelle volte che poteva rifarlo a occhi chiusi. Indossare un vestito superiore a quelli della sua media che di per sé allo stato attuale era molto bassa, da quando aveva mollato la compagnia a Kazan, infatti, non tollerava più abiti e cravatte, indossare una faccia di circostanza, le scarpe nuove. Pettinarsi se possibile, scambiarsi gli auguri e i regali, pochi perché c'è la crisi, giusto dei pensierini.

La verità era che quella che lo aspettava era una serata senza pretese, Claudia doveva andare a Roma da una sua amica ma questa alla fine aveva accampato delle scuse e non se ne era fatto più niente. Gli altri erano stati lì lì per accettare un invito alla festa dell'anno ma poi non c'erano andati. Un migliaio di persone che poi si sarebbe polverizzato in gruppetti da una decina l'uno, una volta al capannone della zona industriale, lenticchie, zampone, pandoro e spumante da discount. Insomma, la serata giusta per chi non aveva niente di meglio da fare, anche questa in linea con l'*annus horribilis* che stava per togliersi dal cazzo a titolo definitivo. Cominciato con la ristrutturazione di una casa, attraversato da dubbi e incertezze, costellato di coliti nervose, e finito con l'abbandono alla chetichella della casa ristrutturata. Il lavoro ad Accra non decollava, aveva mentito un responsabile della compagnia, siamo spiacenti, sul serio, che lei abbia gettato via diversi anni della sua vita e sia contestualmente invecchiato, ingrassato e incazzato, ma la preghiamo di abbandonare la posizione attuale e di raggiungere con decorrenza immediata la nuova sede di Kazan (Russia).

Il clou della serata sarebbe stato il racconto di uno dei commensali che aveva conosciuto una ragazza su internet e ci era uscito. Tutti i presenti volevano che il ragazzo raccontasse i particolari, anche se li sapevano già. L'appuntamento in zona decentrata, per non farsi vedere da qualche conoscente, era stato abbastanza fiacco. La ragazza in questione doveva sottoporsi a breve all'intervento del palloncino, era una specie di balena spiaggiata, molto goffa e poco interessante. L'unica cosa divertente di quella sera sarebbe stato il racconto agli amici il giorno successivo.

Alla fine del racconto piombò un silenzio irreale. Ed erano solo le dieci di sera.

Un altro ragazzo continuava a sospirare

   - Che amarezza!

Non ce l'aveva con la situazione in sé. Il suo sguardo si andava a spegnere altrove. Probabilmente anche lui aveva perso parecchie cose durante quest'ultimo anno.

All'approssimarsi della mezzanotte Salvatore cercò disperatamente un dattero e lo trovò in frigo sotto una quantità di antipasti avanzati. Mangiò il frutto cercando di capire se fosse stato posato accanto a dei wurstel o sepolto sotto la pancetta, gettò via il seme del dattero dell'anno passato che aveva tenuto dentro il portafogli negli ultimi trecentosessantacinque giorni e lo rimpiazzò con il seme del dattero nuovo. Aveva preso quest'abitudine quando una ragazza che aveva un culo che era patrimonio UNESCO glielo aveva insegnato durante il capodanno 2007 e Salvatore aveva finito per guadagnare 25.000 dollari che gli sembravano un'immensità, salvo poi accorgersi che detratte le tasse non gli rimaneva granché. L'aveva poi ripetuto nel 2008 senza gli stessi risultati, e poi ancora nel 2009 con risultati ancora peggiori. Del resto c'era la crisi, però aveva imparato che dattero in francese si dice *datte* e che Claudia, con cui aveva organizzato un assurdo weekend di capodanno a Parigi, non resisteva alle temperature particolarmente fredde. Aveva trovato un biglietto *low cost* da Catania via Milano e uno *very high* da Johannesburg, l'aveva chiamata e le aveva chiesto se avesse voluto raggiungerlo a Parigi per l'ultimo dell'anno. Claudia al solito suo aveva accettato per un numero di motivi tutti più o meno plausibili e poi si era ammalata con la febbre a trentanove costante per tutti i quattro giorni e lui era finito a farsi fottere i soldi negli strip club parigini.

Allo scoccare della mezzanotte erano già sfibrati da un senso di noia evidente. Una ragazza si mise in moto febbrilmente e procurò dell'uva, dodici acini per ogni commensale che dovevano essere mandati giù nei primi dodici secondi dell'anno nuovo come facevano a Valencia e lei lo sapeva perché lì ci aveva fatto l'Erasmus e aveva visto più cazzi stranieri dei cessi dell'ONU[20]. Poi il divertimento sarebbe stato fare la manovra di Heimlich alla

---

[20] La battuta è di Amleto De Silva. www.amlo.it

gente in preda all'asfissia e accompagnare i superstiti al pronto soccorso.

Biagio fumava facendo avanti e indietro sul balcone mentre aspettava che suo cugino Biagio lo andasse a prendere. Il fumo gli passava sul palato, dove si impastava con i resti del cenone per poi scendere in gola e venire espulso tra i denti serrati con ferocia. Biagio era in ritardo come sempre. La neve era caduta nervosa e violenta e aveva ricoperto Bronte nella sua interezza. Erano decenni che il paesino sull'Etna non veniva sferzato da una bufera simile.

La madre durante il cenone lo aveva riempito a tappo, esagerando oltremisura perché in capo a un paio di giorni, il suo figlio minore se ne sarebbe andato via per lavoro a Parigi, città che secondo lei sorgeva sull'altipiano del Gobi, assolutamente sprovvista di generi di prima necessità e soprattutto di donne che sapessero o volessero cucinare e gli avrebbero ridotto il figlio a uno scheletro. E ci diede dentro con il repertorio completo di scacciate con tuma e acciughe e con il *bastardo*[21], carciofi ripieni con mollica e aglio tritato, baccalà alla ghiotta e ancora cotechino e zampone, perché non sapendo scegliere li aveva cucinati entrambi con le immancabili lenticchie che portano soldi per contorno.

Biagio pensò che con tutta la lenticchia che aveva mangiato in quella trentina d'anni, avrebbe dovuto stipare i soldi nel cratere centrale dell'Etna, ma quando lo disse al padre ricevette in cambio una *cuzzata* e il commento del genitore

> - *Beàcc, chill' portn' soldi. Si non mangi la lenticchia non attrovi manco chilli pochi che hai tenuto fino a ora.*

---

[21] Cavolfiore.

La miscela esplosiva di lenticchia e carciofi gli aveva creato nello stomaco tutta una serie di correnti ascensionali che si scontravano l'una con l'altra gonfiandogli la pancia a dismisura e causandogli delle fitte, mentre l'aglio gli faceva puzzare il fiato a tipo bulgaro e per digerire il resto della cena si sarebbe dovuto bere una bottiglia di Svitol.

Ad amplificare quel senso di immobilità e abbandono, nel balcone della casa di fronte alla sua, i cavi per stendere il bucato erano vuoti e le serrande abbassate.

Specie nelle stagioni calde, quei tre fili erano una ragnatela nella quale il suo sguardo rimaneva invischiato impedendogli di pensare a qualsiasi altra cosa.

Nella casa di fronte alla sua viveva una bionda ultracinquantenne con un paio di tette gigantesche. Una delle cose che faceva uscire di testa Biagio, era che la signora non lo chiamava Beàcc come tutti i suoi conoscenti di Bronte, Randazzo, Maletto e Maniace, ma lo chiamava proprio Biagio, così come c'era scritto sulla carta d'identità e addolciva la g e chiudeva la o disponendo le labbra a cannolo che nemmeno a Settimo Torinese. Sui cavi, appesi ad asciugare, c'erano ogni giorno tre perizomi diversi a testimonianza del fatto che la donna aveva una doverosa quanto sacrosanta cura dell'igiene personale. Ed erano dei capolavori di scienza e tecnica, anche lì fili sottilissimi, trasparenze e pizzi dentro i quali Biagio immaginava un universo di forme e di calore domestico, il luogo in cui avrebbe volentieri deciso di portare la residenza e ricevere persino la posta. Aveva immaginato chissà quante volte rincasando di prendere al volo e trovarsi in mano uno dei perizomi della signora cadutole accidentalmente e di citofonare, entrare in casa e inginocchiarsi al suo cospetto, darle un bacetto a labbra chiuse sulla fica, che nella sua testa aveva il sapore di miele e zenzero e aiutarla a indossarlo, facendo di lei la sua Cenerentola da *milf gallery*.

163

Dal balcone, dopo che finirono i botti e che la bufera si placò definitivamente, Biagio vedeva una Bronte deserta e incantevole e solo per un attimo pensò che in fondo andarsene via non è che gli facesse tutto questo piacere.

E tuttavia doveva farlo, non c'erano alternative se non la fuga a quello che la sua terra aveva in serbo per lui, e poi a interrompere quel brevissimo istante di idillio, ci stava già pensando suo cugino Biagio, con la Y10 a manetta sulla piazza antistante la chiesa matrice ricoperta di neve, mentre accelerava per una decina di metri per poi sbandare tirando il freno a mano, mentre Vasco Rossi dallo stereo della macchina messo a palla urlava che buoni o cattivi non è la fine.

Dopo scese dalla macchina e suonando una chitarra immaginaria guardò Biagio sul balcone e stonò il background vocal

- Da sopportareeeeeeeeeee.

Poi alzò entrambe le braccia in direzione di Biagio e con gesto studiato puntò gli indici contro di lui.

- Beàaaaaaaaaaaaacc, stanotte io e te spacchiamo tutto. Ho rimediato a due che sono la fine del mondo. Siamo in lista per la festa migliore di tutta Catania. Scendi, sbrigati che ci aspettano davanti al capannone.

Biagio era stato già vittima di ragazze che erano la fine del mondo, ma solo nella testa di suo cugino Biagio. Si era già sottoposto al supplizio di qualche uscita a quattro dove suo cugino Biagio doveva fare coppia con una ragazza generalmente bellicchia, ma niente di più e a lui invece capitava la classica amica *ponchia*[22]. E poi non si sentiva in forma, aveva la pancia che gli tirava come la pelle di un tamburo e conoscere ragazze nuove gli aumentava lo stato di agitazione e di conseguenza lo stato di scuotimento delle budella. Scese le scale di casa sua sganciando un paio di

---

[22] Cicciona.

piriti rumorosi e contrariamente a ogni logica, anche puzzolenti di una puzza malata e acida.

Non appena vide suo cugino Biagio che indossava un paio di pantaloni neri attillati, scarpe coordinate nere con inserti glitterati color argento e maglione più o meno simile, pensò – ma che cazzo si è vestito, da calamaro?

Fu invece suo cugino Biagio a batterlo sul tempo. Lo squadrò dalla testa ai piedi e lo apostrofò

-   Beàcc, minchia, ti porto alla meglio festa della città, abbiamo appuntamento con due pezzi di sticchio fenomenali e ti presenti vestito da pecoraro come al solito?
-   No Beàcc, sono vestito normale. Tu invece, come sei vestito?
-   Ma che dici? Io sono vestito di gran moda. Ho fatto shopping nel meglio negozio di Catania due giorni fa.

Suo cugino Biagio, un paio di giorni prima, aveva fatto shopping in un negozio di via Sangiuliano a Catania, trovando delle commesse gentilissime che lo avevano convinto ad acquistare due di tutto: pantaloni, maglioni camicie e scarpe coordinate, una mise bianca e una nera, giurandogli che gli stavano benissimo e facendogli capire che, magari non proprio quel giorno, ma se si fosse fatto vedere più spesso al negozio, probabilmente con qualcuna di esse ci avrebbe combinato qualcosa. Poi, una volta uscito dal negozio, le commesse avevano festeggiato rumorosamente, dandosi anche il cinque e svariate pacche sul sedere, per aver sbolognato gli ultimi capi della linea che loro in segreto chiamavano Gayssimo 08.

Suo cugino Biagio accompagnò un riluttante Biagio a casa sua e con uno slancio di generosità d'altri tempi, e numerose preghiere affinché non li rovinasse, gli prestò gli altri vestiti che aveva comprato.

Uscirono di casa che sembravano l'uno il dagherrotipo frocio dell'altro.

165

La cosa sorprendente tuttavia, fu che durante la discesa da Bronte a Catania a velocità supersonica, con la faccia di Biagio che diventava bianco lenzuolo a causa di una diarrea incipiente, il telefonino di suo cugino Biagio non smise di fare i due canonici trilli dell'SMS

    - Beàcc, *o cucinu*, lo vedi, sono loro, ci stanno aspettando. *Stanu friennu.*

E ancora più sorprendente fu il fatto che Laura e Stefania li stessero realmente aspettando all'ingresso del capannone. E non erano *ponchie*, non erano sudate, non erano piene di brufoli o con qualche minuscolo accenno di barba o basette, né coperte da quella peluria che fa sembrare alcune ragazze delle pesche tabacchiere.

Laura sembrava una Jamie Lee Curtis giovane, un po' più bassa e complessivamente più scarsetta, ma era tirata a lucido come solo le donne sanno fare. Aveva un abito grigio con una gonna che le arrivava sopra il ginocchio, una dignitosissima terza di seno offerta generosamente nel decolleté, i capelli castani corti, portati indietro e un po' mascolini e due occhi marrone scuro il cui taglio le dava un'aria veramente sveglia. Stefania era invece minuta, piccolissima, non arrivava forse al metro e sessanta e ai cinquanta chili. Aveva i capelli biondi e lunghi, gli occhi di un verde acceso e un viso che la faceva sembrare una bambolina. Indossava un paio di jeans neri e una camicia bianca sotto la giacca, aperta per fare vedere l'accenno di un superfluo reggiseno di pizzo nero. Biagio si ricordò di quel film in cui la fortuna era un raggio di sole che sbatteva sul culo del più rognoso dei cani, ma il fatto di non trovarsi davanti due mostri, due cesse o due balene spiaggiate gli peggiorò la situazione nello stomaco.

Le ragazze erano già passate abbondantemente avanti con la bevuta ed erano su di giri, salutarono entrambi i Beàcc con slancio e poi guardarono i loro vestiti con esitazione.

    - Allora, che si fa, si entra? – domandò Stefania.

    - Certo, certo, dammi un secondo.

Si accodarono alla fila chilometrica con cugino Biagio in testa, seguito da Stefania che gli aveva cinto la vita per non perderlo, poi Biagio che stava trattenendo con tutte le sue forze il pallone aerostatico che aveva dentro perché dietro di lui, Laura gli stava appiccicata addosso.

- E allora ragazzi, lista? – chiese dall'alto del suo metro e novanta un energumeno di oltre un quintale con i bicipiti che stavano straziando dall'interno le maniche corte della sua maglietta nera.
- Sì, certo rispose il cugino. Devi cercare Biagio più Biagio più due.

L'uomo all'ingresso mandò avanti e indietro il dito sulla lista un paio di volte e poi, guardando il cugino di Biagio dritto in faccia, gli disse

- Non lo trovo. Sicuri di essere in lista?

Inclinò verso il basso il suo testone pelato a squadrare il cugino Biagio, poi Biagio, che nel frattempo aveva scavalcato Stefania per vedere cosa stesse succedendo e si illuminò in volto. Guardò Biagio nella sua tenuta Gayssimo 08 a sua insaputa e gli si avvicinò con fare minaccioso sovrastandolo con la sua corporatura. Poi sorrise.

- Certo – disse – come no. Scusami Biagio, non ti avevo riconosciuto - e gli prese la faccia tra le sue mani enormi mentre il cugino Biagio lo guardava divertito. Poi lo baciò sulle guance avvicinandosi pericolosamente agli angoli della bocca e gli fece gli auguri di buon anno, mentre gli strusciava addosso quello che un ignaro Biagio sentiva distintamente come un anaconda e gli sembrò pure che gli stesse sfiorando le chiappe con una mano. Per gli ingressi non posso fare nulla – disse – mi sa che vi tocca pagare.

Biagio e suo cugino cacciarono cento euro a testa per sé e per le ragazze e si incamminarono nel viale di ghiaietto bianco che faceva da sentiero verso il capannone, mentre il buttafuori li rincorreva chiamando Biagio ad alta voce per sovrastare la musica.

Biagio si voltò e il buttafuori si avvicinò e gli mise in tasca una ventina di tagliandi per le consumazioni, approfittandone per palparlo un altro po'. Accostò le labbra e gli sussurrò all'orecchio.

- Hey bello, ci vediamo dentro.

Stefania era quella canonicamente più carina fra le due e spettava per diritto naturale a suo cugino Biagio. Biagio la guardava ogni tanto mentre ballava cercando di non farsene accorgere e pensava che gli piaceva sul serio. Tuttavia, le dinamiche che si creavano con suo cugino non si potevano mai mettere in discussione, sembrava una sorta di selezione naturale della specie: ragazza carina, suo cugino Biagio, altra ragazza come capitava, Biagio.

Si mise a ballare anche lui con gli altri tre, formando una specie di piccolo cerchio che si stringeva per la pressione della calca che spingeva i ragazzi verso il centro. Biagio ballava il minimo indispensabile, anche perché nello stomaco aveva movimenti tellurici di assestamento, mentre suo cugino Biagio era già esaltato dall'alcol e dalla compagnia.

- Beàcc – gli urlò il cugino all'orecchio – questo è il mio regalo d'addio. Goditelo. Poi ce le scambiamo.

E così dicendo gli afferrò la testa e la girò in direzione di Laura e Stefania che mentre ballavano insieme e si strusciavano, si afferrarono per i capelli infilandosi la lingua l'una nella bocca dell'altra.

La fila di auto ferme in coda non era che un assaggio di quello che ci si doveva aspettare una volta arrivati. Impiegammo un'ora per arrivare al parcheggio, altro tempo per parcheggiare l'auto, altro ancora per fare la coda all'ingresso e una volta dentro ci trovammo pigiati l'uno contro l'altro, pacco contro culo o culo contro culo o pacco contro pacco con la sudaticcia, sbronza e strafatta Catania che conta.

Dalle casse usciva una musica elettronica fatta di batterie sintetiche e suoni basilari che ripetevano in loop temi infantili di quattro o cinque note. La fila al bar era mostruosa e decisi quindi di non bere nulla. Poi Paola mi urlò in un orecchio che c'era anche un altro padiglione dove passavano musica diversa e forse c'era meno gente anche al bar, ma di non perderci perché sarebbe stato impossibile ritrovarci. La lasciai con Marco e mi spostai nell'altra sala.

Qui la musica era decisamente diversa ma faceva cacare uguale. Rimasi giusto il tempo di rinfrescarmi la memoria con canzoni che erano anni che non sentivo e mi stava benissimo così: il cobra non è un serpente, ma una minchia che pende – rispondevano in coro nello spazio vuoto lasciato in sala dal fade out del deejay. Inutile spiegare il concetto di rima, ché per loro in quel modo funzionava a meraviglia. Centotrenta chili, splendida regina, rum e cocaina, a ricordare loro il menu della serata e poi il triangolo no, io non lo avevo considerato.

Uscii dall'altra sala tra gli hu in falsetto e il deejay che si complimentava con i ragazzi, ché lui un pubblico di convinti e pregiudicati come quello non l'aveva mai avuto.

Mi scontrai fortuitamente con Marco che mi chiese se avessi visto Paola che era oltre un'ora che non aveva sue notizie. Mi offrii di aiutarlo a cercarla ma Marco rispose che Paola non amava essere cercata e che quindi secondo lui sarebbe stato meglio lasciar perdere.

Mi accodai alla fila del secondo bar e ordinai una vodka scarsa che era il meglio che avevano facendo il simpatico con la barista che invece mi servì in modo sbrigativo sbuffando di noia tra una mia frase e l'altra.

Me ne andai fuori a prendere una boccata d'aria e cominciai a gironzolare attorno al capannone. Schivai ragazze vestite da attracco che vomitavano le budella poggiate alla ringhiera, coppiette da flirt da ultimo dell'anno, arrivati single alla festa per vedere negli ultimi minuti di recupero di poter rimediare una cosa qualsiasi, altre ragazze che piangevano sedute per terra con il trucco che si squagliava sulle loro facce. Mi spostai e mi cercai un angolino tranquillo e incominciai a sorseggiare la mia vodka. Qualcuno era stato capace di svuotare la bottiglia di Eristoff e di riempirla con vodka da discount. Aveva un retrogusto come se avessero scoreggiato nella bottiglia e l'avessero richiusa subito.

Continuai a bere quando, lontano alla mia sinistra, in penombra, vidi Paola che parlava con un uomo, mentre alla mia destra si avvicinava Marco che mi diceva di non averla trovata. Cercai di tranquillizzarlo dicendogli anche che lui la conosceva meglio di me e provando in tutti i modi a non farlo guardare nella direzione di mia sorella. Mi frapposi tra lui e il suo campo visivo, poi lo invitai a guardare un culo qualsiasi, poi gli chiesi se mi volesse andare a prendere da bere nonostante avessi ancora in mano il bicchiere pieno. Marco non era cretino, e a ogni mia parola capiva che c'era qualcosa che non quadrava e si inquietava ancora di più. Poi fu un istante, il battito delle ali di una farfalla nel Pacifico che come estrema conseguenza ha che qualcuno viene a cacare il cazzo a me.

Si udì distintamente l'uomo gridare

- Troia!

Un centinaio di persone si voltarono a guardare la scena. Paola sporse il ghigno che aveva stampato in faccia verso di lui e si fermò a pochi centimetri dal suo naso, lui indietreggiò e la colpì con uno schiaffo a mano aperta in pieno volto.

Era impossibile che Marco non avesse visto né sentito. Si voltò in direzione delle grida ma rimase immobile mentre io lo guardavo perplesso. Poi mi avviai con passo lento ma deciso verso quell'uomo. Lo vidi in tutta la sua sciatteria, nei vestiti che avrebbe dovuto indossare uno di dieci anni più giovane, in quella aria di sfiga che lo circondava come un'aura.

Paola gridò – Giovanni, no – mentre l'uomo diceva

- E questo pezzente chi è, un altro?

Yòap!

Il pugno che lo scaraventò per terra partì dalla mia mano sinistra e atterrò sul suo zigomo facendolo scoppiare come un brufolo maturo. Si alzò da terra ed io mi augurai con tutto il cuore che reagisse. Cercò di farlo, venendomi incontro in maniera lenta e confusa, con le braccia che si allungavano e cercavano di afferrarmi per il collo, come uno che non aveva mai avuto la necessità di salvarsi la vita in un angiporto qualsiasi. Gli si leggeva la paura negli occhi e nelle labbra che tremavano. Mi chinai per entrare nello spazio delle sue braccia e lo colpii con un sinistro al fegato, lui si piegò su un fianco e non vide nemmeno partire il gancio sinistro al volto e il destro diretto al mento. Avevo appena cominciato a divertirmi, ma lui rimase a terra definitivamente. Un paio di buttafuori enormi, attratti dalla confusione, mi sollevarono di peso e mi trascinarono via mentre il tizio sanguinante e pesto per terra minacciava Paola che non si sarebbe laureata mai più.

Fuori dal capannone fu Marco a dovermi difendere dalla rabbia di Paola che cercava di mettermi le mani in faccia. Era ubriaca, le aveva prese, aveva sicuramente tirato e sragionava. Mi accusò di tante di quelle cose che facevo fatica a starle dietro. Riuscii a capire solo che secondo lei mio padre aveva ragione, su cosa non lo compresi, e che avrei fatto meglio a non tornare. Il suo ragazzo la affidò a degli amici e mi riaccompagnò a casa. Per strada cercò di giustificarsi, dicendo inizialmente che io lo avevo anticipato perché la mia reazione era stata improvvisa e velocissima, poi, certo, mica era per quello, però lui ancora quell'esame lo doveva dare.

Salvatore pensò che Claudia volesse punirlo per motivi più o meno fondati quando gli chiese con un sorriso da bambina che ha visto le giraffe di accompagnarla alla serata del capannone. La guardò incredulo e provò a protestare, ma non c'era verso, Claudia aveva deciso e con lei era sempre così.

Gli altri optarono per il consueto giro in centro di fine anno, poi a vedere l'alba in piazza Castello ad Acicastello come tutti gli anni, anche in condizioni di visibilità nulla o parziale, per finire con la colazione al bar Viscuso.

Il capannone era stato allestito con un set di luci spropositato e le strobo sparate ad altezza occhi lo disorientavano. La musica era a un volume altissimo, ma non era quello che lo preoccupava quanto la pessima qualità di quest'ultima. La solita elettronica di scarsa fattura, canzoni composte solamente da un numero di bpm e basta.

Claudia per continuare a punirlo lo invitò a ballare. E lui ballò, ma non nel padiglione della musica elettronica, ma in quello dove un deejay dalla faccia incazzata, contrariamente a quello che doveva essere il suo stato d'animo continuava a passare "Sciolgo le trecce e i cavalli" di Umberto Balsamo e a seguire "Finu a dumani" di Kaballà. E cantò pure, cercando di indovinare quando il deejay abbassava la musica.

Poi andò al bar e incrociò un centinaio di conoscenti sudati che lo salutarono col bacio e gli chiesero – come stai? – e lui rispose – tutto a posto.

Portò da bere a Claudia e la vide felice. Felice di una felicità immotivata, quasi scema. Felice come il coyote che ha preso quel cazzo di animale azzurro di merda e adesso ne può disporre a suo piacimento. Felice come chi non sa che il suddetto animale tra massimo trenta ore sarà su un volo destinato altrove.

- Mi sono scocciata, ho sentito gli altri, andiamo ad Acicastello.
- Ma veramente siamo appena arrivati.
- Ma se non ci volevi neanche venire qua.
- Già.

Uscirono dal capannone con Claudia che cercava di abbracciarlo ma non ci riusciva e ripiegò tenendolo per mano. Salvatore la lasciò fare anche perché nei confronti di Claudia aveva accumulato una serie talmente enorme di mancanze e figure di merda che non gli era nemmeno rimasta la voglia di protestare.

Proprio mentre stavano per andare a recuperare la macchina nel parcheggio, dall'altro lato della recinzione verso il capannone, a Salvatore sembrò che qualcuno stesse gridando delle parole in una lingua slava. Poi vide una massa di persone muoversi verso un centro e infine dei buttafuori che sollevavano di peso un uomo.

- Mi sa che ci siamo persi il meglio.
- Lo credo anch'io.

La strada che li separava da Acicastello era sgombera. Tutta Catania in quel momento era da qualche parte a chiudere più o meno decorosamente il vecchio anno e a festeggiare il nuovo. Claudia gli accarezzava le gambe notando come queste fossero molto più muscolose di quanto ricordasse. Salvatore attribuì il fatto alla solitudine delle nottate africane perché non avendo nulla da fare si era attrezzato con una piccola palestra a casa. Poi la mano di Claudia si fece più audace ma Salvatore la bloccò.

- Smettila, sono mezzo ubriaco, non scopo da un po' e il tuo atteggiamento non lo sopporto più. Sono due settimane che provochi, ti strusci e poi ti neghi. Basta mi sono rotto i coglioni, lasciami a casa.

- Guarda che casa tua l'abbiamo già superata.
- Allora torna indietro.
- Come vuoi tu.

Claudia mise la freccia e accostò nello spiazzo antistante il motel Agip poi lo guardò con una pena sincera e gli disse

- Com'è che tu non capisci mai niente?

Un'insegna al neon rosa e azzurra su campo nero, raffigurante una porcellina con una gonna svolazzante, sicuramente copiata, o almeno in larga parte ispirata dal film Porky's, catturò la loro attenzione. L'American Twister, uno dei primi strip club di Catania aveva sostituito la vecchia discoteca Medea, luogo di musica rock-a-billy, e di contest di band quando ancora non si chiamavano nemmeno contest e Salvatore in un paio di occasioni ci aveva pure suonato.

- Ti va di entrare? – gli chiese Claudia.
- Non mi sembra il caso.
- Dài, rispondi sinceramente.
- Credo che a te non vada.
- Tu pensa per te.

All'ingresso del locale Salvatore chiese all'addetto al bancone se dentro ci fossero altre ragazze.

- Fino a trenta, se ti bastano – rispose
- No, dico, tra il pubblico.
- Vai tranquillo che vi divertite.

Naturalmente dentro lei era l'unica cliente.

Una volta dentro Salvatore cominciò a studiare l'ambiente. Prevedeva un epilogo squallido a una serata inutile. Le luci dentro erano alte, l'atmosfera veramente poco raccolta, sembrava quasi ostile. Nessuno in pista, le ragazze sedute ognuna a un tavolo, guardavano e lo studiavano anch'esse. La temperatura dentro era caldissima, doveva permettere alle ragazze di stare a loro agio seminude.

Salvatore si sedette su un divano proprio in cima alle scale a bordo della pista, nel centro del passaggio. Questo faceva sì che ogni ragazza che si trova a passare da lì gli si sedeva addosso sotto lo sguardo divertito di Claudia.

Questa era bionda, alta, bellissima. Indossava un mini completino di paillettes verdi, aveva un paio di tette esorbitante e un sorriso meraviglioso. Gli occhi verdi le brillavano mentre si sedeva sulle ginocchia di Salvatore. Parlava a voce alta per sovrastare la musica.

Scesi nello scantinato con una bottiglia di vino e la stappai. Mi versai da bere e cominciai a miscelare diversi colori direttamente con le dita. Afferrai la tela più grande che trovai, una 120x100, lasciandovi sopra alcune ditate e cominciai a tirare la pittura direttamente a mani nude. Poi la modellai usando i polpastrelli e un pennello da rifinitura numero 1. Abbondai con gialli, rossi e arancioni e rifinii ancora col pennello l'ovale di Paola, il cui sguardo scrutava minaccioso un incontro di lotta greco-romana fra un groviglio di uomini spellati vivi, con fibre muscolari, arterie e vene scoperte.

Ero abbastanza soddisfatto, ma non avevo sonno, avevo ancora troppa adrenalina in circolo per andare a dormire. Mi feci una sega in piedi davanti al quadro, sborrai al buio dove capitava prima, mancando di netto il fazzoletto che avevo sistemato sul cavalletto e centrando Paola in pieno volto (nel quadro, naturalmente).

Pensai di salire sopra per pisciare e rimettermi a dipingere, quando, uscendo dalla porta della cantinetta, al buio, fui investito da una forza misteriosa che mi colpì in pieno volto facendomi ribaltare all'indietro. L'impatto era stato accompagnato da un bagliore, come quando nei cartoni animati si vedono le stelline. Mio padre mi sovrastava con la sua stazza e con la mano destra mi aveva appicciato sotto il naso un piccolo involucro di carta stagnola gridando

- E questa cosa cazzo è?

175

- Bicarbonato? Hai acidità? – mentre io da terra cercavo di girarmi su un fianco per non prendere i colpi in faccia. Me ne diede un altro paio e poi disse
- La droga, qui a casa nostra.
- Ma allora se lo sai cos'è, che cazzo chiedi?
- Ma non provi nemmeno a discolparti?
- Papà, a me non me ne fotte proprio di discolparmi, la uso a scopo terapeutico, ne sono diventato schiavo in Iraq.
- Ma che cazzo dici, stronzo – e mi afferrò i capelli, mentre con l'altra mano apriva la stagnola e faceva precipitare a terra tutto il contenuto. La sparpagliò con un movimento del piede e poi ci sputò sopra – tu non ci sei mai stato in Iraq. Cazzo, ma dimmi che è di un tuo amico, che hai dovuto fare un favore a qualcuno, dimmi una bugia.
- Vuoi che ti dica le bugie?
- È sempre stato questo il tuo problema, non hai iniziativa, te ne freghi di tutto, te la potresti cavare e invece te ne stai qui a dire stronzate. In Iraq, ma che cazzo vai raccontando. Ma non potevi fare come il figlio dell'ingegnere Foti, il nostro vicino? Fare il comunistello lercio e drogato nei centri sociali e poi andare a fare surf in Nicaragua per sei mesi con i soldi di papà, oppure scoparti quelle ragazze più sporche di te, che ti viene lo scolo solo a guardarle, insomma, circoscrivere le tue stronzate entro un tempo massimo? Non ti rendi conto di essere fuori tempo? Sai che fine ha fatto il giovane Foti?
- È morto?
- No, si è laureato, si è dato una ripulita e adesso è uno dei più rispettati…

176

-    ... ingegneri della città. Papà, io sono un drogato. Fattene una ragione, anzi caccia i soldi che non ne ho più e mi devo andare a fare.

Avevo veramente esagerato, me ne accorsi quando mi scaraventò contro lo stipite della porta mandandomi a sbattere il setto nasale e facendolo scattare a cannaggio libero. Sentivo il sangue caldo che si impastava con la barba e si rifrangeva in rivoli ancora più piccoli finendo per sgocciolare sopra il pavimento. Mi toccai il mento e il naso per saggiare l'entità della botta, poi lo afferrai per il pigiama sporcandolo e gli dissi, naso contro naso, che se avesse provato ancora una volta a toccarmi, lo avrei ucciso.

Dovetti essere particolarmente credibile, perché dopo un paio di minuti che lo sentivo muoversi al piano di sopra come un animale che non riesce a trovare rifugio nella sua stessa gabbia, mi resi conto che stava mettendo in moto la macchina per uscire.

Il primo negroni se n'era andato lasciando il senso amaro dell'angostura in bocca sul quale si posava il sapore morbido dell'ultima Marlboro. A ben vedere, l'atmosfera adesso era più rilassata, o era lui che la percepiva così. Decise di migliorare la situazione ancora un po' chiedendone un altro per sé e uno per Claudia.

Le luci del locale si smorzarono. Potevano esserci sì e no una trentina di persone più una trentina di ragazze, più due barmen, tutti alticci, tutti con un qualche mostro che solo per quella notte era stato messo a bagnomaria nell'alcool e nella noncuranza. In quella specie di sindrome del capolinea che fa perdere ogni inibizione. Come quando si perde l'ultimo autobus in periferia, di taxi neanche a parlarne e allora l'unica è camminare per una strada buia e sconosciuta. A quel punto è irrilevante saper cantare come Frank Sinatra, scoreggiare o essere in grado di uccidere un uomo a mani nude. Votare a destra o a sinistra o detestarle entrambe. Aver passato la vita cercando di combinare qualcosa o essersela fatta scivolare addosso, essere biondi o mori, attraenti o abbastanza cessi, vincitori o vinti. Nessuno è lì a gioire della tua vittoria, nessuno è lì a sfotterti per la tua sconfitta. Ogni gesto, ogni pensiero, ogni passato è irrilevante. Sei nel paese dell'irrilevanza, nella sua capitale, ne sei cittadino onorario, come quando ti sei scopato quelle due mezze cesse che messe assieme facevano un cesso intero e non una femmina bona come presupponevi.

Nel luogo in cui ti trovi, l'abbandono è l'unica via di fuga. E allora ti abbandoni. E fuggi.

Le luci della pista cominciarono a prendere forma, la macchina del fumo eruttò una zaffata densa e gli spettacoli cominciarono.

Le prime rumene servivano per riscaldare l'ambiente. Una cosa soft, giusto due paia di tette di fuori. Poi iniziarono a esibirsi le star della serata: una negra corpulenta che armata di pistola faceva una bella danza hip hop e seviziava un malcapitato scelto a caso tra il pubblico e un'altra rumena che faceva la sua performance su the very best of Roxette, tre canzoni del gruppo svedese di fila, due in più di quanto sia umano sopportare.

Poi toccò a una ragazza italiana che faceva la parte della *clochard* ubriaca con la musica di "Sgualdrina", cover di Renato Zero della canzone "Dreamer" dei Supertramp.

Fino a quando fu il turno di un'altra rumena ancora. Arrivava al metro e novanta di altezza scarpe comprese. Cominciò a spogliarsi e poi trascinò un riluttante Salvatore sulla pista, spogliò anche lui e lo gettò a terra. Salvatore dal suo punto di vista privilegiato guardava la ragazza ma riusciva a pensare soltanto che era per pura fortuna se si era fatto una doccia prima di uscire di casa e aveva indossato un paio di mutande e di calzini dignitosi, mentre il rammarico più grande era per quella pancia che gli era

178

spuntata da quando si era lasciato andare e aveva smesso di allenarsi.

Attraverso il suo inguine filtrava la luce di un riflettore, un singolo raggio gli sbatteva sulla punta del naso e lui alzò lo sguardo sul suo ventre. Era completamente depilata, le sue labbra rosa e pronunciate. La ragazza gli si avvicinò minacciosamente e afferrò il fallo di gomma cercando di infilarglielo in bocca dall'impugnatura. Salvatore si dimenò tentando di sottrarsi, non gli andava che quel pezzo di plastica che era già stato infilato in chissà quante altre bocche finisse dentro la sua, ma lei lo spinse con la testa sul pavimento e gli ficcò in bocca quell'aggeggio.

La tirò verso di sé e le sussurro in un orecchio

- Vacci piano che c'è una mia amica che guarda.

Probabilmente la ragazza fraintese il concetto di amica e pensò che Claudia fosse la sua fidanzata. Si incazzò perché nella maggior parte degli strip club vige un'etica ferrea e i rarissimi uomini accompagnati da donne possono essere coinvolti negli spettacoli solo dopo aver chiesto loro il permesso. Si mise a cavalcioni su di lui, poi con fare studiato gli si sdraiò sopra e gli disse in un orecchio

- Non è con quello alla sua destra?

- No, è con me.

Finita la performance, scese i tre scalini che separavano la passerella dalla platea, la ragazza afferrò la cintura che prima gli aveva tolto mentre lo spogliava e lo colpì con tre cinghiate per niente sceniche, lasciandogli dei segni che gli rimasero sulla schiena per una decina di giorni.

Mentre Salvatore guadagnava la toilette per andarsi a ricomporre visto che era in mutande, scalzo, con la camicia senza più nemmeno un bottone, completamente ricoperto di lubrificante alla ciliegia e con la schiena a pezzi, dagli altoparlanti del locale un improvvisato speaker aveva cominciato a estrarre i numeri della tombola, e la trentina di persone presenti si era avvicinata al bancone.

179

Claudia era rimasta sola e questo aveva accentuato in lei quel senso di disagio dovuto al trovarsi gli occhi di tutti addosso, nessuno escluso: barmen, spogliarelliste e clienti. La ragazza che prima si era esibita insieme a Salvatore si avvicinò e la tirò a sé.

- Scusami, non sapevo che era tuo uomo.
- Non è il mio uomo, è un amico.
- Allora non c'è problema? – sorrise.
- No.
- Però penso che lui ti piace.
- Sì, insomma, così così.
- Io mi chiamo Romina.

Quel nome derivava da una delle maggiori esportazioni del made in Italy degli anni ottanta, della quale andare fieri al pari di quella delle mine antiuomo: i dischi di Al Bano e Romina Power ed era pertanto facilissimo imbattersi in ragazze che si chiamavano Romina dalla Slovenia alla Siberia.

- Guarda che tu hai 19.
- Non ho capito.
- È uscito 19.
- Sì, vero.

Claudia andava per la cinquina, le mancava un solo numero e avrebbe vinto un minuscolo stereo con ancora il riproduttore di cassette oltre al lettore cd e con altri tre si sarebbe accaparrata un weekend a Malta per due persone. Romina si fece passare del prosecco dal barman e lo offrì a Claudia. Brindarono e si abbracciarono proprio mentre lo speaker annunciava l'uscita del 54.

- Cinquina – disse Claudia.
- Sì – urlò Romina, e le stampò un bacio sulla bocca con lingua, annessi e connessi.

Brindarono ancora, poi Romina le chiese se in caso di tombola le avesse fatto piacere portarla a Malta.

Claudia con le gambe che ancora le tremavano per il primo bacio lesbico della sua vita non riuscì a fare altro che sussurrarle un sì.

La tombola la fece un cliente che fu subito accerchiato e portato in trionfo dalle altre ragazze, proprio mentre Salvatore rientrava dal bagno dove era stato trattenuto mezz'ora da un altro avventore che voleva da lui la giustificazione etica per la frequentazione di uno strip club.

Le vide che si scambiavano i numeri di telefono e chiese a Claudia cosa si fosse perso.

- Niente – gli rispose mentre rientravano in possesso delle giacche e si avviavano verso l'uscita.

Romina li inseguì, guardò Salvatore come si guarda la schiuma che ricopre una merdina di chihuaua sciolta sul marciapiede e poi disse a Claudia

- Perché non torni a trovarmi, anche da sola. Io parto il 20.
- Mi sembra difficile che io possa venire qua da sola.
- Allora sentiamoci. Ti voglio rivedere.

Claudia riapparve dopo pochi minuti, rossa in volto. Aveva difficoltà anche a compiere i gesti più semplici. Le chiavi della macchina le caddero due volte per terra prima che riuscisse a disattivare l'antifurto. Salvatore le venne in aiuto togliendole le chiavi e sedendosi al posto di guida perché i sei o sette negroni che aveva bevuto durante la serata non lo facevano tremare come Claudia.

- Voglio andare da te – gli disse.
- Va bene.

Il deejay era completamente sbarellato e, fuori da ogni logica, faceva montare la voglia di ballare dei presenti mettendo pezzi sempre più ballabili e meglio identificati in un ordine crescente. Poi quando la pista era sul punto di esplodere, perché la gente balla più volentieri le cose che conosce, faceva harakiri passando un pezzo assurdo, sconosciuto e praticamente non ballabile, tipo roba con tempi dispari, e svuotava la pista in un istante.

E poi ricominciava.

Metteva una sfilza di hit una dietro l'altra e poi il baratro: pezzo elettronico di gruppo finlandese conosciuto da lui e dal fratello del cantante. Aveva lo sguardo assente e gli piaceva quel gioco che si era inventato. Qualcuno doveva avergli rovinato il capodanno e adesso lui cercava di rovinarlo a tutti gli altri. Poi iniziò a escludere l'audio dalle casse come per far cantare il pubblico, solo che lo faceva assolutamente a cazzo, non nelle parti dove ci si aspettava di poter cantare.

Fu durante uno di questi break che Biagio mollò un pirito da guinness dei primati che, senza musica e senza la gente che cantava sul pezzo, venne udito praticamente da tutti. Stefania urlò – ma che puzza – e Biagio si sentì sprofondare per la vergogna.

Si fece piccolo piccolo e abbandonò alla chetichella il gruppo, ma mentre stava per uscire dal capannone fu raggiunto da Stefania che lo afferrò per un braccio e lo fece voltare. Poi gli si stampò addosso, gli accarezzò il petto, gli sfiorò l'esterno delle labbra con un bacio e gli disse

- Mi dai qualche consumazione?

Biagio infilò una mano in tasca e le diede un malloppo di tagliandini proprio mentre il buttafuori all'ultimo stadio di libidine avanzava deciso verso di lui con il sorriso delle grandi occasioni e sentiva, senza timore di smentita, che il buco del culo gli stava per cedere definitivamente. Lasciò Stefania sul posto e il buttafuori qualche metro indietro e si andò a rinchiudere di corsa in un cesso chimico.

Uscì dal cesso che si sentiva rinato dopo aver espulso tonnellate di roba, che lui riteneva anche metaforica, che lo opprimevano. Afferrò il telefonino e scorse gli sms prestampati che un mucchio di conoscenti avevano inviato a lui e a chiunque altro fino a quando non si imbatté in

Auguri di buon anno, sono elettrizzata,
ci vediamo a Parigi. Elisa

Si avvicinò a suo cugino Biagio e alle ragazze che stavano ancora ballando, bevendo e fumando contemporaneamente, considerando, o forse cercando di convincersi, che in realtà era Laura quella che gli piaceva di più. Le si avvicinò con fare da nerd consumato e iniziò ad ancheggiare mentre la ragazza ricambiava il sorriso e gli diceva scandendo per aiutarlo a leggere il labiale
  - Finalmente.
A Biagio non sembrò vero. Si sentiva come se si fosse raschiato di dosso con una lima bastarda le incrostazioni di una vita al di sotto delle sue aspettative: si era laureato, aveva trovato un lavoro che ancora non aveva capito bene ma che non era il call center e quella ragazza lo guardava e gli sorrideva e assomigliava a quell'attrice di quel film con quell'attore. No, non se lo ricordava. Insomma, era raggiante per essere rientrato nell'alveo delle esistenze comuni, quelle che si identificano per la loro equidistanza da sfighe e da botte di culo, solo che, mentre ballava, non riusciva a ricordarsi nemmeno che cazzo significasse alveo.
La grottesca piega degli eventi si presentò dopo un'ora di strusciamenti con Laura al ritmo di musica italiana anni 70, 80 e 90, sotto forma di slittamento verso il basso di un cuscinetto emorroidario dovuto al prolasso della mucosa del retto di Stefania.
La ragazza si avvicinò a suo cugino Biagio e gli urlò qualcosa all'orecchio. Poi suo cugino Biagio la indirizzò verso Biagio dicendole che non la capiva.
  - Mi è uscita una *moroide*.
  - Non ho capito.
  - Ma cosa c'è da capire, non lo sai cosa sono le *moroidi*?

Usciti di corsa dal capannone si avviarono verso il parcheggio dribblando il buttafuori strafatto e infoiato che aveva puntato come un missile a guida termica il culo di Biagio. Evitarono anche di essere coinvolti in un principio di rissa che si stava sviluppando proprio davanti a loro. Suo cugino Biagio col fiatone e mentre accelerava il passo gli disse

- *Muaaaaa, Beàcc, l'hai vist' prima a chillu animale. Muaaa, chi pugnu 'nta facci.*

Stefania in palese sofferenza si scusò con i due cugini, si accovacciò fra due auto ferme nel parcheggio sterrato e fece una pisciata torrenziale. Quando riemerse pregò i cugini di sbrigarsi ad accompagnarla a casa.

Biagio guidava l'auto del cugino con Stefania che al suo fianco soffriva e si lamentava seduta nel posto passeggero diventando sempre più pallida ogni minuto che passava, mentre suo cugino Biagio, seduto dietro con Laura, le infilava la lingua nell'orecchio e la mano sotto la gonna.

Biagio vide la scena dallo specchietto retrovisore, poi, con mirabile meccanismo di straniamento, da un satellite lontano anni luce. Cominciò a contare le ore che lo separavano da quel volo per Parigi e a pensare che se fosse stato puppo, probabilmente quel buttafuori sarebbe stato il meglio colpo della sua vita.

Non sapendo da che parte iniziare, Paola lo fece pulendomi il viso con un fazzoletto umido. Poi mi porse il telefonino e mi fece vedere il display che recitava chiamate perse: Vecchia Stronza (19) poi sms non letti 1: Vecchia Stronza. Scusa il disturbo cara, volevo solo farvi gli auguri. C. e mi chiese se volessi chiamarla.

- 'Sta stronza, voleva soltanto farci gli auguri e ha chiamato diciannove volte. Come no. Piuttosto, devo dirti una cosa sulla signora.

184

- Qualunque cosa sia non voglio saperla, credo che tu ed io abbiamo cose più importanti da dirci.
- Sì, Giovanni, comincio io: mi hai rovinato la vita. Ti piace come inizio?
- Magnifico.
- E ti sei rovinato la tua. Tu quelli non li conosci, non sai contro quale famiglia di pidocchiosi e vendicativi bastardi ti sei messo. Mi meraviglio che non sia ancora arrivata la polizia. Quelli ci levano tutto e soprattutto io posso dire addio alla mia laurea, al praticantato, alla carriera. Prima di colpirmi stasera, mi aveva proposto di entrare in istituto per il dottorato. Quello ha una strada, anzi le conosce tutte le strade.
- E?
- E niente. Gli ho detto che non è il solo con cui mi vedo oltre Marco, ma lui lo sapeva già. Un caro amico, gli aveva detto che io sono una gran troia, pensa che caro. Io non ho fatto altro che confermarlo. E mi ha dato uno schiaffo, ma credimi, non si era mai permesso. Tu invece, che hai fatto?
- Mi piacerebbe poterti dire che ho fatto a cazzotti con papà, ma in realtà le ho solo buscate.
- Perché?
- Ha trovato il tuo regalo.
- Non gli avrai detto che è la mia.
- Era, non ce n'è più.
- Merda!
- No, e anche se l'avessi fatto non mi avrebbe creduto.
- E ora?
Ora prendo il borsone e me ne vado, se mi lasci alla stazione – avrei dovuto dire, ma non riuscivo a parlare. Mi alzai e accesi i due faretti che illuminavano l'altra metà

della cantina. Il quadro con la pittura a olio e proteine animali si stava asciugando facendo quel caratteristico odore di piedi sudati. Paola si avvicinò e lo guardò con attenzione chinando il corpo proprio dove la sburrata l'aveva centrato, ma i filamenti di liquido si erano mischiati con i tratti rossi e arancioni che si intersecavano delineando il suo volto e non erano più visibili se non come aloni.

- Deve puzzare così?
- Sì, è la pittura a olio.

Si dimostrò felicissima per il quadro, poi come al suo solito, mi chiese scusa perché da quando ero tornato non avevamo passato più tempo insieme, molto più tempo insieme, persa com'era fra tutte le cose che faceva, e invidiava Cettina che invece, da mantenuta, poteva dedicarmi tutto il tempo che voleva. Ritornò a pensare all'assistente di diritto penale, poi si alzò di nuovo per osservare meglio il quadro e mi diede un bacio ringraziandomi per averla fatta così bella.

- Penso che sia meglio che vada.
- Sì, hai ragione, andiamo a dormire. Domani sarà una giornata pesante – e non aveva idea di quanto potesse esserlo.
- Voglio dire, meglio che sparisca.

Venne ad abbracciarmi e mi pregò piangendo di non andare e che le cose si sarebbero sistemate. Che ce l'avrebbe messa tutta, che nonostante il suo egoismo, forse avrei potuto insegnarle a essere un persona migliore.

La casa di Salvatore a Catania zona stazione, era stata abbandonata a sé stessa per diversi anni, ma Claudia non ci fece caso. In un paio di nanosecondi era già nuda sul letto sfoggiando un perizoma progettato alla NASA. Lo tirò a sé e con pochissimo sforzo gli indirizzò la testa verso la sua fica. Ora, Salvatore era un uomo a tratti superficiale, con pochissimi alti e tantissimi bassi come tutti, ma non era cretino. Decise di prestarsi come transfert per quella fantasia di scopata tra Claudia e Romina nonostante avesse avuto già esperienze di questo tipo e nelle occasioni in cui scopando una ragazza pensava a un'altra l'aveva indecorosamente portata a figura di merda.

Fortunatamente questa non fu una di quelle volte anche perché una bagnatissima Claudia a un certo punto lo ribaltò su sé stesso, gli afferrò il cazzo stringendolo con forza dalla base e ci si sedette sopra in una sola volta. E fu lì che Salvatore comprese che l'operazione di transfert era finita con il primo orgasmo di Claudia. Ora lei se ne stava sopra di lui e non stava scopando con nessun altro.

Ne ebbe la certezza quando lei, tenendo gli occhi socchiusi, e contorcendosi gli sussurrava – bastardo. Poi li spalancò all'improvviso e mentre continuava a muoversi su di lui, prese la rincorsa e gli mollò uno schiaffo tremendo a mano aperta in pieno volto.

- Questo è per tutte le tue menate!

Salvatore sentì mezza faccia diventare incandescente, orecchio compreso, ma tenne la botta e continuò, anche perché gli sembrava che si fosse calmata.

Claudia rallentò il ritmo e si distese su di lui. Poi inarcò la schiena, riaprì gli occhi e gliene sferrò un altro, più forte del primo nello stesso esatto punto d'impatto ancora paralizzato del primo.

- Questo è per tutte le tue puttane!

La cosa strana è che, almeno in linea teorica, a livello puramente concettuale, le sue puttane dovevano essere un sottoinsieme del macrosistema delle sue menate, e quindi sarebbe bastato il primo schiaffo.

E invece no.

Lei continuò a malmenarlo senza addurre più spiegazioni: il terzo, il quarto, il quinto schiaffo, sempre a mano aperta e sempre nello stesso punto, erano probabilmente per qualcosa che credeva lui avesse fatto, che stesse facendo o che sicuramente prima o poi avrebbe fatto.

Dalla ferita sulla mandibola che si era fatto radendosi prima di uscire gli scolò un piccolo rivolo di sangue, ma lei non smise mica per questo. Lo fece perché sentiva che Salvatore si stava disarmando.

Smise di picchiarlo e si prese un secondo orgasmo, poi si concentrò su quello di Salvatore e gli tirò fuori una sborrata che lasciò entrambi senza parole.

Claudia si addormentò su un fianco, Salvatore la coprì con una trapunta e uscì in balcone a fumare. Mentre il sole spuntava, non riusciva a pensare ad altro che all'ennesimo nuovo inizio e che magari stavolta sarebbe stato bello non affrontarlo da solo.

Qualche ora prima, mentre alcuni amici stavano riaccompagnando Paola a casa, quella notte, il guidatore aveva acceso la radio per non sentirla più singhiozzare. Aveva beccato una radio privata che stava trasmettendo una canzone che nessuno dei quattro conosceva. La canzone iniziava con le parole

> così sei stato al cuore della rissa
> la strada coltivata dell'insonnia
> hai preso i trucchi ai cani combattenti

e la radio perse il segnale sostituito dal fruscio irritante dell'FM. Paola chiese di chi fosse quella canzone, ma nessuno le rispose.

-    Siete tre uomini inutili.

Aveva smesso di piangere e prendeva a manate il poggiatesta dell'amico seduto sul sedile del passeggero chiedendogli di fare qualcosa. Dopo una curva la radio riagganciò il segnale ma fu solo per un istante.

- E dài, Paola, *tàgghila!* Cerca di ricordarti le parole che domani te la cerco su internet.

Il segnale venne interrotto definitivamente dalle frequenze di Radio Telecolor International, che si infilavano in qualunque buco libero dell'FM e passavano una musichetta innocua da prima mattinata, mentre Paola, che aveva ancora l'età in cui si crede nelle canzoni, mandava a memoria gli stralci di quello che aveva ascoltato.

Se la sarebbe cercata da sola la canzone l'indomani mattina, "Tutto l'amore nel pugno", quasi sicuramente si intitolava così, e continuò a pensare che qualcuno avrebbe potuto scriverla per suo fratello e poi tornando a piangere in silenzio, pensò a quanto amore dovesse esserci in quel pugno che le aveva demolito il futuro.

Paola mi guardò ancora, dritto negli occhi, con la speranza mal riposta che non le avrei mentito.

- E allora giurami che non te ne andrai.
- Non me ne andrò, Paola, te lo giuro.

due

I

Spergiuro.

Me ne andai quella stessa notte. Si impara presto, quando si viaggia, a non affezionarsi troppo ai luoghi, agli odori, alle persone, alle cose: spazzolino da denti, mutande, qualche maglia e via.

Le partenze sono tutte uguali, specie dalla provincia. Fa sempre un po' freddo, c'è sempre una luce fioca nella stazione quasi deserta se non fosse per quel passeggero finto indaffarato che si trascina dietro una piccola valigia.

Si sale sul treno e ci si prepara per l'ardua impresa di trovare uno scompartimento vuoto.

Tutto inutile.

Ci si accomoda nell'illusione di averlo trovato e invece eccolo lì, il passeggero più stronzo del treno.

   - Posso sedermi? - e sfodera un sorriso da convivenza civile.

Il caso se ne fotte della densità dei pensieri di un uomo e gli mette a fianco l'ultima persona al mondo in grado di capire, ma sempre pronto a sfinirlo con continue profferte di cibo della sua terra, vino in cartone e conversazione spicciola sul tempo, le donne e il campionato di calcio. Nella sua prospettiva, invece, era il mio essere refrattario ai suoi tentativi di comunicazione a rendere me il passeggero più stronzo del treno, e chissà che non avesse pure ragione.

Le mani mi facevano ancora male e anche il naso, nonostante avesse smesso di sgocciolare sul pavimento.

Si ridiventa sempre un po' vergini. Ogni volta si spera che il punto di domanda si appiattisca lungo la traiettoria dei binari fino a diventare un esclamativo categorico, ma l'interrogativo è più veloce del treno e ci aspetta con rinnovato vigore al capolinea.

Alla stazione di Acireale la porta dello scompartimento si aprì con uno scatto. Dalla mia posizione seduta la prima cosa che apparve fu una macchia rossa di ketchup su un paio di jeans chiari, lisi sulle cosce e scorticati sulle ginocchia.

- C'è posto qui? – disse passandosi entrambe le mani sul cappotto e sollevando un pulviscolo di sporco in controluce.

Tra l'indifferenza degli altri due occupanti, l'uomo si mise a sedere di fronte a me depositando uno zainetto nero militare che puzzava di muffa, si passò la mano tra i capelli biondo pisciato, come il pelo di un vecchio cane lupo e mi porse la mano.

- È già passato il controllore?
- Non ancora.

Sul mio block notes non si materializzava niente di esaltante. L'uomo davanti a me invece continuava a guardarsi intorno alla ricerca di una feritoia nella quale infilare l'inizio di una conversazione, per fare passare il tempo in quella notte scandita dal battito doppio delle ruote che sferragliavano sui binari. Tu-tum tu-tum.

- Dov'è che vai, tu? – mi chiese.
- Torino.
- E che ci vai a fare?
- Lavoro.

194

Alla stazione di Giardini-Naxos il controllore entrò nello scompartimento di fianco al nostro. Il barbone si alzò di scatto, mise lo zainetto in spalla e si dileguò in direzione del bagno.

A Roccalumera il controllore aprì lo scompartimento e chiese i biglietti. Gli porsi il mio mentre i due viaggiatori seduti nei posti adiacenti al corridoio cercavano i loro.

Trascorsa una decina di minuti, il barbone rientrò nello scompartimento e si venne a sedere di nuovo proprio di fronte a me, allentò i lacci del borsone militare e tirò fuori una toast dall'aria antica e derelitta. Lo passò al vaglio dei suoi occhi alla distanza di qualche centimetro, lo spostò da una mano all'altra ruotandolo e poi lo posò nuovamente nello zaino.

A Messina il treno si fermò per la consueta sosta di un'ora per permettere ai ferrovieri di effettuare la manovra d'imbarco sul traghetto. Io e i miei compagni di scompartimento scendemmo insieme e salimmo sul ponte per la traversata dello Stretto.

Il barbone addentava con voracità un arancino comprato al bar del traghetto, pulendosi col dorso della mano e il polsino del maglione dalle briciole di mollica che gli rimanevano incastrate su barba e baffi. Poi ne mangiò un altro, scottandosi la lingua col formaggio fuso e bevve una coca cola dal distributore di bevande.

Uscimmo sul ponte ognuno per i fatti propri a fumare. Le vibrazioni della sala macchine salivano e si sfogavano sulle nostre gambe mentre il moto dell'imbarcazione ci sbatteva in faccia un vento che sapeva di salmastro e diesel bruciato.

Il malcapitato barbone dalla dentatura perfetta era in preda alle grinfie di tre marittimi, con le barbe incolte e l'aria sfatta su un'abbronzatura che insieme al sale aveva rigato le loro facce. Gli avevano sottratto lo zaino e se lo passavano facendolo volare sopra la sua testa. Uno dei tre cercò di scagliare lo zaino con un rinvio da portiere oltre la balaustra ma lo colpì male e lo fece rotolare ai miei piedi.

I marinai persero interesse quasi subito per la borsa e concentrarono le loro ubriachezze moleste nei confronti dell'uomo. Lo afferrarono per il bavero del cappotto e se lo lanciavano, sottolineando ogni passaggio con urla, bestemmie e insulti.

Il più grosso dei tre lo sollevò sulla sua testa facendolo sporgere oltre la ringhiera.

- Ora basta!

Dal parapetto del piano di sopra, un altro marinaio, di sicuro un superiore a giudicare dall'uniforme, richiamò la loro attenzione, mentre il marinaio teneva l'uomo per le caviglie fuoribordo facendolo dondolare.

- Mettilo giù.

- Che cazzo vuoi?

Il superiore fece di corsa le due piccole rampe di scale di metallo che lo separavano dagli altri tre e si mise a muso duro col più grosso.

- Datemi nomi e numeri di matricola.

Il grosso gli ruttò una zaffata alcolica in faccia.

- Ah ah ah, e perché non pistola e distintivo.

Gli altri due risero, mentre il barbone cercava di dileguarsi, trattenuto da un braccio del superiore.

- Tu stai qui che devi sporgere la denuncia.

- Capitano di 'sta minchia, vuoi vedere che ti butto a mare a te?

Essere stati licenziati per esubero di personale aveva fatto precipitare i tre marinai in uno stato d'animo da ultimo giorno di scuola o di leva. Si sentivano immuni dal peso delle conseguenze e se ne stavano in attesa che qualcuno tirasse definitivamente lo sciacquone e li scaricasse via dopo molti anni di servizio.

- Viciè, *chiudemula ccà*, chiediamo scusa al capitano e al signore. Da domani saremo liberi.

- Da domani saremo disoccupati, testa di minchia.

- E che colpa ne ha il capitano?

- E che colpa ne abbiamo noi?

Il capitano cinse con un braccio la vita del barbone e lo invitò a precederlo sulla scaletta, mentre quest'ultimo gridava che voleva indietro il suo zaino che non si riusciva a trovare. Cercò di scappare dalla presa del capitano, ma fu raggiunto dallo stesso e da altri due marittimi che si erano avvicinati.

A causa del beccheggio o del rollio del traghetto, non li ho mai distinti, stare in piedi a pisciare era difficoltoso. Il pavimento dei bagni era ricoperto da una patina viscida e giallastra. Tirai giù con due dita la tavoletta del cesso e le pulii sul retro dei pantaloni. Poggiai il mio borsone e su questo lo zaino tattico del barbone. Allentai i lacci di cuoio e tirai fuori il tramezzino. Le muffe si vedevano anche attraverso la pellicola che lo avvolgeva. Lo gettai a terra, seguito da cartacce inutili, alcuni frutti mezzi marci, un paio di mutande con la sbandata di merda che tolsi con le stesse due dita ormai adibite al lavoro sporco. Verso il fondo afferrai un portafogli della stessa marca costosa delle borse delle ragazze alla moda di Catania. Lo aprii. C'era il biglietto del treno, regolarmente acquistato, obliterato e punzonato dal controllore, qualche banconota da venti e da cinquanta euro, svariate carte di credito, la tessera del video noleggio, quella della Hertz, alcune vecchie foto di bambini in tenuta da sci, la patente e la carta d'identità.

Il barbone si chiamava Leonardo Marletta, ed era un dentista. Infilai il braccio nello zainetto puzzolente, raggiunsi il fondo, tirai un lembo di stoffa e lo strappai. Dentro il doppio fondo c'era un sacchetto nero dell'immondizia che avvolgeva con diverse passate un involucro di carta. Strappai la plastica del sacco e trovai un quantitativo indefinito di banconote da cinquanta e cento euro tenute insieme da degli elastici.

Era quel dentista.

Feci frusciare i mucchietti di carta tra pollice e indice vicino al naso sollevando odore di muffa, marcio e mutande sporche. Le soppesai, richiusi il sacchetto di plastica e lo infilai dentro il mio borsone. Raccolsi da terra il contenuto dello zaino tattico e glielo rificcai dentro, poi lo riposi con cura dietro la tazza del cesso. Mi lavai le mani e uscii sul ponte.

Dalla ringhiera del traghetto, all'approssimarsi della banchina del molo a Villa San Giovanni, riuscivo a scorgere due macchine dei carabinieri con gli sportelli aperti e i lampeggianti accesi. I quattro militari erano in piedi accanto alle auto e accarezzavano la canna degli Spectre in dotazione. Ritornai in bagno e rimasi nascosto ben oltre il momento in cui il traghetto toccò la banchina. Poi di nuovo sul ponte vidi il capitano e il barbone salire su una volante, mentre i tre marinai ammanettati venivano fatti accomodare sul sedile posteriore dell'altra.

Scesi le scale e ritornai allo scompartimento del treno, proprio mentre cominciava il concerto metallico dei vagoni che venivano posizionati di nuovo sulle rotaie. Pianissimo, con molta fatica, come a voler superare una pendenza enorme, il treno si mosse, lasciandosi dietro il traghetto, i marinai e il barbone.

Mi piaceva la sensazione di passare in mezzo alle cose e alle persone e vedere tutto dall'interno di quell'atmosfera greve e vischiosa come grasso di maiale sgocciolante dell'immenso padellone del cielo del Sud Italia, sentire il treno divincolarsi da quel giogo fascinoso e prepotente.

Le Calabrie passavano a fatica sotto il rumore dei vagoni, la calma apparente dello scompartimento era turbata leggermente e con molta discrezione dall'uomo seduto davanti a me. Il fatto che fossimo entrambi svegli nonostante l'ora doveva suggerirgli qualche sentimento di solidarietà che lo spingeva a offrirmi da bere.

Rifiutai.

Non insistette.

Mi misi a fissare su carta i fotogrammi che provenivano dal finestrino, tutta la notte e fino alle prime luci dell'alba, ma non riuscivo a togliermi dalla testa l'ultimo sguardo che avevo gettato alla casa dei miei prima di partire: nel buio della strada con il borsone già in spalla, sul balcone al primo piano con un'abat jour accesa che ne faceva solo intuire la sagoma, vidi mia madre affacciata, con gli occhi bassi verso di me mentre scuoteva la testa.

Avevo deluso mia madre, fatto a cazzotti con mio padre e rovinato probabilmente un pezzo di vita a mia sorella. C'ero ricascato, avevo instillato in un'altra persona delle aspettative su di me, sapendo con certezza che queste prima o poi sarebbero state tradite. E poi mi mancava Vinka, ma mi mancava che lo sentivo nella spina dorsale, nella testa e nello scroto. Avevo il borsone pieno di soldi ma mi sentivo uguale a quando non avevo nulla.

Iniziai a fantasticare su come li avrei spesi, rendendomi conto di quanto siano banali i sogni di chi soldi non ne ha e infine crollai.

L'intera penisola era scivolata sotto il treno e il controllore mi svegliò per farmi scendere appena venti minuti dopo che mi ero addormentato.

Scesi dal treno e bevvi due espressi al bar della stazione. Erano circa le sei del mattino, ma c'erano già dei ragazzi che vagavano con gli occhi spenti, secondo cui l'unico ostacolo per liberarsi dalla dipendenza dell'eroina era il mio rifiuto a voler dare loro del denaro. Ovviamente io non ero dello stesso parere e lo feci capire a due di loro che si erano avvicinati più degli altri.

- Amico, sto male, mi devo disintossicare.
- Amico, sono cazzi tuoi!

Uno di loro mi mise le mani sul braccio e sfiorò la tracolla del borsone rosso e verde, l'altro le allungò fino a toccarmi la faccia. Mollai due pugni a uno e uno spintone a un altro, indistintamente. Uno si accasciò per terra e l'altro gli fece compagnia rotolando giù.

Cercai di mantenere la calma perché era impensabile per me aprirmi la strada a pugni fino in Portogallo senza che qualcosa andasse per il verso sbagliato.

Il treno per Barcellona non sarebbe partito prima delle otto del mattino. Da lì, nei miei piani, avrei proseguito per Madrid e infine avrei completato il viaggio procedendo fino a Lisbona.

Ma non avevo fatto i conti con una massa indistinta di persone che come formiche rosse correva verso me. Erano gli amici dei due tossici che avevo preso a cazzotti poco prima, che guidavano una fila di una trentina tra tossici e punkabbestia armati di bastoni, catene e chissà cos'altro.

Mi caricai il borsone sulla spalla e iniziai a correre proprio quando vidi che dal gruppo che mi inseguiva incominciavano ad avanzare i cani. A colpo d'occhio erano più dei loro padroni e ce n'era uno, un bastardino minuscolo, che sicuramente soffriva della sindrome del cane piccolo, quella che rende i più piccoli anche i più incazzosi, che si era messo alla testa dei miei inseguitori. Svoltai verso i sottopassi che portavano ai binari, con il rumore del calpestio e il battito del cuore che mi sfondavano i timpani. Salii delle scale con dei balzi rapidi, mentre il cane piccolo mi aveva quasi raggiunto.

Poi fu un attimo: il mio balzo verso un treno che stava partendo, il suo balzo ad addentare il mio polpaccio e a restarci attaccato; io sdraiato per terra con quel mezzo cane di merda che non la smetteva di mordere con i suoi dentini aguzzi ed il controllore che mi diceva

- I cani non sono ammessi. Lei ce l'ha il biglietto?
- Certo, io non viaggio mai senza un cane attaccato a un polpaccio.

Riuscii ad avere la meglio sul cane. Gli aprii le mascelle per liberarmi e le richiusi sentendo uno scatto da trappola per topi. Lo tenni fermo con una sola mano, tanto era piccolo, mentre lui sbavava per terra. Aprii il finestrino per gettarlo dal treno in corsa, quando il controllore mi fermò dicendomi che mi avrebbe denunciato. Lo guardai con gli occhi che erano una promessa e gli volevano dire – tu sei il prossimo.

Se ne accorse e si calmò, mi permise di pagare il biglietto sul treno stesso e si prese cura del cane, dicendomi che alla prossima stazione l'avrebbe consegnato a chi di competenza.

- Dove ferma questo treno?
- Come dove ferma? A Parigi.

Sembrava che le palpebre fossero state incollate con del mastice scadente, quello che si usa per riparare le camere d'aria delle biciclette. Con un leggero sforzo si riuscivano ad aprire anche se lasciavano la sensazione che carbonato di calcio e paraffina scolassero in filamenti tra l'una e l'altra permettendo soltanto un'apertura parziale degli occhi, nella quale la luce del giorno si infilava riempiendone la cavità. Pollice e indice della mano sinistra pressavano i bulbi che parevano essere stati gonfiati dall'interno mentre le unghie andavano a cercare i sedimenti di sali minerali e lacrime, solidificati agli angoli degli occhi durante il sonno.

Una ciocca di capelli gli spazzolava la punta del naso facendogli il solletico ed estendendo anche alla superficie la sensazione di fastidio che provava dentro la testa.

Lì dentro, tra residui di canzoni ascoltate la notte prima, le più brutte naturalmente, ché lui da deejay di sé stesso non aveva pietà, con i bassi mediocri che rimbalzavano all'interno della scatola cranica cercando di uscire, rimasugli di discorsi sbocconcellati e rivomitati e immagini di scene che non riusciva a capire se fossero realmente accadute, le avesse sognate o stesse continuando a farlo, non riusciva a fermare le pulsazioni che ingenuamente cercava di attutire con le mani sulle tempie.

Ancora con gli occhi semiaperti tirò a sé il copriletto e si infilò sotto. Caldo per essere Kazan, freddo per l'Africa. – E Claudia dove cazzo è? – riuscì a rantolare con il respiro che faceva attrito sulle corde vocali e sulla massa catarrosa delle troppe Marlboro della sera prima, mentre il fiato gli andava a sbattere sul naso, puzzando come se il fegato stesse cercando di digerire carogne di stercorario putrefatte.

Si alzò definitivamente dal letto e si trascinò in bagno dove fece cadere acqua gelata sulla sua faccia direttamente dal rubinetto. Aveva bisogno di un'aspirina del diametro di una pizza. Abbandonate dentro l'armadietto del bagno, le aspirine erano scadute tre anni prima. Ne fece scivolare quattro in una mano e le mandò giù aiutato dall'acqua del rubinetto.

Un rumore di trapano attutito da cuscini si insinuò da dietro, penetrando dalla base del collo. Iniziò a passare in rassegna tutti i vicini da maledire per capire chi fosse l'idiota che faceva bricolage il primo gennaio, poi infilò una mano sotto i cuscini del divano e afferrò il telefono che la notte prima aveva messo in modalità vibrazione.

- Clà, dove sei?
- Sono sotto casa con un'amica. Sei presentabile?
- Non più di come mi hai lasciato.
- Mettiti qualcosa addosso che veniamo su.
- Veniamo chi?

Il secco bip del cellulare gli annunciò che Claudia aveva ritenuto conclusa la conversazione. Si vestì con gli stessi abiti della sera prima che ancora facevano odore di macchina del fumo, sigarette e sudore e si lavò ancora una volta la faccia.

Sul pianerottolo trovò Claudia che aveva in mano un paio di beauty case e un sacchetto con la colazione nell'altra e una ragazza mora e molto alta con un borsone sulle spalle.

- Ti ricordi di Romina? Le ho detto che può stare qui fino a giorno venti. Non ci sono problemi, vero?

Sì, questa grandissima minchia!

Con la coda tra le gambe propria di chi trasporta un carico enorme di carbone bagnato, Salvatore abbassò lo sguardo e

202

invitò le ragazze a entrare. Si era ritagliato uno spazio nell'immediato dopo pranzo per confessare a Claudia che sarebbe partito l'indomani mattina presto per Parigi e adesso il suo piano era bello che andato.

- Il suo padrone di casa stamattina ha deciso che i soldi dell'affitto non gli bastavano più e aveva bisogno di alcuni benefit da parte di Romina. Tutta roba estremamente simpatica se non stessimo parlando di un vecchio di un centinaio di chili.
- Uhm.
- Padrone di casa pensa noi che lavora al locale puttane, ma noi ballerine, sì. Grazie comunque di posto.
- Salvo, ti dispiace se per adesso si sistema in camera da letto? Non dorme da una ventina d'ore.

Nel pomeriggio, mentre Salvatore stava ingannando il tempo ripristinando il suo vecchio PC scaricando programmi e aggiornamenti dal suo hard disk portatile e Claudia stravaccata sul divano guardava la televisione e mandava e riceveva febbrilmente messaggi sul cellulare, Romina riemerse dalla camera da letto. Gli occhi ancora impastati dal sonno e i capelli schiacciati da una parte e impennati dall'altra. Indossava un orribile pigiamone a quadretti che le cancellava qualunque parvenza di forma femminile e un paio di calzettoni di spugna grigio topo, niente a che vedere con quella mistress che lo aveva quasi seviziato appena dodici ore prima. Il senso di leggerissima, quasi impalpabile gratitudine che aveva dimostrato al suo arrivo era stato soppiantato da un malumore generato probabilmente dal post sbronza, e dal trasloco forzato ma Salvatore ci leggeva dentro anche qualche elemento di accusa a carattere personale dovuto al fatto che lei e Claudia avevano avuto modo di parlare a lungo e da sole prima di arrivare a casa.

- Puoi fare caffè, sì? – fu l'unica frase che Romina gli rivolse quel pomeriggio, poi si sedette ad aspettare il caffè sdraiata sul divano con la testa poggiata sul grembo di Claudia.

Dopo uno zapping selvaggio e disperato, Claudia spense la tv e decise che Salvatore avrebbe dovuto mettere su un po' di musica.

Giusto il tempo di importare una ventina di giga da una cartella dell'hard disk al computer, che la musica iniziò a un volume che permetteva la conversazione. Tra Claudia e Romina.

Dalle casse del computer passarono una cinquantina d'anni di musica occidentale: l'originalità eversiva di *Worst Case Scenario* dei dEUS, cinque o sei voci sovraincise di John De Leo, una bassissima a simulare un didjeridoo, la poesia di Fossati dell'orologio americano. Passò anche qualche pezzo inedito che Salvatore aveva scritto troppo tempo prima e verso il quale adesso prova una sorta di moderata vergogna. Passò liscio anche Gogol Bordello.

Tutto sfilava via nell'anonimato. Non erano che vibrazioni di corde, emissioni vocali, parole scritte a caso, il più delle volte su tovaglioli di carta unti dei fast food, legni che picchiano su membrane di pelle o sul bronzo. Tutta questa fatica serviva solo alle ragazze che adesso sembrava proprio che si stessero confessando sul divano, mentre Salvatore non riusciva che a cogliere porzioni di conversazione impossibili da assemblare.

Claudia si alzò dal divano e rispose al cellulare, ma prima li implorò di fare silenzio. Si spostò in cucina per parlare – Mamma... – fu solo quello che riuscirono a sentire.

Romina rimase seduta sul divano bianco. Sfogliava con indolenza una rivista di arredamento e aveva l'aria annoiata. Infine passò pure *Undisclosed desire* dall'ultimo album dei Muse. Salvatore lo detestava, gli faceva venire voglia di divellere a forza di testate la dentatura di Bellamy, il cantante del gruppo.

- Puoi fare copia CD con questa canzone?

Salvatore fece un balzo sulla sedia. Non l'aveva assolutamente vista alzarsi dal divano e avvicinarsi. Si ritrasse un bel po' sulla sedia per permettere a Romina di entrare maggiormente nel suo campo visivo.

- Ah, sono contento che ti piaccia. Questo è uno dei gruppi più innovativi della scena musicale... – vide che l'accenno di sorriso con cui gli aveva rivolto la parola iniziava a scemare. Si interruppe – Vuoi tutto il CD o solo questa canzone?
- Solo questa.

Salvatore si alzò dalla sedia e cominciò a cercare un CD vergine. Lo trovò sotto una pila di CD dove aveva archiviato una decina di anni di vita precedente e sui quali non aveva scritto niente che potesse indicarne il contenuto.

- Pensavo per performance. Sì, per spettacolo – disse, sempre con quella parlata velocissima.
- Capisco.

Tra una frase e l'altra passava troppo tempo. Salvatore armeggiava col mouse e continuava a lambiccarsi e a fare girare nella testa tutte le parole possibili per farsi apprezzare da lei, ma sembrava scoraggiato. Prese una pausa, accendendo una sigaretta ma si sentiva goffo e risibile. Decise di non dire niente per non toglierle definitivamente il dubbio sulla sua idiozia.

- Sai cosa? È peccato che pezzo non finisce che abbassa volume. Era meglio.
- Non ho capito.
- Vabbè, chiedo DJ di abbassare volume da consolle – Salvatore continuava a non capire.
- Guarda che vuole dirti che avrebbe preferito il finale del pezzo a sfumare.

Era la voce di Claudia che irrompeva dall'altra stanza.

Salvatore si improvvisò consulente di performance e rimettendo il pezzo dagli ultimi trenta secondi le spiegò che anche così il finale era buono per quello che doveva farci.

- Non hai capito. Voglio che performance finisce con pezzo e poi io esco di scena, però ancora con musica.
- Amo', l'hai capito?
- L'ho capito.

Voleva un cazzo di *fade out*, dirlo a questo punto sarebbe stato irrilevante, visto che il concetto era chiaro a tutti e tre.

- Ah, ok, un semplice *fade out* – e si illuminò – nessun problema, dammi solo qualche minuto.

Aprì l'applicazione di Nuendo e importò il pezzo nella schermata principale. Romina si sedette accanto a lui che venne investito dall'odore che aveva imparato ad associare al locale: macchina del fumo, lacca per capelli, profumo discreto, e sudore di femmina. Aprì il *beat calculator*, contò le battute per minuto picchiettando sulla barra spaziatrice della tastiera. Mise il progetto a click, forse qualche BPM in meno. No, forse qualcuno in più. Si dava l'aria di quello che sapeva il fatto suo, compiaciuto all'ultimo punto, la guardava e sorridendo, le diceva di stare tranquilla, che aveva tutto sotto controllo, il primo caso di *editing* di una canzone eseguito a cuore aperto.

Riuscì finalmente a centrare la velocità del pezzo, eseguì un taglia-copia-incolla su una parte strumentale in coda. Il pezzo era pronto, ma tutto era durato troppo poco. Una cazzo di eiaculatio precox di editing, senza Romina che cercasse di consolarlo per essere venuto troppo presto.

Schiacciò la barra spaziatrice, il pezzo partì dall'inizio, arrivò alla parte di coda aggiunta, filò via liscia, era perfetta.

- Ok?
- Ok, sei bravo con computer.
- Grazie, lo apprezzo – in verità avrebbe voluto dirle di metterlo ancora alla prova.

Guarda come programmo in midi. Aspetta che ti faccio vedere come imposto il basso e soprattutto come faccio missaggi e *mastering* – pensava.

Come se fosse indispensabile per entrare nelle sue grazie e in parti del suo corpo altrettanto nobili. Cosa cercano le donne in un uomo? Probabilmente un buon ingegnere del suono.

Eseguì l'export del brano, lo masterizzò, lo provò ancora leggendolo direttamente dal CD appena sfornato.

Funzionava, ed era sempre durato troppo poco.

Durante l'inverno nucleare, quelli che sanno utilizzare le piattaforme Nuendo, Pro Tools e affini, saranno assolutamente inutili e saranno usati come combustibile.

Consegnatole il CD, Romina riassunse l'espressione che aveva mantenuto durante l'arco dell'intero pomeriggio, Claudia cominciò a rovistare tra libri e dvd, lasciti della vita precedente di Salvatore, mentre quest'ultimo, indossata la giacca, sempre quella, usciva a fare due passi verso la stazione.

Sugli scaffali, insieme a qualche film allegato a qualche rivista e a dei libri dei quali si poteva benissimo fare a meno, si trovava ancora la collezione completa di cartoni animati Pixar, DreamWorks e Disney, quasi sicuramente di proprietà della sorella di Salvatore, ché lui non era proprio il tipo.

Salvatore continuava a passeggiare, ma contrariamente e quello che pensava, il tabacchino della signora con le tette enormi e il chiosco della stazione erano chiusi. Racimolò un paio di pacchetti di Marlboro dal distributore e si incamminò lentamente verso casa dove immaginava di trovare Claudia e Romina a forbice o a sessantanove, ma la realtà svernicia la fantasia fino a dissolverla.

Non appena aprì la porta trovò le ragazze in pigiama che si tenevano per mano, mentre sullo schermo una bambina hawaiana piccola, tozza e incazzosa, disegnata a imitazione dei dipinti di Gauguin, gridava alla sorella che "Ohana significa famiglia. Famiglia vuol dire che nessuno viene abbandonato o dimenticato". Alzò lo sguardo, le fissò e le vide piangere come due adorabili deficienti.

II

Il suono del citofono alle otto del mattino impediva al pensiero fisso di aver fatto una minchiata di scivolare via. L'idea stessa di averla fatta, la minchiata, si era rivelata proprio mentre componevo il numero del cellulare di Cettina per farmi mandare la mia roba e aveva trovato conferma tre giorni dopo, quando due bulgari si erano presentati alla porta, mi avevano fatto firmare una ricevuta, mi avevano consegnato una lettera in una busta bianca con una grossa C puntata sopra e avevano riempito il minuscolo appartamento che avevo affittato a Barbès, sesto piano senza ascensore, con tutta l'attrezzatura per dipingere che mi era stata regalata a Natale e che era stata disposta con cura da Cettina o da Paola, per quello che ne potessi sapere, in alcune *flight case* nere.

La scelta di quell'appartamento era invece stata ponderata, anche se non troppo a lungo. Volevo rimanere nei paraggi, a portata della mani di Vinka, che se le avesse stese, con un po' di sforzo, sarebbe riuscita ad accarezzarmi, o nell'attesa, ancora vana, che Nico ritornasse un giorno da dovunque fosse finito.

Ne ero consapevole sin dal primo passo che avevo gettato oltre gli scalini del treno, appena avevo di nuovo messo piede in quella città, col bastardino minuscolo che era sfuggito alle cure del controllore e aveva disseminato il panico tra le gambe delle signore in arrivo e in partenza alla Gare de Lyon e poi era sparito, che li avrei rivisti tutti e che, come era accaduto con mio padre, aver messo distanze chilometriche o fughe repentine tra di noi, non era servito a niente.

Nelle rare occasioni che Vinka mi aveva concesso di dormire con lei, rimanevo a osservarla mentre tentava di prendere sonno. Chiudeva gli occhi sempre coperti dai suoi pesanti occhiali da sole, perché era affetta da una grave forma di fotofobia, e si copriva con le lenzuola fino al mento. Man mano che le sue funzioni vitali si abbassavano per permetterle di entrare in quello stato di incoscienza proprio del dormiveglia, le lenzuola continuavano a salire fino a coprire il naso e poi ancora più in alto fino agli occhi. La prima fase del sonno era sempre agitata, me la immaginavo inseguita da chissà quali mostri. Poi con molta fatica riusciva a seminarli e ad addormentarsi profondamente.

Era così Vinka. Decideva lei quello che doveva darmi, quando e in che quantità. Si materializzava in un bar, all'angolo di una strada, al supermercato accanto al mercatino di Barbès e mi metteva una mano su una spalla o mi cingeva il fianco. Mi lanciava uno sguardo sghembo, dal basso della sua statura storceva quel labbro inferiore tagliato, in un'espressione che doveva significare un sorriso e mi diceva "andiamo".

Non avevo mai cercato di legarla a me con vincoli di nessun tipo, era una di quelle donne che con la loro agilità riescono a sottrarsi con maestria a qualunque legaccio. Appena mi illudevo di averla fermata, fissa in un'immagine, lei era già da un'altra parte. E poi tornava. Rispondeva vaga alle domande che le facevo, per cui smisi di fargliene e riusciva a dosare in modo scientifico assenza e presenza. Proprio mentre mi sforzavo di lasciarla andare una volta e per sempre, arrivava un gesto casuale, una carezza non richiesta, che sgretolava i miei propositi in un istante.

Voleva Lou Reed a un volume appena percettibile per dormire, o meglio Tom Waits. Si lasciava cullare dalle frequenze basse e sprofondava sotto le lenzuola, immobile in posizione fetale.

Al mattino, appena riuscivo a liberarmi dal mio sonno pesante, tiravo via il lenzuolo di scatto e lei era sparita, volatilizzata, e io rimanevo immobile a fissare la forma della sua nuca impressa sul cuscino e a respirarne forte l'odore.

Lungo il corridoio coperto da una moquette disgustosa color cacca di cane si apriva una porta ogni tre metri. Si apriva nel vero senso della parola, ché quando il padrone di casa mi fece vedere l'appartamento, al nostro passaggio le porte si spalancavano e le persone dentro si affacciavano fissandomi dritto negli occhi. Un'ordinanza comunale aveva stabilito, come minimo nucleo abitativo, qualunque antro di almeno tredici metri quadrati che avesse avuto un bagno. Da quel momento i proprietari di quelli che in origine erano dei pentavani li avevano trasformati in monolocali con bagno e te li affittavano a sette ottocento euro al mese. Immaginai per un attimo il grafico con una freccia che schizzava verso l'alto a indicare il quadruplicarsi delle vendite delle tazze del cesso nella zona di Parigi, poi entrai a vedere l'appartamento e senza chiedere nulla al padrone di casa dissi che andava bene.

In realtà non andava benissimo e me ne accorsi durante i primi giorni della mia permanenza a Barbès. Era un friggere e arrostire continuo, con la puzza che entrava da ogni punto cardinale. I mauriziani del piano di sotto sembrava non facessero altro. Dalla mattina alla sera dal loro appartamento si sollevava un odore come di cani morti e scarpe da tennis usate immersi a friggere in vasconi di olio bollente. Gli arabi, almeno da questo punto di vista, erano meglio. Cucinavano e mangiavano solo tre volte al giorno e facevano arrivare odori di *briques*[23], di *allush*[24] arrosto o dei dolcetti fritti del Ramadan. Ma mentre i mauriziani erano dei fantasmi e te li immaginavi che lavoravano ventidue ore al giorno suddivise in tre differenti impieghi, gli arabi erano sempre tra i piedi ed erano molti di più. Dalle pareti sottili degli appartamenti di quell'alveare, era un continuo pianto di neonati, sbraitare di uomini appena rincasati, litigare tra sorelle. Non potevo nemmeno intuirlo quello che si dicevano, ma i toni erano sempre esasperati. Le due sorelle che stavano al settimo, nell'appartamento sopra al mio, avevano difficoltà a portare il volume delle loro voci sotto i novanta decibel, a volte riuscivano a coprire i rumori dei lavori per strada. I bambini che abitavano in fondo al corridoio sembravano impegnati a organizzare le Olimpiadi del palazzo, un giorno con il pallone, l'altro con le bici e poi di corsa a piedi.

All'angolo della strada, un miniescavatore martellava incessantemente sull'asfalto, rendendo impossibile tenere la finestra aperta.

Il mio vicino di casa, un berbero enorme, aveva invece la capacità di fare piombare il silenzio in tutto il piano con la sua sola presenza. Rincasava tutti le sere alle nove e non appena si chiudeva la porta del suo appartamento un silenzio irreale finiva per circondare tutto.

Infilai l'indice nel buco che avevo fatto alla busta e vidi i lembi della carta aprirsi in maniera irregolare. Aprii il foglio e vidi una scrittura elegante e ordinata.

What I like about you...

---

[23] Sfoglia leggera ripiena.
[24] Agnello.

Ho rinunciato a comprenderti, tu sei fatto così e non c'è verso di cambiarti. Sarebbe stato più comodo per tutti se ti avessi fatto un bonifico e ti fossi comprato il necessaire per rimetterti all'opera, mi avresti risparmiato un sacco di traffico per andare a casa tua a raccogliere la tua roba e soprattutto avrei evitato di incontrare tua sorella.
Ma tant'è.
Voi artisti siete così, scollati dalla realtà e dal senso pratico quel tanto che basta, per questo avete bisogno di noi, noi galleriste e noi donne, sareste capaci altrimenti di lasciarvi morire di fame, sudici, sotto un ponte.
Poi ho pensato che forse con le tue cose ti saresti trovato più a tuo agio. Adesso le hai, concentrati e ritorna a fare le cose meravigliose che sai fare.
PS: nella stessa valigia trovi una scatola. Aprila, dentro c'è un cellulare che fa anche delle ottime foto. C'è già una scheda attiva, ti basta accenderlo, così puoi mandarmi le foto delle tue nuove creazioni... o chiamarmi, se ti va.
PPS: non faccio che pensarti, mi manchi. Considero quella del giorno di Natale una falsa partenza.

A presto
C.

Avevo disposto con cura il cavalletto in un angolo della stanza e di fianco a questo avevo impilato le flight case. I colori, la tavolozza e i pennelli disposti con altrettanta cura sopra il piano dell'ultima valigia, con trementina e olio di lino a completare la fornitura. Era tutto pronto e al posto giusto. Voltai le spalle al cavalletto all'angolo, depositai il pacchetto regalo di Cettina su una mensola e mi scaraventai sul divano a guardare il soffitto ad aspettare lo straccio di un'idea, una qualsiasi, anche cattiva: mi avrebbe almeno tenuto occupato.

Ero ancora sprofondato nel divano quando sentii per la terza volta il suono del citofono, adesso ancora più insistente.

Mi alzai e andai ad aprire la porta in mutande.

- E quanto cazzo ci vuole?

La spinta dell'uomo fece carambolare il borsone dei Wanderers con su stampato il cavalluccio marino bianco in campo rosso contro la porta e questa contro la punta dei miei piedi nudi.

- E che cazzo, Gesù cristone.

In uno spiraglio di porta rimasto aperto dopo il rimbalzo contro le dita dei miei piedi si infilò il testone ormai completamente rasato di Jan.

Spalancai la porta e me lo trovai di fronte, l'aria di quello che aveva viaggiato a lungo e dormito poco e male, gli occhi strizzati nel tentativo di mettermi a fuoco e di cercare un appiglio qualunque per sfottermi, mentre con la sua sagoma goffa e corpulenta nascondeva dietro di sé una ragazza molto più giovane di lui.

Ci abbracciammo alla porta e li invitai a entrare. Si accomodarono senza fare complimenti e rimasero un po' a guardarsi intorno prima di mollare borsone e zaino e piazzarsi sul divano.

- Come ci sei finito in questa topaia?

Avevo l'impressione di averla già vista da qualche parte, quella ragazza. Avrà avuto sì e no sedici anni, diciassette a voler essere generosi, mi fissava con quei suoi occhioni chiari e curiosi tenendo le labbra leggermente dischiuse e le mani sulle ginocchia.

Mi spostai in cucina e tornai con un paio di birre senza che la ragazza si perdesse un singolo fotogramma della scena. Anche io ricambiavo gli sguardi nel tentativo di ricordare quando e dove l'avessi vista.

Jan accortosi del nostro reciproco scambio di sguardi, la abbracciò di lato stringendola forte e sfiorandole una guancia con un bacio, una pisciata su un muretto, mentre la ragazza inclinava la testa per sottrarsi al contatto delle grosse labbra umidicce di Jan. Me la indicò con un gesto del mento sciogliendo l'abbraccio ma continuando a mantenere ferma una mano sulla sua spalla.

- Conosci Lucy, no?
- No, non mi sembra.
- Va bene, non importa.
- Che ci fate da queste parti?
- Niente, siamo in vacanza, passavamo da Parigi così ho detto a Lucy, mi piacerebbe rivedere Giovanni.
- Sì, come no?
- Cos'è, non mi credi?

Io dovevo proiettare all'esterno l'immagine di un cretino totale, visto che le persone che mi stavano accanto non facevano altro che raccontarmi bugie senza mettere il minimo impegno per strutturarle e renderle almeno minimamente credibili.

- Piuttosto dimmi una cosa, come hai fatto a trovarmi?
- Ho chiamato a casa tua in Sicilia e tua sorella mi ha dato l'indirizzo.
- Mia sorella?
- Sì, tua sorella
- Quella gran troia.
- Chi, tua sorella?
- No, lascia perdere.

Ero certamente contento di vedere Jan, e tuttavia la sua presenza mi giungeva come una sottile minaccia. Immaginavo che una volta telefonato a Cettina sarei stato perfettamente rintracciabile, eppure fino a quel momento non mi aveva cercato nessuno, a parte il corriere, e invece adesso sentivo imminente una processione di avventori alla mia porta che veniva a privarmi della mia tranquillità.

Lucy si tolse il cappotto e lo gettò da qualche parte, Jan rimase in piedi invece e poi con un'espressione tanto seria da sfiorare il ridicolo mi disse

- Senti, devo andare a parlare con un paio di persone - e poi rivolto alla ragazza- tu vieni con me, tesoro?
- No, tesoro, sono molto stanca - si voltò implorante verso me - e poi non sappiamo ancora dove dormire.
- Se è solo per un paio di giorni va bene, però cerchiamo di non fare troppo casino, specie con gli arabi qui intorno.
- Sì, dài amico, è solo questione di un paio di giorni.
- Ti ho già detto che va bene, Jan, due giorni e porta qualcosa da mangiare.

I due mi ringraziarono ancora una volta, poi Jan si congedò, baciò la ragazza sulla fronte, mi salutò con un cenno della mano e uscì. Ci ripensò e ritornò sui suoi passi, tirò a sé Lucy e iniziarono a parlottare fitto. Jan la guardò truce e se ne andò dicendole – fai come meglio credi – mentre le voltava le spalle e chiudeva la porta.

Il cartello Mr. Incognito sembrava una grande presa per il culo che svettava sulle teste degli astanti agli arrivi dell'aeroporto Charles De Gaulle, oppure la pubblicità di una linea di abbigliamento del made in Italy, rigorosamente confezionata in Cina: Mr. Incognito, per l'uomo che non deve chiedere, ma se proprio deve, può farlo in brontese. Nel suo abito nuovo proveniente da stock, al solo scorgere il cartello Biagio gonfiò il petto e allargò le spalle dicendo le uniche due parole che era riuscito ad apprendere durante il volo dalle lezioni di francese per deficienti che aveva sull'iPod.

- *Se muà!*

Comprese di aver fatto un errore madornale quando l'autista caraibico in abito blu cominciò a parlare a velocità sostenuta. Poi si interruppe, aggiunse qualcos'altro biascicando ancora in francese.

L'autista lo scaricò davanti un palazzo con una porta in legno malandata. Biagio fu costretto a far girare la chiave e spingere la porta con una spallata per aprirla.

Il corso motivazionale e l'hotel con annessa cena di Roma lo avevano in qualche modo fuorviato. Biagio spalancò la porta dell'appartamento che gli aveva messo a disposizione la compagnia e l'unica cosa che riuscì a pensare fu "perlomeno è pulito".

Le due stanzette molto piccole e spoglie non erano quello che si aspettava. Una cucina-soggiorno con un tavolo e due sedie e una camera da letto erano tutto quello che c'era.

Biagio aprì la grossa scatola che c'era sul tavolo e tirò fuori una generica lettera di benvenuto che gli auspicava una lunga e proficua collaborazione con l'azienda, un telefono con già una scheda sim all'interno che accese e lasciò sul tavolo, un paio di mappe di Parigi, compresa quella del metrò e un'anonima scheda magnetica.

Il tempo di esaminare la scheda, giusto per capire che non c'era nulla da esaminare, era solo un rettangolo di plastica con una banda magnetica e un codice a barre stampigliato sul fronte, che il telefono nuovo cominciò a squillare.

- Biagio? Sono Elisa. Quando sei arrivato?
- Ora.
- Dove ti hanno sistemato?
- Non lo so. Non l'ho capito.
- Come non l'hai capito? In che quartiere sei?
- Proprio non lo so.
- Biagio, concentrati. Prendi il foglio di carta con le indicazioni per raggiungere il posto di lavoro e leggi la prima stazione del metrò che trovi scritta.

217

- *At moment*. Qua c'è scritto St. Sulpice.
- Fammi controllare. Io sto a Crimée. Non siamo lontani. Ah, senti, hai notizie di Salvatore?
- Non lo sento da capodanno, pensavo di viaggiare con lui stamattina, ma sull'aereo non c'era. Adesso provo a chiamarlo.
- Fammi sapere, eh. Che programmi hai per stasera?
- Nessuno. Voglio andare a letto presto e svegliarmi in tempo domani per il lavoro.
- Ho capito. Ah, Biagio, un'ultima cosa: *at moment* non significa un cazzo.

Però lo aveva sentito dire tante di quelle volte che poteva giurarci che qualcosa significava.

Non rimaneva che spogliarsi, fare una doccia, procurarsi qualcosa da mangiare per la cena e poi aspettare. Da un certo punto di vista gli faceva piacere tornare a lavorare sul Megax, era la sua creatura e saperla in mano ad altri lo immalinconiva. D'altra parte, non aveva la minima idea di quello che avrebbe trovato una volta dentro la matrice del programma, né cosa avesse fatto chi ci aveva lavorato dopo di lui. Ma del resto lo pagavano per quello. Poteva tranquillizzarsi, prendersi tutto il tempo che voleva e risolvere tutti i problemi che gli si presentavano senza l'assillo di una scadenza.

Si fermò a guardarsi allo specchio per esaminare la barba che gli cresceva a chiazze sulle guance e sul collo. Prese la schiuma da barba e la passò sul volto, poi col rasoio fece saltare le escrescenze di pelo sulla sua pelle mentre il telefono riprese a suonare. Un paio di squilli e poi silenzio, poi altri due e ancora niente. Biagio continuò a radersi, tagliandosi in diversi punti, si asciugò il volto e poi tornò nel soggiorno. Prese il telefono, schiacciò due tasti in sequenza veloce e portò il telefono all'orecchio.

- Biagio.
- Beacc, *o cucinu*. Che fai?

- Niente.
- Come niente, sei a Parigi, io al posto tuo già me ne ero fatte un paio, lo sai.
- Sì, lo so.
- Grandi notizie. Ho cambiato la macchina.
- La Y10? Perché?
- Niente, mi ha lasciato a piedi sullo scorrimento. Morta. Ho preso un'Audi A4. 2000 TDI. Pensa che ce l'aveva un tizio che in dieci anni ci aveva fatto da casa all'ufficio e basta.
- E com'è?
- *'Na bumma.* Certo, la centralina aspetta il nostro trattamento.

Il nostro trattamento consisteva in una serie di operazioni di tuning che Biagio eseguiva sulla centralina delle auto dei ragazzi di Bronte in cambio di una manciata di biglietti da venti euro, mentre suo cugino Biagio in canottiera alternava birre e sigarette senza soluzione di continuità e senza smettere di chiedergli "quanto ci vuole?"

Biagio dal canto suo aveva imparato dal gestore di un camion dei panini della stazione degli autobus sotto gli archi della marina a Catania, un filosofo mancato, a rispondergli "Beacc, ci vuole il tempo che ci vuole".

- Va bene, appena torno a Bronte ci diamo un'occhiata.
- Non c'è bisogno ho superato il confine francese da poco. Tra massimo sei ore sono da te. Anzi, dammi l'indirizzo, così vengo a botta sicura.

Biagio diede a malincuore il suo nuovo indirizzo a suo cugino Biagio, immaginandoselo già spaparanzato sul divano a insultarlo per qualunque cosa. Lo vedeva gironzolare per casa a vuotarsi le scolature di tutte le bottiglie o a mangiare l'ultima merendina della scatola senza sognarsi di ricomprarle, ma nemmeno di buttare la scatola vuota. E poi non poteva permetterselo, non aveva nemmeno preso servizio che suo cugino già gli sbarcava a casa, a ricordargli esattamente chi e che cosa fosse, mandando a puttane definitivamente il suo proposito di ricominciare tutto da zero, confermandogli che liberarsi di un bagaglio di insicurezze e frustrazioni durate trent'anni era solo un'illusione.

E infine, non lo voleva in mezzo ai coglioni mentre lui dispiegava tutte le sue energie per provarci con Elisa e per come andavano sempre le cose con suo cugino Biagio, se la sarebbe azziccata lui, a sfregio, ma senza cattiveria.

Sistemò i vestiti nell'armadio, facendo attenzione a non rovinare quelli nuovi che aveva comprato apposta per il nuovo lavoro, poi invece si sedette sul divano e decise di provare la connessione a internet del telefono nuovo. Si collegò e scaricò i parametri delle curve della centralina dell'Audi a4 ma mica perché glielo aveva chiesto suo cugino Biagio, solo per farsi una cultura in merito. Non si sarebbe messo a studiare e a fare calcoli per migliorarle, le avrebbe lasciate lì fino alla prima domenica libera che avrebbe avuto per dedicarcisi.

L'aereo si mise in posizione di atterraggio inducendo in Salvatore un immotivato e istantaneo senso di benessere. Razionalmente sapeva che era il momento peggiore del volo, ma in qualche modo gli comunicava che quel supplizio, al quale nonostante gli ormai numerosi viaggi aerei che aveva fatto, non si era mai abituato, stava per giungere al termine.

Abbandonò nella tasca del sedile davanti a lui le riviste di *home recording* e di pesca sportiva che leggeva solo in quelle occasioni, posò il portatile nella custodia insieme al libro che aveva acquistato in aeroporto e del quale non era riuscito ad andare oltre le due pagine e chiuse gli occhi. Non c'era modo di distrarsi mentre la terra si approssimava all'aereo. Rimaneva con le orecchie tese per sentire il rumore consolante dell'apertura del carrello e indugiava con lo sguardo sul poggiatesta del sedile, con in testa un ritmo base fatto di grancassa e basso in ottave. Inserì il rullante e il crash che separava le battute in gruppi di quattro.

- Dunque è un *concept album...*
- Eh!

Pur non essendo mai stato un grande fisionomista, Salvatore in quel momento riuscì a collocare la faccia di quel ragazzo nel momento in cui si erano conosciuti la prima volta. Milo. O Zafferana. O Santa Venerina. Alle pendici dell'Etna, sicuramente.

L'occasione era uno dei soliti concerti dove non si beccava una lira e si esibiva una quindicina di gruppi. Era più il tempo sprecato nel cambio palco che quello in cui si suonava effettivamente. Il ragazzo di fronte a lui era lo scarso chitarrista ritmico di una band di pop rock altrettanto scarsa, con una cantante piccolina e dalla voce insignificante, che si era esibita prima del suo gruppo.

Il ragazzo seduto di fronte a lui negò alla morte, ma nonostante i capelli un po' più corti e un paio di anni in più sui lineamenti, era indiscutibilmente lui.

Li aveva fatti accomodare e aveva fatto loro visitare lo studio vantandosi di qualunque cosa capitasse alla portata dei loro occhi, perfino dell'antipop.

Aveva esordito con la simpaticissima battuta

- Mi aspettavo un rocker, non un testimone di Geova - quando lo aveva visto in giacca e cravatta.
- È che sto venendo dal lavoro.
- Sì, il lavoro. Anche la musica lo è. Solo che voi al sud non avete la mentalità - aveva ribattuto lui.
- Io ho prodotto i Versoliegi, li avrete sicuramente sentiti. I fratelli Del Buono. Li conoscete, sì?
- No, non mi sembra.

221

- No, neanche io li conosco – rispose il tastierista che lo aveva accompagnato all'incontro.
- È stato il primo gruppo che ho prodotto da quando sono tornato da Milano. Senza offesa, c'è un abisso a livello di mentalità, di professionalità. Qua siete degli improvvisati, vi manca proprio la cultura della musica come lavoro.
- Immagino che non sia facile stare a galla con un'etichetta indipendente che si pone degli obiettivi di qualità.
- No, non lo è affatto.
- Claudia mi ha detto che avete deciso di produrre dodici gruppi quest'anno. È un progetto ambizioso. Permettimi la domanda, ma i capitali di chi sono?
- Di mio zio. Lui è un medico, ma è molto appassionato di musica. Comunque, non perdiamo tempo, che il tempo è...
- Non dirlo – pensò Salvatore.
- ... danaro.
- L'ha detto, con la a per giunta.
- Influenze?

Salvatore ci pensò per un momento, poi decise di andare fino in fondo. Da quando aveva cominciato a vendere per vivere, ogni volta che doveva andare da qualche parte, a prescindere da quello che doveva fare, ripassava a mente la maggior parte degli scenari che si potessero verificare. Su pressante e fastidiosa insistenza di Claudia, che era l'unica che ancora credeva in quel progetto, nonostante il vuoto che si era creato dall'abbandono della vecchia cantante all'alcolismo della nuova, aveva deciso di farlo lo stesso quel colloquio.

E adesso, una volta che era lì, gli era venuto in mente di venderlo sul serio il progetto. Questo produttore, *underground* per sua stessa definizione, cercava cose non

222

comuni, linguaggi nuovi, sonorità corrosive e loro gliele avrebbero date. Per questo snocciolò una sfilza di nomi assurdi, che niente avevano a che vedere con lo loro musica, ma erano stati buttati lì solo per impressionare chi gli stava seduto di fronte.

- Lali Puna, Blonde Redhead, Wild Beasts, Editors – e si divertì a osservare il sopracciglio del tastierista che saliva a ogni nome fino quasi a toccare i capelli.

- Uhm.

Durante l'ascolto del loro demo, realizzato con una lentezza e una meticolosità estenuanti nel garage del tastierista, il produttore non fece una piega. Si limitò a rimanere stravaccato sulla sua poltrona girevole ad ascoltare e a sottolineare qualche passaggio annuendo o facendo delle smorfie. Potevi giurare che non si era accorto che non c'era nemmeno una nota d'influenza dei gruppi che Salvatore gli aveva menzionato poco prima, a dimostrazione del fatto che lui non li conosceva.

- Indubbiamente la qualità è alta e il livello di registrazione pure.

Salvatore detestava le frasi che implicavano un tuttavia: sei una persona interessante, tuttavia preferirei farmi asportare un rene con un gancio da macellaio piuttosto che scopare con te.

- Tuttavia stiamo cercando altro.

Stavano sempre cercando altro. A volte, il fatto di non essere lui, quell'altro che stavano cercando, lo tranquillizzava. Era una sorta di sacca di resistenza, un posto dove custodire le cose buone che credeva di avere. Altre volte, invece, aveva la certezza che questo fosse nient'altro che una consolazione, una delle peggiori, quella dei fessi.

Lo zio medico aveva lo studio comunicante con gli uffici della casa discografica. Sporgendo il capo si era rivolto direttamente al tastierista e lo aveva invitato a entrare.

Uscendo dallo studio Salvatore si accarezzò il nodo della cravatta e lo allentò. Fece saltare il primo bottone della camicia e poi il secondo, per liberarsi dalla morsa che lo stringeva al collo e pensò di gettare la cravatta con gesto plateale in un cassonetto dell'immondizia. La accarezzò di nuovo. Era un regalo di Claudia, ed era una bella cravatta. Se la sfilò dal collo, la strinse in mano e guardò il tastierista.

- Dunque?
- Niente. Il dottore mi conosceva. Un amico suo fa piano bar e gli serve un tastierista per delle serate.
- E?
- Mi danno ottanta euro a sera.
- Santi e benedetti.
- Già.
- Andiamo al chiosco?

Brindarono con quella che per Salvatore sarebbe stata l'ultima Castello ghiacciata per diversi anni. L'indomani mattina alle nove stava già parlando con il suo inglese arrugginito con Johannesburg. *Human resources, I'am sure I can manage it. I'm your man.*

Il lunedì successivo era in Africa, dove quelli che usavano la parola *underground* lo facevano con cognizione di causa, riferendosi a trivellazioni e perforazioni, sondaggi e miniere. E ci sarebbe rimasto fino a quando non avrebbe combinato qualche cazzata.

Era solo questione di tempo.

E il tempo si era spostato in sette ottavi, come a voler rendere omaggio ai Genesis, mentre il carrello si era aperto normalmente e le ruote dell'aereo avevano toccato il suolo francese in un atterraggio liscio e senza sbalzi.

Chiuse i primi due bottoni della camicia e fece scorrere il nodo della cravatta che gli aveva regalato Claudia per stringerlo, poi si avviò verso l'uscita del terminal, dove Vinka e il biondo lo stavano già aspettando.

La ragazzina si mise a sistemare la sua roba negli scaffali del bagno come se dovesse rimanerci per sempre nel mio appartamento, poi tornò in camera e mi guardò con gli occhi che le brillavano per il riflesso della luce, sfoderando un sorriso di pura gioia difficile da sostenere.

- Dunque, non mi conosci? – mi chiese, allargando se possibile ancora di più il sorriso.
- No, non credo.
- La ragazza mutò espressione, le spalle tirate indietro e la bocca aperta a mostrare i denti.
- Stai scherzando?
- No, Lucy, credo proprio che non ci conosciamo.
- Stai scherzando?
- Dài, dammi un indizio – cercai di minimizzare.
- Hai bisogno degli indizi per ricordarti delle ragazze con cui sei andato a letto?
- Senti, come ti chiami, io non vado a letto con nessuno.
- Ti assicuro che almeno una volta l'hai fatto: c'ero!

Era la ragazza del libro.

- Ti ho cercato ma sei sparito, sono tornata a casa tua qualche giorno dopo e ho trovato la porta aperta e tutti gli scaffali e i cassetti vuoti.

Poi ficcò la mano nella borsa indiana di tela, prese il libro e me lo tirò addosso.

- Li tratti sempre così i regali? Sei un bastardo! Io sono venuta a letto con te!

Lucy iniziava a dare di matto, raccolse il libro da terra e me lo tirò nuovamente in faccia. Poi si scagliò con violenza verso me cercando di colpirmi con schiaffi al volto e calci agli stinchi. La situazione inizialmente mi divertì. Abbassai le braccia dalla posizione di guardia che avevo assunto per istinto e lasciai che mi colpisse. Mi graffiò la guancia e io ricambiai con un paio di schiaffi belli forti che la zittirono.

225

Me ne tornai a cercare di dipingere, noncurante come al solito, mentre la sentivo che cercava di soffocare i suoi singhiozzi. Tracciai delle linee totalmente prive di senso su una tela bianca, ma mentre le setole scorrevano sulla superficie della tela, mi stava accadendo qualcosa di veramente strano. Mi si stava armando un'erezione da adolescente.

Tornò da me e si mise a fissarmi ancora con aria di sfida, gli occhi dal basso della sua statura erano quelli di chi voleva qualcosa, forse altri due schiaffi. La sollevai di peso e la gettai sul divano. Sbottonai i suoi jeans mentre si dimenava come un verme, li tirai via e in men che non si dica, dopo averle scostato le mutandine, ero già dentro di lei.

Le sue urla si smorzavano fino a diventare dei gemiti indecifrabili, mentre la sovrastavo con la mia stazza. Le misi una mano sulla faccia a coprirla sentendo la saliva che la bagnava e il fitto morso dei suoi incisivi. La afferrai per i fianchi e ne accompagnai il movimento mentre si girava a pancia in giù e mi diceva

- Sbrigati, prima che torna.

Jan non fece ritorno se non dopo svariate ore. Impiegai la mattinata a fissare la tela bianca sul cavalletto con Lucy che si era seduta per terra e mi osservava. Ci rivestimmo e lasciai che preparasse un caffè.

- Grazie – le dissi, mentre afferravo la tazza dalle sue mani.
- Che fai ? – mi chiese chinando il capo sulla tela.
- Pesco *tonnacchi*[25] a traina.
- …
- Dipingo.
- Ah, sei un pittore dunque.
- No, ho detto solo che dipingo.
- E che differenza c'è scusa?

---

[25] Tonnetti.

- In pratica nessuna, forse solo guadagnarsi da vivere facendolo.
- Non sono d'accordo.
- Come vuoi.

Si rimise a fissare Discontinuum: il contorno di un volto umano privo di lineamenti con i segni XI, XII, I a descrivere una curva all'altezza della fronte, due lancette partivano all'altezza del naso, una spezzata e l'altra persa in un avvitamento a spirale, il tutto su uno sfondo postatomico dalla prospettiva sfalsata. Probabilmente la cosa più brutta che io avessi mai visto.

- Ti piace?
- Insomma. Lo sai, sì, che la vita non è come la dipingi tu?
- Ne sono certo, ma non ho mai avuto la pretesa di dipingere la vita per quella che è. E poi non venirmi a dare lezioni dall'alto dei tuoi, quanti, sedici? Diciassette? Quanti anni hai?
- Non male come argomentazione tirare in ballo la mia età, devo compierne diciassette, e comunque scusa, la mia non voleva essere una lezione.
- Senti, visto che siamo in vena di confidenze, me lo dici Jan come ci è finito qui?
- Guarda che io un nome ce l'ho, e non è ragazzina né tanto meno senti. Te l'ha detto lui no? Siamo in vacanza. E poi cos'è, sei diventato curioso di punto in bianco o forse - mi guardò obliqua - forse inizio a interessarti?
- Senti, voglio solo sapere in che guaio si è cacciato Jan, è un mio amico e voglio aiutarlo.
- Non ti sei comportato da grande amico poco fa.
- Hai ragione. Ma qualcosa mi dice che hai avuto esattamente quello che cercavi.
- Anche questa come argomentazione è eccezionale, dài, ti prego, continua. Continua a

parlarmi, la tua originalità mi disarma. Siamo qui perché Jan ha ucciso un uomo a Swansea e adesso è ricercato.

Stentai a crederle: Jan aveva ucciso un uomo? E perché?

- D'accordo, Jan è ricercato, ma tu che ci fai qui?
- Lui ha ucciso per me – rispose mantenendo l'espressione più fredda e meno coinvolta che io avessi mai visto – in un certo senso mi sento in colpa. Jan è buono, è molto dolce, fin troppo. Mi tratta bene, e credimi, non l'ha mai fatto nessuno.
- Già, Jan è una persona davvero speciale.
- Sì, ma ci sono cose di lui che proprio non sopporto, il suo atteggiarsi a grand'uomo, il suo cinismo da quattro soldi, la sua precisione maniacale...
- Ragazzina – dissi alzando la voce e atteggiandomi a grand'uomo – ti ripeto, Jan è una persona fuori dal comune e un mio amico, bada di non combinargli stronzate.

Jan fece ritorno verso l'ora di cena carico di sacchetti di carta con dentro del cibo cinese immangiabile. Guardò Lucy e con l'aria costernata le disse

- Mi dispiace, ci vogliono troppi soldi.

Non domandai nulla, del resto non erano fatti che mi riguardavano. Osservai Lucy e cercai di sfiorarla con una carezza, ma lei scostò la testa. Poi le dissi

- Senti, che ne diresti di preparare la tavola per la cena.

Lo fece in silenzio, e in silenzio mangiammo. Jan e Lucy si tenevano per mano, lui ogni tanto le accarezzava i capelli e lei gli sorrideva di rimando, poi si voltava verso me e smetteva di sorridere.

Per la notte io mi sistemai sulla poltrona della prima stanza, Jan sul tappeto e la ragazza in camera, nel mio letto da fachiro. Ebbi difficoltà a prendere sonno, distratto com'ero da un piccolo raggio di luce che permeava attraverso la serranda e mi andava a sbattere proprio sulla punta del naso.

Alla fine mi arresi e mi addormentai.

La mattina seguente mi alzai dal letto e, con l'appartamento immerso nel silenzio, mi misi a cercare Jan e Lucy.

Il mio letto era vuoto, lo spazio sul tappeto dove Jan aveva poggiato quel suo corpo goffo pure. Le valigie all'ingresso erano sparite. Un brivido mi attraversò la schiena, gli occhi spalancati e increduli vagarono fino al mobiletto della cucina. Aprii l'anta sotto il lavello, il secchio dei rifiuti era al suo posto, la busta con i soldi no.

Avevo pagato quella ficcata qualche centinaio di migliaia di euro.

Il telefono squillò e lo riportò alla realtà mentre nella sua testa i numeri si dissolvevano e gli occhi caduti sul display gli facevano capire che era stato quattro ore a riempire pagine su pagine di block notes per fare il tuning alla macchina di suo cugino Biagio.

- Biagio, è un buon momento? Ti disturbo?
- Au, Salvatore. No, no. Stavo guardando degli appunti.
- Dove ti hanno sistemato?
- St. Sulpice. Tu dove sei?
- Barbès. Siamo vicini. Ci vediamo in un posto a Place de Stalingrad. Mangiamo, ci ubriachiamo e poi ce ne andiamo a troie. Dunque lavati, o perlomeno fatti il bidet.
- Non ce l'ho il bidet.
- Nemmeno io, Biagio. Si fa per dire. 'Sta cosa che i francesi non hanno il bidet è trita e ritrita.
- Salvatore, scusa ma preferirei di no. Voglio essere in forma domani mattina.

- Come vuoi Biagio.

Un'ora dopo, Biagio e Salvatore erano stravaccati su un divanetto dello Stalingrad a bere e a osservare una multirazzialità di culi che sfilava accanto al tavolino basso del locale al quale erano seduti. La musica pop-dance, forse a un volume eccessivo, copriva lo squillo del cellulare di Salvatore. Se ne accorse e riuscì a rispondere prima che la comunicazione si interrompesse.

- Clà. Aspetta che esco.
- Dove sei?
- A Parigi.
- Di nuovo? – nella voce di Claudia, la delusione mostrata le volte passate aveva ceduto il passo a un senso di rabbia; Salvatore non sarebbe cambiato mai, perché, semplicemente, le persone non cambiano, ma su quella illusione alcuni erano capaci di costruirci sopra una marea di aspettative. Anche Claudia, fica, alla moda, scafata quanto basta e votata almeno nominalmente alla ricerca della sua indipendenza non era da meno.
- Volevo dirtelo, poi è successo quel casino con Romina e ho preferito evitare.

Salvatore se ne era andato di notte, come un ladro. Lasciando Claudia e Romina addormentate nel suo letto, aveva riempito alla rinfusa una valigia con dei vestiti, aveva chiamato un taxi e si era fatto accompagnare all'aeroporto. Su un post-it giallo appiccicato al frigorifero aveva lasciato scritto "Devo partire. Roba di lavoro. Voi potete rimanere da me finché volete", ed era sparito. Sul taxi aveva pensato con rammarico alle due ragazze, come un orso costretto ad abbandonare, suo malgrado, una riserva di miele.

In capo a ventiquattro ore Romina aveva completamente cambiato atteggiamento nei suoi confronti e lui era quasi sicuro che, con la giusta combinazione di fattori, sarebbe riuscito a portarsele a letto entrambe, insieme.

- Salvo, concentrati, ascoltami bene perché questa è l'ultima cosa che ti dico: vaffanculo.

Salvatore rientrò nel locale dove un assonnato Biagio guardava con insistenza, in cerca dell'illuminazione, un cubetto di ghiaccio che quasi disciolto galleggiava nel suo bicchiere. Gli raccontò tutto e lo trovò partecipe, anche se per sua stessa ammissione, Biagio non aveva la minima idea sul da farsi, anche perché, e Salvatore non stentò a credergli, non si era mai trovato in una situazione del genere.

Ordinarono un altro giro all'unica cameriera, una ragazza con i capelli castano chiaro raccolti in una coda, potenzialmente carina se non fosse stato per quell'aria stremata che si trascinava in giro, vuotarono i bicchieri con una certa fretta e poi tornarono a casa.

Ormai nemmeno i culi delle passanti li distraevano. L'umore di inizio serata era andato e l'unica cosa sensata da fare era chiuderla in quel momento. Si salutarono dandosi un appuntamento generico per il fine settimana e si incamminarono ognuno per la propria strada.

Sul primo volo per Parigi, la mattina successiva, una Claudia inviperita, nascosta dietro un grosso paio di occhiali da sole, con i denti che stridevano facendo scintille, era oggetto delle attenzioni di Romina, che le sottoponeva tutti gli articoli della rivista dell'aereo che le capitavano a tiro, arredamento, cucina, mete di viaggio, al solo scopo di distrarla.

III

L'ufficio della compagnia di spedizioni alla periferia nord di Parigi era quasi deserto. Al bancone un'impiegata di evidenti origini algerine passava svogliatamente dei documenti da una pila all'altra con la sola mano sinistra, visto che la destra era impegnatissima ad arrotolare una ciocca dei suoi capelli biondo bruciacchiato.

Saro Comocane si avvicinò a passo lento e abbassò lo sguardo sul tesserino che rimaneva appeso per miracolo sopra un seno debordante.

- Zu Pippo, questa si chiama 'Nzina.
- Veramente mi chiamo Zina. Posso aiutarvi?
- Saro, che cazzo, te l'ho detto che ci capiscono tutti quando parliamo – lo incalzò zu Pippo.
- Siamo venuti a caricare.

Saro tirò fuori l'ordine di carico e lo posò sul bancone sotto gli occhi della ragazza.

Con la consueta indolenza la ragazza interrogò il computer e stampò una cedola che diede a Saro. Aggiunse in un inglese elementare le indicazioni per far trovare loro lo stallo e li salutò tornando a occuparsi dei suoi capelli.

Il Powerstar avanzava col suo incedere elegante e dinoccolato attraverso pile di container e silos, ricevendo sguardi di ammirazione e invidia da qualche camionista fermo lungo i bordi del piazzale.

In prossimità dello stallo li attendeva un'auto grigia metallizzata con i fari accesi. Il Powerstar si fermò a un paio di metri di distanza dall'auto e Zu Pippo e Saro Comocane scesero andando incontro alle due persone che intanto erano uscite dall'auto.

- Salve – la mano di Zu Pippo rimase tesa nel vuoto per qualche istante, poi il ragazzo biondo la strinse e ricambiò il saluto.
- Buonasera a voi.
- Signorina, ci vede con quei cosi sulla faccia?
- Perfettamente, non si preoccupi – rispose la ragazza di fianco al biondo.

Zu Pippo smise di fissarla ma continuò a pensare che non gli era mai piaciuto fare affari con chi nascondeva gli occhi, anche se in tutta quella storia, una ragazza che alle due del mattino se ne stava su un piazzale di carico con un paio di occhiali da sole era in definitiva la cosa meno strana.

- Signori, cerchiamo di sbrigarci. Questo è il programma di viaggio. Attenetevi a questo e tutto andrà per il verso giusto. Mi raccomando. Itinerario e orari sono stati calcolati alla perfezione. Se doveste avere qualche difficoltà, provate a chiamare il numero memorizzato su questo telefono satellitare, ma io mi auguro con tutta me stessa che non ne avrete bisogno. Tenetelo sempre acceso. I turni di guida sono stabiliti in quattro ore ciascuno, sono calcolate le soste per i rifornimenti e quelle per mangiare e andare in bagno.
- Ragazzina, nessuno in quarant'anni si è mai permesso di dirmi come devo fare il mio lavoro.

- A lei piacciono i soldi? Era buono l'anticipo che vi è stato versato? Allora si attenga al piano e veda di non perdere tempo che siete già in ritardo.

Il tono della ragazza non lasciava spazio a repliche. Zu Pippo piegò in quattro il foglio che Vinka gli aveva passato e lo infilò nella tasca del giaccone.

Saro aveva acceso il motore del Powerstar provando il consueto brivido. Con una manovra secca e precisa era già sotto il rimorchio e lo stava agganciando. Ultimata l'operazione scese nuovamente dal camion e andò a salutare i due ragazzi.

- Ci vediamo allo stesso posto tra una settimana esatta.
- Lo consideri fatto, signorina.
- Signor Zu Pippo, signor Comocane, contiamo su di voi. In bocca al lupo per il viaggio.
- Crepi – risposero all'unisono le grandi firme del camionismo internazionale.

Sebbene come si vedeva nei film di Hollywood, non chiedere la natura del carico facesse apparire molto più freddo e distaccato e di conseguenza assolutamente più fico il protagonista, Zu Pippo la riteneva la solita esagerazione cinematografica, per non dire una stronzata assoluta, scritta da gente che i camion li aveva visti solo da lontano mentre sfrecciavano sulle autostrade. Lui lo voleva sapere eccome quello che trasportava. Solo in questo modo avrebbe potuto immaginare quello che si sarebbe dovuto aspettare per potersi difendere dagli eventi. Il Powerstar sfilò lentamente alla destra dell'auto di Vinka e del biondo e zu Pippo colse l'occasione per sporgersi dal finestrino e chiedere

- Che c'è dentro?
- Aiuti umanitari. Stoviglie, coperte, fornelli da campo. Barelle, farmaci.
- Sì, col cazzo – pensò – e al ritorno? – disse

- Al ritorno aggancerete una cisterna che contiene dell'olio di semi, signor Zu Pippo, se vuole può controllare.

Parigi si allontanava diventando solo una massa indistinta di luci e svincoli in riavvolgimento veloce nello specchietto retrovisore del Powerstar. Saro fece scrocchiare le giunture della base del collo mantenendo gli occhi fissi sulla linea di separazione delle corsie.

- Carina, però.
- Chi?
- Quella ragazza al piazzale.
- Dici? Ma se sembrava un manico di scopa.
- Non lo so, aveva un non so che.
- Non mi piacciono le persone che si nascondono dietro un paio di occhiali scuri, Saro.
- Zu Pippo, può essere pure che al biondo ogni tanto gli scappa la mano e gliele dà in faccia.
- Non aveva l'aria di quella che si fa mettere le mani in faccia, né dal biondo né da altri.

Saro mise la freccia e superò una fila di camion che procedevano a velocità troppo moderata per i suoi gusti.

- Può darsi, zu Pippo, può darsi. Senta una cosa, ce lo mangiamo un panino che ho fame?

Zu Pippo stava per fargli la legittima obiezione che erano appena partiti, ma i suoi occhi erano diventati più piccoli a denotare uno stato di benessere che non provava da anni e che lo aveva pervaso non appena avevano oltrepassato la sbarra della società di spedizioni e il pupo aveva cominciato a prendere la strada.

In fondo, viaggiare con Saro era la cosa che più gli era mancata da quando la loro società di trasporti si era ingrandita e avevano acquistato alcuni camion, assunto dei trasportatori e si erano rintanati in due uffici vicini ma separati a coordinare le spedizioni. E si erano allontanati pure loro. Una volta stavano sempre insieme, lavoravano, uscivano la sera, passavano le feste comandate a casa di zu

Pippo e della sua famiglia, poi invece si erano ridotti a rimanere in ufficio fino a tardi per controllare le spedizioni e i conti e una volta finito, nessuno dei due aveva più voglia di stare con l'altro. Zu Pippo tornava a casa dalla sua famiglia e Saro andava da Teresa se gli andava bene, altrimenti tornava a casa pure lui, a pensare a Teresa.

Al rientro dal sorpasso, mentre il camion occupava di nuovo la corsia dei mezzi lenti, Saro guardò il collega seduto accanto a lui e cambiò l'espressione del volto in una smorfia interrogativa.

- Che c'è, Saro?
- Zu Pippo, *'stu* rimorchio è pesante.
- *Se, pa madonna!*

Saro controllò dallo specchietto retrovisore che non ci fossero veicoli dietro di loro, poi schiacciò il pedale del freno leggermente e poi con più decisione, aumentando la forza gradualmente, lasciando che l'impulso elettrico della frenata si distribuisse sulle sei ruote motrici e poi lasciò di colpo il pedale, inserì la freccia a destra e svoltò per un'area di servizio.

- È pesante, più pesante di quanto dovrebbe.
- Va bene, Saro, accosta che diamo un'occhiata al carico.

Il parcheggio dei tir dell'area di servizio era isolato rispetto agli edifici della caffetteria dietro le pompe di benzina. Saro fece retromarcia e parcheggiò il Powerstar con il muso rivolto alla strada e il portellone del rimorchio verso una piccola siepe che separava l'area parcheggio dalla strada che portava alle pompe di benzina.

A un primo esame, dopo aver fatto attenzione che nessuno li vedesse, una volta aperti i portelloni, c'erano solo delle enormi casse di legno poggiate su dei pallet con una E stilizzata stampata sopra. Non c'era verso di arrivare al fondo del rimorchio se non spostando le casse più e più volte come in un gigantesco gioco del quindici di livello avanzato.

- Saro, non avrai intenzione di spostare tutte 'ste casse.
- No, no. Rimettiamo tutto com'era prima – rispose il collega mentre spingeva la prima pila di casse che aveva spostato contro le restanti.

Mentre Saro stava chiedendo il portellone l'occhio gli cadde su un'incongruenza.

- Zu Pippo, guardi – disse indicando una rientranza che cominciava dopo un paio di pile di casse e correva lungo tutta la superficie del rimorchio.
- È un doppio fondo.
- Saro si avventò verso le casse che aveva appena sistemato e le spostò di nuovo con fare compulsivo. Zu Pippo gli afferrò le mani e lo bloccò.
- Lasciamo perdere, Saro. Magari se le hanno sistemate così bene le cose è per non farle trovare a qualcun altro. Vieni, andiamo. Ti offro un panino.
- Ah, che poi non ho capito una cosa. Ho calcolato la strada con Ter... con il navigatore satellitare e secondo lei la strada più breve è un'altra.
- Lei?
- Lei, lui. Voglio dire, non è indispensabile passare dalla Slovacchia. Così perdiamo un sacco di tempo, tipo una mezza giornata.
- E cosa vorresti fare?
- Io la parte di Bratislava la salterei direttamente passiamo dalla ex Jugoslavia, poi Grecia e Turchia e arriviamo.
- Non mi convince.
- Che cosa non la convince, zu Pippo, guadagnare mezza giornata da spendere, che ne so, in Turchia? Ci facciamo un bagno turco, ci

chiamiamo due ragazze in stanza e ci rilassiamo. Tanto questo sarà il viaggio più lungo che abbiamo fatto. Sarà faticoso, zu Pippo.

- No, Saro, non mi convince lo stesso, la ragazza al piazzale sapeva il fatto suo, e anche i nostri. Mangiamoci un panino, ci facciamo due birre e nel frattempo diamo un'occhiata a questo piano di trasporto. E se dobbiamo passare da Bratislava, mannaggia la puttana, ci passiamo.
- Va bene zu Pippo, non alzi la voce.

Saro e zu Pippo si allontanarono lasciando il Powerstar nel parcheggio illuminato solo dalla luce di qualche lampione ricurvo ed entrarono nella caffetteria dell'area di servizio.

Dietro il camion, dai cespugli, emerse inciampando in un fusto di oleandro una figura corpulenta seguita da una più magra e piccola.

- Dài, sbrigati. Questo è quello giusto.
- Ma che cazzo ne sai? Hai capito una sola parola di quello che dicevano quei due?
- Non ho capito tutto tutto. Ma hanno nominato Bratislava e la Slovacchia diverse volte. Stanno andando sicuramente da quelle parti.
- Sì, certo, come no? Che cazzo ne sai, hanno nominato anche Jugoslavia e Turchia e Grecia, se è per questo.
- È un rischio che dobbiamo correre se vogliamo andare a casa mia e metterci al riparo.
- E come pensi di entrare?
- Ho intenzione di sfidare la sorte.

Jan afferrò il maniglione del portello del rimorchio e lo abbassò con forza. Poi lo tirò verso di sé.

- Visto? Un po' di ottimismo, e che cazzo.
- Da quanto tempo stiamo insieme noi, tre settimane? Già non ti sopporto più.

I due salirono in fretta sul rimorchio e si chiusero il portello alle spalle.

Zu Pippo e Saro ritornarono dopo una ventina di minuti con gli stomaci pieni e le idee più chiare. Si sarebbero attenuti scrupolosamente al piano di trasporto, così come aveva ordinato la ragazza. Del resto era lei che pagava. Saro si sistemò nel posto passeggero e Zu Pippo, con fare risoluto, mise in moto il pupo e iniziò a fare strada.

Mettere musica era fuori questione. I due avevano gusti diametralmente opposti e finivano sempre per litigare. Saro aveva una collezione infinita di neomelodici napoletani nati in Germania negli ultimi trent'anni, mentre Zu Pippo aveva una predilezione per la musica classica. Riuscivano ad andare d'accordo solo se c'era qualche partita da ascoltare alla radio, ma non ce n'erano e quindi decisero di rimanere in silenzio.

Zu Pippo sperava che quei piccoli e fastidiosi intoppi fossero finiti e che adesso potesse far viaggiare il pupo e fargli prendere la strada e goderne, ma qualcosa gli fece cambiare idea.

Saro si era appena appisolato quando percepì che il camion stava rallentando e stava entrando in un'altra *air de autoroute* come annunciava il cartello verde sulla sua testa.

- Zu Pippo, chi fu?
- Niente, devo schiacciare un topo.
- Come un topo?

Il camion arrestò la sua corsa nel solito piazzale deserto e poco illuminato e Zu Pippo chiese a Saro di prendere l'antifurto.

L'antifurto non era altro che un tubo di metallo di quelli che servono a montarci sopra l'ombrellone sulla spiaggia e Saro per portarselo dentro l'abitacolo del camion o della sua auto finiva sempre col litigare con i poliziotti ai posti di blocco.

Scesero di corsa dal camion e si spostarono dietro il rimorchio. Zu Pippo aprì all'improvviso i portelloni mentre Saro brandiva il tubo con una mano.

Dentro il rimorchio alcune casse erano state aperte e il contenuto tirato fuori. Era stato proprio il rumore delle pentole poggiate su un fianco che rotolando andavano a sbattere tra loro e sulla sponda del rimorchio a fare insospettire zu Pippo. Per terra, sopra delle coperte, con due zaini che sembrava fossero stati abbandonati c'erano due ragazzi privi di sensi.

- Non c'è abbastanza ossigeno per tutti e due qua dentro, coglioni – disse Saro.
- Vieni, dammi una mano. Tiriamoli su.

Zu Pippo sollevò leggermente la ragazza che si svegliò di soprassalto e vedendo Jan ancora svenuto sul fondo del camion cominciò a gridare.

- Saro, lo capisci che dice questa?

Zu Pippo, pare che ci stia ringraziando. Ma non ho capito il perché.

La ragazza cinse le braccia al collo di zu Pippo e lo baciò sulle guance ruvide.

- Pare che questo l'abbia rapita e costretta a salire sul camion, pensa per violentarla. Poi preso dalla curiosità ha aperto le casse, fino quando sono svenuti.
- Mi pare una minchiata.
- Anche a me.

Zu Pippo porse il suo telefono alla ragazza, spiegandole che loro non si potevano trattenere, ché avevano molta strada da fare, ma lei avrebbe potuto chiamare la polizia e aspettare al bar l'arrivo di una volante. La ragazza si mise a piangere come un rubinetto spanato, e continuò a ringraziarli, mentre indicava con un leggero sollevarsi del mento il corpo di Jan che rimaneva accartocciato su sé stesso privo di sensi.

- Tu non preoccuparti, a lui ci pensiamo noi. Zu Pippo mi dia una mano.

Lo presero per mani e piedi e lo tirarono giù dal camion, lo trascinarono fino a uno spartitraffico che separava il parcheggio dalla strada e quando nessuna macchina in transito poteva vederli, lo scaraventarono dietro la siepe che delimitava un'aiuola.

Dall'altro lato della siepe una specie di sommesso muggito fu l'unica cosa che i due riuscirono a sentire. Aspettarono che la ragazza varcasse la porta del bar e poi riavviarono i motori, ché già avevano avuto fin troppe false partenze.

Lucy vide le luci del pupo allontanarsi e venire inghiottite dalla A4, mentre contro di lei avanzavano ogni tanto delle coppie di puntini di luce dalle forme più diverse. Attraversò con passo svelto il lungo sottopasso che portava nell'area di sosta dall'altro lato della strada, dentro il quale si stratificavano odori di pisciate vecchie e fresche, salì le scale e si ritrovò in un piazzale identico a quello dal quale proveniva, costruito in perfetta simmetria rispetto al gemello che sorgeva dal lato opposto, strizzando gli occhi feriti dalla luce giallo malaticcio dei lampioni.

Era in un paese straniero che si rifiutava di volere apprendere la sua lingua, diversamente da come facevano in tutto il resto del mondo, il freddo le punzecchiava il naso e le guance e lì non conosceva nessuno. Anzi, a dire il vero, qualcuno lo conosceva. In tutta la Francia conosceva due uomini, ma uno lo aveva fatto scaricare dietro una siepe e all'altro aveva fottuto un sacchetto della spesa pieno di soldi. Non avere dove andare era voler essere ottimista. Cominciò a fantasticare su come li avrebbe spesi quei soldi, adesso che erano tutti suoi e non avrebbe dovuto dividerli con nessuno. Pensò di chiamare un taxi per farsi portare in un albergo di lusso, poi un bel bagno con l'idromassaggio e i sali, poi magari avrebbe cercato Giovanni, gli avrebbe chiesto scusa e glieli avrebbe restituiti quei soldi, perché in fondo lei era scappata di casa per cercarlo, perché non aveva desiderato altro che stare con lui, da quel pomeriggio in cui avevano fatto l'amore a Swansea.

Il cappuccino dell'*air de autoroute* era troppo liquido e insipido, i pensieri di Lucy invece erano fin troppo decisi e non le davano tregua. Il barista si faceva i cazzi suoi e guardava una TV portatile in un angolo del bar. Un camionista polacco le si avvicinò facendole sentire il peso e il calore di un alito da wurstel, cipolle, birra e tabacco e le chiese se poteva offrirle da bere.

Lucy non rispose. Si limitò a indicare il cappuccino che stava sorseggiando svogliatamente e si allontanò di qualche passo verso l'uscita, ma il camionista non demorse e attaccò il repertorio su cosa ci facesse sola di notte, in un autogrill praticamente deserto, una bella ragazza come lei. Il polacco le afferrò un polso ma Lucy riuscì a divincolarsi, strinse forte lo zainetto e scappò gridando - non sono sola, stai attento! – e si infilò in un'auto aperta, parcheggiata proprio accanto alle pompe del diesel. Controllò la fodera dello zaino che aveva strappato e poi ricucito come una che però non sa cucire imbottendola con i soldi e si accorse che la cucitura ancora reggeva.

Il polacco rimase in disparte a guardare un ragazzo magrolino e scuro di capelli e carnagione che sorridendo cercava di cantare qualcosa tipo "Parìs, Parìs" con la scarsa convinzione di quello che non riesce a trovare il motivo dentro la sua testa.

Continuò ad avanzare verso la macchina cantando ancora

- Paris, Paris, che minchia di giro ho fatto per arrivare qui.

Poi si accorse della ragazza che stava seduta al posto del passeggero e il sorriso gli si allargò diventando una voragine.

- Cominciamo bene – pensò.

Biagio, il cugino di Biagio, aveva fatto un casino con gli svincoli, sbagliando stupidamente mentre cazzeggiava con le manopole dello stereo e aveva allungato la strada di qualche centinaio di chilometri. Ma ormai il grosso era stato fatto, mancava una manciata di chilometri e poi sarebbe stato di nuovo insieme a suo cugino Biagio, complementari come la corda e il secchio, l'yin e lo yang, l'intonacata e la *sistiata*.

Jan aveva spalancato la porta con una spallata travolgendomi prima che avessi il tempo di aprirgli, penetrò nell'appartamento e gridò

- Dov'è andata?
- L'ultima volta che l'ho vista era con te.
- Stronzate, non aveva nient'altro in testa che ritornare da te. Fin dall'inizio in Galles, non faceva altro che parlare di te e alla prima occasione mi ha scaricato in balia di due camionisti e se n'è andata per i fatti suoi.

Gli sbarravo la strada ma poi gli consentii di entrare e gli dissi di cercarsela da solo la sua Lucy, che io non l'avevo vista ma che forse lui avrebbe avuto maggiore fortuna. Non la trovò, aprì il frigo e tirò fuori due birre e una me la porse. Rimisi la mia in frigo mentre lo osservavo che si stravaccava sul divano.

- Jan, io con te non ci litigo, ma tu ora te ne vai.
- Sei sempre stato permaloso, ma farmi tutto questo teatro per essercene andati senza salutare mi pare eccessivo.
- Jan, guarda che non sono cretino. Mi avete rubato dei soldi, molti.
- Va bene, scusa, ci ho provato. Però adesso dài, capitolo chiuso. Vestiti che la andiamo a cercare. Dove vuoi che vada una ragazzina da sola a Parigi.
- Dove cazzo vuole, se ha una borsa piena di soldi.
- Già. Ma chi te li ha dati?
- Jan, vattene.

- Dai, Giò, andiamo a cercarla, ho un indizio. La troviamo ci riprendiamo i soldi e poi dividiamo.
- Ah, grazie. Scusa ma passo.

Osservò il cavalletto aperto nel centro della stanza e la tavolozza con i colori freschi appoggiata sul tavolo.

- Ti sei rimesso a fare queste minchiate?
- Sì. Uno di questi giorni ti do il numero di mio padre. Avrete un sacco di cose di cui parlare. Ora levati dal cazzo, ne ho avuto abbastanza.
- D'accordo, ma se la trovo i soldi me li tengo.
- Fai come vuoi.

Avevo tirato troppo per le lunghe la discussione con Jan. A dire il vero, ogni scusa era buona per rimandare il momento in cui mi sarei trovato da solo con il pennello in mano di fronte alla tela, mentre cercavo qualcosa che potesse farmi racimolare qualche euro. Mi ero dimenticato di avere una mano che si muoveva contro la tela mentre fantasticavo su come rimediare degli spiccioli facendo le caricature a Montmartre, ma il mercato era già saturo e io poi non ero il tipo che faceva caricature.

Scarsa ispirazione e poca voglia e Vinka che non vedo da mesi e Nico che invece sembra proprio sparito. Stendo le mutande tra una pennellata e l'altra, ché tanto qualcuno deve pur farlo, poi scendo al mercatino di Barbès a fare un po' di spesa con gli ultimi soldi rimasti. La porto su e la sistemo tra il frigo e la dispensa. Altri tre colpi di pennello. Quello che vedo sulla tela non mi dispiace, ho visto e fatto cose ben peggiori. Torno ancora giù perché ho fatto finta di aver dimenticato di comprare le sigarette, ma in men che non si dica sono di nuovo con il pennello sulla tela e la mano destra a grattarmi le palle. Ne fumo una alla finestra mentre osservo il viavai di persone sotto il palazzo. Altre due pennellate possono anche bastare ma provo vergogna a metterci il mio nome là sopra. Dalla finestra osservo la strada, il traffico lento e ordinato, le signore che si trascinano i carrelli della spesa e l'escavatore che ha già scavato un solco di una ventina di metri. Chiudo la finestra e continuo a voltare le spalle al quadro, mi sento osservato, vado via sbattendo la porta in faccia alla mia mancanza di contenuti e sono di nuovo sotto, al chiosco dei giornali, con una copia di un quotidiano in mano. Nella sezione degli annunci di lavoro sono in parecchi a cercare operai specializzati ma la sensazione che si ha sfogliando il giornale è che sono più gli operai che cercano la compagnia di qualche puttana. Ne cerchio un paio con una matita sicuro che li avrei chiamati dopo. Ritorno su al mio appartamento e quel cazzo di quadro è ancora lì.

Non gli do nemmeno il tempo di asciugare, lo tiro via dal cavalletto e lo appoggio per terra in un angolo, lontano dal mio sguardo e dal mio giudizio.

Prendo un'altra tela e la metto sul treppiedi, mi sento osservato e capisco di avere urgente bisogno di fare qualcosa, qualsiasi cosa, tutto pur di non rimanere lì con il pennello in mano.

Per rimanere in tema mi faccio una sega svogliata e malinconica, ma non faccio altro che interporre dieci minuti scarsi tra me e il nulla. Decido di mettermi alla caccia di Lucy, ma capisco che non so da che parte iniziare.

Il quindici il padrone di casa si presenterà per l'affitto e gli dirò che non è andata benissimo per me a Parigi e che può cominciare a defalcare i due mesi che restano dalla caparra che gli ho dato.

Il pacchetto che mi era stato recapitato con tutta la mia roba era ancora sulla mensola, lo presi e lo aprii. Dentro c'era un telefono di ultima generazione che si illuminò e cominciò a ricevere le notifiche dei messaggi. Dalla colonna degli sms ricevuti vedevo solo una C maiuscola puntata, non ne aprii nemmeno uno e andai alla schermata con il tastierino numerico.

Cettina aveva continuato a mandare messaggi a un telefono spento come un maniaco che si ostina a tenere la minchia infilata nel *gloryhole* di un aeroporto deserto. Lei naturalmente si era ammosciata e la frequenza dei suoi messaggi era andata via via diradandosi.

Le signorine che rispondevano al telefono erano sempre scorbutiche, non c'era mai un per favore o un prego nelle loro frasi. Parlavano velocemente e chiedevano sempre le stesse cose, gli anni, la nazionalità, se avessi esperienza. Non appena sentivano che ero italiano mettevano giù accampando le scuse più stupide che avessi mai sentito. Pensai di spacciarmi per arabo, ma non avrebbe retto. Probabilmente dall'altra parte del filo avrei trovato una ragazza algerina a rispondermi, mozzando definitivamente le gambe delle mie bugie.

Cominciai a dire di essere serbo e ottenni tre colloqui per l'indomani mattina.

Nel primo piazzale disseminato di casse di vuoti di birra mi fecero salire su un vecchio muletto Caterpillar con le marce ma senza trasmissione automatica. Poco male, ne avevo guidato uno in Galles, prima che il principale decidesse di cambiarli con dei nuovi modelli idrostatici. Un responsabile mi fece capire a gesti che dovevo raccogliere tutti i pallet del piazzale e impilarli in un angolo, in colonne da sei. Quello era il mio colloquio. Dopo diverse ore passate ad arare quel grande piazzale senza sosta e senza nemmeno una pausa pranzo, giusto il tempo di due pisciate, parcheggiai il muletto sotto una tettoia di eternit in prossimità di un compressore, aprii il cofano e passai un'altra ora a pulire i filtri dell'aria. Con una tanica di benzina diedi una pulita a quelli di olio e gasolio, anche se questi andavano decisamente sostituiti e infine mi dedicai all'ingrassaggio di perni e pistoni del montante e delle catene, mentre gli altri operai mi lanciavano occhiate storte e nessuno mi rivolgeva la parola.

Il responsabile dell'area di carico venne a complimentarsi e mi chiese se fossi serbo.

- Sì – risposi, asciugandomi la fronte sudata con il polsino della maglia.

- E i documenti ce li hai?
- Scossi la testa.

Cominci domani alle cinque, sii puntuale, non creare rogne, fatti i cazzi tuoi che andrai lontano. La paga è di ottocento al mese, qui paghiamo al sabato, perché lavoriamo anche il sabato.

- Ne pago settecento di affitto.
- E dove cazzo abiti, a Versailles? Comunque, basta che ti togli il vizio di mangiare e ti rimangono cento euro al mese per berteli.

Di buono c'era che mentre guidavo il muletto e mandavo su e giù il montante, brandeggiavo o caricavo e scaricavo i camion, i miei pensieri si riducevano a una poltiglia semisolida e un sobbalzo dovuto alle irregolarità della pavimentazione del piazzale era capace di farli cadere per terra e di mandarli in mille pezzi. Tenevo occhi, mani e testa occupati, non c'era posto per mio padre o Vinka o il fatto che per qualche giorno ero stato ricco in un modo che non sarei mai più stato e mi ero fatto rubare tutto come l'ultimo degli stronzi. E mentre facevo rombare il motore diesel di quel muletto con il quale ero quasi coetaneo, nella mia testa ormai sgombra, riuscivo a vedere chiaramente le cose che volevo dipingere, i colori, le forme, ogni singola pennellata, salvo poi, una volta a casa dopo un turno disumano di dodici ore, non avere più la forza e la voglia di tenere un pennello in mano, leggere un libro, vedere un film un po' più impegnativo della media. Avevo solo una gran fame, una sete da disidratato e una voglia di scopare, ma proprio di accoppiarmi, di farlo come gli animali, che non passava nemmeno dopo una sega. Volevo il cibo, la birra e la fica, e porca troia, fatela una cazzo di partita in TV.

Mi portavo in giro un grugno che faceva paura, la gente mi stava alla larga, in fabbrica come altrove, i miei colleghi non mi rivolgevano la parola e amici neanche a parlarne. In un paio di occasioni la tentazione di chiamare Cettina fu veramente forte, ma seppi resistere.

La domenica prendevo una tela bianca, la depositavo sul cavalletto e cominciavo a colpirla con i colori, come se fosse un incontro di boxe, noncurante di quello che riuscissi a tirare fuori. In capo a una giornata il dipinto di solito era finito, lo appoggiavo a terra insieme agli altri, con il *recto* che guardava la parete e me ne andavo a messa.

No, non ci andavo.

L'unghia viola elettrico passò lenta sul bordo della superficie di cristallo temperato dello spigolo. Poi lungo il perimetro quadrato e infine fece avanti e indietro sul piano ricurvo della semisfera interna. Romina raccolse la borsa in similpelle arancione di Claudia e la gettò sul posacenere.

- *Garçon?* Me lo porti un posacenere?

Il cameriere dopo qualche minuto depositò sul tavolo un posacenere identico a quello che poco prima Romina aveva conservato di nascosto nella borsa di Claudia. Le ragazze accesero le sigarette e osservarono il lento passeggiare delle persone che sfilavano accanto al loro tavolino su Place de Clichy. I due espressi, almeno nelle migliori intenzioni del barman, si raffreddavano sul tavolino mentre le ragazze li ignoravano e continuavano a conversare.

Nell'ora e mezza che seguì, il vecchio investì Salvatore con una quantità di informazioni e grafici proiettati contro le pareti della stanza. Affrontò argomenti quali la crisi energetica, la redistribuzione dei redditi, gli sviluppi del progresso ottenuti tramite processi ecosostenibili, ma non lo faceva come un invasato. Prendeva delle lunghe pause mentre ciondolava avanti e indietro nell'ufficio. Si passava la mano sul volto e gettava lo sguardo nel fascio di luce del videoproiettore, come a volerle cercare nei granelli di polvere che fluttuavano a spirale, le parole giuste per continuare.

In capo a un paio di minuti, aveva risolto il problema del sottosviluppo e della crisi idrica, portando tabelle, fatti, documenti ed esempi. Salvatore cominciava a pensare che gli stesse raccontando un mucchio di stronzate, ma proprio quando ti aspettavi che chiamasse in causa un dio qualsiasi o un vecchio filosofo morto duecento anni prima a corroborare le sue tesi, il vecchio gli voltava le spalle, afferrava un fascicolo dalla libreria alle sue spalle e con un indice fermo come un orologio rotto gli indicava il punto esatto in cui leggere.

- Vede, è tutto scritto qui. È verificato, è attendibile. Ci sono le carte, i fatti. Noi pensiamo che un solo ricco crei molti poveri – fermò la lingua e spalancò la bocca in un sorriso.

Salvatore ricambiò il sorriso in maniera affrettata mentre pensava di alzarsi e andare via, magari telefonare a Claudia (e a Romina, certo, anche a Romina, che aveva un odore che uno…).

- 60.000 per il primo anno. Poi diventano di più. Lei ha sempre lavorato per obiettivi. Allora li raggiunga questi obiettivi e saranno tutti soddisfatti. Mi creda, io guadagno molto di più.

La cifra lo inchiodò alla sedia. Si era prefigurato una onlus, un posto dove soldi non ce n'erano proprio per niente e invece si trovava di fronte alla migliore offerta che gli avessero mai fatto.

- Scusi, è una mia deformazione. Di chi sono i capitali?
- Di tutti quelli coinvolti nell'operazione. Verrà chiesto anche a lei di partecipare, ma non è obbligato. Diciamo però che il grosso viene da

investimenti particolarmente azzeccati, e prima che mi faccia questa domanda le do la risposta. Demolire un sistema è un lavoro a tempo pieno. Se lei deve tirare giù un edificio per costruirne un altro, la squadra che viene a piazzare le micro cariche di esplosivo vuole essere pagata. Lei non paga solo quelli che lo costruiscono l'edificio. Questo è solo il primo di una serie di interventi correttivi a un mondo che è diventato troppo ottuso per riuscire a liberarsi da solo.

- E io cosa dovrei fare?
- Lei mi deve sostituire. Io sono vecchio e me ne vado in pensione, diciamo da domani mattina. La compagnia mi vuole fuori dal mio ufficio al più presto per sopraggiunti limiti di età. Le spiegherò tutto quello che deve fare. Cioè, mi creda, lei dovrà fare tutto. Contattare i fornitori, i clienti, organizzare i test drive e parlare con ingegneri e chimici. Ah, un'ultima cosa: lei deve impedire che i ragazzi del settore operativo facciano qualche sciocchezza.

Salvatore sistemò il nodo della cravatta e annuì vistosamente.

- Perché io?
- E perché no? Ora, se non le dispiace – il braccio dell'uomo si era sollevato nell'inconfondibile gesto di chi indica la porta. Salvatore si mise in piedi e dopo avergli stretto la mano, lo lasciò mentre riponeva in uno scatolone, con una cura e una lentezza esasperanti, una serie di effetti personali dai cassetti della scrivania.

Uscendo dall'ufficio sopra il grande capannone di Roissy, Salvatore incrociò un uomo che si mise a fissarlo.

- Tu sei quello nuovo?
- Sì.
- Allora vieni con me.

Salvatore osservò i lineamenti arabi dell'uomo e un vestito di sartoria che a occhio poteva costare anche tremila euro. Capelli corti, mascella quadrata e qualche piccola cicatrice sul volto. Sguardo difficile da sostenere se non con un grande sforzo.

Scesero nella rimessa dove l'arabo gli spiegò l'esatta collocazione del serbatoio interrato fuori sul piazzale e gli disse che non c'era tempo da perdere, bisognava iniziare subito con i test drive. Monitorare il comportamento delle auto e fare due report al giorno, alle dodici e alle diciotto. Per le altre operazioni c'era tempo, ma quella aveva priorità assoluta.

- Ah, amico – aggiunse, come se lo conoscesse da sempre – mantieni alta la concentrazione, bevi poco e non ti andare a infognare in situazioni pericolose.

Si trattenne sul piazzale ben oltre le sei del pomeriggio, poi tornò a casa salendo su un vagone della RER E.

La sua concentrazione era intermittente, questo lo sapeva da sempre, ma forse era giunto il momento di fare un salto di qualità e cominciare a fare sul serio. Cercò di concentrarsi su quello che gli era stato chiesto, occorreva, anzi era di vitale importanza che i test drive fossero eseguiti nel minor tempo possibile e che tutti i ragazzi che giravano per la Francia, proponendo ai vari distributori il nuovo carburante fossero motivati al massimo.

Cercò di organizzare mentalmente il lavoro per l'indomani, mentre un ragazzino di fronte a lui teneva il lettore mp3 a un volume così alto che Salvatore poteva sentire il ritmo ostinato della batteria a distanza direttamente dalle cuffie. E poi quella nuvola sembrava quel pezzo del Tetris a forma di esse, quello che non si riesce a collocare mai.

Era strano il Tetris come gioco. Era un gioco che non prevedeva una tua vittoria. Statisticamente, in una partita infinita, prima o poi ti sarebbe capitata una sequenza di un dato numero di pezzi a Z o a S impossibili da piazzare nella linea di fondo che avrebbero sicuramente sancito la tua sconfitta. Il campo è sgombro, il primo pezzo scende lentamente, si tratta di respirare e se hai i polmoni abbastanza maturi, la questione diventa un puro fatto meccanico. Il secondo pezzo scende, ancora con estrema calma, ti dà il tempo di pensarci su, di vedere in che combinazione puoi sistemarlo col primo. Lo ruoti un paio di volte, ma forse era meglio prima: anche fare la cacca è un gesto più o meno meccanico, così come mettere su peso e tenere il collo dritto. Basta sviluppare i muscoli e il gioco è fatto. Rimanere in piedi, sviluppare l'istinto di sopravvivenza e imparare ad allacciarsi le scarpe da soli. Guardare da entrambi i lati prima di attraversare la strada. I pezzi continuano a cadere sempre più veloci, il primo giorno di scuola ti guardi intorno e pensi 'ma questi perché piangono?' ma solo perché ancora non ti è permesso di dire le parolacce. I tetramini sfilano uno alla volta; da qualche parte hai conservato lo spazio per calarci quel pezzo a I. Hai impiegato tanto tempo, sacrificando un appagamento immediato per perseguirne uno più grande. La ragazzina del primo banco ti guarda e sorride. Lei ride, in realtà, ma tu ancora non cogli appieno le sfumature. Il pezzo lo cali, ma sbagli, e sembra che nella tua fila di mattoncini colorati tu abbia installato un'antenna analogica o le sia spuntato un corno. C'è sempre qualcuno dietro di te che guarda il tuo gioco e sentenzia "*'mpare, no è ca a fare 'na piramide?*" e una musica irritante tipo Vamos a la playa che ti accompagna. Musica da mensa o da ascensore. La prima volta che sei riuscito a infilare il tuo tetramino nel posto giusto, aiutato da svariate divinità, un po' di intuito e tanto impegno. Devi sempre ricordarti di guardare prima di attraversare, mentre i mattoncini continuano a cadere sempre più veloci. Ti viene concessa qualche piccola vittoria, ma è il contorno che è diventato un casino inestricabile, che tu hai fatto diventare un casino inestricabile. E sono perlopiù pezzi a Z o S che cadono, mentre quello che ti servirebbe è una I, o una L rovesciata, per andare a riempire quel buco. Ti accontenti, ti adagi, lasci che sia il gioco a trasportarti, quando ormai hai accettato il fatto che quella linea di tetramini in fondo sale inesorabilmente verso il margine superiore dello schermo. E mentre cerchi di capire cosa fare domani, l'auto inchioda con uno stridere di pneumatici sull'asfalto. Ti sei dimenticato di guardare prima di attraversare, ma per fortuna l'automobilista francese ha capito in tempo le tue intenzioni e è riuscito a frenare dieci centimetri prima di falciarti, ti prende a male parole e tu te le tieni e poi sgomma via apostrofandoti in malo modo.

Place de Clichy godeva di un momento di risacca. La gente era già tornata a casa dal lavoro ma non si era ancora trasformata in una versione migliore di sé stessa per l'uscita serale. Salvatore osservava il grosso orologio a led luminosi di una farmacia: troppo presto per andare in giro per locali, troppo tardi per tornare a casa e cambiarsi. Allentò il nodo della cravatta e se la sfilò sulla testa, poi con un gesto della mano la infilò in tasca e si passò le mani tra i capelli. Aprì i primi due bottoni della camicia e continuò a camminare lungo il viale.

La borsa di Claudia descrive un arco. La mano di lei sollevata all'altezza della spalla e il polso perpendicolare, piegato verso terra. Ci vuole troppa forza per sollevarla, ma una volta superato il punto morto della parabola, piomba a una velocità impressionante sulla tempia di Salvatore, come se fosse una mazzafrusta medievale. Il rumore è quello di una bistecca scongelata che precipita al suolo dal primo piano di un palazzo. Salvatore è steso orizzontale sulla strada che da Pigalle porta a Place de Clichy, gli occhi chiusi. Immobile. La borsa rimane per terra accanto al corpo, le mani di Claudia si congiungono sulla bocca. Terrorizzata guarda Romina che invece ha un mezzo sorriso stampato in faccia e a bassa voce dice

- Minchia, il posacenere.

L'Audi di cugino Biagio si fermò proprio sotto il balcone dell'appartamento di Biagio. Il cugino aprì il finestrino e godette ancora per qualche istante del suono del motore TDI, poi lo spense, scese dall'auto, in questo imitato anche da Lucy che gli era rimasta a fianco e in silenzio per l'ultima parte del viaggio, si mise le mani a megafono intorno alla bocca e cominciò a urlare

- Beacc. Au, Beacc.

Le finestre del palazzo che si affacciavano sulla strada cominciarono ad aprirsi una dopo l'altra, dall'interno apparvero alla spicciolata uomini a torso nudo, donne con bambini in braccio, ragazzini incuriositi da quello strano sbraitare. Cugino Biagio guardò i condomini uno ad uno e poi rivolto genericamente alla facciata del palazzo, aggiunse

- *Au, a chi spacchiu vi chiamati tutti pari Beacc na stu palazzo?*

Lucy assisteva con aria annoiata alla scena, proprio mentre da uno dei piani più alti, Biagio, ancora con l'aria assonnata si era affacciato e stava rispondendo al cugino.

- Au.
- Au, scendi che ho la macchina carica, dammi una mano.
- Se, aspe'.

Il tempo di infilarsi scarpe e maglietta e Biagio era già sotto a guardare con la mascella caduta il quadretto: suo cugino Biagio che stava immobile e con aria spavalda appoggiato alla macchina, la stessa macchina con la vernice grigia metallizzata tirata a lucido e delle borchie da fare paura e una ragazzina molto giovane, bassa di statura con i capelli più neri e gli occhi più azzurri che Biagio avesse mai visto, che se ne stava lì a guardarli con indifferenza abbracciarsi e baciarsi sulle guance.

- Beacc, *o cucino*, a posto?
- A posto, tu?

- Eh – rispose il cugino allargando le braccia e prendendosi lo stupore del cugino per il suo ingresso trionfale a Parigi.
- Chi è questa?
- Si chiama Lucy, forse. L'ho raccattata all'autogrill. Vieni, dài, aiutami, che la zia appena ha saputo che ti venivo a trovare mi ha riempito il cofano di roba.

Il cugino Biagio aprì il cofano dell'auto all'interno del quale, senza nessun ritegno, erano state stipate all'inverosimile tutte le cibarie che sarebbero bastate per sfamare un uomo single per un anno. Tralasciando le uova della pollastra, ché quelle marcivano, trovavano posto dentro al cofano alcune borse termiche con parmigiane e caponate già cotte, due boccioni di nerello mascalese in purezza, un mezzo cafiso di olio di nocellara dell'Etna, anch'esso in purezza, *ça va sans dire*. Poi un pollo ruspante già spennato, barattoli con conserve di melanzane e carciofini sottolio fatte in casa, una cassetta di peperoni verdi e rossi e sotto, una provola di Tortorici avvolta in una *mappina*[26] bagnata per preservarne la consistenza e un salame di suino nero dei Nebrodi. Ancora più in fondo Biagio trovò un cartone con una trentina di chili di pasta e un'altra cassetta con delle bottiglie vintage di birra Henninger con le etichette quasi del tutto staccate avvolte in copie d'epoca de "La Sicilia" dopo essere state ribollite un numero imprecisato di volte e riempite, svuotate, e di nuovo riempite con la salsa di pomodoro "internazionale", come la stessa madre di Biagio la definiva.

Cugino Biagio afferrò la busta con il pollo ruspante e lo porse a Lucy, la ragazza lo prese e lo guardò con aria interrogativa. Il gesto del ragazzo che con il taglio della mano indicava le scale fu inequivocabile anche perché la ragazza non essendo in grado di intendere cosa volesse

---

[26] Strofinaccio.

significare Biagio con il termine *camìna*, si incamminò comunque per le scale verso l'appartamento di Biagio.

- Ma non c'è l'ascensore?
- No.
- E a che piano stai?
- Quinto.
- Minchia!
- Eh.

Dopo diversi viaggi dall'auto all'appartamento con una Lucy dall'aria scocciata coinvolta suo malgrado e i due cugini inzuppati di sudore, Biagio chiese a suo cugino Biagio com'era che non avesse bagagli.

- Sono nell'abitacolo, nei posti di dietro.

Due grossi trolley erano adagiati dentro l'auto, direttamente sui sedili dei passeggeri, un altro più piccolo era incastrato tra i sedili anteriori e quelli posteriori. Biagio apprese con sincera preoccupazione che quello piccolo era della ragazza, mentre i due enormi erano del cugino.

- Ma perché, quanto pensi di stare?
- Non so, Beacc. Non mi hanno rinnovato il contratto al lavoro, sono a spasso. Magari riesco a trovare qualcosa qui.

Ultimate le operazioni di scarico della macchina, Biagio si accorse con aria preoccupata che tutti e due i trolley stazionavano al centro del suo soggiorno, guardò il cugino e poi Lucy, che a minchia scassata stava forse peggio di lui, non disse niente e si rintanò dietro la sua faccia da Renica.

Lucy dal canto suo ispezionava con gli occhi l'intero appartamento, alla ricerca di un'altra stanza, di un letto, di una branda, anche di un sacco a pelo, alla peggio, ma non riusciva a trovare nulla. Picchiettò con due dita sulla spalla del cugino Biagio e gli mimò il gesto di dormire. Cugino Biagio rispose con l'altrettanto convenzionale gesto di attesa e poi iniziò a muovere le mani in una sequenza poco convenzionale che tuttavia risultò inequivocabile, tanto che Lucy lo capì lo stesso e mise in fretta la roba in frigo.

- A proposito, lo sai chi ti manda i suoi saluti?
- Laura e Stefania?
- No, e chi le ha viste più quelle due.
- E allora chi?
- La signora del palazzo di fronte. Quella bionda che ti fa uscire di testa. Appena ha saputo che stavi qui e che venivo a trovarti mi ha detto che stava morendo di invidia perché voleva essere lei a venirti a trovare qui a Parigi. Comunque ti manda un bacio e i suoi più cari saluti.

Biagio si illuminò in viso, dimenticandosi per un attimo di avere la casa infestata da bagagli e persone che gli erano sbarcate lì senza alcun preavviso e riprese a sorridere. Diede una pacca sulla spalla di suo cugino Biagio e gli chiese

- Davvero?
- No, coglione, proprio no. Che quella sta pensando a te.

Biagio frenò l'istinto di spiaccicarlo nel muro anche perché Lucy rientrando dall'altra stanza e avendo finito di sistemare la roba in frigo, voleva assolutamente essere accompagnata in un albergo e *fuck you the both*.

Incassato il rifiuto del cugino Biagio ad accompagnarla in qualunque posto, ché lui non era un taxi, Lucy scese in strada con lo zainetto sulle spalle e cominciò a camminare trascinandosi il trolley nella direzione opposta a quella dalla quale era arrivata. Le sembrava di scorgere le fattezze di Giovanni in quasi tutte le persone che incrociava e ogni angolo della strada le dava l'impressione di essere quello del suo appartamento. Solo che poi a ben guardare, le persone per strada avevano tutte la pelle molto scura, anche Giovanni certo, ma non così tanto e quell'*huitriere* non l'aveva visto sotto casa di Giovanni, e la conclusione era che incontrarlo sarebbe stata una coincidenza di quelle da una volta sola nella vita: metti sette milioni di persone, più i turisti, più lei e lui e tutti quelli che non risultavano residenti in città, quanto faceva? Almeno una probabilità su otto milioni, otto milioni e mezzo.

Si sentiva gli occhi di tutti addosso e si aggrappava con ancora più forza al suo zainetto. All'angolo della strada ebbe l'impressione che un gruppo di giovani maghrebini, con addosso pantaloni con il cavallo basso, catene e autoreggenti arrotolate in testa come bandane, la guardasse mentre si avvicinava. Il sudore freddo cominciava a scendere inzuppando la maglietta nera dei Ramones. Cercò di distrarsi spostando il suo sguardo altrove e si accorse che in realtà nessuno la stava osservando, li oltrepassò senza che si fossero accorti di lei e attraversò la strada, quando, dal lato opposto dell'isolato, la sagoma inconfondibile di Jan le si avvicinava a passo sostenuto.

Com'era quella storia delle probabilità?

Si accertò che Jan non l'avesse vista, poi tornò indietro sui suoi passi e chiese aiuto ai rapper nordafricani, dicendo che quell'uomo alto che stava camminando nella loro direzione, aveva pessime intenzioni. Si fermò dopo aver voltato l'angolo e sporse il capo. Jan era stato preso in mezzo dai rapper che lo spingevano e ci giocavano come se si trattasse di una palla di stracci.

Lucy si voltò ancora, abbandonando di nuovo Jan al suo destino, e non avendo nessuna idea in proposito, non le rimase altro da fare che tornare da quei due siciliani strampalati.

Dalla radio, a un volume misurato, provenivano le note di "Chi mi aiuterà" con la voce inconfondibile di Demetrio Stratos. Il primo giorno di lavoro di Salvatore si era concluso e lui non ci aveva capito granché. Aveva coordinato dei trasporti, parlato con qualche rifornimento dell'area di Parigi e tutti si erano dichiarati pronti a sostenere l'arrivo del primo carico di olio acquistandone una quota. Il suo francese scolastico era stato un limite solo fino al momento in cui aveva garantito ai gestori un guadagno pari a cinque volte la somma investita. Da quel momento qualunque tipo di barriera era stata buttata giù.

Il problema era che i test drive erano andati male. Ma proprio una merda. Le cinque macchine utilizzate avevano dato cinque problemi diversi: residui incombusti di olio che sedimentavano sul motore e formavano una patina lattiginosa nel gruppo termico, problemi di avviamento, marcia a singhiozzo e a una si era addirittura congelato l'olio nel serbatoio. E una volta messe in moto, le auto, impestavano l'aria di puzza di frittura, come se ci fosse un McDonald's a ogni angolo della città.

L'arabo e la ragazza jugoslava erano rimasti molto delusi e gli avevano intimato di risolvere nel minor tempo possibile dei problemi che erano oggettivamente al di fuori della sua portata.

Anche Elisa e Biagio si accorsero che Salvatore aveva qualcosa che non andava, da come stava muto a fissare il piatto del ristorante greco del Quartiere Latino, tutto l'opposto di quello che avevano imparato a conoscere. Un po' per orgoglio e un po' perché tutto il suo lavoro sembrava avvolto da una coltre di segretezza, Salvatore preferì sorvolare sulla sua giornata lavorativa e aspettò che fosse Biagio a parlarne. Fu invece Elisa, mentre inzuppava uno spiedino di carne nello yogurt, a dire quanto fosse fico Biagio mentre le dettava gli ordini da tradurre ai tre ingegneri indiani.

- Fico, Biagio, ci crederesti?
- No, è che, sai, sono molto bravi questi indiani – si schermì Biagio – per il resto è stata una giornata tranquilla, in mezzo ai numeri, niente di che.

La campana azionata dall'apertura della porta risuonò prendendosi l'attenzione dell'intera sala piena. Dalla porta principale il cugino Biagio cedette il passo a Lucy e salutò

259

la sala con il suo *kalispera*, unica parola residua del viaggio del diploma a Mykonos, facendosi subito prendere per il culo da mezzo ristorante.

Biagio, il cugino di Biagio, era specializzato in queste entrate trionfali. Prese la mano di Lucy e la condusse fino al tavolo dove gli altri li stavano aspettando.

Salutò e attese che suo cugino Biagio facesse le presentazioni, poi invitò Lucy ad accomodarsi e la aiutò con la sedia, poi si sedete a sua volta, si sbracò e sbottò

- *Mi veni cori d'affucarila!*[27]

Salvatore a stento riuscì a trattenersi dallo sputare il sorso di vino che stava bevendo e che gli andò di traverso a raschiargli la gola. Elisa guardava Biagio interrogativa mentre il cugino Biagio sorrideva a Lucy e diceva

- Ha la stessa espressione da stamattina, forse non ne ha un'altra.

Biagio raccontò a Salvatore che tutto quello che gli veniva chiesto era di tenere sotto controllo il sistema Megax e non farlo più impallare, mentre i tre ingegneri indiani impostavano delle nuove funzioni del programma che a Biagio sfuggivano e ogni tanto doveva correggere dei difetti di calcolo che mandavano in crash il sistema.

Salvatore lo guardò continuando tuttavia a rimanere bloccato nei suoi pensieri, mandò giù il residuo di vino nel suo bicchiere e si schiarì la gola rumorosamente. Le orecchie dei commensali furono tutte per lui, anche se non era quello l'effetto che voleva ottenere.

- Biagio, mi fai compagnia? Fumiamoci una sigaretta fuori, dài.

Uscirono nel vicolo del ristorante e appoggiarono le schiene sul muro esterno.

- Che c'è, Turi?

---

[27] Mi viene voglia di strozzarla.

- Biagio, sono un po' incasinato. Mi hanno messo a capo di un progetto e non so da che parte sbattere la testa.
- Tu? A capo? Appena arrivato? E quanto ti danno?

Biagio è irrilevante. Qui si parla di cose più grandi di noi. Abbiamo la possibilità di fare la differenza, di cambiare le cose sul serio, non con le minchiate.

Come attratto da un richiamo irresistibile, al solo sentire il suono della parola "minchiata", la porta del ristorante si aprì col solito tintinnare di campanella e cugino Biagio si affacciò piazzandosi in mezzo ai due e abbracciandoli

- Che si dice qui?
- Beacc, *o cucinu*, stiamo parlando di cose di lavoro, ti dispiace?
- Sì che mi dispiace, Beacc, che sono buono solo per le minchiate, io?

Salvatore fece un cenno a Biagio e gli disse che poteva rimanere.

- Ti stavo dicendo, il progetto dell'olio di colza non è che il primo di una serie di interventi che verranno fatti in futuro. Solo che è indispensabile portare a termine questo per poter partire con gli altri.
- E qual è il problema?
- Che le macchine non vanno.
- E perché non ci fai dare un'occhiata a noi? – si intromise il cugino di Biagio.
- Sì, come no?
- Seriamente, Salvo, siamo bravi con queste cose.

Biagio minimizzò dicendo che in verità negli ultimi tempi non aveva fatto altro che montare spoiler e lucette blu sulle macchine 50 dei ragazzini o a limite su qualche Punto e che non faceva un lavoro completo da parecchio tempo.

- Puoi venire a darci un'occhiata alle auto?

- Certo, Salvo. Parla coi capi e vediamo se riusciamo a fare qualcosa.
- Non preoccuparti per quello, non devo parlare con nessuno.
- E io che faccio? – gli chiese un cugino Biagio particolarmente fattivo.
- Tu che sai fare?

Biagio si voltò cercando un segno qualunque sull'asfalto e sul marciapiede mentre suo cugino iniziava un balletto, dondolasi e spostando il peso del corpo da un piede all'altro
- Come che so fare?
- Sì, Biagio, di cosa ti occupi, che studi hai fatto, cose del genere.

Cugino Biagio ripensò alla facoltà di economia e commercio mollata alla fine del secondo anno e ai suoi lavori in vari call center fino a quello di consulente per una finanziaria che prestava soldi a chiunque, mantenendosi un millimetro sotto il tasso d'usura, dalla quale era stato cacciato perché, concretamente, non c'era più a chi prestarli quei soldi.
- Eh, e che so fare io?

Anche Elisa raggiunse i ragazzi fuori dal ristorante, con il proprietario che adesso li marcava stretti, visto che al tavolo era rimasta la sola Lucy a giocare con il telefonino. Si avvolse la sciarpa arancione intorno al collo e in una manciata di secondi rullò una sigaretta e la accese, poi disse a Biagio che la sua amica si era scocciata e voleva andarsene a casa.

Qualche minuto dopo un recalcitrante cugino Biagio accompagnava Lucy a casa, dando appuntamento agli altri allo Stalingrad, giusto il tempo della strada.
- Lo vedi che so fare io? L'autista.

Siamo sette milioni in questa città che oggi per la prima volta mi appare ostile, come una che non te la dà pur sapendo che potrebbe salvare l'intero genere umano dall'estinzione con quel semplice gesto. Fino a quel momento tutti gli impedimenti che mi si erano parati davanti mi erano sembrati le naturali schermaglie che due persone sono disposte a scambiarsi durante la fase di approccio. Guardarsi in maniera ostile ma con curiosità, sforzarsi di registrare l'udito sulle particolari cadenze dell'altro, abituarsi agli odori, al gesticolare, ai tic, alle nevrosi, consapevoli che sarebbe arrivato prima o poi il momento in cui lei avrebbe aperto le sue gambe e ti avrebbe permesso di entrare perché avevi indovinati il tempo o il modo di un gesto. Con Parigi invece non c'era verso. Era la più fica della festa e tu non avevi nemmeno il diritto di avvicinarti a lei.

Tornare allo Stalingrad e farmi massacrare da Adrienne era fuori discussione, cercare Vinka per farmi massacrare da lei, men che meno. Rimanere per strada con il rischio di essere inseguito da quel bastardino cocciuto e scuoiarlo una volta per tutte non mi allettava più di tanto.

Dal punto più alto della città, raggiunto al costo di arrivarci sfinito e completamente inzuppato di sudore, avevo il privilegio di vederla pavoneggiarsi nella sua interezza e continuare a flirtare anche se per me non ce n'era. Sembrava volesse spogliarsi solo per me, facendo cadere in maniera ostentata e indolente i veli dei suoi abiti da giorno, mentre un sole rosso iniziava a scendere e ad incendiarne i contorni. Danzava muovendosi al ritmo lento della Senna che la trafiggeva da punta a punta come una minchia gigantesca.

I tralicci di ferro dell'alta tensione coperti dalla ruggine, le antenne delle emittenti televisive, i ripetitori della telefonia mobile, nulla sfuggiva a quell'incendio che dal basso saliva lentamente e ingoiava le cose. I gas combusti di quel tramonto chimico a contatto con l'aria fredda guizzavano verso l'alto e l'intera zona industriale della città, che riuscivo a scorgere dalla distanza, sembrava muoversi impercettibilmente.

Non avere pensieri speciali è una delle mie forme privilegiate di libertà. Nessuno si aspetta nulla da me, posso continuare beatamente a essere il semplice idiota che sono sempre stato, senza correre il rischio di deludere nessuno. Anche girare a vuoto in questa città che stento ancora a capire e che non mi fa sentire mai all'altezza, con i suoi suoni dolci e le erre mosce.

Non essere nessuno e nemmeno fare finta, mi permette di rimanere affascinato dalle luci sfocate dei lampioni come un cane incantato dal movimento dei tergicristalli di un auto. Quando piove poi mi viene di gridare al miracolo, ma me lo tengo per me. Amavo gironzolare nei pressi del fiume appena finito di piovere, quando l'acqua piovana scoperchiava l'intera gamma olfattiva della città.

Quella sera avevo bevuto un bicchiere di un vino rosso scuro e denso in un bar di Rue De L'Abbaye, giocato a freccette da solo e mi ero soffermato a osservare una ragazza nell'attigua sala disco che ballava in maniera deliziosa. Non riuscivo a guardare altrove. I suoi movimenti fluidi, quasi disarticolati, mi catturavano. Poco importa se non era bella. Era una lisca di ragazza, con un paio di occhialini dalla montatura sottile e i capelli un po' corti, lisci e neri, raccolti da un mollettone sulla nuca. Avevo ipotizzato decine di approcci possibili, dall'imbarazzato adolescente protagonista di film francese *avant garde* con i suoi discorsi titubanti, fino al più classico degli approcci da film porno. Ciondoloni nel piccolo bagno del locale, poggiato obliquo sul muro con la mano destra dietro la nuca e la sinistra a ghermire il pacco, uno sguardo tra il seducente e l'ebete verso di lei, allusivo. *Oh, babe!*

La ragazza continuava a ballare utilizzando anche i muscoli del volto, contraendoli e rilassandoli seguendo il ritmo, assumendo un'espressione carica di fascino.

Si mosse in direzione del bordo pista, si inginocchiò sul bordo di una poltrona appoggiando le mani sui fianchi di un'altra ragazza, sporse la testa e le labbra verso di lei e le diede un bacio fugace sulle labbra. L'amica assaporò il bacio per qualche istante, poi con un piccolo scatto allontanò il volto dalle labbra della ballerina. La guardò con gli occhi carichi di rimprovero e complicità.

La pornografia manca assolutamente di mimesis e di verosimiglianza.

La bestemmia mi rimase strozzata in gola, la aiutai con l'ultimo dito di vino che era rimasto nel bicchiere ad andar giù, poi presi il cappotto, me lo gettai sulle spalle e uscii dal locale.

Da Rue De L'Abbaye a L'Échaudé, poi De Seine per un brevissimo tratto. Rue Jacques Callot e poi Guénégaud: duecento metri, un passo dietro l'altro, badando solo ai cani randagi che stanno sempre in agguato. Quai De Conti, poi a sinistra sul Pont-Neuf.

Avevo deciso di attraversare il fiume dal Pont Neuf, magari mi sarei fatto un giretto sull'Île de la Cité per aiutare il vino a conciliarmi il sonno, non avevo voglia di fare nulla tranne continuare a gironzolare fino a sfinirmi e togliermi dalla testa la lesbolisca ballerina con la quale in pochi secondi avevo immaginato una storia di passioni formidabili.

Credevo di essermi perso, nonostante avessi vissuto per diverso tempo in quei luoghi soffrivo ancora di una sorta di sindrome di spaesamento.

A volte le cose si sfumano, diventano nebbia, anche i posti che abbiamo visto e sentiamo nostri ci si rivoltano contro.

Poi troviamo un appiglio, un'insegna, un ponte, il fiume immobile e una chiatta che lo attraversa. Una ragazza.

Non sembrava accorgersi di me, mentre io con passo deciso attraversavo il ponte andandole incontro.

Teneva i gomiti poggiati al bordo della ringhiera, e la testa tra le mani. Il trucco le si scioglieva e colava sul dorso delle mani e sui bordi del maglione.

- Ti rendi conto? Quattro anni, quattro anni e mai un minuto di ritardo.
- Dici a me?
- No, dico a me. Quattro anni, e mai un appuntamento mancato. Con il caldo torrido o con la neve, qualche volta anche con la febbre alta, sia lui che io. Non gli ho mai chiesto niente, né lui ha mai chiesto niente a me. Ci vedevamo tutti i sabati e stavamo insieme. E ora questo, non posso sopportarlo. A volte ritornava dalla partita del PSG, sempre elegantissimo ma con la sciarpetta della squadra intorno al collo, e lo consolavo se avevano perso e festeggiavo con lui se avevano vinto. Aveva gli occhi di un bambino felice mentre parlava delle prodezze dei suoi campioni e nonostante cercasse di darsi un contegno riempiendo di significati filosofici questa sua passione, rimaneva sempre un bambinone.

La ragazza mi guardava, ma il suo sguardo mi passava attraverso, si stropicciava gli occhi, le lacrime si erano fermate lasciando lucidi due occhi verdi pieni di paura.

- Ogni maledetto sabato. C'è pure un film che si intitola così, ma io non me la sento di maledire i duecentosette giorni più belli della mia vita. Li ho contati, sì, che c'è di male. Solo che oggi non è venuto, e se non è venuto è perché è successo qualcosa di terribile, lo sento. No, di più, lo so!

Fu un istante oleoso, la vidi ergersi in piedi sulla balaustra, la gonna lunga che svolazzava sospinta da un vento leggero, le braccia larghe parallele alle spalle. Rimase ferma in quella posizione per una frazione di secondo, poi, senza quasi movimento la vidi volare oltre, cadere giù pesante, mentre lungo il fiume passava una chiatta. Un tonfo sordo si sollevò quando la ragazza sbatté la base del collo sul bordo della prua della chiatta, si ribaltò su sé stessa e poi finì in acqua, andando giù, a picco, lasciando solo una leggera traccia di schiuma e cerchi di onde concentriche che lentamente sbiadivano.

Che strano epilogo per un venerdì del cazzo come quello.

Camminare mi svuotava la testa dai pensieri. C'era stato un periodo durante il quale per ottenere questo risultato, avevo avuto bisogno di un sacco da massacrare a pugni per almeno sei riprese, concentrandomi non tanto sulle figure in sequenza, quanto sul gesto tecnico perfetto per ogni singolo colpo. Mi mettevo di tre quarti rispetto al sacco ed eseguivo serie da tre minuti ininterrotti di diretto destro a vuoto e gancio sinistro, nel tentativo di far uscire l'ultimo colpo che mi mancava in repertorio.

L'impossibilità di avere un sacco portatile da colpire invece di pensare a mio padre o a quanto mi mancassero mia madre e Paola o alle stronzate di Vinka o a quell'arabo di merda e la mancanza dei soldi per una palestra qualsiasi, mi avevano abbandonato inerme di fronte ai miei pensieri.

Camminare riusciva in qualche modo a sopperire a questa mancanza, sebbene fosse molto più faticoso, e un piede davanti all'altro, procedevo senza direzione nella speranza di stancarmi e stramazzare al suolo prima possibile.

Alla fine la testa era vuota ma i piedi sembravano ragionare per conto proprio, lo scoprii mio malgrado quando mi trovai al cospetto del lampeggiare aritmico dell'insegna con il falso contatto del neon mezzo fulminato dello Stalingrad.

Tanto valeva entrare.

La qualità delle strade andava peggiorando man mano che il Powerstar avanzava verso est. Dopo aver abbandonato a malincuore e non senza qualche ripensamento quella ragazzina al suo destino, nell'area di sosta immediatamente fuori Parigi, era cominciato il viaggio vero e proprio che procedeva senza intoppi, scandito da turni di quattro ore di guida durante i quali Saro e Pippo si alternavano. Oltrepassata la Francia, attraversarono la Germania meridionale, di qui in Repubblica Ceca e poi in Slovacchia. Tutto liscio, anche i controlli doganali. Si erano sorpresi a presentare il documento di trasporto e a essere lasciati in pace, senza nemmeno un funzionario che chiedesse loro una mazzetta o qualcosa di quello che stavano trasportando in omaggio.

Dalla Repubblica Ceca in poi, le strade erano tutto un cantiere senza soluzione di continuità. Si procedeva lenti, a volte in una sola corsia o addirittura col senso di marcia alternato con semafori che ti piantavano in autostrada ad aspettare il verde per venti minuti.

Anche le strade rumene e ungheresi non erano state da meno. Zu Pippo e Saro erano sfiniti, si alternavano alla guida o si stravaccavano l'uno accanto all'altro. I vestiti erano spiegazzati, i culi sudati e le facce sembrava che avessero bisogno anch'esse di una bella passata di ferro da stiro. Erano al centro di una discussione di fantapolitica fiscale durante la quale avevano sovvertito e riformato l'intero mondo occidentale, quando il telefono che gli era stato consegnato dai due ragazzi a Parigi si mise a squillare.

- Parla La Ferla – disse Saro dandosi un tono, poi aggiunse – sì, Comocane, sì.
- È obbligatorio che abbandoniate l'autostrada all'altezza di Maskovo e continuiate su strade secondarie fino al confine greco o fino a un nuovo ordine. Prendete la strada 806.
- E come facciamo?
- Fate che uscite al primo svincolo che vi si presenta.

Le strade nazionali bulgare erano delle trazzere immonde. Il Powerstar arrancava alla velocità massima di 60 km/h. Era piombata la notte più buia che i due avessero mai visto e a condire quella enorme insalata di merda, cominciò a cadere una pioggia insistente e densa come olio di oliva che sferzava in diagonale il Powerstar. Saro si lasciava alle spalle un villaggio dopo l'altro mentre zu Pippo continuava a dormire e russare seduto accanto a lui. Procedeva lentissimo tenendo gli occhi incollati alla strada, cercando dove possibile di evitare le voragini che si aprivano sull'asfalto di tanto in tanto. L'intera area era bombardata da fulmini che disegnavano linee tratteggiate dal cielo al nero tetro del terreno. Fu durante uno di questi fulmini che illuminò a giorno la strada andandosi a conficcare in un albero alla destra del camion, bruciandolo in una vampata unica, che Saro la vide. Stava pensando a Teresa e contemporaneamente era concentratissimo alla guida, quando una sagoma di colore chiaro ma dai contorni indefiniti fluttuava a mezz'aria in lontananza. Saro inchiodò il camion in mezzo alla strada facendo ribaltare in avanti zu Pippo che si svegliò bestemmiando.

Saro, che succede?
- Zu Pippo, mi aiuti. *Visti 'n spiddu.*
- Che hai visto?
- Uno spirito, un fantasma.
- Ma dove?

Saro era sconvolto, se ne stava con le ginocchia rannicchiate contro il petto e tremava. Allungò un braccio e puntò l'indice verso la sagoma.
- Guardi, è lì, lo vede?
- Va', vero, un fantasma.

Senza dare alcuna spiegazione zu Pippo scese dal camion e scappò di corsa verso quella macchia chiara mentre Saro gli gridava di non lasciarlo da solo ché aveva paura. Sparì dal campo visivo di Saro che in quel preciso istante si sentì morire di una morte cretina.

Zu Pippo ritornò dopo qualche minuto tenendo in mano la giacca, completamente inzuppato di pioggia e con scarpe e pantaloni infangati. Riaprì lo sportello e scagliò la giacca dentro l'abitacolo.
- *Ca c'è u fantasma, pacchiu di to matri.*

Dall'interno della giacca arrotolata fece capolino una piccola testa rosa con due buffe orecchie inconfondibili. Era un maialino da latte dal peso di sei o sette chili che cercò di divincolarsi dall'oppressione della giacca e saltò in grembo a Saro.

- Hai visto? Hai trovato un nuovo amico – disse. Poi pensò di aggiungere – perché non lo chiami Teresa? – ma sarebbe stato irrispettoso nei confronti del suo amico e collega, così rimase in silenzio, chiuse lo sportello e fece cenno a Saro di riprendere la marcia.

Teresa era la nipote di una delle prime famiglie di siciliani che erano emigrate nella zona di Francoforte dalla provincia di Agrigento diversi decenni prima. Con Saro erano coetanei e avevano frequentato le stesse scuole dell'obbligo, salvo poi separarsi visto che lei si era iscritta al liceo e lui a un istituto professionale. La rincontrò un giorno che aveva deciso di andare a puttane per festeggiare il suo ventesimo compleanno. Salì le due rampe di scale del palazzo e se la ritrovò di fronte in reggicalze e sottana trasparente, con lo sguardo fisso sui suoi occhi ma assente, come quello di chi cerca di osservare un punto distante e si trova improvvisamente un ostacolo in mezzo. Lo riconobbe subito e lo invitò ad accomodarsi e a versarsi qualcosa da bere.

E Saro si era accomodato, aveva bevuto e aveva lasciato che Teresa si occupasse di tutto il resto. Poi aveva pagato, ché visto che era lui i soldi glieli poteva dare pure dopo, l'aveva baciata su una guancia, anche se lui cercava la bocca, e se ne era tornato a casa con l'umore sotto la suola delle scarpe e un senso di oppressione al centro del petto.

E poi ci era tornato la settimana successiva, di sabato, il giorno di paga. E poi ancora un altro sabato ancora e ancora un altro. E tutte le feste comandate, ché Saro non aveva nessuno tranne il nipote e Teresa non vedeva la sua famiglia da quando aveva litigato con tutti i suoi parenti per questioni di eredità. E erano invecchiati così, con la vita di Saro scandita un sabato dopo l'altro dagli incontri con Teresa, con gli amici del bar che lo prendevano per il culo, ché visto che devi andare a puttane, tanto vale che ne cambi una ogni volta. C'è bisogno? Perché non te la sposi allora? Quello è talmente abituato che anche da sposato dopo che hanno finito di ficcare le lascia i soldi sul comodino.

E Saro la proposta gliela aveva fatta. Ridicola e banale come tutte le canzoni e le scene di film che aveva ascoltato e visto, quelle in cui un uomo si innamora della puttana e la trasforma nella principessa di una bellissima favola.

Teresa era rimasta in piedi accanto a lui mentre Saro era seduto sul letto a farle la proposta. Aveva cancellato dalle sue labbra il sorriso che aveva fatto perdere la testa a quell'uomo e non aveva detto una parola. Era rimasta ad ascoltare quel trentenne che frequentava da dieci anni e conosceva da sempre che adesso le stava facendo la sua ridicola proposta di matrimonio.

Poi era scoppiata a ridere. Ed era una risata sguaiata, acuta, che ti si conficcava nel retro del cervello come uno spillone. Non era il sorriso che Teresa sfoderava quando Saro le raccontava cose buffe e divertenti, o quando le faceva i complimenti per un abito che le donava particolarmente o per la nuova pettinatura. Era una risata glaciale.

Poteva uccidere all'istante chiunque l'avesse sentita, trasformarlo in una statua di letame fresco per poi ridurlo in polvere con un soffio.

Quella storia aveva fatto in fretta a finire nei racconti dei cialtroni appesi ai bicchieri del bancone del bar. Forse era stata lei stessa a confidarla a qualcuno e quel qualcuno ad altri e poi ad altri ancora.

Saro cominciò a essere ancora più introverso e solitario di prima. Aveva deciso di frequentare dei corsi serali, l'inglese prima e l'informatica poi, ma ogni sabato, alla stessa ora, saliva le scale dell'appartamento di Teresa.

Si vedeva raramente al bar e qualcuno aveva anche cominciato a chiamarlo Comocane. Lì per lì lo aveva attribuito al suo essere solitario e randagio, come amava descriversi lui. Ma la verità non tardò a venire a galla, Teresa aveva confidato a quel qualcuno anche l'epilogo della storia e nel dialetto dei suoi nonni, cristallizzato a due generazioni prima, senza le evoluzioni che fa una lingua quando è usata, aveva detto

    - *Comu u cani chiancìa.*

E da quel giorno Rosario detto Saro La Ferla era diventato Saro Comocane.

L'origine del soprannome era ovviamente giunta anche alle orecchie di Saro, il quale anziché arrabbiarsi se lo tenne, perché in fondo era l'unica cosa che Teresa gli avesse mai dato, senza chiedergli nulla in cambio, in oltre quarant'anni.

Scesi la rampa di scale che portava all'interno dello Stalingrad e mi ritrovai in un gerotrofio. L'età media di quella trentina di persone presenti in sala si aggirava intorno ai settant'anni e tutto l'ambiente era pervaso da un educato e sommesso chiacchiericcio.

Presi posto su uno sgabello a ridosso del bancone e mi fermai a guardare Adrienne, scarpe da ginnastica e pantajazz grigi sotto il grembiule bianco e capelli legati in una coda, che come la biglia di un flipper andava a sbattere da un tavolo all'altro per dar conto ai trenta clienti.

Di Nico nemmeno l'ombra.

Mi fermai ad aspettare il primo momento di calma poiché non volevo scocciare Adrienne, lo facevano già abbastanza i trenta vecchi con "signorina, il sale per favore" e "signorina il bicchiere è sporco".

Dalle cucine proveniva un odore di pollo al forno fortemente speziato che i commensali avevano consumato lenti e implacabili prima di tuffarsi avidamente sui dessert, mentre Adrienne continuava ad andare avanti e indietro con caffè e liquori.

Una giovane coppia scese le scale e si venne a sedere accanto a me. Il ragazzo iniziò a lamentarsi perché non fu servito subito.

- Ma che, fa finta di non vedermi? – Si voltò verso la sua ragazza e ribadì – non ci vede.
- Sta' calmo – dissi afferrandogli un avambraccio senza nemmeno guardarlo.

In un istante mi ritrovai dietro il bancone a sfoderare un sorriso di circostanza e a chiedere a quel ragazzo cosa volesse. Servii a lui e alla sua fidanzata due cocktail paludosi e zuccherati con fettine di frutta e ombrellini a corredo e poi mi spostai nella sala dove cominciai a sparecchiare i tavoli dai resti della cena. Sui piatti, le cosce di pollo erano state spolpate come da formiche coscienziose, su alcune ossa gli sbaffi di rossetto vistoso delle signore sembravano sangue cagliato. Ne impilai alcuni togliendo con cura le posate e poi li portai sul retro dove li pulii e li misi nella lavastoviglie.

Il ragazzo si avvicinò e mi chiese di pagare. Guardai Adrienne che con un gesto veloce mi fece intendere di volersene occupare lei.

I vecchi uscirono alla spicciolata dallo Stalingrad sostituiti da una clientela più giovane di qualche decennio. Adrienne si sedette qualche minuto per rifiatare e poi cambiò il cd dallo stereo. Il tango che aveva accompagnato la cena dei vecchi era stato sostituito da una compilation di gruppi indie fatta da Nico.

In meno di un'ora il locale era di nuovo pieno, stavolta di ragazzi dai trenta ai quaranta che bevevano, parlavano o ballavano muovendosi pochissimo su bassi ostinati e charleston in levare.

Le persone sedute al tavolo proprio di fronte al bancone erano italiane, lo si capiva da come erano vestite. Adrienne mi portò l'ordinazione ed ebbi la conferma, solo un italiano poteva bersi merda come il quattro bianchi, l'angelo azzurro o il vodka e Red Bull. E solo un catanese poteva parlare della sua macchina *fotoggrafica*. Li servii personalmente proprio nel momento in cui un altro ragazzo li raggiungeva al tavolo.

- Che ti porto? – gli chiesi.
- Italiano?
- Sì.
- Portami una spina media – ci guardammo cercando di far combaciare le nostre nuove versioni a quelle di una decina di anni prima, poi lui ruppe gli indugi e mi chiese – eri a Lettere e Filosofia a Catania, o comunque te la facevi al monastero dei Benedettini?
- Sì.
- Giovanni?!

Lui si era allargato, come me del resto. I capelli che gli scendevano fino alla schiena avevano segnato il passo ed erano stati sostituiti da una pettinatura corta

- E tu invece sei…
- Salvatore. Che ci fai qui?
- Ti servo da bere, tu?
- Lavoro qui a Parigi. Tu dipingi ancora?
- Sì, ogni tanto e tu, fai ancora qualunque cosa facessi prima?
- No, ho smesso. Me ne sono liberato.
- Ottimo.

Mi allontanai mentre uno dei ragazzi seduti gli rimproverava di essersi buttato "a latitante" e lui gli rispondeva che non era vero.

La serata continuò più a lungo del previsto con Adrienne che macinava chilometri dentro il locale e io che mescevo barili di birra e cocktail e facevo la spola tra bancone e sala con arachidi e salatini.

Mi asciugai la mano e la tesi oltre il bancone per stringere quella di Salvatore che insieme agli altri amici suoi stava andando via, non senza prima avermi fatto una vaga promessa di rivederci qualche volta. Poi a poco a poco anche gli altri clienti se ne andarono lasciando solo me e Adrienne a pulire. Andai nel magazzino sul retro e cominciai a fare il carico di bottiglie per l'indomani. Tornai trascinandomi con un transpallet cartoni di bibite e birre in bottiglia.

Adrienne mi vide e si avvicinò. Mi sorrise, e indubbiamente sapeva farlo. Osservai la contrattura dei muscoli del suo viso sciogliersi nel più bel sorriso che io avessi mai visto, vidi gli angoli delle sue labbra distendersi da parte a parte per mostrarmi delicatamente il bianco dei suoi denti, e gli occhi dilatarsi e brillare di vivace nocciola.

Quel gesto diceva tutto di lei, lei era quel gesto, iniziava e finiva lì come un sorriso senza storia, come un'apparizione, in quell'esplosione bianca e rossa e nocciola.

- Stanca? - le dissi in francese, e non l'avessi mai fatto.

Adrienne attaccò a parlare velocemente ma si bloccò quasi subito non appena si accorse che non stavo capendo nulla. Cercammo di stabilire un contatto metalinguistico usando inglese, il suo molto scarso, francese, gesti e disegnini sui tovaglioli in uno sforzo comunicativo enorme.

Capii che Nico, che la ragazza non so per quale ragione si ostinava a chiamare Nicolas, se ne era andato un paio di giorni dopo che anche io ero partito da Parigi e non lo sentiva da quella stessa sera, ma comunque c'era abituata e se n'era fatta una ragione, anche se il suo sguardo diceva tutt'altro.

- Comunque il locale va forte anche senza di lui.
- Il locale senza di lui va anche meglio, ma è il suo, che ci vuoi fare. E deve andare bene per forza, se no la banca se lo prende.

275

I due cuochi cingalesi salutarono con un gesto del capo e andarono via. Adrienne aprì la cassa, tirò fuori i soldi e li contò. C'era un bel mazzetto di biglietti, li contò nuovamente e poi mi diede cento euro mettendosi il resto in tasca.

- Te li sei meritati.
- Grazie. Posso farti una domanda?
- Uhm.
- Perché non mi sopporti?
- Perché penso che quando non ci sei, Nicolas sia una persona migliore. Non sta sempre lì a fare l'idiota per farti divertire. Poi mi ha raccontato tutti i casini che hai combinato a Odessa e non è che questo serva a farsi una buona opinione di te.
- I casini che ho combinato a Odessa?
- Sì, le corse clandestine, il giro di prostitute, la mafia ucraina e della fatica che faceva nei suoi tentativi di farti ragionare.
- Ah. Ma quello è stato troppo tempo fa.
- Va bene, buon per te. Senti, si è fatto tardi, è tempo di chiudere. Facciamo il carico per domani, spegniamo l'insegna e poi andiamo a dormire.

Mentre davo un'ultima occhiata alla sala per vedere che tutto fosse a posto, mi voltai a guardarla e la sorpresi a piegare con cura e conservare nella tasca del grembiule il tovagliolo su cui avevo disegnato. Sovrapposi la sua immagine a quella del mare di Swansea in ottobre, in una libera associazione mentale, tornai verso il bancone, presi un altro tovagliolo e vi fissai sopra con l'inchiostro nero dei cigni squarciati. Sul retro scrissi "per Adrienne", poi mi spremetti le meningi per trovare una dedica degna di quella ragazza, ma non mi venne in mente nient'altro.

Dopo la sfuriata che avevo ricevuto l'ultima volta che avevo fatto quella domanda a qualcuno, non ero sicuro di volerla fare ancora, ma le vecchie abitudini sono dure a morire e la frase uscì come se fosse una semplice espirazione.

- Vuoi che ti accompagni a casa?

Adrienne incassò testa e collo nelle spalle, strizzò gli occhi e arricciò il naso nell'espressione propria di chi comincia a sentire la puzza della merda che ha appena pestato

- Va bene.

Immediatamente prima che Adrienne spegnesse la luce dell'insegna, il rumore dei passi e le voci che scendevano le scale dello Stalingrad ci salvarono da qualcosa che forse non sarebbe mai successo.

- Gli dico che siamo chiusi.
- No, no di' loro che la cucina è chiusa ma che se vogliono possono bere.
- Ma sono le tre passate.
- Vattene se vuoi, li servo io.

Dall'ingresso, la bionda testa di minchia del Biondo chiese permesso. Immediatamente dietro lo seguiva un ragazzino troppo giovane per andare in giro per locali a quell'ora, altre due facce balorde subito dietro e in sequenza, Vinka, l'arabo e altri due che avevo già visto e che si accomodarono al tavolo più lontano dal bancone, quello all'angolo oltre il palchetto di assi di legno, giusto per rompere il cazzo ancora di più. Vinka si staccò dal gruppo e si avvicinò a me ma guardava Adrienne. Sbuffava aria dal naso e teneva le mani alte, quasi in guardia.

- Quando sei tornato?
- Da poco.
- 'Sta troia chi è?

La vidi scattare come un pupazzo a molla e chiusi gli occhi. Pensavo che me le avrebbe date in faccia e tremavo al solo pensiero della mia reazione, ma si limitò a spingermi coi palmi delle mani aperti sul petto con violenza.

- 'Sta troia chi è?

Indietreggiavo cercando una possibile via di fuga, ma non mi andava di lasciare sola Adrienne con quelle persone e già me le immaginavo a scompisciarsi dalle risate e a prendermi per il culo mentre Vinka continuava a incalzarmi con le sue spinte e i suoi insulti.

L'arabo si alzò in piedi e la chiamò. Vinka mi diede un ultimo sguardo carico di disprezzo e si andò a sedere docile di fianco a lui.

- Ragazzo – mi chiamò. Pensai di ucciderlo, poi controllai le corporature e le giacche dei commensali, quest'ultime sicuramente farcite, e decisi che gettare il sangue allo Stalingrad quella sera non era granché come epilogo.
- Portaci una bottiglia di Belvedere gran riserva.
- Costa trecento euro a bottiglia - Adrienne trasalì.
- Allora portamene due.

Adrienne si chinò, aprì il bancone frigorifero e tirò fuori due bottiglie di Belvedere, poi le pipette dal freezer e le dispose su un vassoio. Gliele portai proprio mentre l'arabo parlava con Vinka e le diceva in russo

- Non è il coglione che ti scopavi un paio di mesi fa?
- Moez, secondo me ti capisce – lo interruppe il Biondo.
- No, non parla russo – concluse Vinka.
- Quando gli hai dato del coglione ha fatto uno scatto con la testa che non mi ha convinto.
- Ma dài, che vuoi che capisca questo. Amico – tornò al francese – vieni a sederti con noi – e gettò platealmente due biglietti da cinquecento euro sul tavolo – di' alla ragazza che il resto lo può tenere.

Avevo tenuto Vinka all'oscuro dei miei trascorsi in Ucraina, stranamente se devo essere sincero, perché poteva essere una di quelle inesauribili fonti di aneddoti che utilizzavo per provare a piacere a qualcuno. La vodka continuava a girare. Il Biondo cercava di distrarmi mentre Vinka e l'arabo continuavano a parlare di una mancata esplosione, dell'umidità e del furgone che avevano dovuto abbandonare con il carico ancora a bordo, ma soprattutto del fatto che non avrebbero dovuto usare proprio quel furgone. Il Biondo invece continuava a farmi una raffica di domande passando da un argomento all'altro: calcio, donne, soldi, il repertorio completo insomma.

- Amico – ho bisogno che tu mi faccia un favore. Vinka e il Biondo hanno lasciato un furgone nella periferia sud vicino all'aeroporto. Dentro ci sono delle cose mie e voglio riaverle.
- Non se ne parla.
- Guarda che ti pago bene.
- Sì, guarda, l'abbiamo capito, hai i soldi. Credimi, non so che farmene. E poi tu non sei musulmano? – dissi mentre lo guardavo scolarsi la sua vodka.
- Sì, ma Allah nella sua infinita saggezza e bontà, sia massima gloria a Lui, non si incazza se mi scolo un paio di bicchieri di vodka.
- Giò, fallo per me, è importante, poi torni qui e mi accompagni a casa.

Il sedile passeggero dell'auto della bionda testa di minchia del Biondo era di quelli in pelle sintetica nera, che d'estate sudando ci rimanevi appiccicato. I due bicchieri di vodka gran riserva bruciavano in gola e nello stomaco. Quella testa di minchia del Biondo aveva bevuto più di me e lo reggeva peggio. La macchina ogni tanto sbandava, colpiva qualche marciapiede o scendeva drasticamente di giri perché il Biondo confondeva la terza e la quinta. Sbagliò strada una decina di volte, tornò indietro sulla tangenziale. Confuse nord e sud ma alla fine accostò l'auto a un furgone parcheggiato nel senso di marcia opposto.

- Ecco le chiavi, ci vediamo allo Stalingrad.

Non ero in grado di guidare a Parigi, né di trovare la strada per il locale. La testa di minchia del Biondo, comportandosi da par suo, sgommò non appena toccai l'asfalto con i piedi sparendo nel fondo della strada.

Intorno, un pulviscolo di gocce spappolate si sollevava e ricadeva sui capannoni industriali e intorno ai lampioni rendendo la visibilità problematica. Aprii il vano portaoggetti in cerca di un navigatore satellitare che non c'era così come non riuscii a trovare una mappa, un cartello all'incrocio o l'indicazione di un vecchio sui bordi della strada che attaccava bottone e mi parlava della guerra e mi spiegava la strada e io mi distraevo subito e non capivo né la strada né la guerra.

Innesto la prima e lascio che il furgone sfili lentamente dal bordo del marciapiede. Aziono i tergicristalli e mi dirigo verso l'incrocio. Sulla mia testa si intersecano gli svincoli della tangenziale, ritornare sulla strada dovrebbe essere relativamente facile. È un attimo di distrazione che mi fa accelerare e mettere la terza, quando da un angolo sbuca un uomo che si sbraccia e si infila quasi sotto il furgone. Il primo istinto è di metterlo sotto, poi di scappare perché se fosse stato tutto in ordine, il furgone se lo sarebbero ritornati a prendere loro e non avrebbero mandato "il coglione che ti scopavi".

L'uomo nello specchietto retrovisore continua a sbracciarsi. Lo guardo meglio, anche lui a faccia di cazzo non sta messo male, è poco più che un ragazzo, indossa il giubbetto ad alta visibilità e ha un'auto con le quattro frecce accese al bordo della strada. Mi fermo e mi raggiunge. Dal finestrino abbassato vedo i suoi capelli corti e la barba rasata di fresco, faccia da guardia a qualunque latitudine.

Mi parla, dice delle cose a caso su un'auto in panne, ma guarda verso il sedile dei passeggeri del furgone. Ha uno sguardo deluso. Decido di scendere e vedere che vuole.

La sua macchina ha il cofano sollevato e la parte superiore del monoblocco si sta bagnando come ci stiamo bagnando noi due.

- Non parte. Ci vorrebbero i morsetti per la batteria.
- Non ce li ho.
- Controlla, magari nel furgone ci sono.
- Ti ho detto che non li ho.

È armato. Dal giubbotto con la zip tirata su fino al collo si intravede la sagoma della pistola d'ordinanza. Il collo è scoperto e le mani le tiene basse. Non ho idea di che cazzo voglia questo qui, ma non vuole farmi del male. Probabilmente qualcuno mi tiene sotto tiro, ma alla peggio sono pronto a scattare come un pupazzo a molla sulla porzione di collo che vedo ancora e che continua a essere scoperta.

- Posso darti una spinta.
- No, dài, cerca i cavi. Apri gli sportelli del furgone.

Rilancio. Fingo di intendermene, comincio a guardare il motore da più vicino senza comunque voltargli le spalle, poi mi dedico al motorino di avviamento. Lo sfioro con una mano, poi gli do un colpetto, infine faccio scorrere il cilindretto idraulico che tiene aperto il cofano e lo chiudo tra le proteste del ragazzo.

- Prova adesso.
- Ma non hai fatto niente.
- E tu prova lo stesso.
- Prova tu, le chiavi sono nel quadro.
- Non ci penso nemmeno.

Entra in macchina rassegnato e si siede al posto di guida. Stringe la chiave nella mano, la infila nel cilindretto d'accensione ma non la gira. Fa il gesto di scendere ma lo sportello non si apre che di un paio di centimetri perché bloccato dal mio ginocchio. Dice che deve parlarmi. Lo potrà fare non appena avrà girato la chiave, il che equivarrebbe a un'ammissione, la macchina non aveva nulla che non andasse, era solo un pretesto per fermarmi.

Gira la chiave, magia: l'auto si accende.

Mette la macchina in folle e scende. Io finisco di perlustrare i dintorni con la sola certezza che non si vede un cazzo. Il ragazzo scende dalla macchina e mi dice

- Sto cercando una ragazza.

Ha la faccia di quello che non ha niente da perdere e cerca di commuovermi

- Mi ha detto che è la bassista cantante di un gruppo underground abbastanza noto in Francia. Si chiamano *Andaluziskij pas.*
- Mai sentiti.
- È magra, castana, indossa sempre un grosso paio di occhiali scuri. Ti prego, dimmi che la conosci.

La pausa tra la sua implorazione e la mia risposta dura troppo perché quest'ultima possa essere credibile.

- Non la conosco.

Al rumore confuso della pioggia che batte sulla strada e quello della dispersione elettrica del lampione sopra di noi, se ne sovrappone un altro: un doppio ticchettio che si avvicina a velocità sostenuta. Alle mie spalle due piccole scintille incendiate dal riflesso della luce e le unghie che graffiano l'asfalto, mentre la forza centrifuga trascina e manda a sbattere il randagio contro la portiera di un'auto parcheggiata.

Deciso a farla finita una volta per tutte con quella storia, raccolgo da terra una tavola di legno grezzo da carpentiere conficcandomi un paio di schegge sul palmo della mano. Sono pronto a fracassargli la testa e vado minaccioso verso di lui. Da dietro un incrocio coperto da un capannone sbuca un'altra decina di cani. Io e il bastardino minuscolo eravamo arrivati a Parigi nello stesso istante, ma io ero a recuperare un furgone per persone che nemmeno conoscevo, mentre lui era già diventato capobranco.

- Scappa! – mi grida contro lo sbirro.

Getto la tavola per terra, corro verso il furgone e apro la portiera. Questa mi scivola e mi fa perdere l'ultimo istante buono per fuggire. Rimango con la gamba penzoloni fuori dallo sportello e con il cane che ha saldamente addentato il mio polpaccio. Di nuovo.

Lo colpisco in faccia con la suola del piede libero, ma sembra non sentire il dolore, allora ripeto la manovra che avevo eseguito sul treno. Gli afferro le mandibole e le allargo. Gli faccio fare un volo di un paio di metri, lui atterra sulle zampe e si scaglia di nuovo contro di me, ma adesso è troppo tardi per lui; riesco a chiudere lo sportello in tempo per fargli prendere una bella craniata e lasciarlo per terra stordito.

Faccio manovra per schiacciarlo col furgone ma quell'imbecille di sbirro si mette tra me e lui. Poco male – penso – posso fare doppietta. Poi ci ripenso, mentre ingrano la seconda e li supero alla loro sinistra. Dal retrovisore vedo il branco che ha circondato l'auto del poliziotto e questi che si è rifugiato sul tettuccio. Accelero, imbocco lo svincolo della tangenziale e cerco in tutti i modi di ricordarmi la strada per lo Stalingrad.

Il locale appariva deserto, le luci basse come le avevo lasciate. Il fumo di sigarette stazionava a mezz'aria, spostandosi in folate quando si apriva la porta d'ingresso. Al tavolo in fondo, dove poco prima un gruppo di uomini aveva dato fondo a due bottiglie di vodka, Moez e Adrienne parlavano seduti l'uno di fronte all'altra, curvi sulle schiene e coi gomiti poggiati sul tavolo per accorciare le distanze.

Le parole dell'arabo erano sussurri, non riuscivo a sentirle dall'ingresso, ma con ogni probabilità erano importanti, soppesate, studiate nel dettaglio. Adrienne le ascoltava con gli occhi sgranati e le labbra socchiuse, come se il suo interlocutore le stesse spiegando come salvare il mondo in tre semplici mosse.

Moez mi vide e con un ampio sorriso e un cenno della mano mi invitò ad avvicinarmi, facendo sprofondare lo sguardo di Adrienne verso il bicchiere vuoto.

- Vinka è in bagno. Siediti e versati da bere.

Riempii i tre bicchieri con quello che restava della terza bottiglia di gran riserva, mentre la delusione di Adrienne andava a sbattere prima sulle mie mani che compivano il gesto e poi qualche centimetro sotto il mio sguardo.

- Possiamo andare.

La voce di Vinka da dietro, la sua mano sulla mia spalla. Vuotai il bicchiere in un sorso, mi alzai e la accompagnai fino all'auto parcheggiata proprio di fronte al locale.

Fuori la strada era stata bagnata da un leggero scroscio di pioggia e le luci giallastre dei lampioni sembravano circondate da un alone come quando le si guarda con gli occhi inumiditi da una lacrima del primo sonno.

Il tono della sua voce era sempre uguale, duro e spigoloso, monocorde. Non tradiva nessuna emozione, aiutata in questo dal solito paio di grossi occhiali scuri che indossava nonostante il buio.

- Hai detto che non tornavi.

Il movimento in saliscendi delle mie spalle era una risposta insufficiente per lei.

- Quando sei arrivato?
- Un paio di giorni fa.

Rimanemmo in silenzio l'uno di fronte all'altra per qualche minuto, poi aprì lo sportello mentre continuava a guardarsi intorno.

- Andiamo a casa.

Salì in macchina e mise in moto. La strada che dallo Stalingrad portava al suo appartamento ai margini del mercatino di Barbès era una delle poche che conoscevo a memoria. Vinka invece svoltò per un viale e non attese nemmeno la mia domanda

- Ho cambiato appartamento. Mi serviva più spazio.

E ricominciava subito con le balle.

La casa di Barbès altro non era che una camera da letto, un bagno minuscolo dove bisognava scavalcare il cesso per raggiungere il piatto doccia e un corridoio lungo e stretto usato come cucina, nel quale non si poteva nemmeno aprire il forno senza che lo sportello andasse a sbattere contro la parete di fronte, il che non costituiva di certo un problema, visto che Vinka non cucinava mai e forse nemmeno mangiava.

Nell'appartamento non ci teneva quasi niente se non un telefono a disco da ufficio, un materasso, un vecchio lettore cd e il computer portatile che utilizzava per il lavoro.

Quella casa spoglia mi aveva fatto amare Vinka ancora di più, perché la sentivo randagia, senza legami e indifesa.

- Come va il lavoro alla casa editrice, Vinka? Stai ancora lì?
- Sì, va bene.
- Che stai facendo adesso?
- Traduco un esordiente.
- E com'è?
- Come gli altri, ma con questo qualcuno ci farà dei soldi.

Altri istanti di silenzio, nella vana speranza che ricambiasse il mio interesse, mentre le auto ci sfilavano a fianco e incontro.

- Io ho trovato una gallerista, una donna in gamba, sta preparando una personale giù a Catania, ti ricordi? Te ne parlavo al telefono.
- Sì, sì. Mi ricordo.

Accesi la radio, non avrei fatto il terzo tentativo di parlare con lei. Era irritante come l'avevo lasciata, reticente, dura in maniera ingiustificata, ma mi era costato troppo cercare di passare oltre, accettare il suo invito a togliermi dal cazzo e dimenticarla. E adesso lei se ne stava lì al mio fianco, come se nulla fosse accaduto, guidava pianissimo, scalava le marce, col suo solito mezzo sorriso interrotto da un piccolo taglio sul labbro inferiore che rendeva unico ogni suo bacio, senza mostrare nemmeno una goccia di dispiacere per quello che era successo, indifferente al senso di amarezza che sentivo distintamente adagiarsi ed esplodere nella mia bocca.

Mi misi a giochicchiare con i tasti per la ricerca delle stazioni, poi le chiesi

   - Hai sentito l'ultimo pezzo degli *Andaluziskij pas?* È bellissimo.

Si irrigidì al volante, contrasse i muscoli delle spalle e quelli del collo e si voltò a guardarmi.

   - E come si intitola?

   - Qualcosa tipo *"chien chien"*, Vinka. Lo sai che il francese delle canzoni lo capisco appena.

   - Mai sentiti.

Schiacciò l'acceleratore e ci incollammo ai sedili, sorpassò un paio di auto con una manovra azzardata e ne sfiorò un altro paio che provenivano dalla direzione opposta.

   - Hey, che è tutta 'sta fretta?

   - Voglio scopare, scemo. Mi sei mancato.

   - Anche tu.

   - Cosa c'è, sei deluso? Forse volevi andare a casa con la cameriera?

   - Adrienne è la ragazza di Nico. È off-limits.

   - Perché, se lei…

   - No – mentii.

Vinka si fece piccola al posto di guida, allungò la sua mano poggiandola sulla mia guancia in una carezza ruvida. Gliela strinsi e la baciai sentendo lo stesso odore del detersivo con cui mia nonna lavava i panni quando ero piccolo. La allontanai e osservai le due linee profonde che gliela attraversavano da una parte all'altra, una sui polpastrelli, all'altezza della seconda falange e l'altra sul palmo. Vecchie ferite che si era fatta tagliandosi e non aggiunse altro quando glielo chiesi.

- Dunque ti sei rimesso a dipingere. Lo sai, stronzo, che non mi hai mai mostrato nemmeno un tuo quadro?
- Eh, ma quando ci siamo conosciuti avevo già smesso.
- Sì, tutte scuse, è che non mi ritieni all'altezza. Perché non vuoi condividere questa tua passione con me, allora?
- Ce l'hai il telefonino?
- Sì, ma è senza credito, chi devi chiamare?
- La mia gallerista, mi faccio mandare qualcosa da farti vedere.
- Non è che devi farlo per forza adesso.
- Però io voglio farlo adesso.

Il girotondo dei randagi intorno alla macchina fu interrotto e fatto disperdere dal furgone nero arrivato a gran velocità. Il poliziotto giovane scese dal tettuccio dell'auto sul quale si era rifugiato e ringraziò l'autista che lo aveva appena salvato.

Dal lato passeggero si abbassò il finestrino e l'uomo biondo stempiato lo invitò a salire sul furgone. La mano del poliziotto scese a impugnare la pistola di ordinanza, mentre l'uomo di fronte a lui gli mostrava un distintivo che però lui non aveva mai visto.

Jerome, così si chiamava il poliziotto, si chinò a osservarlo meglio. Uno scudetto che, per quello che ne sapeva lui, poteva benissimo essere quello di una squadra del campionato serbo di seconda divisione, sul quale si stagliavano delle scritte in cirillico che non gli dicevano proprio niente.

- Perché non viene con noi e scambiamo quattro chiacchiere?
- Chi siete voi?

- Sarò ben lieto di spiegarglielo.
- D'accordo, fate strada.

Il furgone sfilò via seguito da una grossa berlina scura. Dietro di loro l'auto di Jerome alla quale si accodò un'altra auto scura.

Sul tavolo di un autogrill ancora aperto, il capitano Krkic pose la carpetta color porpora, tirò via l'elastico e estrasse delle foto ciascuna grande quanto un foglio A4, poi vi poggiò la grossa mano macchiata di vitiligine sopra, come a voler aumentare la suspense

- Dunque, mi corregga se sbaglio: lei è un poliziotto di frontiera.

Jerome annuì mentre il capitano riepilogava quanto lui stesso gli aveva confessato poco prima. Il poliziotto dopo aver fermato un furgone al confine con la Svizzera diversi mesi prima e averlo perquisito, aveva incontrato questa ragazza, della quale non aveva saputo più niente. Il nome sul documento era falso, non c'era nessun gruppo underground francese che si chiamasse *Andaluziskij pas* e cercando su internet, si arrivava su siti scritti in serbo-croato, dove si parlava di un film di tale Luis Buñuel, null'altro. Anche a guardarlo, il film, non si ricavavano elementi utili a rintracciare la ragazza, solo un profondo senso di inquietudine.

Anche del furgone si erano perse le tracce, fin quando non era stato multato per divieto di sosta nei pressi della zona industriale di Parigi. A quel punto Jerome aveva preso le ferie che gli spettavano da un anno e delle quali non aveva goduto, si era messo in macchina ed era arrivato a Parigi nel minor tempo possibile.

- Si immagini la delusione quando al volante non c'era quella ragazza, ma un altro uomo.

Il capitano sorrise, vuotò con un sorso la bibita che stava sorseggiando e mostrò una sigaretta al banconista che guardatosi attorno e vedendo il locale deserto gli fece capire con un cenno del capo che poteva fumare. Solo lui, però.

Intorno a loro, gli altri uomini che erano scesi dalle berline scure bevevano in silenzio. Poi la mano macchiata del capitano tirò fuori le foto e gliele mise a favore di sguardo.

- Chi guidava il furgone?

Jerome scorse le foto, mettendole di lato man mano che le scartava. Una sfilata di tagliagole, facce sfregiate da cicatrici, zigomi da slavi. Poi un biondo, completamente diverso dagli altri, coi capelli lunghi a boccoli fino alle spalle, un ragazzo molto giovane coi capelli neri cortissimi, quasi mohicani, un arabo e poi Vinka, come doveva apparire diversi anni prima, più in carne di come se la ricordava quella notte, con gli occhi bianco ghiaccio e un mezzo sorriso stampato sulla bocca.

- Nessuno di questi.
- Può parlare liberamente, noi siamo dalla stessa parte. E stia tranquillo, non ci sono accuse formali contro la ragazza e non abbiamo niente contro il ragazzino. Ma l'arabo e il biondo sono ricercati per crimini di guerra. Ha sentito della cattura di Goran Hadzic, l'ex presidente della RSK, no?
- Non so di che parla.
- Cosa sa della guerra nella ex Jugoslavia?
- Nulla.
- Per lei è un bene, mi creda. Noi siamo la task force che si è occupata in tutti questi anni di catturare i 161 latitanti. La missione è stata portata a compimento, anche perché i nostri politici si sono messi a elemosinare un posto nell'Unione Europea e Bruxelles ha fatto capire che se ne poteva parlare a condizione che il capitolo guerra fosse chiuso definitivamente con la cattura di quei ricercati che mancavano all'appello. Da quel momento ai nostri bersagli è

venuto a mancare l'elemento chiave, la copertura politica, quella della popolazione è seguita a ruota.

Il capitano accarezzava le foto come a considerare un bel pezzo di vita trascorsa a inseguire le sue prede, poi si schiarì la voce e aggiunse

- Questi sono personaggi di sottobosco. La nostra compagnia è ufficialmente sciolta, ma come ha fatto lei per inseguire il suo, anche noi ci siamo presi le ferie per seguire i nostri fantasmi. Ah, *l'amour!*

I quattro dietro di lui soffocarono le risate mentre il capitano completava il discorso.

- È un fatto personale. Il biondo e l'arabo sono a capo di un'organizzazione solo apparentemente sovversiva. Pare che abbiano fatto saltare una fabbrica di armi, ma solo per far prendere la commessa miliardaria di un paese centrafricano a un'azienda concorrente. Adesso stanno armeggiando con i carburanti alternativi, ma non ho idea di quale porcheria possa esserci dietro. Sono ramificati, senza scrupoli e ricchissimi. Pare tra l'altro che il loro capo, Moez, sia uno dei maggiori finanziatori di al-Qaida.
- E perché viene a raccontarlo a me?
- Perché lei è stato onesto e mi ha raccontato tutto, senza bugie. Le va di unirsi a noi?

Jerome osservò le spalle e gli sguardi degli uomini seduti al tavolo dietro di lui e capì che non avevano per niente bisogno del suo aiuto.

- Questa è roba da Interpol, mica da poliziotti di frontiera.
- Lasci perdere l'Interpol. Ha sentito parlare della dottrina Mitterand?

- Certo che sì, ma lei è al corrente che il presidente Mitterand non c'è più da un bel pezzo?
- Sì, d'accordo ma Parigi rimane la meta preferita degli sbandati di tutto il mondo, e qui continua a esserci una certa tolleranza, tranne per qualche singolo caso di maggiore risonanza mediatica. E poi non credo che i suoi amici dell'Interpol approverebbero i nostri metodi. E non ultimo, in caso di riuscita dell'operazione, per lei ci sarebbe un piccolo bonus che difficilmente potrebbe giustificare agli occhi di qualcuno.
- Mi ha convinto, che devo fare?
- Continui le sue indagini in autonomia, non prenda iniziative e mi contatti a questo numero – gli porse un cartoncino grezzo sul quale era stampigliato solo il suo cognome e un numero di telefono.
- Come si dovrebbe pronunciare?
- Lasci perdere e mi chiami Gorkij, come tutti gli altri. Come lo scrittore russo Maksim Gorkij, ha presente?

Jerome scosse la testa, afferrò il biglietto da visita e lo mise in tasca. I due si strinsero la mano, ognuno credendo alla metà delle cose che l'altro gli aveva raccontato. Dal canto suo Gorkij, dopo aver risistemato le foto nella carpetta porpora, la infilò nella valigetta dalla quale non si separava mai e nel cui doppio fondo c'era ancora il dipinto di Modigliani che non aveva restituito. Aveva anzi dichiarato alle autorità che era andato distrutto durante l'ultima operazione.

Un fremito gli percorse il corpo mentre accarezzava la valigetta, le valutazioni si aggiravano intorno ai cinquanta milioni di euro, inoltre non vedeva l'ora di piantare una pallottola nella schiena di quella troia scheletrica.

Vinka parcheggiò l'auto sotto un palazzo del IV arrondissement su rue de Rivoli, una zona migliore rispetto a Barbès-Rochechouart, se non altro perché non c'erano tutti quegli arabi intorno. Compose un codice sulla tastiera del citofono ed entrammo. Tre piani a piedi, poi la mano di Vinka infilò una chiave lunga in una porta blindata e la aprì.

L'appartamento prima doveva essere stato un ufficio e si presentava enorme ma completamente vuoto. L'ingresso si apriva su un salone dove si poteva giocare a calcetto, ma dentro non c'era nulla, nemmeno i lampadari. Le lampadine pendevano dal soffitto e dai muri sorrette dal solo filo elettrico storto come un ramo. In tutta la casa non c'era che una scrivania sulla quale Vinka aveva piazzato il portatile, il telefono nero a disco e il vecchio riproduttore cd e cassette.

Tirai fuori il biglietto da visita di Cettina e composi il numero. La linea cadde un paio di volte, poi il telefono squillò a lungo ma nessuno rispose. Rifeci il numero ancora una volta, la linea cadde ancora, poi una voce impastata dal sonno dall'altra parte del capo disse

- Deve essere importante.
- Cettina, sono io.
- Giovanni, dove sei? – gridò – e come stai?
- Bene, bene. Sono ancora a Parigi. Mi serve un favore.
- Tutto quello che vuoi, sono felice di sentirti.
- Mi servono i miei quadri. Devo farli vedere a una persona.
- Non dire stronzate, noi abbiamo un contratto e se tu lo infrangi... e poi questa persona chi è? Io mi sto facendo il culo per organizzarti il lavoro e tu non mi puoi scaricare così, io ti rovino.

Poggiai il ricevitore sulla scrivania mentre Cettina sbraitava ancora e accostai l'orecchio alla porta del bagno. Rumore di acqua aperta, Vinka passeggiava avanti e indietro e parlava.

- È successo che Giovanni mi ha chiesto degli *Andaluziskij pas*. Come che significa? La balla che il Biondo ha raccontato a quel poliziotto di frontiera. Non lo so come ha fatto a saperlo, posso solo prendere tempo. Devi occupartene tu.

Ritornai al telefono mentre Cettina non aveva smesso un solo istante di parlare.

- ...e poi non è giusto nei confronti di chi ti vuole bene – la voce le si impastava ancora mentre singhiozzava e tirava su col naso – anche per i tuoi genitori e tua sorella e questo tuo silenzio mi sta massacrando, dimmi qualcosa.
- Cettina, voglio solo fare vedere i quadri alla mia ragazza. Non avrò altra gallerista all'infuori di te, lo sai.
- Ah. Vai sul sito internet della galleria, l'indirizzo è sul biglietto da visita. Ho fatto mettere una sezione dedicata e te e ci sono tutti i tuoi quadri – sbuffò – tutti e due.
- Grazie Cettina, lo apprezzo molto.
- Dunque sei tornato con quella? Voglio dire, ti sei fermato a Parigi?
- Sì, ma mi sa che non ci resterò a lungo.
- A Parigi?
- Cettina, devo chiudere. Ci sentiamo. Ti chiamo io.

Misi giù.

Il sito internet della galleria si apriva con delle slide con i soliti scorci di Acitrezza e fichi d'india. In piedi, dietro di lei, guidai la mano di Vinka che stringeva il mouse su "i nostri artisti", non senza provare un compiaciuto imbarazzo, e schiacciai il suo indice col mio nel menù a tendina in prossimità del mio nome. Su una schermata nera alcune righe in giallo raccontavano qualcosa di me, mentre più sotto c'erano le miniature di "l'equilibrista" e di "pic002145412", l'ultimo quadro che avevo dipinto la notte in cui abbandonai Catania.

Vinka cliccò sulle miniature e osservò da molto vicino i quadri, prima uno e poi l'altro, si voltò e mi diede un bacio a labbra chiuse mancando la mia bocca di un soffio.

- Sono molto belli, sei bravo. Perché hai smesso?
- Non mi andava più. Adesso però ho ripreso.

Si alzò di scatto e si avvicinò a un mobile, accese lo stereo e mise su un disco di Lou Reed. Le sue mani avevano trovato già la strada della pelle dei miei fianchi e la sua bocca quella della mia bocca, in un bacio storto e sbavato per la torsione del mio collo, mentre lei non smetteva di sospingermi da dietro verso la camera da letto.

La stanza era glaciale, il materasso buttato per terra e le lenzuola sfatte ci invitavano come avevano fatto in passato. Niente comodini, solo una piccola abat-jour sul pavimento e un posacenere colmo accanto. Dall'armadio con le ante aperte vedevo i suoi pochi vestiti e li conoscevo tutti.

Gli anfibi volarono ai piedi del letto, lasciandola con quelle buffe calzette a righe colorate. Poi toccò ai suoi jeans afflosciarsi senza vita sul pavimento. Vinka mi fu addosso con un balzo e mi bloccò le mani con le sue. Avvicinava e ritraeva la testa con movimenti rapidi

- Mi graffi.

Mi porse il collo affinché io lo baciassi, poi l'orecchio calloso che strinsi tra i denti facendola fremere. Inarcava la schiena per aiutare la mia mano scesa ad armeggiare con l'elastico degli slip. Un semplice contatto, un gesto, un movimento della mano era capace di annullare tutti i dubbi che ci eravamo trascinati dietro, la paura di non essere all'altezza di noi stessi, di non piacerci così tanto, quella di andare troppo oltre, di conoscere punti deboli e imperfezioni e l'horror vacui del dopo. Portai l'indice alla bocca per scoprire che di tutto quello che c'era, il suo sapore che mi restava per ore incastrato tra i baffi e la barba era forse la cosa che più mi mancava.

La bocca scese a sfiorare quell'adorabile fessura e a lasciare che il suo sapore unico si espandesse in un piccolo sbuffo, delicato, quasi impalpabile, fin quando la sua mano, come un artiglio sulla nuca, spinse la mia testa ancora più in profondità, deformando le mie labbra al contatto con le sue, graffiandosi ancora con la mia barba e i miei denti. Continuai, manifestando la mia devozione, genuflesso verso La Mecca.

Il tempo di fare crescere il desiderio, farlo montare fino a irrigidirsi per poi scaricarsi sulla mia faccia e mi ritrovai schienato. Un suo piede gelido sul collo a immobilizzarmi e le mani sul bacino a tenermi giù. Si diede da fare con il consueto movimento, mi solleticò la pancia con i capelli, ripiegò la lingua su sé stessa facendo sbattere il frenulo sulla punta, sfidandomi con la pressione dei denti e facendomi scolare dalle orecchie quel poco di cervello che mi era rimasto.

Col suo solito fare veloce decise che era arrivato il momento di prendersi tutto, fece un giro su sé stessa e si adagiò su di me. Cercai di sollevarmi, ma rifiutò il mio abbraccio spingendomi con i palmi delle sue mani ruvide e tenendomi giù.

Ci riprovai con lo stesso esito. Con lei era semplice capire cosa volesse: se lo prendeva.

Deformò ancora la linea delle sue labbra e le morse, poi si mise a fissarmi, o almeno così credevo, e iniziò a sparare la sequela di parole in serbo che "sono sicura non vorresti conoscere il significato".

Da sotto la guardavo finalmente sorridere, mentre conficcava i malleoli ghiacciati nei miei fianchi

- *Bedda!*
- *Tu cu лeп*[28]*!*

---

[28] Tu sei bello.

Si girò, docile, con la luce che entrava dalla porta socchiusa a fare brillare il sudore sulla sua schiena, invitandomi senza dire niente a dargliene ancora.

L'odore che si sollevava era ancora più forte di prima. La baciai ancora e gliene diedi ancora. Le strinsi i fianchi e la tirai verso me. Sentivo aumentare l'intensità in bocca, con l'acquolina che la inondava e le gambe che stavano per cedere, mentre in rapida sequenza, io vengo licenziato, Nico si nega al telefono, Cettina fraternizza con mio padre, io prendo a pugni il professore di Paola, mio padre mi spacca il setto nasale, e Dimebag Darrell esclude per un momento Lou Reed dalle casse dello stereo e suona l'assolo di Planet Caravan.

Sborrai e mi accasciai disossato sul letto.

Ero stremato, non avevo nemmeno la forza di stendere un braccio per spegnere l'abat-jour che sparava un piccolo fascio di luce su una parete.

Rimasi con gli occhi spalancati e un sorriso idiota stampato in faccia, mentre lei come ogni volta smetteva di guardarmi e si rannicchiava voltandomi le spalle.

Era stata la mancanza, l'assenza, l'astinenza e non ultimo il fatto che probabilmente, non appena avessi chiuso gli occhi per riposare, mi sarei ritrovato con un proiettile infilato nella nuca o la gola tagliata, che mi fece dare il meglio di me, in quella che poteva considerarsi a tutti gli effetti, l'ultima scopata della mia vita.

Non appena presi sonno mi ritrovai con un suo gomito ficcato nel fianco.

- Devi andartene.
- Eh – sobbalzai.
- Non puoi dormire qui.
- Ok, ho capito, non è cambiato niente. Mi faccio una doccia e vado.
- Fai come ti pare.

296

Entrai nella doccia e lasciai con rammarico che l'acqua calda e un bagno schiuma profumato al cedro e sandalo lavassero via il suo odore.

Accesi una sigaretta e mi fermai a considerare, che forse essere stato dirottato da quel cane, non era stata una sfortunata coincidenza. Aprii il mobiletto alla ricerca di un asciugacapelli che non c'era, lasciai cadere la sigaretta nel water e tirai lo sciacquone. Mi asciugai in fretta e ritornai scalzo in camera da letto, mentre dalle casse dello stereo, a volume basso, Lou Reed mi prendeva per il culo, giurandomi che quello era proprio un giorno perfetto.

Vinka dormiva e respirava con affanno. Era rimasta nuda sul materasso ma continuava a indossare quei ridicoli occhiali scuri. Mi inginocchiai di fianco a lei e iniziai a osservare quel corpo bianco martoriato, i suoi capezzoli dritti e viola, una cicatrice a forma di ferro di cavallo sul fianco sinistro, suturata da un cieco, un'altra col cheloide già formato sul ventre, piccoli stupidi binari di monorotaia che non portano da nessuna parte. Altri strappi avevano aperto la sua carne lungo il femore e perforato le ginocchia. Le accarezzai la rotula e infilai l'indice in un buco di artroscopia, poi risalii lungo la gamba a sfiorare le cicatrici sul femore. Vinka dormiva ancora. Forse era stata vittima di un incidente stradale, ma le ferite avevano età diverse e non sapere nulla di queste mi confermava che non sapevo nulla di lei. Andai ancora su con la mano e feci quello che non avevo avuto mai il coraggio di fare, dopo il primo tentativo andato male molto tempo prima: sollevai leggermente gli occhiali tenendoli fermi con la mano sinistra.

Il taglio partiva perpendicolare all'occhio sinistro, dall'alto verso il basso, aperto e gonfio come un melograno spaccato dalle piogge di novembre, ma completamente cicatrizzato. Dentro non c'era più niente.

Spalancò l'altro occhio facendomi fare un balzo all'indietro per lo spavento, mi afferrò per il polso stringendolo con rabbia e facendo cadere gli occhiali sul cuscino. Poi mollò la presa e continuò a guardarmi con l'unico occhio grigio che aveva, e quell'occhio era bellissimo.

- Sei contento? Adesso sparisci.

Mi rivestii di corsa e me ne andai.

Scesi le scale al buio, nel timore di confondere l'interruttore della luce col campanello di qualche appartamento. Mi mantenni vicino al muro, sfiorandolo per orientarmi, quando dai vetri semioscurati della porta d'ingresso, intravidi una sagoma. Compose il codice del citofono, entrò e accese la luce, scoprendomi a metà dell'ultima rampa di scale.

- Che ci fai al buio, Giovanni? – mi chiese Moez, infilando la mano nella tasca interna del cappotto.

- Non trovavo la luce – risposi con il sangue che mi si asciugava nelle vene.

Si avvicinò

- Io vado da Vinka, devo lasciarle queste – ed estrasse dalla tasca un oggetto che non riuscivo a focalizzare. Mi ritrassi ancora verso il muro e guardai meglio la sua mano che rimaneva a mezz'aria tra di noi - le chiavi del furgone, forse domani le serve. Ciao, ci vediamo.

Passò oltre e sparì nella rampa di scale superiore, mentre il timer delle luci ci lasciava nuovamente al buio. Non riuscivo a pensare ad altro che non fosse "pallottola alla schiena". Accelerai il passo e uscii nell'umido inizio di mattinata di Parigi mentre il battito cardiaco rallentava quasi fino a fermarsi.

Rimasi fuori dal portone e alzai gli occhi verso il piano dove stava Vinka, proprio mentre il neon della cucina si accendeva. Voltai le spalle all'edificio e me ne tornai a casa mia.

Alle prime luci dell'alba a Parigi, un vibratore umano stava camminando sul Lungo Senna.

IV

Il telefono satellitare squillò ancora. Stavolta fu zu Pippo a rispondere.

- Il problema è rientrato. Potete riprendere l'autostrada appena possibile. Contiamo su di voi. In bocca al lupo.

Dal nulla di quella notte bulgara, la sfilza di fanali tondi di un pick-up comparve sullo specchietto retrovisore, poi un'altra e un'altra ancora. Avanzavano a gran velocità riducendo sensibilmente la distanza con il rimorchio.

- Saro, cerchiamo di arrivare al prossimo villaggio.
- Sì, zu Pippo.

Saro schiacciò il pedale dell'acceleratore a tavoletta lusingando il pupo che finalmente si poté esprimere in tutta la sua potenza. I due si allacciarono le cinture, mentre i cartelli stradali indicavano il prossimo villaggio a otto chilometri dalla loro posizione attuale. I tre pick-up all'inseguimento non demorsero fin quando il Powerstar non giunse in prossimità dell'ingresso del villaggio. Decelerarono e mantennero una distanza di circa cinquecento metri dal camion. Da dietro una cunetta in direzione opposta, altri due pick-up e un furgone li aspettavano sbarrando la strada. Saro in preda al panico guardò zu Pippo chiedendogli il da farsi. Pippo scosse la testa e gli gridò di frenare. Il Powerstar inchiodò bruscamente lasciando che la motrice e il rimorchio si mettessero a novanta gradi l'uno rispetto all'altro. Si sollevò una coltre di fumo e polvere e il camion completò la sua corsa proprio di fronte allo sbarramento, mentre sopraggiungevano gli altri tre veicoli degli inseguitori.

I bulgari che avevano bloccato la strada del camion salirono sui cassoni dei pick-up con fare cinematografico: Quentin Tarantino che cita Sergio Leone.

Dagli specchietti riuscivano a vedere sei uomini dietro di loro e almeno altri quattro davanti. Brandivano dei tubi di ferro nelle mani, tubi che a una più attenta analisi risultarono canne di fucile. Due uomini balzarono a terra dai cassoni e si avvicinarono al camion intimando loro di spegnere le luci. Saro obbedì e guardò zu Pippo con fare interrogativo.

- Che situazione del cazzo.
- Zu Pippo, che facciamo?
- Non lo so, Saro. Non mi sembra una di quelle situazioni che finiscono con una bella tavolata grazie all'ospitalità degli zingari.

Un ragazzo di una ventina d'anni intimò loro in inglese di spegnere il motore e di lanciargli le chiavi del camion. I due obbedirono e poi scesero dall'abitacolo.

In pochi secondi Saro e Pippo furono circondati dai bulgari con i fucili spianati.

Un uomo più vecchio degli altri si fece spazio e si mise faccia a faccia con i due.

- Nessuno ruba niente nel nostro villaggio.
- Noi non abbiamo rubato niente – rispose Saro e attese che il ragazzo traducesse.

Lo schiaffo che lo colpì in volto fu molto debole, Saro nemmeno lo sentì. Era stato dato solo per fargli capire chi comandava e chi doveva chiudere la cazzo di bocca.

Due uomini aprirono il camion, presero il maialino e lo caricarono sul loro furgone, mentre altri si dedicarono a ispezionare il rimorchio.

- Questo non è buono. Adesso dobbiamo sistemare la faccenda.
- Te lo paghiamo il maialino, dicci quant'è.
- Adesso io non lo vendo più – si mise a osservare il camion con attenzione e poi si rivolse ancora a loro – tedeschi? Voi non siete tedeschi.
- No, no, siamo italiani. È il camion che è tedesco, cioè ha una targa tedesca.
- Ho un'idea: facciamo una partita a pallone e chi vince si prende tutto.

Saro e Pippo si guardarono con fare interrogativo, mentre i bulgari scoppiavano a ridere.

- Saro, questo ci sta prendendo per il culo.

Al solo sentire la parola culo il bulgaro si indispose, ma Saro tradusse subito per non dare spazio a ulteriori equivoci.

- Certo che vi prendo per il culo. E che pensate che risolviamo tutto con una partita? Facciamo uno scambio, io mi prendo il camion e voi vi prendete il maialino – e tossì durante la sua risata scomposta. Poi si rivolse a Pippo – il camion è tuo?
- No, No. Noi siamo solo due trasportatori. Fammi fare una telefonata alla compagnia, magari possiamo trovare un accordo.

Il ragazzo tradusse e poi gli diede il permesso. Il telefono satellitare sul camion era illuminato. C'erano già tre chiamate senza risposta. Pippo scese dal camion e tornò verso quello che aveva l'aria di essere il capo villaggio. Mostrò il display con le chiamate senza risposta e disse che con la guida satellitare, dall'ufficio erano già al corrente dell'impiccio. Compose il numero, attese diversi squilli e una deviazione di chiamata, poi altri tre squilli e la voce assonnata e preoccupata di Vinka disse

- Pronto?
- Signorina? Zu Pippo parla.
- Aspetti.

Il tablet di Vinka cominciò a ricevere dei messaggi criptati dal sistema Megax.

- Che è successo, perché siete fermi da quarantasette minuti nello stesso posto?
- Signorina, abbiamo avuto un problema.
- Meccanico?
- Non proprio.
- Polizia?
- No, decisamente.

La mano di Vinka guidò il mouse ottico sull'applicazione. Una microcamera installata sullo spigolo anteriore del rimorchio ruotò in direzione del bulgaro, poi l'immagine si strinse sulla sua faccia e a Vinka apparve una barba di una settimana su una carnagione scura, due occhi azzurri e incisivi, canini e premolari buttati a casaccio nell'arcata dentaria, come una Silvie Vartan presa a cazzotti in bocca. Scattò una foto e la trascinò nella scatola del Megax destinata al riconoscimento dei connotati.

- Mi passi la persona che ha di fronte.

Zu Pippo passò il telefono al ragazzo che parlò qualche minuto con Vinka e poi bianco cadaverico in faccia porse il telefono al capo.

- *Russkij?*
- *Da, da.*
- Dunque signor Petkov, la situazione è semplice. Voi adesso vi rimettete nelle vostre auto e tornate a casa dalle vostre famiglie. E finisce qui.
- Chi cazzo sei tu?

- Noi siamo quelli che ti possono fare male.
- Come conosci il mio nome?
- Petkov, lei mi sta facendo perdere del tempo che non ho, le ripeto, andate a casa.
- Questi due stronzi mi volevano rubare un maiale.
- Cosa?
- Mi hanno rubato un maialino da latte.
- Senti, zingaro di merda – disse Vinka facendo scorrere le informazioni sul suo tablet – a me non me ne frega un cazzo del tuo maiale. Libera i miei uomini, prima che decida di radere al suolo il tuo villaggio di stronzi e credimi, forse alle tue tre figlie piacerà il trattamento che riserveremo loro, quella che studia a Sofia ha una gran bella faccia da troia. In quanto a te, mi riserverò il privilegio di prendere a calci quel tuo culo brufoloso da slavo.
- Chi cazzo sei?
- Non sono nessuno. Vattene a casa, Petkov.
- Voglio che questi paghino per la mancanza di rispetto, nessuno viene a rubare a casa mia.
- Allora ascolta: apri il rimorchio, prendi dieci casse e te ne vai. Sei strapagato così.
- E tu vuoi pagare questo affronto con un paio di pentole e qualche tegame?
- Passami il vecchio – il telefono passò nelle mani di Pippo – signor zu Pippo, dia a queste persone dieci casse del carico, non una di più. Le prenda dalla fila di sinistra, la prima cassa di ogni fila. A metà rimorchio c'è un pannello molto piccolo, mimetizzato col fondo del rimorchio, lo rimuova e schiacci il tasto. Si aprirà un doppio fondo. Dia a queste persone cinque pezzi del contenuto, non uno di più. Dica pure a Petkov che se non

vedo muoversi il camion sul mio tablet entro venticinque minuti mi incazzo.

Eseguirono alla lettera le disposizioni che avevano ricevuto da Vinka, i bulgari caricarono le dieci casse sui pick-up e rimasero in attesa. Petkov e i due camionisti salirono sul rimorchio, Saro schiacciò il tasto e due cilindri pneumatici sbuffarono. Si aprì l'intercapedine del doppio fondo che Saro e Pippo avevano già notato nell'area di sosta a Parigi e videro appesi alla parete dei fucili mitragliatori AK-47.

Gli occhi di Petkov brillarono, mentre con una mano accarezzava sognante la canna del fucile.

- Amici – disse – allora così siamo a posto. Io ora chiamo mia moglie e le mie figlie e facciamo una grande festa, una grande tavolata. Noi siamo gente ospitale. Facciamo anche musica buona e beviamo vino buono.
- Grazie, ma dobbiamo rimetterci in marcia. Hai sentito il capo, no?
- Senti, amico. Tieni il maialino, è un mio regalo.

Un bulgaro scaraventò il maialino nell'abitacolo e poi i pick-up cominciarono a tornare verso il villaggio muovendosi in direzione opposta.

Il Powerstar riprese a marciare proprio al limite del tempo massimo. Appena raggiunse la velocità di crociera di 60 km/h, il telefono satellitare squillò ancora.

- Un maialino? Ma dove li ho beccati io due deficienti del genere, ma siete pazzi? Rischiare di mandare a puttane una missione per un maialino. Appena tornate facciamo i conti.
- Missione? – rispose Pippo – credevo si trattasse di un trasporto, non di una missione. Sa che le dico? Io e Saro ci siamo scocciati. Alla prima occasione facciamo inversione di marcia e torniamo a casa.
- Voi adesso schiacciate quel pedale a tavoletta e rientrate nella tabella di marcia.

- Signorina?
- Sì?
- Appena torniamo li facciamo sì i conti. Mi sa che lei si merita una bella sculacciata, come quella che qualcuno non ha avuto il coraggio di darle quando era piccola.

Saro guardò perplesso zu Pippo e gli chiese se veramente volesse tornare indietro.

- No, Saro, non abbiamo mancato una consegna da quando lavoriamo insieme e non sarà questa la prima, dovessimo morirci su questa minchia di strada.

Ormai il sonno era svanito e anche la possibilità di riaddormentarsi. Vinka si rotolò nel suo letto sfatto, accese una Marlboro e aspirò forte, tenendo le palpebre ancora socchiuse. La pesantezza della prima sigaretta appena sveglia le compresse i polmoni mentre cercava di non pensare a quanto erano stati idioti quei due. Il programma Megax aveva bisogno dell'inserimento di un parametro nuovo nei suoi criteri di ricerca: l'idiozia; una bella finestra di selezione del livello di idiozia da zero a dieci, con il puntatore sullo zero, avrebbe sicuramente escluso quei due dalla ricerca. Lo avrebbe detto al programmatore l'indomani mattina.

Chiamò il Biondo sulla sua linea sicura, ma il telefono risultava inspiegabilmente spento, poi Moez con la stessa fortuna. Al nervosismo per la storia del maialino da latte si era sovrapposto un diffuso senso di preoccupazione che la fece schiodare dal letto e uscire di casa in un istante, con gli anfibi ancora slacciati e la maglietta arrotolata che le lasciava la pancia scoperta sotto il giaccone di jeans lungo fino al ginocchio.

Le persiane di casa di Moez erano abbassate, fece due lenti giri dell'isolato e poi scese dall'auto proprio davanti al portone. Inserì il codice ed entrò. Due rampe di scale di corsa al buio, poi la chiave che si infila nella serratura e l'appartamento deserto. Solo puzza di chiuso, il frigo vuoto, il letto intatto. Nella libreria, tra i Fratelli Karamazov e Anna Karenina, una fenditura di mezzo centimetro di vuoto che andava a chiudersi sul margine superiore, dove i due volumi si toccavano, indicava che qualcuno aveva tirato via in fretta quello che si trovava lì in mezzo.

- Almeno è riuscito a salvare il fascicolo col progetto.

Sotto casa del Biondo invece qualcosa non quadrava. Al terzo giro dell'isolato, fatto che già di per sé poteva risultare sospetto se qualcuno fosse stato lì a osservarla, si accorse che un furgone parcheggiato all'angolo in fondo aveva spento le luci, ma nessuno era sceso. Altre due auto si mossero verso il portone dell'edificio e alcuni uomini si appostarono dietro la porta. Dall'appartamento del Biondo, Vinka udì due spari attutiti dal finestrino chiuso. Dalla finestra dall'altro lato della strada, ebbe l'impressione che qualcuno avesse scagliato giù in strada un grosso sacco nero dell'immondizia. Lo vide atterrare, con rumore di vetri in frantumi, sul tettuccio di un'auto parcheggiata.

Innestò la prima e si mosse lentamente verso il sacco nero, mentre altri uomini uscivano dall'edificio. Avvicinandosi, si accorse che quello che pensava fosse il sacco, aveva una folta chioma di capelli biondi. Rimase interdetta. Ebbe solo il tempo di constatare che per il Biondo, forse uno dei suoi unici due amici, non c'era più niente da fare. Piangere sarebbe stato inutile, farsi ammazzare da quella decina di persone che adesso erano rimontate in macchina e facevano sgommare gli pneumatici andando a tutta velocità verso di lei, sarebbe stato anche peggio. Schiacciò a tavoletta l'acceleratore e guidò come chi non ha alternative. Dallo specchietto retrovisore vide una delle auto all'inseguimento svoltare e si prefigurò che volesse tagliarle la strada. Rallentò, fintò una svolta a destra e poi al massimo del *regimen* motore girò dalla parte opposta, dove venne inseguita anche da una volante della *gendarmerie* a sirene spiegate. Riuscì a fare perdere le sue tracce solo qualche chilometro più avanti, quando la volante inchiodò e fermò l'auto che ancora la stava inseguendo. Il furgone riuscì a schivare l'auto e la volante e proseguì nell'inseguimento. Sotto casa di Vinka c'era già l'altra macchina nera che la stava aspettando. Evitò di svoltare sulla sua strada e proseguì verso la periferia, ma si accorse di avere il furgone ancora alle calcagna. Dallo specchietto vide la luce dell'abitacolo accendersi e l'uomo al posto passeggero, biondo, stempiato e con la faccia macchiata di segni violacei armeggiare con una carpetta. E ad un tratto le fu tutto chiaro: Alja li aveva guidati fin lì, inconsapevolmente le diceva una sottospecie di speranza che si annidava nella gola come un grumo di catarro impossibile da espellere. Pensò al Biondo, ma non provava nostalgia, solo rabbia. Bastò quel momento di distrazione e la sua auto, tamponata dal furgone sfondò il guardrail e si trovò col muso ammaccato contro un albero. L'airbag limitò i danni, ma l'impatto le fece lo stesso volare gli occhiali e le ammaccò il torace. Superato l'iniziale stordimento, riuscì ad afferrare la pistola dal vano portaoggetti e ad aprire lo sportello accartocciato a furia di calci. I fanali della sua auto erano rotti, quelli del furgone, precipitato anch'esso oltre il guardrail e adesso coricato su un fianco, proiettavano un raggio di luce verso l'alto, e il fumo degli airbag esplosi e dei cofani facevano sembrare quel prato una discoteca dell'est europeo.

Vinka scese dall'auto e sparò quattro colpi alla cieca verso il furgone, con la luce dell'otturatore che creava piccole fenditure nel buio. Lo sportello del lato passeggero si aprì come l'oblò di un sommergibile e l'uomo con un balzo saltò via prima che il furgone si ribaltasse ancora, tornando con tutte e quattro le ruote per terra. Sparò ancora verso l'uomo che correva e zoppicava ma non lo colpì. Pensò di inseguirlo ma non ne fu capace. Lo vide girarsi quando era ormai lontano su una collina e riprendere a correre.

Si avvicinò al furgone e aprì lo sportello. Il corpo tumefatto del guidatore era incastrato tra il sedile e l'airbag. Difficile capire, così a occhio e croce, se fosse ancora vivo. Per dissipare ogni dubbio, Vinka gli esplose un colpo a bruciapelo sulla tempia col sangue che, schizzato dal foro d'ingresso, le striò la faccia in diagonale. Si aiutò con alcune robuste spallate a far scorrere il portellone posteriore, dove tre uomini immobili rimanevano aggrovigliati che sembravano il fermo immagine di un incontro di lotta greco-romana. Un colpo, poi un altro, mentre il terzo riprendeva i sensi schiacciato dal peso ormai inerte degli altri due. Lo sguardo carico di terrore, gli occhi sgranati imploravano. Con l'ultimo proiettile del caricatore glieli chiuse definitivamente.

L'odore del diesel che fuoriusciva dal serbatoio aperto le fece venire in mente dei ricordi che allontanò cercando di non pensare a nulla ma dandosi da fare per tirarsi fuori da quella storia. Infilò una pezza per metà all'interno del serbatoio, lasciando penzolare l'altra metà fuori. Le fiamme cominciarono a divorarla per poi passare all'involucro del serbatoio. Vinka si accorse di qualcosa sul tappetino del posto del passeggero, si sporse col tronco all'interno, afferrò la valigetta e la portò con sé.

La sua auto si accese non senza fare i capricci, tutta una serie di spie illuminavano il cruscotto, soprattutto quella più preoccupante era quella della temperatura dell'acqua, perché l'acqua del radiatore, di suo, era tutta scolata per terra dopo l'impatto.

Riuscì ad arrivare sotto casa di Elisa, la quale, dopo aver appreso rapidamente che non era il caso di fare domande e di farsi i cazzi suoi, la fece sedere e fu pronta a farle sparire con tutta la maestria di cui era capace, i segni dei lividi che aveva sul volto.

- Gli occhiali però dobbiamo toglierli

Il riflesso di Vinka le fece scattare la mano che bloccò e strinse il polso di Elisa. Poi lo mollò e lasciò che la ragazza cominciasse il lavoro.

Si guardarono negli occhi, o meglio, Elisa la guardò nell'occhio, si girò leggermente e diede di stomaco, rovesciando sul pavimento quello che restava degli spiedini di carne con lo yogurt e le melanzane che galleggiavano in una pozzanghera di ouzo, retsina, succhi gastrici e Jagermeister.

- Scusa.
- Figurati. È così brutto?
- Sì, scusami ancora – disse Elisa asciugandosi le labbra col dorso della mano – chi ti ha ridotta così?
- L'occhio? Quella è storia vecchia. Il resto diciamo che sono stati vecchi amici. Altrettanto vecchi.

Un paio di passate di fondotinta e di correttore più tardi, la faccia di Vinka appariva presentabile, a condizione che avesse tenuto gli occhiali.

- Vuoi rimanere qui per la notte?
- No, adesso vado. Ma grazie.
- Vuoi bere qualcosa?
- Sì, una birra se c'è. E porta un coltello grosso, vediamo che c'è dentro la valigetta.

Elisa ritornò con in mano una lattina di birra e due bicchieri e il coltello per affettare il pane nell'altra. Vinka afferrò il coltello e cercò di scardinare l'evidente doppio fondo dalla valigetta, poi impugnò il coltello per la lama e lo porse a Elisa.

- Speravo in qualcosa di più appuntito.
- Sì, aspetta, non ho capito cosa dovevi farci.
- Devo scassinare questa valigetta.

Quella che a Elisa era sembrata un'alzata di ingegno si era rivelata una mossa inutile. Andò in cucina e prese un coltellaccio a punta dalla lama affilata e si augurò che quella ragazza piombatale in casa nel cuore della notte, che conosceva a memoria il codice del portone e si era presentata bussando alla sua porta completamente coperta di lividi e senza un occhio, avesse esaurito la sua scarica di adrenalina aprendo una valigetta senz'altro rubata e si fosse placata lasciandola viva.

Dopo una buona mezz'ora, con il sudore che le scolava dalla fronte e le mani che si erano coperte da piccoli tagliuzzi, tirò fuori il cellulare. Scattò una foto alla valigetta e avviò il Megax. Troppi risultati, scarsa attendibilità. C'erano dozzine di valigette che assomigliavano a quella, occorrevano più informazioni.

La prese in mano e cominciò a guardarla con attenzione. Le due fermature in ottone si aprivano con un codice numerico di quattro cifre. Provò 1234 nella speranza che il proprietario, in un eccesso di fiducia, avesse lasciato la combinazione che il produttore impostava prima di immetterle sul mercato, ma le serrature rimasero chiuse. Fece scorrere le rotelline con i numeri fino a comporre il codice 0000. La prima si aprì con uno scatto e dopo toccò alla seconda.

- Sempre presuntuoso, vero Krkic? – pensò

All'interno non c'era che una cartellina vinaccia e l'impossibilità di trovare un appiglio per scassinare il doppio fondo. Vinka gettò la cartella sul tavolo e diede un'occhiata a Elisa che appoggiata allo stipite della porta non si era persa nemmeno una scena.

- Posso parlare?
- Certo.
- Io una volta facevo la truccatrice per un prestigiatore.
- Interessante.
- Scusa, lasciamo perdere.

310

- No, hai ragione. Scusa tu, ma puoi immaginarti la mia serata.
- Te la faccio breve. La maggior parte dei trucchi che faceva consisteva nell'uscire da posti chiusi. C'erano sempre dei lucchetti da aprire, ma erano finti. Il vero meccanismo di apertura era diverso e ovviamente libero. Ad esempio un tappo a vite, si svitava dall'interno con tutti i lucchetti e lui usciva, oppure un contatto magnetico con apertura a pressione, basta spingere e il gioco è fatto. Fammi dare un'occhiata.

Elisa afferrò la valigetta e la chiuse, la girò su se stessa e la posò capovolta sul tavolo, mise tre dita sul margine inferiore e spinse forte. Il pannello posteriore della valigetta sfilò come se fosse un cassetto, rivelando al suo interno un dipinto. Guardò Vinka e sorrise.

Vinka pensò invece che si trattasse di un altro trabocchetto, lo sfilò dal suo alloggio, la adagiò sul tavolo e si mise alla ricerca di un triplo fondo che non c'era.

- Magari è di valore.
- La persona che me l'ha dato è tutto tranne un mercante d'arte.
- Io una prova la farei lo stesso.

Vinka scattò una foto col suo cellulare al dipinto e la mise in una scatola del Megax. Giusto il tempo di grattarsi un'ecchimosi sulla fronte, con Elisa che prontamente le ripristinava il trucco con il correttore e le diceva di non toccarsi se voleva che durasse, che il Megax diede il risultato:

Risultati:1

Attendibilità: 100%

Era il "Ritratto di un uomo" di Amedeo Modigliani, collocazione sconosciuta, valore stimato, cinquanta milioni di euro circa. Lo rimise al suo posto, chiuse la valigetta, salutò frettolosamente Elisa e andò nell'unico posto dove poteva andare, da Giovanni.

V

Il primo stipendio era arrivato puntuale. Erano soldi veri, ma neanche troppi. Si poteva permettere un appartamento più grande così suo cugino Biagio non sarebbe stato costretto a dormire sul divano. A pensarci bene, forse sarebbe stato meglio non dirgli nulla, non se ne sarebbe più andato altrimenti. Di buono c'era che avrebbe chiamato Elisa e l'avrebbe invitata a cena, però da soli questa volta. Niente Salvatore e niente Biagio e niente Lucy e niente di niente, solo lei e lui, e stavolta sarebbe stato chiaro nei suoi confronti, non si sarebbe nascosto dietro tentennamenti e timidezze.

Certo però che non era giusto nei confronti di suo cugino Biagio, in fondo l'idea del Megax era stata la sua. Era ritornato a casa dopo un'uscita con una delle sue solite colleghe di Economia e Commercio così disgustato da non avere nemmeno la voglia di cazzeggiare un po' con lui. Aveva parcheggiato la Y10 buonanima sotto casa di Biagio e l'aveva continuato a chiamare da sotto il balcone fino a quando lo zio non si era affacciato e gli aveva detto

- *Beacc, cunnutu e sbirru ca si, picchì non soni u citofono, pacchiazzu di to soru?*
- Sì, zio scusa.

Poi lo zio lo aveva guardato in faccia e aveva capito, ma l'unica cosa che era riuscito a dirgli era stata

- *Trasi, va.*

Biagio stava studiando una materia che non capiva e suo cugino Biagio gli aveva tolto la matita dalle mani e aveva chiuso il libro dicendogli che tanto non gli sarebbe servita.

- Tu ora devi fare un programma che raccoglie tutte le informazioni sulle persone, così la prossima volta che esco con una troia stratosferica come quella di stasera sono preparato.
- *Ma si po sapiri chi fu?*
- E niente, Beacc, ha parlato di soldi, di barche e di viaggi tutta la sera. Nel nostro programma tu ci metti quello che cerchi e quello che non cerchi e lui ti dà direttamente i nominativi, *accussì non peddi tempu.* Niente più sorprese con i reggiseni imbottiti o quando si levano le scarpe coi tacchi e pare che spariscono.

Biagio si era ormai rassegnato a non riprendere più di studiare per quella sera, aveva preso un block notes e aveva fatto sfogare suo cugino. Poi ci aveva dormito una notte sopra e l'indomani aveva cominciato a strutturare la matrice del programma.

E il programma girava. Sfruttava un codice mimetico che riusciva a infilarsi nelle pagine web delle persone, nei loro profili sui social network, nelle cronologie dei siti più visitati.

- Pensa Beacc, tu prendi a una di queste – disse indicando il monitor dove c'erano cinque fotografie di ragazze - ci vai sopra col mouse, fai click e ti vai a vedere gli ultimi biglietti che ha prenotato online o l'ultimo film o libro che si è comprata. Il sistema ti mette immediatamente a disposizione tutte le informazioni su quel libro o film e tu te la giochi facendo un figurone. Ora offrimi un caffè.

Al bar all'entrata di Bronte, quello accanto al rifornimento di benzina, Biagio aveva ordinato un caffè e suo cugino Biagio una granita. A bassa voce, Biagio gli disse di fare una foto col cellulare alla cassiera, una mora con due minne giganti che si era limitata, in cinque anni che loro frequentavano quel bar, a dar loro il resto accompagnato da un sorriso finto. Cugino Biagio prese l'auricolare e fece finta di parlare al telefono tenendolo stretto in mano. Inquadrò la cassiera, fece uno zoom e scattò la foto proprio mentre il telefono squillava veramente. Biagio diventò paonazzo mentre tutti i presenti del bar lo guardavano e uscì velocemente urlando

- *Au, ma allura avi deci minuti ca parru sulu?*

Biagio andò alla cassa a pagare, anche se il caffè in realtà doveva offrirlo il cugino, osservò la cassiera e sorrise. Lei sorrise di rimando con l'espressione che aveva un "coglioni" sottinteso. Biagio prese il resto, gettò l'occhio fugace dentro la *spaccazza* delle minne e raggiunse il cugino all'esterno.

- *'Sti du' spastichi!* – disse la cassiera tra le risate dei presenti, una volta che Biagio si era chiuso la porta alle spalle.

La nuova funzione del programma era quella di riconoscere le foto attraverso un sofisticato sistema di misurazione dei connotati, ma una volta inserita la foto della cassiera nel Megax, questi, dopo svariati minuti di elaborazione, diede come risultato il cantante di un gruppo death metal norvegese.

- *O cucinu*, il tuo programma fa schifo.
- Il tuo cellulare, la tua mano e la foto che hai fatto tu fanno schifo.

- Come hai detto che lo vuoi chiamare, Megax?
Lo devi chiamare Megam.
- *E picchì?*
- *Picchì è 'na mega minchiata.*

Il Megax era rimasto abbandonato sul desktop, poi spostato in una cartella e lì dimenticato, fin quando nell'urgenza di laurearsi, l'aveva rispolverato e proposto al professor Taddei che vedendo il suo libretto universitario e capendo che da lui non ci poteva tirare fuori niente, gli aveva dato l'ok per toglierselo dai piedi. Il resto era storia nota, tranne per il fatto che poi Biagio ci era tornato al bar, aveva fatto una foto migliore e il test era andato bene.

La cassiera si chiamava Maria Rosaria e abitava a Maletto. Su di lei c'era veramente poco da aggiungere. Era separata, aveva due figli e amava i cagnolini e i gattini, ma solo nelle foto, perché dal vivo cacavano, puzzavano e sporcavano, proprio come i suoi figli. Di leggere non leggeva, la musica non andava oltre Mina, Amedeo Minghi e i tormentoni estivi tipo *toda joya toda beleza*. Biagio e suo cugino Biagio capirono che forse sapere tutto sulle persone non era 'sta gran cosa, sarebbe stato meglio scoprirlo a poco a poco, sulla loro pelle.

Poi era stato un precipizio: laurea, incontro con la Sharp, disoccupazione, frustrazioni dovute alle mancate risposte alle candidature inviate e infine quell'occasione che si era presentata quando ormai si sentiva il culo poggiato sul trattore del padre.

Biagio pensava di avere progettato un sistema che in qualche modo potesse tornare utile ai suoi utenti per reperire informazioni in tempo reale e soprattutto per metterle in relazione tra di loro in pochi secondi. Era nato come il cazzeggio di un paio di giorni e per motivi discutibili, non aveva minimamente pensato che così come potesse entrare negli account di posta, allo stesso modo poteva inserirsi anche in quelli bancari, nelle Centrali Rischi, scandagliare tutto il porno che le persone avevano in un hard disk e renderle ricattabili. Suo cugino aveva postulato la creazione di un'arma di una potenza micidiale, lui l'aveva realizzata e se l'era venduta per una cifra ridicola, poi questi non erano riusciti a farla sparare senza mandarla in pezzi ed era ritornata nelle sue mani perché lui doveva farla funzionare.

Stava per uscire dal bagno per ritornare dai tre ingegneri indiani quando l'immagine sullo specchio sopra il lavandino gli rimandò contro la faccia di un ragazzo smarrito in un gioco da adulti. L'aria sfatta, la barba ricresciuta più in fretta perché rasata più spesso, in ciuffetti spuntati come sterpaglie su un campo deserto, due occhiaie profonde, qualche brufolo sottocutaneo che gli deformava la linea del mento e le labbra appiattite su una linea inespressiva, lontanissima dal sorriso beato che si portava in giro da sempre, ma soprattutto l'intolleranza nata all'improvviso per suo cugino Biagio, del quale adesso non sopportava più i calembour, le battutine, gli sfottò.

Essersi guardato allo specchio prima di rientrare nella sala operativa gli fece sprofondare l'umore dentro il silos di un camion dell'espurgo pozzi neri.

Si sedette alla sua postazione dando le spalle ai tre indiani e ignorò completamente Elisa che quando non c'era niente da tradurre, passava il tempo a sfogliare delle riviste o a imparare il francese online.

Si alzò e andò a posare le mani sulle spalle di Biagio e lo accarezzò piano

- Biagio, perché non li mandi a casa gli ingegneri? Sono qui da stamattina alle otto.

Biagio si voltò e li trovò impegnati ai terminali, con facce che erano la copia della sua.

- D'accordo. Mandali a casa.
- Va tutto bene?
- Sì.
- Non è vero.
- È che ho il collo bloccato dalla cervicale.

Aveva imparato dal filosofo del camion dei panini di piazza Alcalà, che quando non vuoi che ti sia chiesto un milione di volte che cos'hai, e le donne sono capaci di farlo, devi inventarti un dolorino insulso in qualche parte del corpo.

Elisa congedò i tre indiani che nonostante le loro rimostranze perché non avevano ancora finito, si alzarono in piedi, indossarono i cappotti e uscirono salutando.

- Vediamo se così va meglio.

Le mani della ragazza si infilarono sotto il maglione di Biagio e andarono a cercare i muscoli alla base del collo che furono attraversati da una scossa come quando ci si butta dentro il getto di una doccia gelata. Ci sapeva fare, Elisa. Sicuramente l'aveva fatto parecchie volte, ma non poteva certo sciogliere i grumi di un malessere inventato. L'unica cosa che riuscì a provocare a Biagio fu un'erezione di quelle che uno se le ricorda, di quelle che fanno male.

- Elisa, grazie. Basta così.
- Vuoi che smetta?
- Sì, vai a casa pure tu. Io ho ancora un lavoro da completare.
- Ma non facciamo niente più tardi?
- Non lo so a che ora mi sbrigo. Prova a chiamare Salvatore e vedi che fa lui.
- Sarà con quelle due dell'altra sera.
- No, mi ha detto che dopo che gli hanno spaccato la testa con un portacenere, se ne sono tornate a Catania, lasciandolo mezzo vivo e mezzo morto sul marciapiede.
- Magari chiamo tuo cugino.
- Come vuoi.

Tirare in ballo suo cugino Biagio era stata la mossa più prevedibile che Elisa potesse fare.

Biagio prese il telefonino, lo gettò sul tavolo e le disse

- Prenditi il numero, è sotto Beacc.
- Siamo nervosi, eh?
- Siamo? Tu mi sembri tranquillissima.

- Biagio, che ti succede?
- Vuoi uscire con Biagio? Accomodati.
- Ma che cazzo dici? Ma se me l'hai detto tu di farlo.
- Io? Scherzi vero? E comunque tu non aspettavi altro.
- Sei geloso?
- Ma di chi, di te? Ma smettila.
- Biagio, lo sai che ti dico? Io me ne vado a casa. Se sua maestà il genio di 'sta grandissima ceppa ne ha voglia, sa dove trovarmi. Tanto Le era dovuto. Vaffanculo e analizza questo.

La bocca di Elisa rimase dischiusa, con due fili di bava che le scolavano tra un labbro e l'altro. Biagio spostò lo sguardo su quello che invece gli stava rimbalzando davanti agli occhi: un piccolo dito medio germogliato come un'escrescenza spontanea da un altrettanto piccolo pugno. Elisa gli voltò le spalle e se ne andò lasciando dietro di sé lo svolazzo della sua sciarpa di seta arancione, qualche traccia impalpabile del suo profumo e un "anvedi 'sto stronzo!"

Biagio si girò nuovamente verso il monitor e diede l'avvio al Megax. Le solite scatole vuote stavano in attesa che qualcuno le riempisse con dei parametri di ricerca. Scrisse Elisa Mancini e il server centrale iniziò il rumore di decollo. Sul margine inferiore scorrevano nomi e numeri, nella seconda scatola inserì il suo numero di cellulare, agganciò la cella in prossimità dell'ingresso del metrò vicino all'ufficio, la telecamera di sorveglianza di una banca si girò ad inquadrarla mentre camminava. Scattò una foto col fermo immagine e la mise nella scatola del riconoscimento dei connotati. L'omino dell'icona che spingeva l'elefante sulla scala si voltò verso di lui e alzò il pollice.

Risultati trovati: 1.
Attendibilità: 100%

Stava per cominciare a rimestare nella vita di Elisa quando si bloccò. In fondo alla pagina c'erano dei risultati criptati ai quali non aveva accesso nemmeno lui che era il programmatore: la vita di Elisa si interrompeva il giorno del corso motivazionale. Riprovò con Salvatore e poi con sé stesso. Anche le loro vite rimanevano disponibili ai suoi occhi fino al giorno del corso.

Nel suo fascicolo c'era la situazione debitoria del padre, al quale mancavano le ultime sei rate per finire di pagare il trattore nuovo e le visite mediche della madre, ma non una parola sulla sua attuale posizione o occupazione.

Alzò la posta cercando di forzare i profili di uno dei tre ingegneri indiani, ma non ci fu verso di decrittare le pagine oscurate. Nel programma non c'erano tracce dell'arabo, della ragazza magra o del Biondo.

I profili venivano caricati fino a quando una finestra chiedeva un codice d'accesso. E lì ebbe il colpo di genio. Come aveva detto Elisa poco tempo prima? Del genio di 'sta grandissima ceppa.

Caricò un piccolo sistema Megax all'interno di quello più grande. Ci vollero ore per caricarlo e ore per farlo girare. Prese una bibita energetica al distributore automatico e aspettò che la barra di avanzamento completasse l'installazione, ma più la guardava più gli sembrava immobile.

Pensò di telefonare a Elisa per scusarsi ma il telefono risultava spento. Anche quello di Salvatore risultava spento. Per un istante la sua mente li vide a sessantanove, poi scacciò via l'immagine e chiamò suo cugino Biagio.

- Beacc.
- Au.
- Che fai?
- Sono ancora al lavoro.
- Ma non è tardi?
- Sì, ma devo completare una cosa
- Usciamo dopo?

319

- Sì, sì.
- Dài, che a me lo Stalingrad mi piace, c'è un bel *macino*.
- Ne ho per qualche altra ora, ci vediamo lì?
- Va bene, non fare tardi.
- Senti, non è che per caso hai sentito Elisa?
- No, proprio.
- Vabbè, a più tardi.

Il resto del viaggio era trascorso tranquillo. Il Powerstar aveva macinato i chilometri divorandoli uno dopo l'altro. Essere rientrati nella tabella di marcia per un pelo aveva fatto il resto. Tutti i passaggi di frontiera erano stati aperti da generose offerte alle guardie di turno che facevano solo finta di controllare i documenti di trasporto e il contenuto del rimorchio. Ma Zu Pippo e Saro Comocane si accorsero subito di aver commesso un errore madornale ad aver portato con loro quel maialino in un territorio a maggioranza musulmana.

Sebbene fosse adorabile e avesse un musetto delizioso, anche se destinato a finire nello *zuzzu*[29], anch'esso delizioso, per inciso, i poliziotti di frontiera cominciarono a guardarli schifati e a lasciarli passare senza creare ulteriori problemi, solo perché qualcuno aveva predisposto un pagamento con anticipo e saldo a transito avvenuto.

Le strade della Turchia scivolarono sotto le ruote motrici del Powerstar. Anche qui i lavori di rifacimento del manto stradale li rallentarono, da Istanbul in avanti era un susseguirsi di finitrici e rulli compressori all'opera, rifacimenti di carreggiata e marce a senso alternato. Accesero il riscaldamento perché il maialino tremava

---

[29] Gelatina fatta con muso e orecchie di maiale.

quando passarono sulla strada che attraversava la montagna nei pressi di Shaharud.

Al confine con l'Iran, Saro si meravigliò così tanto di quello che vide che dovette per forza svegliare zu Pippo. Mentre il sole sorgeva, alla loro sinistra le sagome maestose dell'Ararat piccolo e di quello grande con le cime innevate li osservavano silenziosi. Fermarono il camion sul margine della strada e prepararono un caffé con il loro fornellino da campo, poi pisciarono, compreso il maialino, con i due monti biblici che facevano da sfondo, fumarono una sigaretta e ripresero la marcia passando la frontiera a Bazargan.

Dal grande parabrezza del camion il paesaggio rimandava immagini di lunghe autostrade in mezzo al nulla, dove ogni tanto spuntava un villaggio rurale o piccoli agglomerati preindustriali. E poi orizzonti di sabbia smossa, colline sorte dal nulla, deserti di ciottoli incendiati da un sole fin troppo deciso. E poi le città. Ipertrofiche, smisurate: Tabriz e poi Zanjan, Qazvin, con la sua rocca e naturalmente Teheran.

E rimaneva la voglia di fermarsi, di capire, di parlare con le persone e mangiare insieme a loro. Comunque di tornarci da turisti, l'estate prossima, anziché andare nel solito stabilimento balneare.

Mantennero un profilo rasoterra. Mangiavano la notte lungo l'autostrada e si alternavano alla guida. Il camion era sempre in marcia ormai da giorni, ma era un meccanismo perfetto, non dava il minimo problema.

I cartelli in arabo che intimavano l'alt erano stati affiancati da quelli in inglese diversi chilometri prima del confine afgano.

- E ora?
- Saro, cerchiamo di mantenere la calma.

Tutto intorno alla strada era un fiorire di mezzi blindati americani. Davanti a loro si parò un militare in mimetica con in braccio un AR-16. Il solito sbuffo dell'aria compressa dei freni accompagnò l'arrestarsi del Powerstar.

- *Engine off.*
- *No English.*
- *Turn the fucking engine off or I'll shot.*
- *Italian, Italian* – rispose zu Pippo.
- Zu Pippo, che è 'sta novità? Ci parlo io.
- Saro, *statti mutu, talìa.*

Il militare abbassò il fucile e accompagnandosi con un gesto della mano urlò

- *Italians.*

Da una cinquantina di metri, due soldati italiani si avvicinarono, parlottarono un po' con l'americano e poi dissero che se ne sarebbero occupati loro. Invitarono i camionisti a scendere dal Powerstar e chiesero di mostrare i documenti di trasporto e quelli del camion.

- Che trasportate? – chiese uno dei due con accento chiaramente siciliano.
- Pentole, medicinali, coperte, cose così.
- Strano, di solito arrivano per via aerea, con cargo militari.
- È per via del fatto che la metà degli aiuti non arriva alla popolazione ma viene direttamente consegnata al mercato nero.
- Come si permette.
- Mica dico che è per colpa vostra, qua deve essere un casino, sarà pieno di sciacalli.
- Va bene,va bene. Dove siete diretti?
- Al campo profughi di Islam Qilla. Non so se ha presente.
- Sì, sì, so dov'è.
- Mi tolga una curiosità, lei di dov'è?
- Provincia di Caltanissetta.
- Dove di preciso?
- Marianopoli.

- Minchia, Marianopoli, Saro, te lo ricordi che ci passavamo sempre quando facevamo il servizio coi camion frigo?
- Certo, come no?
- Ma le sto parlando di almeno vent'anni fa. C'era un grosso deposito di stoccaggio di surgelati, facevamo tratta da Francoforte, fino a lì. Chissà quante volte ci saremo incrociati. C'è ancora quel bar nella piazza, quello della za Bastiana?

Il militare trasalì – era mia nonna.

- Veramente? E come sta?
- È morta.
- Ah, mi dispiace.
- Niente, niente. Mettetevi sotto quella tettoia che noi procediamo alla perquisizione.

I due militari girarono intorno al camion e colpirono le sponde del rimorchio con un bastone. Dall'interno, la coibentazione rispediva al mittente un suono pieno. Uno dei due aprì il portello posteriore e salì all'interno. Saro e Pippo sudavano copiosamente sotto la tettoia, complice un sole già alto, mentre il militare apriva una cassa a caso. Poi scese.

- Qui è tutto a posto

Il militare siciliano restituì i documenti a Saro e si congedò da entrambi con un impostato saluto militare. Poi si girò di scatto verso l'abitacolo del camion e lo vide sporgere il capo, con quelle orecchie buffe e un'espressione che sembrava lo stesse prendendo per il culo.

- Ma siete impazziti?
- Che è successo ora?
- Avete un maiale vivo nell'abitacolo del camion? Qua sono pazzi, vi scannano per molto meno.
- Sa, sergente…
- Capitano.
- Scusi, capitano. È un regalo, non sappiamo dove lasciarlo.

- State attenti che questo posto è una fogna. Qui si salta per aria con una facilità che non se ne ha idea.
- Perché non ve ne tornate a casa?
- Arrivederci.

L'auspicio dei due camionisti era di arrivare di filato a Islam Qilla senza ulteriori intoppi, sganciare il carico, mangiare qualcosa, darsi una lavata sommaria e rientrare di corsa a Parigi. Se ne sarebbero fregati dei limiti di velocità, una volta fuori da quella terra dimenticata da Dio, da Allah e da chiunque altro, avrebbero schiacciato l'acceleratore a tavoletta e non si sarebbero fermati se non di fronte allo stallo 13 del piazzale di Roissy.

- C'è una cosa però che non mi dà pace, Saro.
- Quale?
- Che questi esportano la democrazia e sono armati di tutto punto.
- E come dovrebbero essere invece?
- Mah, direi in nessun modo. La democrazia non è una cosa che si esporta. Nasce quando la gente è lasciata in pace a vivere e a lavorare. Niente, Saro, lascia perdere, è che quando sono troppo stanco le parole mi escono di bocca così, senza pensarci troppo. Dài, altri quaranta chilometri e arriviamo.

Non ebbero nemmeno il tempo di pensarci, che l'Iveco Powerstar fu affiancato da un pick-up Toyota bianco mezzo scassato. Sul cassone alcuni uomini armati facevano un chiasso infernale e intimavano loro di fermarsi. Di fronte a loro altri due pick-up con altri individui armati, sbarravano l'unica strada percorribile.

- Zu Pippo, con il suo permesso, *iu ci abbiu u camion di 'ncoddu a sti picurari* - e schiacciò l'acceleratore puntando deciso nello spazio tra un pick-up e l'altro. Ma fu solo un accenno, ché i proiettili sparati dai kalasnijkov cominciarono a volare a raffiche nel cielo. Si fermarono ancora, poi videro un uomo con degli stracci addosso e un turbante forse ricavato dagli stessi, camminare nella loro direzione. Sorrideva e nella sua lingua, con un accento che non avevano mai sentito, gridò un paio di volte. Poi fattosi ancora più vicino ai camionisti non sembrò vero di sentire

    - Comocane, zu Pippo, *Allāhu Akbar min kulli shay'*[30]. Comocane, zu Pippo, Allah è grande.

L'uomo si avvicinò e chiese il permesso di salire sul camion. Poi una volta a bordo gli indicò di seguire i pick-up lungo una strada sterrata, cosa che fecero, nonostante le rimostranze di Saro che non voleva che il pupo andasse per campi.

Dopo un paio d'ore di sterrato e di asfalto anni 70 ormai quasi completamente divelto, voragini che si aprivano di botto per la strada e macigni enormi tra i quali fare slalom, arrivarono in un piccolo villaggio.

Parcheggiarono il camion appena fuori dall'agglomerato e seguirono l'uomo dentro una casupola. All'interno un vecchio stava seduto per terra – mio nonno – lo presentò il giovane.

Poi passò a ringraziarli stringendo le loro mani tra le sue, mentre da una piccola finestra senza infissi osservavano l'intera popolazione del villaggio che come formiche scaricava il contenuto del camion. Quando le operazioni di scarico furono finite, dopo che Saro e Pippo ebbero bevuto un caffè che sapeva di sabbia, salirono insieme al giovane sul rimorchio ormai vuoto.

    - Dunque, cosa avete per me?

Gli Ak-47 nuovi di zecca non erano che l'antipasto. Nel fondo del camion era stipato ogni genere di arma. Da missili antielicottero a casse di C4. Aprendo una di queste l'afgano trovò una lettera e la lesse ad alta voce. Era di un certo Moez che augurava ai fratelli una pronta liberazione

---

[30] Allah è più grande di ogni cosa.

dal giogo degli invasori nel nome di Allah il Misericordioso, sia massima lode a lui.

Altri uomini spostarono il resto del carico sui pick up e partirono per le montagne, ché lì le perquisizioni e i rastrellamenti erano all'ordine del giorno.

L'uomo afgano, ancora in piedi davanti a loro accennò un inchino e li invitò a pranzo. Mentre le donne del villaggio erano impegnate a cucinare gli agnelli alla brace, l'uomo spiegò loro che di comune accordo con i loro committenti, il carico non sarebbe stato pronto prima dell'indomani mattina e che fino a quel momento, loro erano suoi ospiti.

Saro passò il tardo pomeriggio infilato dentro il vano motore del camion, disturbato nel lavoro dall'eco di esplosioni lontane. Fece un tagliando completo e nonostante si rendesse perfettamente conto di quanto fosse inutile, soffiò via con un compressore portatile ogni residuo di terra dal cuore del pupo. Quando ebbe finito, chiamò zu Pippo e gli mostrò il lavoro.

- Ce ne torniamo a casa cantando cantando.
  Ormai il grosso è fatto.
- Ottimo lavoro, Saro.

A rimorchio agganciato, Saro inviò un sms a Vinka con su scritto "fatto".

- Prima regola della vita?
- *Nesci di casa ca minchia pulita!*

I bambini risposero all'unisono come un coro di voci bianche. Un piccolo cugino Biagio e un minuscolo Biagio avevano replicato prontamente alla domanda dello zio, così come facevano ormai da quando avevano dieci anni. Solo che con l'avanzare dell'età avevano cominciato a chiedersi per quale motivo dovessero uscire di casa con la minchia pulita, ma soprattutto perché quella fosse la prima regola. Perché non le orecchie o i denti che sono più a vista.

326

- Perché non si sa mai.

All'inizio sembrava un precetto coranico, una di quelle norme che nascono dalla volontà di preservare l'igiene personale delle popolazioni nomadi e che sedimentano fino a diventare prassi.

Poi verso i tredici anni Biagio e suo cugino Biagio capirono che lo zio, l'ultimo di cinque fratelli, l'unico non ancora sposato, li voleva preparare a ogni eventualità.

L'abitudine era rimasta, ma le opportunità, salvo rarissime eccezioni, non erano arrivate.

Pensava questo Biagio, mentre saliva le scale che portavano all'appartamento di Elisa. Aveva ricevuto una chiamata alle sei meno un quarto del mattino e si era precipitato da lei, come gli aveva chiesto, non senza prima essersi lavato il pesce, in maniera acrobatica per ovviare alla mancanza del bidet, a voler perpetuare un'abitudine, ché lì Biagio opportunità non ne vedeva.

Elisa gli aprì la porta in pigiama, uno di quelli antistupro, che avrebbe scoraggiato chiunque dal provarci. L'elastico ceduto intono alla vita lo faceva scivolare quel tanto che bastava per far penzolare il cavallo verso il basso, il tessuto a grossi quadretti viola e rossi sapeva di ospedale. A completare il tutto, i capelli raccolti in un grosso mollettone di plastica e la faccia e l'alito di chi non dormiva bene da diversi giorni.

- Io non sono bravo ad averci a che fare con le femmine.
- Sì, Biagio, questo si vede.
- Però ero molto nervoso. Sono stressato. Qui è tutto nuovo.

Biagio continuava a rimescolare il suo caffè mentre Elisa lo guardava

- Guarda che così la sfondi, la tazzina.
- Ah, sì. Scusa.
- E smettila di chiedere scusa per qualsiasi cosa.
- Sì, scusa.

Sorrise, poi gli raccontò tutto quello che aveva visto la notte in cui Vinka si era presentata a casa sua, nonostante avesse giurato di non farlo. Biagio dal canto suo aveva già appreso la natura del loro lavoro e stava cercando una via di fuga.

- E cosa pensi di fare?
- Niente, Elisa. Ho un paio di idee, ma appena cerco di concentrarmi, mio cugino Biagio se ne esce con una delle sue sparate e fine dell'idea.
- Vuoi venire a stare qui per qualche giorno? Magari riesci a concentrarti.

Elisa avvicinò minacciosa le sue labbra a quelle di Biagio. Il senso di panico diffuso del ragazzo lo fece tremare e muovere in maniera scomposta e il bacio se lo beccò in un occhio.

- Scusa.
- E che palle co 'sto scusa, Beacc.

Risero.

Il fatto che lo chiamasse Beacc dava un'aria familiare a una scena che Biagio aveva immaginato tante di quelle volte da quando aveva conosciuto Elisa al corso di Roma. Ricambiò l'abbraccio e si fece guidare da lei in camera da letto.

Attimi dopo, Biagio sentiva il rumore di acqua scorrere dal bagno, era steso sul letto a osservare le irregolarità della pittura sul soffitto, con addosso solo le tracce di Elisa che erano scolate su di lui e un mondo di pensieri che gli affollava la testa. Prepotente il sapore di Elisa, ma a intermittenza anche la matrice del Megax, le facce di Salvatore e Biagio, la consapevolezza che si erano infilati in un imbroglio dal quale era impossibile uscire e poi ancora Elisa che gli slaccia i pantaloni e li fa scivolare via con rumore di fibbia di cintura e monetine che cadono per terra. Non ha molto da portare: una valigia, il laptop, e poi si possono dividere le spese, si può evitare di andare a mangiare fuori tutte le sere, ché a lui tutto quell'ouzo gli fa venire l'acidità di stomaco. Non cucinerà di certo come sua madre, ma tanto nessuna cucina come sua madre. Magari si potesse mettere una matrice finta che gira a vuoto all'interno di quella vera, no, fantascienza. E che faccia aveva fatto Elisa quando gli aveva tirato giù le mutande, come se non ne avesse mai visto uno in vita sua, o almeno, mai uno così bello. E lui si era sentito un leone, cinque minuti da leone in cambio di una vita da cirneco dell'Etna; sette minuti da gorilla contro una vita da sarda a beccafico. Ma a pensarci bene, poteva essere solo scena, un gesto che un artista ha in repertorio, come gli spettacoli degli illusionisti, ci abbocchi solo se non conosci i trucchi o se ci vuoi abboccare.

Elisa venne fuori dal bagno truccata e pettinata ma ancora nel pigiama che aveva indossato subito dopo. Si avvicinò a Biagio e gli diede un bacio sulla fronte. Gli scrisse il codice del portone sul telefonino e gli diede le chiavi della porta

- Sbrigati a portare qui le tue cose, non vorrai fare tardi al lavoro?
- Sì. Vado.

Biagio scese i gradini quattro alla volta e a passo veloce raggiunse la fermata del metrò di Crimée.

Elisa si tolse il pigiama e indossò i suoi jeans larghi, una canottiera verde mela e il giubbotto, si annodò la sciarpa arancione intorno al collo e tirò fuori i due telefonini dalle tasche.

Rilesse l'ultimo messaggio ricevuto la sera prima sul suo personale

Facciamo un altro film.
Zio stavolta mi ha garantito
anche la distribuzione.
Ho bisogno di te. Riprendiamo
da dove abbiamo lasciato.
Ti amo. Valerio.

Le dita di Elisa picchiettarono velocissime sui tasti

329

Spense entrambi i telefoni, tolse le batterie, estrasse le sim
card e le scaricò nello sciacquone. Da sotto il letto tirò fuori
le due grosse valigie che aveva già preparato, le mise una
sull'altra con le impugnature che combaciavano e cominciò
a tirarsele dietro. Per strada si ricordò che i telefoni sono
rintracciabili anche attraverso il loro numero seriale e non
solo tramite la sim. Guardò il suo, che era di parecchie
generazioni prima e soprattutto quello aziendale che invece
era nuovissimo e a malincuore li gettò in un cestino. Nella
toilette del metrò con un paio di salviettine struccanti
rimosse eye liner e ombretto azzurro, ché stonavano,
indossò un *niqāb* nero che le lasciava scoperti solo un paio
di occhi scuri e stanchi e uscì sulla piattaforma di sosta dei
vagoni, pronta a prendere la RER B fino all'aeroporto.
Nell'appartamento di Biagio, Lucy e suo cugino Biagio
dormivano ancora. Biagio raccolse l'indispensabile e si
avviò verso la porta. Si fermò e tornò sui suoi passi.

-    Col cazzo che gli lascio la provola – pensò-
Ispezionò la casa alla ricerca di un contenitore, poi entrò di
soppiatto nella stanza dove dormiva Lucy e afferrò il suo
zainetto. Ritornato in cucina lo capovolse, facendo cadere
mutande sporche, un lettore mp3, assorbenti e svariate carte
di merendine e si incamminò verso casa di Elisa.
Al risveglio, Lucy si accorse subito che lo zaino con i soldi
era sparito. Cercò i due cugini ma riuscì soltanto a
constatare che la casa era deserta. Erano rimaste soltanto le
valigie del cugino, e Lucy cominciò a pensare al peggio.
Maledisse il momento in cui non si era segnata il numero di
cugino Biagio sul cellulare, rimandando per pigrizia il
momento di trascriverlo dallo scontrino sul quale l'aveva
appuntato, dietro l'insistenza del ragazzo. Ficcò una mano
nei jeans che indossava la sera prima e tirò fuori una
pallottola di carta composta da biglietti del metrò, scontrini
e carte di gomme da masticare. Tornò indietro con la mente

330

al momento in cui erano usciti dal ristorante greco e vide sé stessa nell'intento di sputare una gomma in un pezzo di carta, appallottolarlo e lanciarlo nell'angolo di una piccola piazza. Si sforzò ancora e vide la scritta di mattonelle blu su campo bianco della fermata: Barbès-Rochechouart.

In pochi minuti era vestita e correva verso la piazza che distava solo un paio di fermate dalla sua. Gironzolò in tondo fin quando individuò il luogo dove aveva gettato lo scontrino, ma a differenza della sera prima, adesso nella piazza stavano facendo il mercato. Si mise a quattro piedi in quello che riconobbe come l'angolo dove aveva buttato il numero di telefono di Biagio e cominciò a cercarlo. L'impresa era disperata, per terra c'era ogni sorta di schifezza, mentre la signora araba della bancarella dei foulard aveva preso a rimproverarla. In arabo.

La salopette di cugino Biagio che aveva indossato nella fretta, visto che i suoi jeans erano sporchi di sugo, era di diverse taglie più grande della sua e insieme ai capelli spettinati e alla concitazione del momento, la facevano sembrare una pazza da manicomio.

Un poliziotto la fece alzare da terra e le chiese i documenti. Capì subito che la ragazza non conosceva nemmeno una parola di francese e con la ricetrasmittente chiamò la centrale nel tentativo disperato di recuperare un'agente donna e che per giunta parlasse inglese.

Rientrando a casa dal lavoro, cugino Biagio fermò l'Audi all'angolo della strada. Dal palazzo dove abitava vide uscire Lucy scortata da due agenti, un uomo e una donna e si fece prendere dal panico.

-   Beacc.
-   Biagio, ti ho detto di non disturbarmi quando lavoro. Tre chiamate? *Chi fu?*
-   Ci sono le guardie, hanno preso Lucy.
-   Perché?
-   Non lo so, li sto guardando da lontano. Lei ha addosso la mia salopette di jeans, nel tascone sul

331

petto ci avevo nascosto un paio di chicchi di quel fumo che c'è in quegli espositori al lavoro da noi.

- Testa di minchia, quello non è fumo, sono semi.
- Semi di fumo?
- No, deficiente. Comunque io non rischierei, fattela alla larga. Ho preso il suo zaino stamattina, mi serviva. Vuol dire che poi glielo restituisco.

I gendarmi portarono Lucy in centrale. C'era una sua foto inserita nella banca dati delle persone scomparse.

La sua fuga finì qualche ora dopo, quando i suoi genitori andarono a prenderla a Parigi col primo volo disponibile e la riportarono nella loro casa di Swansea.

Le scarpe di suola dei camerieri disegnavano traiettorie sghembe sul prato e sul ghiaietto del giardino di casa di mio padre.

Continuavano ad andare avanti e indietro dai furgoni parcheggiati sul viale d'ingresso con vassoi coperti pieni di cibo. Li sistemavano sui tavoli disposti a semicerchio nel prato sul retro della casa.

Di lato, proprio a ridosso della parete ricoperta di buganvillea, due ragazzi cercavano di fare andare l'impianto audio luci, mentre dal lato opposto, un uomo tarchiato con parannanza e un lungo cappello da chef iniziava a friggere olio in un vascone.

- Giò.

La voce di Vinka che mi veniva incontro richiamò la mia attenzione.

Eravamo partiti la mattina stessa da Parigi. Avevamo preso la RER B fino a Charles de Gaulle, dribblando la consueta processione di donne arabe con il velo a copertura totale e da lì in aereo dritti fino a Roma. Poi da Roma a Catania con solo una pausa di trenta minuti tra un volo e l'altro.

All'aeroporto, un Marco molto più pensieroso di come lo ricordassi, scocciato forse, era venuto a prenderci. Il tempo di gettare il mio borsone verde e rosso, ormai dimagrito visibilmente e una borsa sportiva di Vinka nel cofano della sua auto ed eravamo già in tangenziale. Non aveva parlato per tutto il tempo, si era limitato a salutarci, poi aveva acceso la radio, si era calato gli occhiali da sole dalla fronte sugli occhi e in silenzio aveva guidato fino a Villa Cerami, sede della facoltà di giurisprudenza.

Avevo imparato a capire quando Vinka era affascinata da qualcosa per il suo modo di poggiare il mento sul palmo della mano ed eclissarsi dal resto. Osservava le auto che ci venivano incontro, poi il paesaggio, poi l'orizzonte. E ancora gli archi della marina e il basolato lavico sul quale i pneumatici stridevano. Gli ambulanti.

- È bella Catania.

Marco accanto a me annuiva mentre io mi giravo verso di lei seduta sul retro

- Peccato non avere più tempo.
- Giò, se vuoi un po' di tempo lo possiamo trovare.
- Magari non voglio trovarlo, ok? Facciamo questa cosa e ce ne torniamo a casa.

Due settimane prima le avevo chiesto di accompagnarmi alla laurea di Paola. La risposta, negativa naturalmente, non era tardata ad arrivare. Poi con molta discrezione glielo avevo chiesto di nuovo e poi ancora un'altra volta, fino a quella mattina alle cinque, quando Vinka aveva citofonato tirandomi giù dal letto con l'aria preoccupata, si era infilata sotto le coperte ancora calde e dopo essere rimasti una buona mezz'ora abbracciati mi aveva chiesto se, per favore, poteva venire con me.

Non aveva ascoltato nemmeno la risposta, si era alzata di scatto dal letto, aveva afferrato la borsa e si era chiusa in bagno. Sentendo un rumore strano provenire dall'interno, avevo aperto la porta, trovandomi di fronte Vinka con la testa mezza rasata, una macchinetta in mano che trebbiava il suo cranio e i capelli che a ciocche lunghissime cadevano sul pavimento. Il taglio le aveva scoperto sulla nuca un altro binario di monorotaia che partiva da dietro l'orecchio destro e finiva un paio di centimetri storti più in basso.

Aveva rifinito la sfumatura alla base del collo con un rasoio incorporato nella macchinetta, poi aveva messo la testa sotto il getto d'acqua e infine si era asciugata con l'asciugamano del bagno.

Aveva preso da una piccola scatola alcuni orecchini a boccola d'argento intrecciato e si era trafitta i lobi quattro volte, tutte e quattro su quello sinistro, riaprendo dei buchi chiusi da chissà quanto tempo. Si era girata mentre si sciacquava le mani e mi aveva sorriso.

- Ti piaccio?

Superato lo shock del momento, l'avevo osservata con cura. Le erano spuntate due orecchie enormi ma belle da mordere a sangue, la bocca sembrava più grande e anche gli zigomi sembravano sollevati e sporgenti, pronti a ferirmi.

- Sì.
- Le somiglio?

Aveva gettato sul ripiano del bagno un passaporto della Repubblica Francese che si era aperto proprio sulla pagina con la sua foto ritoccata al computer e nella quale stava scritto il nome Héloïse qualcosa.

- Ho qualche problema con gli spostamenti internazionali, magari un giorno ti spiego – mi aveva detto mentre curiosava tra le mie tele poggiate contro il muro.

Le avevo afferrato la testa, sentendo sotto le dita e sui palmi delle mie mani lo sfregamento ruvido a contatto con i suoi capelli lunghi solo qualche millimetro, come quando ci si passa la mano contropelo sulla barba appena fatta e la baciai.

- Sono contento che mi accompagni.

Il tempo di parcheggiare malissimo, con Marco che aveva sbagliato la manovra una decina di volte e di pagare un posteggiatore abusivo ed eravamo già dentro la facoltà di giurisprudenza a chiedere informazioni su dove si sostenessero gli esami di laurea.

Di fronte a me, dietro una lunga scrivania, la commissione stava seduta con l'aria annoiata. Al centro di questa, il relatore di Paola, quello che avevo malmenato a capodanno, si era girato a guardarmi, mi aveva riconosciuto e aveva istantaneamente portato il suo sguardo altrove. Quello di mia madre, seduta insieme a mio padre dal lato opposto della sala sulla stessa fila, era invece identico allo sguardo che mi aveva lanciato dal balcone la stessa notte, quando avevo abbandonato la loro casa e non cessava di indugiare su me e Vinka.

Paola aveva liquidato l'intera seduta di laurea in un quarto d'ora scarso e poi era rimasta lì a prendersi i commenti, i complimenti e quel centodieci e lode che le spettava.

Vinka camminava verso di me, facendo saltare qualche piccolo pezzo di ghiaia dal sentiero del giardino, nella sua mise da cortina di ferro con la giacca poco aderente e la gonna nera sotto il ginocchio.

Mio padre mi sorprese nel corridoio, mentre cercavo di guadagnare il frigo per prendermi un'altra birra e mettermi a livello "non litigare con nessuno" prima che arrivassero gli ospiti.

Mi sbarrò la strada ma rideva. Poi con un goffo gesto da orso ubriaco si mise in guardia, una guardia molto larga dove ci si poteva pure parcheggiare l'auto in realtà, barcollò sulla sua sinistra e finse di colpirmi con un montante al fegato.

Gli sbuffai a ridere in faccia

- Che fai?
- Paola mi ha detto che hai fatto la boxe, sai, ho cominciato anche io.
- Bene, ti aiuta a tenerti in forma.
- Veramente faccio *fit boxe*.
- Ah, quella delle femmine. Va bene uguale.
- Perché non mi dai qualche dritta?
- Sì, eccoti la prima: andiamo a prenderci una birra.

Dalla finestra della cucina, con le birre in mano e dopo un brindisi alla nostra Paola, osservavamo i fari delle macchine in manovra nel buio dello spiazzo antistante la villa. Gli invitati cominciavano ad arrivare alla spicciolata e a suonare il citofono.

- Fregatene, qualcuno aprirà.
- Come va l'azienda?
- Resiste. Ha visto tempi migliori. E il tuo lavoro con Cettina?
- Eh, resiste anche quello. L'unica dritta che posso darti sui pugni è che se non li prendi, non saprai mai contro cosa e in che modo proteggerti.

Paola andava incontro agli invitati beccandosi baci sulle guance, congratulazioni e qualche sfottò. Vinka era rimasta seduta su una panchina con mia madre e fortunatamente tra di esse c'erano degli abissi linguistici incolmabili, amplificati dalla musica che i due deejay erano riusciti a mandare in diffusione.

Questa volta sembrava più facile parlare con lui. La ruggine stratificata tra di noi era stata scrostata via da quella nuova. Le frasi uscivano dirette e andavano a colpire proprio dove erano indirizzate. Non c'era nessun campo lungo, né la musica pop che aumentava di volume a coprire quanto dovevamo dirci, lasciandoci gesticolare come due pupazzi. E noi due l'uno di fronte all'altro a fingere di parlarci lasciando che chi ci guardava avesse come appiglio solo la nostra mimica facciale. Nessun *fade out* della canzone pop che sfumava a dimostrare che il conflitto fosse risolto anzi, nessun conflitto risolto, e nessuna frase cretina di circostanza al termine della canzone.

- Mi dispiace. Non avrei dovuto colpirti quella sera.
- Dài, non ci pensare più.
- Dico sul serio, non ci ho dormito la notte.
- Non preoccuparti. Lascia perdere.

Era arrivato persino a chiedermi scusa, oltre che a interessarsi ai miei interessi con dieci anni di ritardo: prima i libri e i dischi, a modo suo, certo, e adesso la boxe. Ma lo conoscevo troppo bene, quando ti concedeva una cosa era perché in cambio ne voleva due.

Guardò Vinka

- Carina la tua ragazza, particolare.
- Eh, particolare, sì.
- Cos'è che fa nella vita?

Avrei voluto dirgli la verità, che non l'avevo mai capito, ma che la cosa più plausibile fosse spaccio internazionale.

- Traduce dal russo al francese per una casa editrice.
- Mi sembra un lavoro interessante.
- Sì, può darsi. Papà, se non ti dispiace vado a raggiungerla, immaginati il livello della conversazione con mamma.

Appena imboccato il corridoio mio padre mi chiamò di nuovo

- Mi dispiace anche di avere accusato te di quel fatto.
- Lascia perdere.
- Dico sul serio, mi dispiace.
- Va bene.

Gli voltai le spalle e tornai in giardino da Vinka, mentre mio padre mi gridava contro

- Era quello che volevo credere.

In giardino, mia madre cercava di comunicare con una Vinka che, a mia memoria, non avevo visto mai così divertita. Alzava la voce riuscendo a sovrastare la musica dell'impianto e gesticolava così vistosamente, che pareva dovesse fare atterrare un elicottero in giardino da un momento all'altro.

Il grosso degli invitati era già arrivato e i camerieri avevano cominciato a servire gli antipasti, in quelle che sembravano prove tecniche di un poco probabile matrimonio tra Paola e Marco.

Un paio di ragazzi di quelli della notte di capodanno vennero a salutarmi e a dimostrarmi un'immotivata venerazione. Il relatore di Paola se ne stava in disparte con una ragazza molto più giovane. Il mio pugno gli aveva lasciato il segno sulla faccia e mi sembrava pure che fosse più in forma, spalle più larghe, sguardo più sicuro. Come diceva il vecchio Vadim, "fai tesoro di ogni pugno preso, ma vedi di non diventare troppo ricco". Mi allontanai temendo che volesse la rivincita nel giardino di casa dei miei.

Anche Marco preferiva rimanere in disparte insieme a un altro paio di ragazzi e lasciava che mia sorella si godesse il suo momento di gloria.

Arrivò Nancy, ancora più bassa e con le minne più grosse di come me la ricordassi. Mi baciò sulle guance e mi presentò un ragazzo, il suo ragazzo, sottolineò. Poi guardò Vinka e disse che il suo taglio di capelli era fichissimo. Lo tradussi e lei sorrise.

- È inglese?
- Jugoslava – rispose lei stessa.
- Che hai fatto alla testa? Cos'è quella cicatrice?
- Nancy, lascia perdere, non ne vuole parlare.
- Ah, scusa.

Vinka invece insistette perché le traducessi la domanda e mi rispose di dirle, semplicemente, che quando aveva diciannove anni, aveva attraversato una porta-finestra chiusa, e le mostrò anche il taglio che aveva sul palmo della mano destra.

Come un fulmine a ciel sereno che ti centra in pieno scroto, il cancello d'ingresso della villa si aprì lasciando entrare nell'ordine Cettina, un uomo sulla cinquantina inoltrata e un ragazzo. La donna depositò un grosso pacco regalo su un tavolo accanto agli altri e si fermò a scambiare quattro chiacchiere con Paola e poi si dedicò ai miei genitori con particolare cura nei confronti di mio padre.

- Lui è Vittorio, la tua personale è appena diventata una bipersonale. Il posto è grande, con i tuoi tempi per realizzare i quadri ti ci vorranno dieci anni per riempirla.
- Uhm.
- Voi socializzate, io vado a vedere cosa vuole tuo padre.

Cettina si allontanò per andare a raggiungere mio padre e un altro uomo. Li vidi discutere, ridere e indicare nella nostra direzione. Il ragazzo, di circa venticinque anni rimaneva in silenzio, si grattava la testa e si aggiustava i bordi delle maniche di giacca e camicia.

Avevo più voglia di farmi asportare le unghie di mani e piedi a carne viva che di stare lì a socializzare con lui. Mi spostai anche io alla ricerca di un'altra birra ma Vittorio mi venne dietro.

- Allora esponiamo insieme. Sono onorato ho visto i tuoi lavori.
- Tutti e due?
- Eh, già. A te è capitato di vedere qualcosa di mio?
- No, non è capitato.

- Sono anche io sul sito della galleria. Se ti va ti faccio vedere qualcosa – disse mentre smanettava col telefonino.
- Facciamo un'alta volta, non ti seccare.

Guadagnai a fatica lo spazio antistante al tavolo adibito a bar e mi presi un'altra birra. Il ragazzo non demordeva e continuava a starmi alle calcagna.

- Sai, io faccio anche delle installazioni, lavoro coi rifiuti.
- Anche io lavoro coi rifiuti.
- Ah – rispose mentre il sorriso si allungava quasi a diventare un broncio – pensavo che fosse una cosa più originale.
- Non lo è.
- Però, certo, è anche in base a come tratti la materia. Io per esempio ho fatto un manichino in fil di ferro e vi ho applicato una parrucca e delle protesi di silicone a vista.
- Vi hai applicato?
- Sì. Ho voluto dare una testimonianza di come la società dei consumi produca e…
- Che fai, mi spieghi la barzelletta?
- Che barzelletta?

La festa procedeva al suono di musica anni 80, verso la quale mia sorella e i suoi amici provavano una sorta di nostalgia per un periodo nel quale il più vecchio di loro poteva avere sì e no tre anni. I camerieri portarono via i vassoi con gli avanzi abbandonati e spostarono i tavoli. Il prato si andava via via riempiendo di ragazze scalze che ballavano *Enola gay* e di ragazzi ubriachi che saltavano. Anche Vinka batteva i piedi a tempo della canzone. Sentii due braccia che si infilavano sotto le mie da dietro e si stringevano in un abbraccio. Riconobbi subito l'odore di Cettina, mi divincolai dalla presa e mi voltai.

- E allora?
- Come stai?

- Bene. Potevi farti sentire.

Risposi una frase a caso tirata fuori dal cilindro delle conversazioni garbate, mentre osservavo Vinka che alle sue spalle armeggiava con il telefono, schiacciava tasti e leggeva quanto c'era scritto sullo schermo. Cettina continuava a parlarmi mentre io facevo sì con la testa e Vinka rispondeva al messaggio sorridente e rilassata.

- Per questo non possiamo fare la personale, capisci? Spero tu non ci sia rimasto male.
- No Cettina, nessun problema, però non ti ho detto che ho una ventina di quadri per te a casa a Parigi.
- Dici sul serio?
- Sì. Niente riesce a tirare fuori il meglio di me come il bisogno. A tal proposito, non è che mi daresti un anticipo?
- No, Giovanni, fine. Rubinetto chiuso. Le cose non vanno bene e poi c'è la crisi. Fai un paio di foto dei quadri e mandameli. Vediamo di organizzare una spedizione e di venderli prima possibile. Quella lì seduta con tua madre è la tua ragazza?
- Sì.
- Ho capito.
- Anzi, scusami, ma è meglio che io torni da lei.

Vinka sorrideva ancora, furbissima. Mia madre cercava di spiegarle, in un italiano a un volume esagerato, che quello che stava mangiando erano polpette di *neonato* infarinate e fritte. La abbraccia e le spiegai che si trattava soltanto di pesci appena nati, mentre mia madre continuava a fare il gesto di cullare un bambino con le braccia.

Giocò d'anticipo e mi raccontò di aver ricevuto un messaggio da due amici che erano arrivati sani e salvi a destinazione dopo un lungo viaggio. Era stata preoccupata tutto il giorno, ma saperli al sicuro adesso la faceva sentire meglio.

-   Mi fai ballare?
-   Ballare?

La guardai, mi sarebbe piaciuto poter dire, in quell'occhio bellissimo che aveva, ma c'erano sempre gli occhiali scuri tra di noi e forse era meglio così. Le presi la mano e la portai al centro del prato dove ballammo come due scemi sulle note di *Der Kommissar*.

La birra in corpo mi dava un senso di pesantezza e di gonfiore che non riuscivo più a sopportare. Pressava sulla vescica e quel che era peggio è che mi deprimeva. Più quei ragazzi si dimenavano al ritmo di *Karma Chameleon* e *Take on me*, più mi veniva voglia di mettere loro le mani in faccia, ma mi limitavo a rimanere con lo sguardo basso sui loro piedi che saltellavano.

Salii le scale di casa per trovare un cesso dove potermi scaricare in pace, lontano dalla folla e dall'abominevole *Video killed the radio star*. Mi apprestai a farla con la mano tesa a reggermi contro le piastrelle di maiolica, quando, maledetta la mia abitudine di pisciare senza chiudermi a chiave, l'uomo che era arrivato insieme a Cettina spalancò la porta, entrò e si appoggiò al muro mettendosi a fissarmi, mentre mi tenevo la minchia nelle mani.

-   Finisci pure con comodo.
-   Grazie – risposi mentre me lo sgrullavo.

Lo sguardo dell'uomo indugiava troppo a lungo sul mio cazzo. Pensai che fosse una situazione di merda e che non volevo rovinare la festa di Paola per nessun motivo, men che meno per aver menato un frocio nel cesso di casa dei miei genitori.

Pesai bene le parole. "Che cazzo vuoi" avrebbe probabilmente ottenuto come risposta "quello" o "il tuo; "posso aiutarti?", apriva scenari anche peggiori. Mi limitai a emettere una specie di grugnito che mi saliva in gola da qualche milione di anni fa, una specie di uhmghlrr con un'intonazione interrogativa.

-   Mi devi 256.000 euro.

- Che faccio io, preciso?
- La notte sul traghetto.

Lo guardai dritto negli occhi. Mi fu facile escludere dalla sua faccia quello che capii essere una parrucca, che gli dava un aspetto lercio più del cappotto e della barba incolta, mentre i denti, drittissimi, di un bianco che accecava, erano senza il minimo dubbio, quelli che la notte del traghetto avevano addentato quei due arancini.

- Ti ho visto, l'hai preso tu il mio zaino.
- Non so di che parli.

Accorciò la distanza e sporse la sua faccia contro la mia. Poi qualcuno lo tirò via nel corridoio e lo trattenne impedendogli di scagliarsi nuovamente contro di me.

- Papà, lascia perdere.
- Tu non ti immischiare.
- Papà, dài, andiamo via. Questo è un animale.

Il ragazzo riuscì a calmare per un momento il padre e insieme li vidi sparire dal fondo del corridoio, anche se qualcosa mi diceva che quella storia non sarebbe finita così.

Il giardino di casa dei miei appariva spopolato. La festa era finita e le persone avevano preso la via di casa. Qualche amico più intimo di Paola si era trattenuto per l'ultimo brindisi mentre non c'era traccia di Cettina né del dentista o del figlio. Se ne era andato pure Marco. Mio padre si avvicinò a me e Vinka con un sorriso soddisfatto

- Bella festa, vero?
- Sì, papà.
- Sono rimaste le ultime tre birre, che facciamo?
- Ce le beviamo.

Le dispose sul tavolo e le stappò. Accennò un brindisi con Vinka e poi si girò verso di me.

- Che intenzioni avete?
- Partiamo domani mattina, papà. Ci accompagna Paola.
- Perché non rimanete?
- Ma a fare cosa?

343

- Quello che vuoi, responsabile di magazzino, che ne so. Se vuoi semplicemente guidare il muletto puoi farlo. Hai detto che la tua ragazza parla il russo, vero?
- Sì.
- Volevo provare ad estendere il giro d'affari della ditta anche all'est europeo.
- Papà, grazie, davvero. Ci ragioniamo un po' insieme e stanotte ci dormiamo sopra.
- Se no possiamo rilevare una palestra. Ne ho già vista una un po' fuori Catania. È in ottime condizioni e si parcheggia facilmente. Lei potrebbe stare alla reception e tu dare lezioni di boxe.

Per un attimo mi vidi al posto di Vadim a insegnare ai ragazzini come rimanere in piedi dieci secondi in più di quell'altro. Ma di Vadim non avevo l'esperienza, la tecnica o la velocità.

- Papà, non sono in grado di dare lezioni di boxe.

Io e Vinka parlammo a lungo quella notte delle proposte di mio padre, ridendoci anche un po' su e immaginandoci alla reception della palestra, fino a quando non le chiesi di cercare sul cellulare notizie del mio vecchio maestro.

Vadim era morto un anno prima, all'età di settantasette anni. Qualcuno aveva scritto un trafiletto in una pagina web russa. Chiesi a Vinka di mostrarmela e lei, che l'aveva già letta velocemente, mi abbracciò e mi chiese se la volessi tradotta. Le dissi che non c'era bisogno, le strappai il telefono dalle mani e la lessi tutta d'un fiato ad alta voce. Erano solo un paio di righe, parlavano della sua carriera nell'esercito durante la guerra fredda e della volta che combatté per il titolo e perse. L'infarto se l'era preso mentre dormiva nel letto di casa sua accanto alla moglie. Quando lo avevo salutato prima della partenza mi aveva regalato la copia del Don Chisciotte in russo che mi portavo sempre dietro e io avevo ricambiato lasciandogli un libro mio. Ero certo che non lo avrei più rivisto, ma adesso quella certezza aveva sopra il sigillo definitivo che solo la morte sa dare.

Mi girai nel letto voltando le spalle a Vinka, ripensando a quando Vadim mi faceva lanciare grossi blocchi di calcestruzzo o mattoni forati sopra la testa, nel cantiere abbandonato dietro la palestra, mentre con gli occhi piantati contro la mia faccia scettica, mi diceva solo "pliometria", "contrai muscolo, allunga muscolo, esplode muscolo".

Mi rigirai nel letto, coi peli delle braccia ancora ritti e un groppo in gola che la mia maledetta incapacità di piangere impediva di sciogliere.

- Solo una cosa e poi ti lascio in pace. Da quando parli russo?
- L'ho imparato a Odessa, sono andato a scuola.
- Quindi quella sera allo Stalingrad…
- Tutto.
- Mi dispiace. Per il tuo maestro, dico.

Mi voltai verso di lei, le diedi un bacio sulla testa rasata e poi mi addormentai.

L'indomani, come in un vecchio film di Alberto Sordi, ci svegliammo un quarto d'ora prima dell'orario stabilito. Il tempo di una colazione veloce e già eravamo sul nostro volo per Parigi.

VI

È stata o non è
stata una grande
idea la mia? C.

Il display del cellulare che Cettina mi aveva spedito qualche tempo prima si era illuminato e aveva vibrato e trillato un numero imprecisato di volte, informandomi che avevo sms da leggere e che la stessa Cettina mi aveva cercato.

Nel pannello dei messaggi ricevuti, il penultimo e il terzultimo sms provenivano da un altro numero.

Atterro a Parigi alle 12
domani mattina. Mi serve
un posto dove dormire due notti.
Ti racconto tutto di persona.
Ti voglio bene. Paola.

Domani nel senso di oggi.

Nell'altro messaggio Paola mi diceva di non disturbarmi di andarla a prendere che sarebbe venuta in taxi, mentre il precedente era di Cettina che mi preannunciava la visita di

Paola. L'ultimo era sempre della gallerista che mi avvisava che il dentista Marletta era molto interessato ai miei lavori. Le aveva chiesto il mio indirizzo e le aveva detto che probabilmente sarebbe venuto a trovarmi visto che si trovava a Parigi con la moglie per un fine settimana, ma non specificava quando.

Una bella scorpacciata di cazzi da cacare.

Il cellulare di Nico dava libero, ma lui si guardava bene dal rispondermi.

Uno sguardo veloce alle due stanzette mi faceva capire che cercare di dare un minimo di forma e pulizia alla casa era impresa disperata. Sistemai il letto alla buona e gettai i rifiuti più ingombranti e maleodoranti.

L'ultimo litigio con Vinka era stato fatale anche per il frigorifero. Non tanto per l'anta che aveva sfondato con un calcione con quei suoi anfibi pesanti, quanto per il fatto che non avendola più intorno, era rimasto inesorabilmente vuoto.

Paola si presentò con l'aria stravolta. Due occhiaie enormi le cerchiavano gli occhi, mentre i capelli erano appiccicaticci dal sudore alla base del collo ed eccessivamente vaporosi altrove. Una canottiera sudata con le due bretelline che a stento riuscivano a reggere il peso del suo seno e una gonna che sembrava un copridivano lunga fino ai piedi completavano l'opera insieme a un paio di sandali di cuoio.

Mi abbracciò a lungo, poi allontanò la faccia dalla mia facendo la solita smorfia di quando si graffiava con la barba.

- Vuoi fare una doccia e cambiarti?
- No, non importa. Sto morendo di fame. Che c'è da mangiare?
- Niente, pensavo di portarti fuori.
- Benissimo, però andiamo subito.

Attraversando il mercatino sotto il palazzo, mia sorella indugiava a squadrare quel formicaio di arabi che lo

347

infestavano. I tizi delle bancarelle avevano cominciato a guardarmi con diffidenza quando mi ero trasferito lì e adesso invece era tutto un *salam aleykum*, un *tasbah ala khir*[31] e mi chiamavano *voisin*[32]. E adesso che mi portavo in giro i boccoli biondi di mia sorella era un delirio di fischi e urla. Ci mancava poco che qualcuno mi offrisse una mezza dozzina di cammelli per portarsela via.

E io avrei accettato.

Le comprai un foulard nero con una vistosa fantasia dorata dalla bancarella di una vecchia e poi ci sedemmo al minuscolo tavolo in un ristorante appena fuori dal mercatino.

- Come va?
- Bene, bene – un movimento del suo capo, sfuggito a guardare a destra e sinistra e il leggero serrarsi della sua mascella rivelavano tutt'altro.
- Che ci fai da queste parti?
- Ho un aereo dopodomani. Avevo bisogno di una vacanza.
- Da sola?
- Sì.
- E Marco?
- Niente più Marco. Niente più rotture di coglioni. Ho chiuso.
- È successo qualcosa?
- Che doveva succedere? Che mi sgamava che gli facevo le corna? Che io sgamavo lui? La noia, Giovanni. È successa la noia.

Una cameriera dall'ossatura larga, alla quale forse in troppi si erano presi la libertà di chiedere a che ora smontasse, prese le nostre ordinazioni e ci servì del vino rosso. Tornò qualche minuto dopo portando i nostri piatti con bistecche

---

[31] Buongiorno.
[32] Vicino.

stracotte, patate mollicce e un groviglio verde putrescente che a occhio e croce dovevano essere degli spinaci saltati. Scaricò i piatti facendo un rumore eccessivo e ci squadrò con la faccia di quella che ti manda maledizioni e nella migliore delle ipotesi in quei piatti ci ha sputato, vista l'ora alla quale ci eravamo presentati.

- Come l'hanno presa a casa?
- Male. Si erano affezionati a lui, però non mi va di parlare di Marco. Sono venuta un giorno prima per stare con te e non mi va di parlare di lui. E le tue donne?
- Quali?
- La ragazza con la testa rasata che hai portato alla mia festa e Cettina.
- Cettina è un po' che non la sento. È incazzata con me per motivi che mi sfuggono. Vinka è andata, pure lei.
- Mi dispiace.
- Sì, anche a me. Abbiamo litigato subito dopo la tua festa di laurea. Onestamente le sue bugie mi hanno stancato. Ci sono stato troppo tempo dietro, ma ora basta. L'ultimo litigio è stato devastante, uno di quelli in cui vengono dette cose delle quali ci si pente subito dopo averle dette, ma ormai è impossibile tornare indietro.
- Sì, ho presente.
- Uno di quelli in cui cerchi di dare fondo al peggio di te e ti rendi conto che offendere le persone viene facile solo se le persone sono disposte a offendersi. Le ho dato della troia, della ladra e della bugiarda in tre lingue diverse, nel timore che qualcosa si perdesse nella traduzione e le potesse sfuggire.
- E lei?
- Niente. Un cazzo di niente. Se lo faceva passare per l'anticamera. Stava lì immobile a guardarmi,

quasi divertita. E questa cosa mi ha mandato in bestia. Poi di punto in bianco ha detto qualcosa in serbo, mi ha sfondato l'anta del frigo con un calcio e se n'è andata.

- Bel tipo.
- Bellissimo.

Ripensare a quanto era accaduto con Vinka mi faceva tremare di nuovo i polsi, come quando era lì di fronte a me, indifferente a quanto le stavo dicendo, mentre le mie mani lungo i fianchi continuavano a muoversi a scatti, pronte per sferrare una manata che però non le diedi.

- Dunque dove te ne vai di bello? – le chiesi per cambiare discorso e sbollire una rabbia viva come se quanto le avevo raccontato fosse appena accaduto.
- Tanzania.
- Dove cazzo è che te ne vai? – saltai sulla sedia.
- Tanzania, te l'ho detto.

Paola aveva cominciato a disfare l'architettura di balle che mi aveva servito fino a quel momento.

- Parto con dei ragazzi di un'organizzazione umanitaria francese. Dobbiamo costruire una scuola in un villaggio del sud del paese.
- Paola, *a soru*, ma tu che cazzo ne sai di come si costruisce una scuola?
- Ma mica la devo costruire io, scemo, lì ci sono gli ingegneri volontari che dirigono il progetto, i responsabili di cantiere, i cuochi, insomma c'è di tutto, qualcosa da fare me la trovano.

Mi parlava con una convinzione che non immaginavo potesse avere, con uno sguardo spiritato, proprio di chi si è rimbecillito con le religioni, quella convinzione che appartiene ai nuovi convertiti, refrattari a ogni critica, con lo slancio e l'impeto di chi non ammette repliche.

- Ma c'è la malaria, le zanzare, i rapimenti.

- È una regione asciutta, deficiente, mica è umida. E poi ho fatto la profilassi, perché qualche escursione nei parchi la faremo di sicuro. E la zona è tranquilla.
- Sarà. Papà come l'ha presa?
- Direi bene, si è limitato a dirmi che da lui non avrò più un soldo.
- Tipico.
- Già. Ho un po' di soldi messi da parte comunque, non preoccuparti. Senti, io voglio fare qualcosa per gli altri, sento che devo farlo. Tu non li hai visti i bambini dell'opuscolo, con quegli occhi enormi che ti guardano e hanno veramente bisogno di te. Ci sono troppe differenze nel mondo e ognuno deve fare la sua parte per eliminarle. Sai che ogni giorno muoiono di fame...

Mi distrassi come sempre mi capitava di fare quando le conversazioni si protraevano più del necessario ma Paola con uno strattone mi fece capire di voler essere ascoltata.

- Ma mi ascolti?
- Certo.
- Cazzate.
- Mi vuoi fare delle domande a saltare?
- Fanculo, scemo. Voglio dire, sai cosa ho visto nello studio dell'avvocato? Ho visto il vuoto. Ho capito di aver sbagliato tutto, che il mondo non ha bisogno di un altro avvocato.
- Già.
- Quante volte puoi andare nello stesso ristorante? Quante auto puoi cambiare? Quanti soldi puoi guadagnare e spendere senza fare la minima differenza in questo mondo. Fossi stata un medico, un dentista al limite, un'infermiera, allora sì che avrei fatto la differenza, ma così no.

351

- Eh, fossi stata un dentista la sai la differenza che avresti fatto.
- Come, scusa?
- Niente, niente. Mi chiedevo, continuando col tuo ragionamento, quante scarpe puoi comprare?
- Bè, no, le scarpe, magari quelle no – sorrise.

La cameriera ci servì i due caffè insieme al conto che non avevamo chiesto. Pagai e invitai Paola a uscire. Ripassando dal mercatino ormai dismesso per quel giorno, facendo slalom tra scatole vuote e cespi di lattuga marcia disseminati sull'asfalto, le chiesi se volesse andare a riposarsi a casa.

- Sì. Sto crollando.

Proprio mentre salivamo insieme l'ultima rampa di scale del palazzo che portava al mio appartamento squillò quel maledetto telefono che avevo dimenticato di spegnere.

- Come chi sono, stai chiamando tu.
- Ah, ti avevo chiamato prima io?
- Nico?
- Sì, ho una rogna e mi puoi aiutare solo tu.
- E quando mai.
- Dài, Giovanni, non è il momento. Ho bisogno di te subito. Vieni al locale.
- No, Nico, cazzo, passa a prendermi.
- Non posso.
- Va bene, dammi il tempo della strada.
- Sei in macchina?
- No, lo sai che sono a piedi.
- Dài, sbrigati.

Aprii la porta a Paola e la lasciai entrare nell'appartamento. Lei abbandonò la borsa su un tavolo e dopo avermi fatto i complimenti per il francese mi chiese se fosse tutto a posto.

- Devo solo andare a trovare un amico qui vicino. Tu sistemati in camera, non so quanto ci possa volere, ma spero di starci il meno possibile.

Proprio mentre stavo per chiudere la porta Paola mi chiamò

- Giò, 'sta casa è una topaia.
- Non è che dove stai andando ti sistemano al grand hotel.
- Se, vabbè.

Il suono insistito del citofono, due volte, poi tre, poi quattro catturò la nostra attenzione.

- Aspetti qualcuno?
- No – risposi, mentre l'idea che fosse Vinka mi riempì completamente i pensieri.

Mi affacciai alla finestra, certo di riuscire ad intravedere dall'alto la forma della nuca di quella che forse per un po' di tempo era stata la cosa più simile a una compagna che io avessi mai avuto, ma con mia enorme sorpresa, un uomo indietreggiò dal portone verso la strada, andandosi a sistemare nello spazio sotto il marciapiede tre due auto in sosta, mi vide e mi urlò contro per sovrastare il rumore del martellone che aveva ripreso a spaccare l'asfalto.

- Scendimi i soldi.
- Non posso.
- Ti ho detto di scenderli.
- Non posso farlo, e per due motivi validissimi.
- Sentiamo.
- Il primo è che quei soldi, per quanto ne so, non esistono più, o almeno, io non ce li ho più.
- Non dire cazzate, guarda che sparo e da qui ti colpisco. E il secondo?
- Che scendere è intransitivo, stronzo.

Il rinculo della pistola spostò indietro il suo braccio in modo innaturale, il proiettile sibilò andandosi a conficcare in un blocco di tufo nel muro a circa cinque metri di distanza da me. Poi, mentre con un gesto istintivo del braccio spingevo Paola indietro, sentii il secondo colpo spaccare il vetro della finestra e fare un buco sul tetto nella stanza. Chiamai Nico, ma il telefono era sempre occupato. Paola era accovacciata per terra e piangeva con un singhiozzare continuo e un po' ridicolo da animale ferito.

Mi accertai che stesse bene e poi le intimai di non muoversi e di non aprire a nessuno. Le scrissi il numero di Nico su un pezzo di carta, poi presi la porta mentre lei cercava di trattenermi.

Uscii lentamente, anche se probabilmente quello stronzo non era riuscito a entrare nel palazzo. Scesi le scale adagio, cercando di visualizzare lo scenario che mi sarei trovato sotto. Il telefono di Nico era ancora occupato mentre continuavo a scendere le scale. Pensai di parlargli, di prendere tempo e cercare di accorciare le distanze per coglierlo di sorpresa con un diretto destro, oppure di avvicinarmi a lui, faccia a faccia e sfruttare la sua distrazione, entrando nell'area delimitata dalle sue braccia per colpirlo con un montante sinistro, destro se fosse stato mancino.

Immaginai di bussare alle porte dei vicini. Di sicuro quegli arabi avranno avuto un arsenale nelle loro case, ma perché dovevano prendersi tutto questo disturbo per difendermi?

Poi pensai di dirgli la verità, che mi ero fatto rubare quei soldi come il coglione che sono, da una ragazzina di diciassette anni e dal suo compagno, il mio ex caro amico Jan, distratto com'ero stato da un po' di fica.

In ognuna di queste scene l'epilogo era il medesimo: io ero a terra, riverso sull'asfalto, con l'addome sforacchiato di colpi di pistola di un calibro imprecisato e irrilevante e col dentista che dopo avermi fatto fuori, era salito nell'appartamento a cercare i suoi soldi, mettendo così in pericolo Paola.

Dovevo uscire e affrontarlo da solo.

Schiacciai il tasto dell'interruttore, aprii piano la porta e uscii con le mani in vista, per non fargli fare qualche cazzata ma anche per non dare nell'occhio, dal momento che pareva che i due colpi che aveva esploso con la sua pistola non li avesse sentiti nessuno.

Appena mi vide le mani si tranquillizzò, infilò la pistola nella cintola e la coprì con il lembo della giacca.

- Ci siamo – pensai.

Mi avvicinai a piccoli passi a lui, mentre da dietro, la pressione di un oggetto duro che mi si conficcava nelle scapole mi faceva sobbalzare.

Mi avevano preso in mezzo, lui e il figlio, che avevo intravisto grazie alla torsione del capo, prima che lui mi spingesse ancora più a fondo la canna della pistola tra le scapole e mi ordinasse di non voltarmi.

La cosa peggiore che riuscivo a pensare era che non essendo due persone abituate a fare quello che stavano facendo, potevano farsi venire un attacco di panico e spararmi senza motivo, poteva partire un colpo dalle mani del figlio che non avevano smesso di tremare un istante mentre reggevano l'arma, o chissà cos'altro cazzo avrebbero potuto combinare 'sti due.

- Adesso saliamo da te e vediamo se è vero quello che dici.
- Allora non avresti dovuto fare chiudere il portone. Non ho le chiavi con me.
- Magari possiamo sfondare la porta – aggiunse il figlio.
- Se ne sei capace.

In quel momento, come culmine della massima sfiga, il berbero mastodontico che abitava nel palazzo aprì il portone, ci guardò, salutò con un gesto del capo e poi sparì dietro l'angolo, mentre il figlio del dentista stava ben attento a non far chiudere la porta.

Salii le scale con troppa lentezza, tanto che il figlio mi dovette spronare un paio di volte pungolandomi ancora tra le scapole. Poi, una volta arrivati al sesto piano, in prossimità dell'appartamento numero tre, il pensiero che mi aveva accompagnato per le scale di quello che sarebbe potuto accadere a Paola divenne concreto e la mia maglietta si inzuppò istantaneamente di una chiazza enorme di sudore.

- Chi c'è dentro?

- Nessuno.

Un calcio del figlio proprio all'altezza della serratura spezzò a metà il legno della porta che si scheggiò aprendosi e andando a sbattere contro la parete. Mi spinsero dentro e tirarono fuori le pistole. Adesso, nel chiuso del mio appartamento si sentivano più tranquilli e cominciavano a provarci anche gusto.

- Andavi da qualche parte?

Il dentista osservava le due valige di Paola per terra, mentre io sentivo un rumore di passi pesanti che scendevano le scale in fondo al corridoio. Sperai che fossero quelli di Paola che stava cercando, se non di aiutarmi, almeno di mettersi in salvo.

- No, no. Non le disfo mai le valigie.
- Stronzate. Aprile.

Il figlio si inginocchiò e fece scorrere la cerniera della prima valigia. Tirò fuori una serie di vestiti come quelli che indossava Paola quel giorno, gonne lunghe e colorate e canottiere, mutandine e reggiseni, assorbenti con le ali, in caso dovesse precipitare da qualche parte, dentifricio e spazzolino.

- Non è roba sua.

Anche nell'altra valigia il risultato non fu diverso.

- Tienilo sotto tiro, vado a dare un'occhiata qui intorno.
- Sì, papà.

Il tremore delle mani del ragazzo era passato, adesso teneva la pistola salda in pugno e mirava dritto alla mia testa. Dalla stanza da letto sentivo i rumori del padre che rovistava tra la mia roba e poi passava in cucina, con la stessa identica sorte. Tornò nella stanza dove ci trovavamo io e suo figlio con la faccia che sembrava lavata con la candeggina.

- Niente.
- Papà, magari dice la verità, non ce li ha più lui i soldi.

-   Stronzate, nessuno è così idiota da farsi fottere una somma simile.

Il figlio lo guardò interdetto.

-   Io ho avuto una serata storta e stavo per finire in galera. E comunque non me li hanno rubati. È diverso.
-   Certo papà. Però potevi organizzarti con qualche conto online.
-   Hai mai sentito parlare di tracciabilità, cretino? Adesso questo stronzo ci racconta tutto per filo e per segno.
-   Senti – risposi – non ho la minima intenzione di proteggere uno che mi ha rubato i soldi. Lavoravamo insieme in Galles, si è presentato con una ragazza e mi ha chiesto ospitalità per la notte. Al mattino i soldi non c'erano più. E nemmeno loro.
-   Com'era quella cosa dell'intransitivo?
-   Scendere è intransitivo, non regge

Non riuscii a finire la frase che il dentista mi colpì la mascella con il calcio della pistola. Strizzai gli occhi e vidi una specie di lampo. Dentro la mia bocca, un fiotto di sangue denso come *sangele*[33] si spandeva all'istante e diffondeva sul palato e sulla lingua il sapore della monete da duecento lire che avevo imparato a conoscere quando le avevo mangiate da bambino.

Sputai per terra il sangue e due molari che si erano staccati nell'impatto facendoli rotolare sul pavimento e aspettandomi che sulla loro superficie apparisse un doppio sei che mi avrebbe permesso di avanzare di dodici caselle e tirarmi fuori da quella situazione.

Anche lui si era fatto male nell'impatto e si era piegato in due per tenersi la mano ferita con l'altra e schiacciarla sul fianco, quando si spalancò la porta d'ingresso. Con gli

---

[33] Sanguinaccio.

occhi ancora strizzati per il dolore intuivo soltanto alcune sagome che avevano fatto irruzione nella stanza e stavano lottando con i due.

La colluttazione fu breve. In capo a qualche minuto padre e figlio si trovarono disarmati e seduti sul pavimento con due coltelli puntati alla gola.

Mi fu gettato un asciugamano bagnato da uno degli arabi che adesso infestavano la mia casa. Mi asciugai la faccia e cercai di mettere meglio a fuoco quanto stava accadendo.

La prima sagoma, dalla quale non avevo staccato gli occhi di dosso, per quello che poteva servire, si avvicinò e mi invitò a togliermi la maglietta. Mi asciugò superficialmente il mento schizzato di sangue e bava e poi vi avvolse le due pistole che avevano sottratto al dentista e al figlio.

Chiamò qualcuno di nome Dudù, consegnò l'involto al bambino che si era presentato e lo congedò con qualche parola in arabo, poi si rivolse a me

- *Voisin, le bes[34]?*

Tra il sangue che ancora continuava a scorrermi in bocca e la lingua che si era gonfiata a occupare l'intero spazio della cavità orale, biascicai una cosa che doveva suonare come

- *Bes, bes, abdulleh[35]!*

- *Voisin*, prima, quando ci siamo incrociati al portone, ho visto che c'era qualcosa che non andava. Chi sono questi?

- Non preoccuparti, sono solo due stronzi.

- Non è polizia, vero?

- No, sono due dentisti.

L'arabo non capì. Forse pensava a un poco probabile racket delle dentiere e degli apparecchi ortodontici oppure a quanti debiti si potessero contrarre con un dentista per indurlo a comportarsi in quel modo.

- Perché mi avete aiutato?

---

[34] Tutto bene?
[35] Si, grazie a Dio.

- Mica abbiamo aiutato te, non è che uno può permettersi di venire in casa nostra e fare lo stronzo. Qui ci sono i nostri bambini, le nostre famiglie. Nessuno può venire qua a piantare questo casino.
- Allora ti devo dire grazie.
- Ringrazia Allah, piuttosto. E guardati in faccia. Hai avuto la sfortuna di nascere qualche chilometro più a nord, ma sei uno di noi. Ti saluto, *voisin*.

Poi con un gesto inequivocabile del capo, prima indicò i due seduti per terra e poi si passò l'indice sulla gola, guardandomi interrogativo.

- No, dài. Non daranno più fastidio. Adesso se ne vanno, vero?

Il dentista annuì, si alzò in piedi e con il figlio si avviò verso la porta, scortato dagli arabi. Dopo circa mezz'ora che i miei vicini di casa se ne erano andati arrivarono Paola e Nico.

- E voi ora spuntate?
- Abbiamo fatto prima che potevamo.

Raccontai a Nico l'accaduto e trovai la conferma che Paola, avendo visto la scena dalla finestra, era riuscita a uscire dall'appartamento e a contattare Nico. Il mio amico marsigliese mi guardò la faccia tumefatta, mi diede una pacca sulla spalla e mi disse

- Siamo riusciti a superare pure questa. Adesso andiamo. Mi serve il tuo aiuto. Facciamo in fretta e poi ti accompagno da un dentista.
- No, basta dentisti. Ti prego.

Adrienne l'aveva piantato.

Non appena lo aveva visto spuntare al locale dopo mesi, durante i quali non si era degnato di fare nemmeno una telefonata, gli aveva rovesciato addosso il secchio con l'acqua sporca con il quale stava lavando il pavimento. Non contenta lo aveva percosso col mocio, spaccando il manico a metà, senza che Nico accennasse a togliersi quel sorriso cretino che aveva stampato in faccia e infine gliele aveva date pure con quello che restava del manico. Nico sapeva di meritarlo e il fatto di buscarle lo aveva messo in preventivo. L'aveva fatta sfogare sperando che la storia finisse lì, invece Adrienne era andata oltre: gli aveva piazzato sotto il naso le chiavi dello Stalingrad, aveva girato i tacchi ed era sparita.

- Giovanni, io senza di lei sono rovinato. Il locale è una macchina mangia soldi.
- Veramente, mi pare che con lei vada benino.
- I due cuochi cingalesi appena hanno capito l'antifona, se ne sono scappati.
- Perché?
- Non lo so. Forse perché quando lo gestivo io, il locale, ritardavo un poco i pagamenti. Quante storie per un paio di mesi.
- Nico, che devo fare?
- Parlale. Convincila a ritornare.
- Io? Ma se non mi sopporta.
- Non è vero. Mi ha raccontato che passi ogni tanto e le dai una mano. Devo essere onesto con te, le ho raccontato alcuni fatti di Odessa, sorvolando su chi ha fatto cosa.
- Sorvolando, eh?
- Sì, ma credo che si sia fatta un'idea abbastanza precisa. Ah, ricordale quella cosa di Cornell.
- Quale cosa?

Ho la possibilità di far venire Chris Cornell per un live acustico per l'anniversario dello Stalingrad, ci vogliono un botto di soldi, però ho tutto sotto controllo.

Fu lo stesso Nico a suonare il campanello dell'appartamento di Adrienne per poi dileguarsi, dispensandomi delle raccomandazioni generiche.

L'appartamento era più piccolo del mio, se possibile. Adrienne sbrigò subito le formalità, comunicandomi che non aveva nulla da bere e che se avessi trovato un posto libero in quel disordine, mi sarei potuto pure accomodare. Continuò a rimettere in ordine la stanza dandomi le spalle

- Io cercavo un lavoro e l'ho trovato. Poi avevo pensato di aver trovato anche un uomo e invece mi sono ritrovata fidanzata con lo Stalingrad. Lo sai che ti dico? Ne ho avuto abbastanza. Ho perso fin troppo tempo dietro quell'idiota.
- No, ma infatti, mica io sono qui per quello.
- Ah, no?
- No. Anche Nico è d'accordo. Pensa che tu ti sia appiattita sul locale e non sia più la persona brillante di cui si è innamorato. Pensa sia meglio che tu smetta di andare al locale e ti cerchi un altro lavoro. Però questo non significa che vuole perderti.
- Innamorato? Nico?
- Sì, perché, non lo sai?

Smise di rassettare la stanza e si sedette vicino a me. Sul bordo della cornice di un quadro alla parete, Adrienne aveva appeso il disegno che le avevo fatto una notte al locale.

- E perché non è venuto lui a dirmelo.
- Perché – cercai di non spararla troppo clamorosa, la minchiata – insomma – ci voleva un'idea – tu lo sai com'è fatto Nico, no?
- Già – rispose rassegnata – però non mi vuole più al locale.
- Ma no, Adrienne, non è questo. E poi, scusa, non te ne sei andata tu?
- Sì, ma non era per sempre.
- Capisco. Comunque Nico non è venuto anche perché è preso dall'organizzazione del concerto dell'anniversario – ahi.

Adrienne stracambiò in faccia. In un istante si accorse di tutte le balle alle quali si era sforzata di credere fino a quel momento. Si alzò in piedi e mi urlò contro

- Siete i due più viscidi, abietti, luridi pezzi di merda che io abbia mai conosciuto.

Abbozzai una risposta farfugliata, che dovette suonarle come una conferma, si girò cercando l'oggetto più consono da scagliarmi contro, ma poi si afflosciò di nuovo sul divano ricoperto di vestiti da stirare e riuscì solo a biascicare

- Sparisci.

Nico mi aspettava sotto il portone, mi venne incontro tutto eccitato e mi chiese

- Allora, com'è andata?
- Direi bene.
- Che le hai detto?
- Che sei innamorato pazzo di lei.
- Che hai fatto, tu?
- Lasciala sbollire un paio di giorni, è completamente fusa. E lascia perdere pure Cornell, ché non è cosa.

VII

A pensarci, a volte, sembravano passati secoli. C'era la polvere sui ricordi, si sentivano le lamiere fumanti di morte cigolare al vento. La notte invece riduceva le distanze, confondeva le prospettive, bagnava di sudore e di lacrime i sogni, li rendeva agitati.

Avevo diciannove anni e una vita da diciannovenne come tante altre del mio paese. Con il lavoro part time da cameriera mi potevo permettere un piccolo appartamento a Vukovar vicino all'università, in modo da non dover viaggiare tutti i giorni da casa dei miei.

Intorno a me c'erano i libri, le mie due coinquiline e MTV accesa a qualunque ora del giorno e della notte, come se ignorare quello che stava per rovesciarsi addosso a noi, lo allontanasse spingendolo in un altro emisfero. Ogni tanto mi vedevo con un ragazzo, nessuna passione bruciante da film o testo di musica pop, solo tanta gentilezza e forse la fiducia che prima o poi questo poteva diventare qualcos'altro.

Di quella notte ricordo ancora la sua faccia terrorizzata mentre si rintanava nudo in un angolo della stanza pensando che mio fratello volesse farlo fuori e il volto del mio fratello maggiore, nero di preoccupazione e rabbia, che si muoveva tra l'armadio e la cassettiera della mia camera da letto, riempiendo alla rinfusa un borsone di tela grigia con quello che gli capitava a portata di mano. Chiudeva la cerniera e se lo caricava in spalla, mentre mi spingeva ancora scalza e con gli anfibi in mano, verso la macchina dove ad aspettarmi c'erano gli altri due miei fratelli.

Fu la prima volta che vidi un'arma in vita mia. Pistole e fucili se ne stavano appoggiati sui tappetini dell'auto, mentre Milo, il secondo dei miei fratelli, sprofondato sul sedile del passeggero, impugnava un fucile da caccia tenendolo basso per non farsi vedere dall'esterno.

I croati, con l'appoggio incondizionato dell'occidente, avevano deciso di riversare tutto il loro odio contro la Krajina, la casa che avevamo costruito per proteggere il nostro popolo.

Piombarono i primi colpi di mortaio, le donne del piccolo paese dove vivevano i miei genitori furono portate in un casolare di campagna, lontano una quarantina di chilometri dalla città, scortate da un gruppo di volontari.

Ci caricarono su due camion un mattino e ci portarono via, anche se molte decisero di rimanere a fianco dei propri figli sotto i colpi dell'artiglieria nemica. Mio padre e i miei fratelli non vollero sentire ragioni, mi gettarono il borsone addosso e mentre lo tenevo tra le braccia, mi sollevarono di peso e mi spinsero dentro il cassone del secondo veicolo.

Sulla strada deserta si respirava odore di putrefazione. Quell'asfalto percorso migliaia di volte e un tempo familiare, perdeva i connotati e si distorceva nell'incubo. Forse era la mia impressione, ma si respirava a malapena.

Attorno al casolare un paio di ragazzini montavano di guardia con l'aria divertita. La notte il silenzio veniva forzato da esplosioni lontane. Non c'era altro da fare se non aspettare, chiacchierare e sperare che il mondo occidentale si accorgesse di quello che ci stavano facendo. Poi capimmo che il mondo occidentale, quello che doveva venire a salvarci e che qualcuno immaginava travestito da supereroe, dalle fattezze di pipistrello o con una ridicola tutina attillata, era il primo mandante di quell'eccidio tra fratelli, perché noi a *bratsvo i jedinstvo*[36] ci avevamo sempre creduto e la nostra colpa era solo quella di essere rimasti leali, verso noi stessi e verso gli altri.

Due tonfi sordi.

Rumori all'esterno del casolare.

Passi.

Almeno due persone.

Trascinano qualcosa.

Sfondano la porta. Sono solo istanti che si dilatano fino a sembrare ore, col sangue accecante che pulsa nelle tempie.

Tre bagliori nel buio del salone d'ingresso, un'altra raffica.

Si accendono le luci, tre uomini in uniforme croata ci tengono sotto tiro.

I tre volontari di guardia, tre ragazzini, giacciono per terra, il sangue ha striato le pareti di linee regolari. Dentro è tutto un pianto soffocato, un singhiozzo continuo, una donna si è inginocchiata per chiedere pietà, viene presa a calci in bocca per risposta.

Una ragazza che abitava vicino casa mia trema in un angolino. Indossa una gonna lunga con dei grossi fiori blu che si appiccicano sulle sue gambe al passare del piscio che scorre per terra. Un soldato la afferra per la nuca e la sbatte giù strofinandole la faccia sulla sua stessa urina.

Mentre uno continua a tenerci sotto tiro, gli altri due sfondano le porte delle stanze al piano di sopra.

    - Avanti, dentro!

Spingono all'interno del salone le altre quattro ragazze che stavano di sopra, ci fanno mettere in fila faccia al muro, tutte e diciotto.

---

[36] Fratellanza e unità.

I due uomini ci perquisiscono minuziosamente, senza risparmiare le parti intime, a giudicare dalle proteste e dai muggiti delle mie compagne. Improvvisamente mi sento tirare i capelli da dietro, poi una forza nel senso opposto mi manda a sbattere la fronte contro il muro e rimango con una guancia spiaccicata contro la fredda parete di maiolica. Il soldato accosta il viso al mio, graffiandomi con la sua barba e facendomi sentire il suo fiato pesante di birra calda e Drina light, le sue mani si arrampicano lungo i miei fianchi scoperti e si intrufolano sotto, mi afferrano i seni e torcono i capezzoli con rabbia.

- Qui abbiamo la reginetta della festa.
- Allora mi sa tanto che dobbiamo proclamarti re.

Due risate baritonali.

- Ce n'è anche per voi, state tranquilli.

Altre risate.

La presenza e l'incitamento degli altri due amici gli infondono maggior coraggio. Mi scosta gli slip e inizia a forzarmi le parti intime con le sue mani sudice. Per quanto io possa resistere, l'uomo che mi tiene ferma è davvero grosso e non sembra far caso alle mie proteste. Fruga a lungo dentro i miei slip, mi spinge via, cado a terra e lì rimango per non so quanto tempo.

- Hanno viveri per altri tre giorni, poi qualcuno verrà a rifornirle.
- E ci troverà qui ad aspettarlo.

Tre giorni, il terrore. Sono rimasta rannicchiata sul pavimento, dietro una credenza, tumefatta.

I croati si disposero per l'accoglienza a chi avrebbe dovuto portarci i rifornimenti, spostarono la camionetta sul retro del casolare e la nascosero. Si divisero i turni di guardia e l'utilizzo delle armi pesanti.

Fu un giorno straziante, di urla e lacrime. Un andirivieni confuso dal salone dove stavamo raccolte tutte, alla stanza attigua diventata scannatoio. Sceglievano una ragazza, casualmente, e la facevano entrare a forza nell'altra stanza. Si sentivano rumori attutiti dalle spesse pareti del casolare, qualche minuto, poi la ragazza veniva trascinata a braccia nella nostra stanza e scaraventata faccia a terra. Nella notte tre di noi furono prese per i capelli e portate fuori, la mia amica Anita, la ragazza col vestito a fiori, mi guardò con gli occhi pieni di terrore. Tre spari, tre tonfi di materia inerte che si schianta al suolo.

Seduti intorno al tavolino basso i tre soldati iniziarono a bere *travarica* e a cantare "*Oj, ti vilo Velebita*" o "*Marjane, Marjane*". I bicchierini cozzavano l'uno contro l'altro facendo scolare il liquido sul tavolo mentre i tre, ormai ubriachi fottuti, intonavano ancora *Druze Tito, kupit cu ti Ficu, a Mercedes Anti Pavelicu*[37].

Alla terza bottiglia il ragazzino se ne stava stravaccato sul divano con la testa riversa all'indietro russando fragorosamente, mentre i due si erano immalinconiti e parlavano delle loro famiglie.

Cedette anche il secondo, addormentatosi storto con tutto il peso del corpo sulla testa, mentre il terzo, con fare appariscente, si scrollava di dosso i pensieri di casa, spostava il mitra da un fianco all'altro, lo posava sul tavolo e iniziava a smontarlo e pulirlo.

Grottesca, nel tentativo di sfruttare il buio, il mitra smontato e lo stato di ubriachezza dei tre, una ragazza armata di padella, si scagliò contro i carnefici. Lenta e goffa come in una caricatura, come la caricatura tragica che eravamo costrette a vivere. Volarono pedate e pugni, colpi di calcio di fucile, sputi e insulti, denti che rimanevano attaccati alla radice e penzolavano da bocche spalancate e

---

[37] Compagno Tito, ti comprerò la Fico e una Mercedes Benz per Ante Pavelic.

altri che cadevano e rotolavano per terra facendo rumore di dadi da gioco e sangue bavoso scolato sul pavimento, bernoccoli sugli occipiti e colpi d'arma da fuoco. Piccole fenditure di luce nella stanza in penombra. Corpi che caddero esanimi. Corpi trascinati da altri corpi che fuori nella campagna caddero esanimi.

Sentivo solo un sottile ronzio nelle orecchie mentre mi spingevano dentro e mi facevano sdraiare sul tavolaccio di legno unto, mentre mi strappavano i vestiti di dosso facendomi rimanere nuda, esposta a gambe spalancate come sul tavolo di un ginecologo psicopatico. Dita schifose e grassocce entravano dentro il mio corpo completamente asciutto. Non riuscivo a estraniarmi da tutto quello, percepivo distintamente ogni imperfezione, ogni venuzza, ogni colpo.

- Vi ucciderò, lo giuro – sibilai.

Uno schiaffone mi colpì la parte destra del viso paralizzandola. Mi divincolai da sotto e cercai di scappare, fui raggiunta subito, afferrata per le spalle e scaraventata contro una porta-finestra chiusa, attraversandola da parte a parte. Non sentii nulla, solo il botto e il rumore di vetri rotti che cadevano sopra i miei piedi nudi, mentre la guancia destra mi si apriva da parte a parte con un taglio profondissimo e la testa si bagnava di una sostanza densa che asciugavo col dorso della mano, sul quale rimanevano intere ciocche di capelli appiccicate dal sangue. Ancora mani sulla nuca, ancora lividi sulla fronte, la pressione sullo sfintere e poi il buio.

Ripresi i sensi a forza di schiaffi.

- Piccolo Ive, giovanotto, vieni qua, guarda che ti abbiamo conservato.
- È tutta sporca.
- E dài, che cazzo te ne frega.
- È sporca.

Va bene, va bene. Guarda che lo faccio solo per te.

368

Intorno a me movimenti confusi, sagome che interrompevano il flusso della percezione della luce dei miei occhi chiusi. Rumori di metallo che striscia per terra stridulo. Un secchio d'acqua gelata. Poi un altro. Una mano che stringe una ruvida spugna da cucina e mi sfrega la paglietta sul corpo, scrostando dall'interno coscia il sangue e la merda cagliati. Non oso aprire gli occhi, sento pezzetti di pelle che si staccano. Ancora un secchio d'acqua gelata.

- Allora, Ive è di tuo gradimento adesso?

Da uno spiraglio di occhio aperto vidi il ragazzo accarezzarsi l'uccello da sopra i pantaloni e non sembrava ascoltare le parole degli altri. Bevve un lungo sorso dalla bottiglia, cambiò l'inespressività del viso in una smorfia cattiva ma poco convinta, mi spinse sul tavolaccio ancora disseminato di vetri che mi tagliavano la schiena nuda.

- Oh, finalmente ti sei deciso. Va bene, Ive, ti lasciamo solo con questa cagna. Occhi aperti, però.
- Tranquillo.

Fu un istante, con quel bastardo chino su di me che cercava di baciarmi e mi pressava contro i vetri infranti, facendo entrare le schegge ancora più a fondo nella mia schiena. Afferrai con la mano destra un pezzo di vetro molto grande di forma vagamente triangolare e lo strinsi. Sentii la carne del palmo e dei polpastrelli aprirsi da parte a parte e il sangue che cominciava a scorrere lungo le dita e a sgocciolare via. Quel dolore mi distraeva dall'altro. La mano che pulsava e diventava incandescente non mi faceva pensare a tutto il resto.

Lui fraintese.

- Vedo che comincia a piacerti, cagna.
- Mmmmsi. – mormorai - oh , Ive.
- Brava, così, vedrai che poi ti piace, adesso mettiti
- Piccolo... pezzo... di... merda...

Non riuscì a finire la frase. Con un repentino scatto del braccio, il triangolo di vetro che ormai si era saldato con la mia mano gli penetrò un occhio e terminò la sua corsa chissà dove dentro il suo cervello, mentre la parte che avevo usato come impugnatura si sbriciolava in mille pezzi. Rotolò dal tavolo e cadde giù come il sacco di merda che era, stecchito.

Frugai nelle sue cose ma non aveva armi con sé. Riuscii a trovare solo una specie di coltellaccio da sub, lo tenni stretto in mano e mi nascosi.

E' uno sprazzo di lucidità che mi fa spingere giù l'interruttore del generatore di corrente. Un click, un istante e poi il buio. L'uomo sembra disorientato, armeggia con il suo zaino per estrarre una torcia, la accende e punta il fascio di luce verso di me. Devo sembrargli l'ombra di un animale ferito che si dimena per sfuggirgli. Esplode alcuni colpi di pistola nella mia direzione, ma io mi sono prontamente nascosta dietro un mobile. Le pareti ancora rimbombano per l'eco degli spari che lui si scaglia ancora verso di me con una furia che posso solo immaginare. Spara alla cieca, penso "è finita". Mi butto su di lui e affondo il pugnale.

Geme, annaspa, le gambe fanno bicicletta per un po', la schiena sussulta sbattendo sul pavimento e poi si ferma. Mi abbasso su di lui e vedo che la pugnalata l'ha centrato in pieno petto. Morto è morto, gli sferro un calcio sul volto con i piedi nudi, ma non faccio altro che slogarmi una caviglia. Mi trattengo dall'impeto di sfregiarlo e di farlo a pezzi con quello stesso pugnale che gli è rimasto appeso nel torace, anche perché sento avvicinarsi il rumore di un motore.

Anche quello che feci dopo era dettato in qualche modo dalla rabbia che mi era esplosa dentro. Mi rendeva lucida e mi permetteva di fare ricorso a tutte le mie capacità pur di uscirne viva.

Mi svegliai in una tenda militare e da quel momento, la visione monoscopica mi accompagnò per tutta la vita. Dentro il sacco a pelo strofinai i mie piedi nudi l'uno contro l'altro, qualcuno mi aveva cambiato i vestiti. Adesso indossavo una canottiera bianca, dei grossi mutandoni da uomo e un paio di pantaloni mimetici sbottonati in vita di diverse taglie più grandi della mia. Vicino al sacco a pelo erano stati disposti dei grossi anfibi e due paia di calzettoni neri di spugna, li indossai. Mi alzai a fatica da terra e cercai qualcuno.

La luce di mezzo mattino mi colpì trasversalmente come una scudisciata in pieno volto.

Seguivo i ragazzi per non rimanere sola. Tutto quello che ricordavo era stato il loro arrivo nella radura, mentre scappavo dal soldato croato sopravvissuto che mi dava la caccia, il suono assordante dei colpi dell'artiglieria anticarro e la disposizione coreografica del plotone. Si apriva a ventaglio e sparava qualche scarica.

Il rumore del vecchio kalasnijkov non mi era mai sembrato così dolce.

Nella campagna bruciata, sporadiche folate di vento facevano oscillare dei piccoli arbusti, e il contraccolpo staccava dal loro fusto minuscole schegge regolari e dure, come squame di rettile, che si perdevano a spirale nelle correnti ascensionali e ritornavano a terra in picchiata.

- Mi dispiace per l'occhio, non siamo riusciti a fare niente. Comunque hai l'altro, no? Ti funziona?

Abbassai la testa in un cenno di assenso mentre lui spingeva sul tavolo verso di me un grosso paio di occhiali da sole che afferrai e indossai subito.

- Come ti chiami? Solo nome di battesimo, prego. Niente cognome, niente etnia.
- Vinka.
- In quante eravate?
- Non ricordo.

371

- Come ne sei uscita?

Non ricordo. L'uomo seduto di fronte a me mi guardava fisso. Non trasudava nessuna emozione. Aveva la carnagione scura e un accento strano.

- Ti abbiamo trovata in condizioni inequivocabili

Le parole rallentavano nella mia testa. L'uomo gettò sul tavolo un plico con delle foto. Al suo interno erano contenute delle scene strazianti che ritraevano i due croati squartati. Chiusi il plico senza aggiungere altro.

- Sei stata tu?
- Non ricordo.
- Quello è il tuo fucile in dotazione, munizioni, calze pulite. Si pranza tutti i giorni alle 12.15, si cena alle 19. Adesso preparati e poi vieni fuori che ti presento al resto del gruppo.

Si fermò sull'ingresso della tenda e indicando alcuni puntini bianchi abbandonati sul tavolo marrone, mi disse

- Dimenticavo, lì ci sono due pillole, prendine una subito e l'altra domani alla stessa ora.
- Cos'è?
- Un abortivo.

IX

Forse quella di Paola era la scelta giusta. Mettersi su un aereo e lasciarsi tutto alle spalle, arrivare lontanissimo, in un posto dove tutto quello che contava erano i tuoi gesti. Era questo quello che voleva Vinka? Un mondo fatto da persone tutte uguali che si distinguevano l'una dall'altra per il modo in cui si relazionavano. Niente stemmi, simboli, oggetti. Niente di niente, solo il modo di guardarsi in faccia e sorridersi, ignorarsi o piacersi.

Il taxi mi stava portando a casa da Charles De Gaulle e la città mi sfilava a fianco. Avevo abbracciato Paola per l'ultima volta, di nuovo, augurandomi che sarebbe presto rinsavita da quel colpo di testa, in realtà pensando che non sarebbe resistita più di dieci giorni senza il balsamo per i capelli. Ma forse parlavo così per egoismo, per una forma di invidia che mi faceva disprezzare una scelta che non condividevo. Lei forse aveva trovato la sua strada e poco importava se una persona che aveva visto due volte negli ultimi dieci anni, benché fosse suo fratello, non la appoggiava in quella scelta. Non le dissi niente, se non un generico in bocca al lupo e un ancora più vago io sono qui, se hai bisogno, ma mentre glielo dicevo ero il primo a pensare ma qui dove?

Non vedevo Vinka da troppo tempo e la cosa che mi mandava in bestia era che non avevo di preoccuparmi per lei. Era un pensiero intermittente, a volte scivolava via e riuscivo a continuare ad avere una vita, a vedere Nico e Adrienne, che erano andati a vivere insieme o a frequentare quei due ragazzi siciliani che avevo conosciuto. Poi succedeva di botto: il battito cardiaco aumentava all'impazzata, la temperatura corporea saliva, la parte bassa della schiena mi si riempiva di sudore e mi immaginavo Vinka schiantata con l'auto contro un albero, in carcere o assassinata e seppellita in un campo fuori città o scaraventata in un canale. Però erano contorsioni mentali, quelle che fa la testa quando non riesce a pensare che al peggio. Io sentivo che Vinka era ancora viva, io lo sapevo.

Il taxi si fermò proprio all'incrocio di casa mia e mi lasciò all'angolo perché il tassista non voleva fare il giro dell'isolato, pagai e mi incamminai verso casa. A qualche metro dal portone di casa un uomo corpulento, rasato e con il pizzetto, in abito grigio scuro con sotto una maglietta nera e un collier d'oro a vista sembrava che mi stesse aspettando. Memore di quanto occorso col dentista mi voltai e controllai alle mie spalle. La strada sembrava libera, poi cercai di concentrarmi sull'uomo a una decina di metri da me e di ripassare a memoria tutte le lezioni del vecchio Vadim. Il pelato mi dava almeno una ventina di centimetri in altezza e dieci abbondanti in lunghezza delle braccia e pesava trenta chili di più. Mi ricordai il mio primo incontro di allenamento con un avversario più alto.

"Accorcia distanza", "stai sotto". Maestro, non è naturale, gli animali si allontanano dalle fonti di pericolo. Tu non sei un animale, sei un pugile. Hai coraggio ed è buono, sei incosciente e a volte è buono pure, ma sei completamente scemo. Se mi concentro la sento ancora la manata che mi arrivò sulla nuca accompagnata dal suo "vai e combatti". E aveva ragione lui, avevo accorciato la distanza, mi ero fatto sotto e l'avevo buttata in rissa.

Quello che invece non ricordo è come mi ritrovai per terra con le mani che tenevano il setto nasale fratturato, lamentandomi e bestemmiando

- Cristo, di nuovo, no

Il sangue scorreva libero e mi inzuppava la maglia mentre l'uomo che mi aveva colpito mi afferrava per i capelli e mi lanciava sul sedile posteriore di un auto parcheggiata proprio lì davanti.

Mi tolse le chiavi di casa e sparì per una decina di minuti nel portone del mio palazzo. Al ritorno teneva un quadro tra le mani, ma non era mio. Aprì il bagagliaio e lo depositò dentro. Salì in auto proprio di fianco a me, mentre ai due uomini seduti sui sedili anteriori, vestiti e con il cranio rasato come il suo, diceva qualcosa in serbo.

Poi la ripeté anche in inglese, per farsi capire pure da me.

- Questo stronzo è un pittore, l'ho dovuto cercare tra una ventina di altri quadri e alla fine sui suoi ci ho pisciato sopra – disse, mentre i due davanti non smettevano di ridere.

Dopo tre quarti d'ora, col setto nasale che ormai non sanguinava più ma sembrava una melanzana spaccata, arrivammo in un capannone. Entrammo da un cancello automatico nell'ambiente deserto e mi portarono al cospetto di un uomo quasi pelato, con dei ciuffi biondi disordinati che gli svolazzavano dal cranio come un tentativo mal riuscito di riporto e la faccia e le mani macchiate di segni violacei. Accanto a lui un uomo che, con un certo sforzo, riconobbi come il poliziotto della notte del furgone.

Il capo lo guardò e gli chiese conferma, il poliziotto rispose

- È lui.

Mi interrogò a lungo, cercando di scoprire dove fossero l'arabo e Vinka o di ottenere almeno informazioni sui loro spostamenti o sui posti che frequentavano abitualmente.

Era difficile che io parlassi, anche perché io veramente non sapevo nulla di quello che mi stavano chiedendo, nonostante i pugni pesanti sui reni che ricevevo a turno dai tre che mi avevano gentilmente offerto quel passaggio.

Poi successe qualcosa. Il cellulare di quello che chiamavano Gorkij squillò e l'uomo rispose nella lingua di Vinka e nella stessa lingua ordinò agli altri di muoversi. Lasciarono il poliziotto francese di guardia, mi caricarono un colpo di calcio di pistola nella testa e io svenni per un tempo indefinito.

Quando ripresi i sensi temetti che la testa mi sarebbe scoppiata da un momento all'altro dalla forza con cui mi pulsava dall'interno, vidi il ragazzo del furgone che pistola in mano faceva delle prove di impugnatura e mirata, sembrando un deficiente piuttosto che un De Niro. Feci finta di essere ancora svenuto e lo osservai con gli occhi socchiusi mentre si allontanava per andare a pisciare in un angolo del capannone. Poi uscì, salì in macchina per seguire i serbi abbandonandomi lì, ma qualcuno gli aveva tolto le chiavi dal quadro.

Mi nascosi dietro un pilastro in cemento armato e aspettai che ritornasse, ma dovetti constatare che forze non ce n'erano più, mi erano scolate dal naso insieme al sangue. Appena fu a portata di tiro scattai con un balzo mirando al volto. Da qualche parte, in un residuo di animalità nascosto, permaneva l'istinto di sopravvivenza. La scarica di pugni fu impressionante, non ebbe nemmeno il tempo di fare il gesto di cercare la pistola, che già lo avevo investito con una serie di diretti al volto, agli occhi, sotto gli zigomi che colpiti sbocciavano come piante carnivore. E poi il fegato, immediatamente sotto l'ascella dove non ci sono muscoli a proteggere lo sterno, il diaframma che ti toglie il respiro e infine il mento, che spegne la lampadina e ti augura la buona notte.

Lo lasciai lì, ridotto a una poltiglia, più o meno come ero ridotto io, uscii dal capannone e iniziai a correre senza direzione, con le luci di una grande strada, forse una tangenziale come unico obiettivo.

Arrivato a fatica sulla strada cominciai a sbracciarmi verso il traffico che procedeva verso di me, anche se per lo più erano camion che si tenevano alla larga. Su uno di questi, l'uomo seduto al posto del passeggero mi guardò negli occhi mentre il camion più grosso che io avessi mai visto, sfrecciava a un metro di distanza da me. Si fermò a circa cinquecento metri da me, sentii suonare il clacson, ricominciai a correre e lo raggiunsi.

- Ragazzo, stai bene? – mi chiese l'uomo accarezzandosi i suoi folti capelli bianchi, osservando la maglietta zuppa di sangue e le nocche delle mie mani completamente sbucciate, sulle quali c'erano ancora tracce dei pugni che avevo dato al poliziotto.

Mi invitò a salire sul camion e mi promise che al piazzale dove avrebbero scaricato a breve, qualcuno sicuramente mi avrebbe accompagnato all'ospedale. Risposi che volevo solo tornare a casa.

- E allora sali, dài, non ci fare fare tardi.

Mi tese la mano e mi aiutò a montare sul camion, salutai l'altro uomo alla guida mentre quello che mi aveva aiutato a salire mi zittiva. Il guidatore era impegnato in una telefonata concitata attraverso un auricolare che gli lasciava le mani libere di gesticolare.

- Sì, Teresa. Lo so che non sono venuto. E certo che me ne sono accorto. Te l'avevo anche detto che partivo per un viaggio col camion, ma tu non ascolti mai – sussurrava.

- Sua moglie? - chiesi all'altro.

- Shhhh, zitto.

- Ah – una lunga pausa interruppe il gesticolare del camionista - mi aspettavi. Possiamo fare sabato prossimo. No, io torno domani mattina.

Domani sera? Certo. Ti chiamo. Sì, andiamo dove vuoi tu. Sì, anche io.

Mise giù schiacciando un tasto dalla clip a farfalla pinzata sul bavero della giacca e si girò in direzione nostra, scambiando un cenno di intesa con il collega.

La tangenziale sfilava sotto il camion e le luci della zona industriale di Roissy si iniziavano a scorgere dalla distanza. Li ringraziai ancora una volta e poi chiesi loro

- Che cazzo ci fate con un maialino nell'abitacolo?

Biagio, il cugino di Biagio, fece sfrecciare la sua auto all'interno del piazzale, immaginandosi per sé e suo cugino Biagio un'entrata trionfale alla sede operativa della compagnia. Quello che apparve a Salvatore che li stava aspettando proprio lì davanti fu invece la peggiore faccia da Renica di cui era stato capace Biagio da che campava.

Il Megax girava che era una meraviglia, tanto che i tre ingegneri indiani si erano congratulati con lui e l'avevano addirittura abbracciato, suo cugino era stato assunto come test driver dalla compagnia e con buona probabilità si sarebbe tolto dai piedi a breve. E tuttavia il pensiero ritornava a quegli istanti passati con Elisa.

Se ne era andata definitivamente e lui l'aveva capito subito, ché gli si poteva dire di tutto a Biagio, meno che fosse cretino.

Le sue due sim risultavano irraggiungibili, così come i seriali del telefono. Il programma di riconoscimento dei connotati girò a vuoto per svariate decine di minuti, dandogli come unico risultato possibile, con un'attendibilità del 17%, una ragazza araba.

E da quel momento, l'espressione che si portava stampata sul volto non lo aveva più lasciato.

- Che è quella faccia, Biagio?

- Elisa se n'è andata.

Salvatore non aveva il tempo né la serenità per starlo a sentire. Indicò a cugino Biagio un angolo dentro l'officina e gli disse di spostare l'auto. Un meccanico fece fuoriuscire il gasolio dal tappo di scarico del serbatoio mentre un altro lo riempiva con la miscela di olio di colza, diesel e additivo tra le proteste di cugino Biagio che gridava

- Non ce la voglio quella *munnizza* nella mia macchina.

Ormai il serbatoio era quasi pieno. Salvatore mise una mano sulla spalla di Biagio e la strinse, lentamente ma con decisione. Gli occhi erano diretti su quelli di cugino Biagio, in diagonale, da una quindicina di centimetri più in alto.

- Tu ora metti il tuo culo nella macchina e cominci a girare per l'isolato e non ti fermi nemmeno per pisciare. Tieni questo - gli infilò storto un archetto con cuffia e microfono, con l'auricolare che gli tappava un occhio e la stanghetta col microfono che gli era finita dentro un timpano – e non torni fino a quando non ti chiamiamo – e lo spinse in direzione dell'Audi.

Biagio ebbe l'istinto di girarsi verso Salvatore e di dire

- *Tu u sai cu sugnu?*

Non ebbe nemmeno il tempo di finire la frase che si trovò con il naso di Salvatore a un centimetro dal suo.

- *A mia non mi ni futti 'n cazzu di cu si, uora camina.* Ah – aggiunse – occhio che all'angolo della strada è pieno di randagi.

L'auto impiegò dieci minuti buoni per mettersi in moto, poi partì con un botto del tubo di scappamento e un fumo eccessivo e puzzolente da frittura di fast food, mentre dalla casse della diffusione sopra il banco di prova si sentivano le bestemmie in brontese di cugino Biagio.

- Dunque, Biagio, sono stato incaricato di riferirti che il tuo lavoro è stato molto apprezzato e che i

capi sono lieti di offrirti un contratto a tempo indeterminato per la manutenzione del Megax.
-   Salvatore. Io me ne voglio tornare a casa.
-   Non puoi.
-   Salvatore, io torno a casa.
-   Biagio, piantala con le stronzate.
-   Salvo, questi sono pericolosi. Andiamo via, vieni pure tu, ascoltami.
-   Ma non lo senti di stare facendo la cosa giusta per una volta nella vita? Di essere dalla parte giusta? Di fare la differenza? Che vuoi fare, Biagio, vuoi tornare in Italia a fare il precario, a farti assumere a cinquant'anni suonati e poi andare in pensione a cinquecento euro al mese dopo aver pagato tasse e contributi?

Dalle casse un accento pesante di montagna e un gracchiare continuo della trasmissione radio coprivano a malapena la voce di cugino Biagio che urlava "va una merda, è tutta imballata" e Salvatore che gli rispondeva
-   Tu continua a girare, stiamo monitorando i consumi.
-   Che te ne fotte a te dei consumi di una macchina che va una merda?

Il click nell'auricolare fece capire a cugino Biagio che ormai stava sbraitando da solo, mentre Salvatore osservava Biagio che diventava sempre più nero.

Le cinque auto parcheggiate nella rimessa con il cofano aperto erano state abbandonate lì dai meccanici che adesso si dedicavano a seguire sui monitor i parametri dell'Audi di Biagio che girava in tondo.

Si chinò e osservò la macchia densa scolata dalla marmitta di una delle macchine parcheggiate.
-   Questa per esempio che aveva?
-   Solita storia: prestazioni scarse, motore imballato, consumi più alti del normale.
-   Che ci mettete in questi motori?

380

- Olio di colza di una qualità particolare, una parte di diesel e un additivo.
- E l'additivo?
- L'additivo è a posto.
- Inutile chiederti dell'olio.
- Inutile.
- Non è che c'è il diesel annacquato.
- Biagio, figurati se il diesel è annacquato.
- *Allura è a machina.*
- Come?
- Allora è la macchina. Che è, da quando sei diventato importante ti sei dimenticato il siciliano?
- Ma quando mai? E quindi secondo te che dovremmo fare?
- Secondo me? Andarvene a fanculo. Così, per dire.
- Tu hai un'idea, lo vedo. Ti prego Biagio, sono nella merda, aiutami.
- Certo, ora preghi e cerchi aiuto.
- Biagio, se riesci a fare funzionare la macchina ti prometto che ti faccio rintracciare Elisa. Va bene?

Era da circa un'ora che non pensava più a lei. Solo sentire il suo nome gli fece rimbalzare lo sguardo per terra. Un istante e poi di nuovo gli occhi di Salvatore che erano un misto di paura e speranza, un movimento a scendere e salire del capo di Biagio, il tempo di pensare che non voleva che Elisa avesse di nuovo a che fare con quella gente, al costo di non vederla più, una frazione di secondo per farsi venire il colpo di genio di questa grandissima ceppa.

Sorrise, con gli zigomi che sporgevano e gli occhi e la bocca che si allargavano di riflesso.

- Elisa sta bene dove sta. Facciamo così, io cerco di sistemare la macchina, ma non è detto che ci riesco. Ti scrivo tutto quello che faccio su un documento e poi lo metto sul Megax con un codice. Tu ci lasci andare e non appena abbiamo superato la frontiera ti mando un messaggio con il codice.

- Devo telefonare.

- E telefona.

Salvatore rimase in officina, certo che Biagio non capisse nulla della conversazione. Dall'altra parte del telefono gli fu dato il consenso. Chiamò il cugino Biagio e gli ordinò di rientrare nella rimessa.

Con il cofano aperto e il motore incandescente e la puzza di bastoncini di pesce che aveva invaso il capannone, Biagio aspettò che l'auto si raffreddasse.

Salvatore gli chiese quanto ci volesse.

- Ci vuole il tempo che ci vuole.

Poi estrasse il suo portatile e lo collegò alla centralina dell'Audi attraverso un cavo OBD, pregando tutti tranne suo cugino Biagio di uscire dal garage e invitando i meccanici a tornarsene a casa.

Mise il suo laptop in posizione offline e avviò un programma per la registrazione di quello che avveniva sul suo desktop.

Cominciò a importare i dati delle curve della macchina di suo cugino. Eliminò i dispositivi antinquinamento e modificò la pressione degli iniettori portandola leggermente oltre il massimo consentito.

- Beacc, diamoci un po' di pompa a questa signorina.

- Alla signorina ci piace la pompa. Ma me lo vuoi dire che succede?

- Niente, Beacc, non te ne incaricare, se tutto va bene tra poco saremo fuori di qui.

- *Ma a mia stari ccà mi piace.*

- *Vai Beacc, falla curriri.*

L'auto si accese emettendo il solito sbuffo bianco e denso e puzza di pizze fritte dal tubo di scappamento. Biagio, il cugino di Biagio, schiacciò a tavoletta l'acceleratore, ingranò la prima e cominciò a correre lungo il perimetro del capannone. Abbassò il parasole, ché il tramonto gli dava fastidio, ci ripensò e indossò invece i suoi occhiali alla Top Gun, mentre il sole incendiava i dintorni della zona industriale di Roissy.

- Come va? – gracchiò Biagio dal microfono della postazione.
- Bene. Però, onesto? Hai fatto di meglio, la sento poco presente.

Proprio mentre sfilava lungo il rettilineo di fronte all'entrata del capannone, l'Audi ebbe il singhiozzo, come se un cugino Biagio in preda a un tic nervoso schiacciasse il pedale dell'acceleratore e lo lasciasse di colpo. E poi di nuovo e di nuovo. Lo si vedeva sobbalzare sul sedile e gridare

- Minchia, Minchia, Minchia, Minchia, Minchia, Minchia, Minchia!

Arrestò la sua corsa di fronte a Biagio e gli chiese che minchia fosse accaduto.

La solita striscia di olio penzolava dalla marmitta e lasciava una scia di bava marrone scuro come di lumaca con la diarrea, Biagio la toccò, ne raccolse una piccola quantità e si sfregò pollice e indice per saggiarne la consistenza. Collegò nuovamente il cavo alla centralina, prima escluse l'EGR, poi ci ripensò e ne dimezzò i tempi di ciclo. In questo modo gli incombusti venivano immessi di nuovo nel ciclo della combustione al doppio della frequenza e in linea teorica, così facendo, si sarebbero limitati gli scarti e i residui.

Il sole era ormai tramontato a Roissy, i fanali dell'Audi di cugino Biagio illuminavano pezzi di zona industriale a una velocità assurda mentre, dopo aver fatto il consueto slalom tra i cani all'angolo destro del capannone, schiacciava l'acceleratore a tavoletta e spingeva la macchina al massimo lungo il rettilineo. Ci provava gusto, un paio di volte si era concesso il lusso del controsterzo e della sbandata con il freno a mano mentre dalla postazione gliene dicevano di tutti i colori. Tutti i parametri erano ottimi, quelli dei consumi anche migliori di come se li erano immaginati.

- Biagio, tu hai contribuito a costruire un futuro migliore per tutto il mondo. Adesso ti suona strano, ma quello che hai fatto qui, oggi, cambierà il destino dei paesi in via di sviluppo, farà finire le guerre e ridistribuirà la ricchezza.
- *Cu na rimappatura di centralina?*
- Io sono un uomo di parola. Tu e tuo cugino ve ne potete andare.
- Ce lo possiamo fare un pieno?
- Certo, accomodatevi.

Cugino Biagio infilò la manichetta collegata direttamente al serbatoio dove erano già state miscelate le componenti del carburante e lo riempì. Biagio al posto del passeggero intimò a suo cugino Biagio di fare in fretta e di lasciare perdere le minchiate. Sgommò che sembrava indemoniato e poi inchiodò subito prima del cancello, quando per poco non fece un frontale con quella che inizialmente gli parve un'astronave.

Le luci al led del camion componevano la scritta ZPSC Frankfurt, all'interno si percepivano sagome di tre uomini e di qualcos'altro che passeggiava allegramente sul cruscotto. Cugino Biagio abbassò il finestrino e agitando il braccio minaccioso verso il guidatore gli gridò contro

- *Pacch' 'i to soru!*

Dall'abitacolo del camion, un Saro Comocane stremato da una settimana di strade, buche, soste, bulgari, afgani, mal di schiena, cucine pessime e cessi anche peggiori, caffè che sapeva di sabbia e poi lo cacavi a spruzzo che manco gli

384

ippopotami, si sporse col busto dal finestrino, lo guardò negli occhi e gli rispose

- *Picchì, to soru pava u dazziu? Cunnutu e sbirru!*

- *As-salam aleikum*
- *Wa aleikum as-salam.*
- C'è tutto?

I tre uomini dall'altro lato della scrivania osservarono il faldone che Moez aveva depositato sul tavolo color noce e poi lo invitarono ad accomodarsi.

- Tutto – aprì lentamente e sfogliò le prime pagine – questa è l'esatta composizione chimica della miscela che stanno utilizzando. Qui ci sono i fascicoli su tutte le persone coinvolte e anche l'esatta collocazione del primo e per ora unico campo coltivato con la supercolza. Un paio di pastori con qualche lanciafiamme e un migliaio di dollari di bonus e via la paura. Perché avete avuto paura, vero?

I tre uomini non risposero. Le teste rimasero immobili mentre Moez spiegava loro come agire.

- Questo è un regalo dei nostri chimici.

Nessuno dei quattro era capace di decifrare quell'elenco di componenti e i disegni a corredo, tuttavia il fatto era molto semplice. Bastava aggiungere questo microscopico componente a tutto il diesel in commercio e questi, a contatto con l'olio di colza di qualunque tipo, avrebbe dato vita a una reazione chimica che trasformava il carburante in una materia plastica.

- Come mettere un pugno di soldatini in un blocco motore. Il grippaggio è assicurato e rapidissimo. La colpa, ovviamente, delle fonti energetiche alternative.

I tre annuirono, poi ruotarono lo schermo di un computer e schiacciarono il tasto invio sul trasferimento bancario che avevano già predisposto.

Moez osservò con attenzione, poi controllò dal suo palmare che tutto fosse andato alla perfezione, si alzò dalla sedia e strinse le mani dei tre che aveva di fronte, voltò loro le spalle e si avviò verso la porta.

- Moez?
- Sì?
- Si goda la pensione.
- Penso che mi comprerò una squadra di calcio.

Un taxi lo attendeva già fuori dalla porta del palazzo, si fece condurre all'aeroporto e da qui al Cairo.

Erano vent'anni che non ritornava a casa.

Contrariamente a ogni logica che imponeva che fosse il cugino di Biagio a fare retromarcia, il ragazzo decise di sfidare quel grosso camion e di rimanere immobile a bloccargli l'ingresso. Saro fece scivolare il Powerstar lentamente a pochi centimetri dal paraurti dell'Audi e lo apostrofò

- *A chi si cretino?*

Perché il catanese ti lascia sempre il beneficio del dubbio, anzi, la chiede a te la conferma.

- *E cu* tutti i camionisti che ci sono in Francia, dovevate venire a cascare proprio qua?
- *Iu ti scafazzu.*
- *A mia chiddi megghiu di tia m' 'a sucunu.*

Tra lo stato di agitazione provocatogli della telefonata di Teresa di qualche minuto prima e quel ragazzo *vastaso*, Saro sentì le braccia aggrappate al volante del Powerstar cominciare a fremere. Suonò il clacson in modo da farsi sentire dall'intera zona industriale di Roissy, fece salire il *regimen* motore e ingranò la prima. Biagio aveva invece

386

capito l'antifona e innestata la retromarcia si era allontanato di una decina di metri facendo alzare una colonna di polvere. Saro non contento entrò con il rimorchio dentro il piazzale, ma nella concitazione del momento, un angolo della grossa cisterna che trasportavano andò a urtare contro il telaio del cancello automatico mettendolo fuori asse e rendendolo inservibile, mentre una piccola fenditura aveva aperto la cisterna come una boatta di pelati e cominciava a perdere olio.

I randagi si avvicinarono al cancello gironzolando in circolo dall'altro lato della strada, sbavando al solo sentire l'odore di ali di pollo fritte che veniva fuori della cisterna. Vinka e Salvatore uscirono sul piazzale e invitarono Saro e Pippo a sbrigarsi con le operazioni di scarico, prima che tutto l'olio andasse perduto sul piazzale sterrato.

Pippo guardò l'autostoppista ancora coperto di sangue e gli disse

    - Ragazzo, puoi scendere adesso.

Giovanni l'aveva adocchiata dall'abitacolo del Powerstar e non gli sembrava vero che fosse ancora viva. Fermò l'istinto di correre ad abbracciarla e tastarle le ossa per avere conferma di quello che aveva visto. Gli faceva male tutto, comprese le unghie dei piedi e le punte dei capelli. Il sangue riprese a scorrergli dal naso cadendo in grosse gocce che si andavano a impastare diventando fanghiglia una volta arrivate a terra. Pressò forte con l'asciugamano e notò come metà del suo campo visivo si offuscava quando alcune lacrime scendevano andando a mescolarsi con il sangue cagliato sulla barba.

    - Vinka.

    - Giò. Chi ti ha ridotto così?

    - Loro.

Tese la mano a indicare le due berline nere che in quel momento facevano disperdere i cani che non avevano smesso di girare in circolo all'ingresso ed entrarono nel piazzale affiancandosi al camion.

Dalle auto venne giù Gorkij insieme ai suoi tre uomini che armi in pugno intimarono ai presenti di rimanere immobili.

Un paio di uomini pelati ordinarono a Pippo e Saro di scendere dal camion permettendo così al maialino, ormai perfettamente addomesticato, di saltare giù di corsa e andare a fare i suoi bisogni in un angolo

- Che cazzo ci fate con un maialino da latte sul camion?
- Siamo stati a un matrimonio in Bulgaria. È la bomboniera, là si usa così.

Biagio e suo cugino Biagio si nascosero dietro l'Audi. Il cugino aprì lo sportello della macchina mentre Biagio gli dava del cretino e gli diceva di stare giù.

- Voglio creare un diversivo.
- Stai giù, testa di minchia tu e il diversivo.

Afferrò il contenuto dello zaino e lo scagliò proprio nel mezzo dello schieramento dei serbi. L'involucro eseguì una parabola morbida e dopo aver rotolato per qualche metro, arrestò la sua corsa ai piedi di Gorkij. Fu un attimo di smarrimento e subito tutti gli uomini si buttarono per terra coprendosi le orecchie. Dalle armi partì qualche colpo a caso, mentre Vinka, Saro, Pippo, Giovanni e Salvatore si mettevano al riparo, ognuno come poteva.

Il maialino invece corse alla disperata verso l'involto e lo urtò con il muso da *zuzzu*. L'involucro riprese a rotolare, facendo sbucare dalla stoffa che la proteggeva la provola di Tortorici, che si rivelò in tutto il suo splendore sotto la luce dei riflettori del piazzale, mentre la task force cercava di riprendere il controllo della situazione. Il maialino la tenne ferma con le zampe e la addentò.

Cugino Biagio iniziò a gridare con una voce acuta da femmina, era steso per terra a pancia in giù e un proiettile lo aveva colpito di striscio aprendogli i jeans e la carne di una chiappa con una ferita superficiale.

- Ahiai, ahiai.

Biagio lo trascinò dietro l'Audi parcheggiata e da qui all'interno della rimessa, mentre lui si era girato con il culo che gli strisciava per terra e continuava a lamentarsi

- Ahiai, *m'abbamba!*

Salvatore approfittò del momento di distrazione creato dal maialino e andò a raggiungere i due cugini all'interno dell'officina mentre Vinka gli gridava di non farlo. Si erano chiusi dentro e come era prevedibile furono accerchiati in un istante. La ragazza ordinò a Pippo, Saro e Giovanni di rimanere accovacciati dietro il Powerstar, mentre già due serbi a turno stavano cercando di sfondare la porta dell'officina a spallate. All'interno un Salvatore particolarmente terrorizzato si fece aiutare da Biagio a sprangare la porta mentre Biagio, il cugino di Biagio, non aveva smesso nemmeno per un secondo di lamentarsi per la ferita. Salvatore si voltò e gli gridò

- Ma la vuoi finire? È solo una ferita di striscio, non ha preso nemmeno un organo vitale.
- Volevo vedere se ti sparavano nel culo a te che facevi. Volevo vedere se era il tuo culo, se non lo consideravi un organo vitale, *strunzu.*

L'olio di colza continuava a scolare lentamente dall'autocisterna. Intorno al rimorchio, una macchia scura si estendeva sempre di più, crescendo come la proverbiale macchia d'olio che era. Vinka la guardò, poi guardò il camion, tutte quelle persone coinvolte, tutto il tempo e i chilometri sprecati dietro quel progetto. L'illusione di poter cambiare le cose e la certezza, adesso, che niente può veramente cambiare, se non in maniera impercettibile: le vite degli individui, singoli aspetti della vita di un individuo. Rincorreva fantasmi da quasi vent'anni. Era diventata grande, vecchia avrebbe detto qualcuno. Da sotto il paraurti del Powerstar, osservava Gorkij con la faccia macchiata da segnacci viola, pistola alla mano, che cercava di entrare all'interno del magazzino. Un'altra vita sprecata all'inseguimento di mostri personali. Non c'era molto da fare, ma andava fatto, voleva lei e l'avrebbe avuta.

Raccolse da terra la mappina che proteggeva la provola e la inzuppò nell'olio di colza, tirò fuori dal taschino della giacca l'accendino e lo avvicinò alla pezza. La combustione fu lenta e difficoltosa perché l'olio si era mischiato con la polvere, però da sotto una piccola fiammella venne fuori e in un attimo divampò ingoiando tutto il pezzo di stoffa.

Giovanni la guardava maneggiare il fuoco, augurandosi che fosse altrettanto brava in questo quanto lo era nell'escapologia. Gorkij si voltò a guardarla intuendo già la sua mossa e cercando di prendere tempo le gridò di non farlo.

- Possiamo trovare un accordo.
- Non facciamo accordi col nemico.
- Vinka, la guerra è finita da più di dieci anni.
- E allora che ci fai qui?
- Quello che ci fai tu, inseguo i miei mostri.
- E allora lo vedi che non è finita?
- C'era mio figlio sul ponte che avete fatto saltare a Mostar.
- C'erano i figli di un sacco di gente, in ogni parte della Jugoslavia.

La mappina continuava a bruciare nella mano di Vinka, sprigionando nell'aria puzza di sofficini e peli bruciati. Gorkij diede l'ordine di gettare le pistole ai suoi uomini e chiese a Vinka di poter prendere una cosa nel bagagliaio della sua auto.

Salvatore aveva assistito alla scena da una piccola finestra ed era venuto fuori insieme a Biagio sul piazzale una volta che gli uomini ebbero posato le pistole per terra.

I cani si avvicinano, annusano l'olio di colza e gli pneumatici delle auto. Zampe si alzano e pisciano sulle ruote, poi riprendono a girare in tondo. Le schiene basse, i musi umidi a setacciare il terreno. È un digrignare di denti, latrati e bava che scola per terra.

Nessuno si cura di me, hanno troppo a cui pensare. Ciascuno vuole conservare qualcosa: la vita, il camion, il quadro che sicuramente è in uno dei bagagliai delle due auto. Mi intrufolo sotto l'autocisterna insozzandomi e cominciando a puzzare come una triglia fritta nell'olio motore. Ho il naso che mi scoppia e la nuca che non ha smesso di pulsare. Sembra che da un momento all'altro la testa debba implodere e accartocciarsi su sé stessa come un guscio d'uovo,.

Il cofano è aperto, sollevo il portello e afferro il dipinto. La luce dei riflettori lo fa sembrare una piccola macchia in chiaroscuro di prova colore. Cerco di ritornare sui miei passi e sfruttare il fatto che non mi ha visto nessuno.

Quasi nessuno.

So già cosa sta per accadere, è già successo. Dal cancello automatico divelto, due minuscole braci grandi quanto capocchie di spillo puntano con decisione verso di me, ma stavolta il bastardino minuscolo mira al bersaglio grosso. Io sono accovacciato e lui con un balzo cerca di addentarmi il collo. Perdo l'equilibrio e cado all'indietro. Con le unghie che mi strappano la maglietta pascola sul mio petto mentre cerca di mordermi la faccia. Un paio di volte ci riesce, sono morsi di striscio con dentini aguzzi che mi aprono la pelle da parte a parte, incurante dei colpi che con lo spigolo di legno massiccio della cornice gli infliggo alla testa. Lui non sente niente, a me invece va a fuoco la faccia ed è un continuo rumore di tagliola che scatta a un millimetro dai miei occhi.

È il segnale convenuto. Gli altri randagi hanno assalito chiunque fosse alla portata delle loro mascelle. Uno dei due camionisti tiene lontano a calci un bastardo di taglia media color champagne, l'altro è stato sorpreso mentre tenta di salire sul camion a cercare riparo e adesso ha un grosso cane nero aggrappato saldamente alle chiappe.

L'uomo dalla faccia macchiata è circondato da tre randagi. Anche lui cerca di tenerli a distanza provando a sferrare pedate sui musi. Riesce ad afferrare la pistola che aveva posato ai suoi piedi e comincia a sparare. Un colpo, poi un altro e un altro ancora.

È tutto un guaire e scappare di cani che tentano la ritirata. Il camionista è venuto fuori dall'abitacolo con quello che lui chiama "l'antifurto" e ha cominciato a colpire alla testa prima il randagio nero e poi quello color champagne. Altri cani si accasciano raggiunti dai proiettili all'addome.

Vinka ha lasciato per terra la pezza ancora accesa ed è venuta ad aiutarmi. Ha fatto volare via il bastardo che avevo sulla faccia con un calcio, ma con gli anfibi mi ha colpito di striscio il naso che ha ripreso a sanguinare a fontanella.

Vinka è sopra di me, apro la bocca e il mio rantolo dice

        - Ci siamo conosciuti così, ricordi?

Gorkij punta la pistola ed esplode un colpo contro un altro cane, poi ha chiara la visuale di Vinka, piegata a darmi soccorso, prende di nuovo la mira e non si fa pregare. È un rumore di tessuti che si aprono, è il sangue di Vinka che mi schizza in bocca mentre lei viene sbalzata all'indietro, la polvere che si solleva, oggi come allora.

Immobile per terra, mentre la pezza ha ormai raggiunto la macchia d'olio per terra e la cisterna brucia in una vampata unica come se fosse di cotone idrofilo.

        - *Kurac.*

Anche questo è un rantolo, un guaito. La mano sinistra di Vinka va a saggiare l'entità del buco che ha sulla spalla. Solleva leggermente il capo e vede che Gorkij si sta avvicinando. Non ho idea di cosa voglia fare, le dico solo di mettersi in salvo. Per la prima volta da quando la conosco mi dà retta. Scatta velocissima verso il rimorchio del camion in fiamme, Gorkij mi sovrasta, stende il braccio e mi fa vedere il foro della canna. Io sono al capolinea. Non ho più come tirarmi fuori da quella situazione. Si china a prendere il dipinto, mentre Vinka si dà lo slancio dal piano di calpestio del camion sul tetto della motrice e da qui al muro di cinta del capannone. Gorkij mira di nuovo, stavolta con la mano ferma. La inquadra nella tacca di metallo sopra la canna della sua pistola ma al momento di tirare il grilletto si trova il bastardino minuscolo attaccato all'avambraccio. Il colpo esplode proprio mentre Vinka salta sul muretto, lo slancio è insufficiente e la fa atterrare con l'addome sopra il muro. Rimane appesa con le gambe che penzolano dalla nostra parte e il tronco dall'altra. Si rimette in piedi e salta ancora oltre il muro di cinta, nel vuoto, mentre Gorkij ancora col cane attaccato ai muscoli dell'avambraccio, svuota il caricatore in direzione della ragazza.

Il camionista con in mano l'antifurto gli si avvicina e dice

- *Uora m'ha sucatu a minchia.*

Quello che sembra il supporto di un ombrellone, impugnato saldamente tra le mani dell'uomo, descrive un arco dal basso verso l'alto e lo centra in pieno volto. Disorientato Gorkij barcolla all'indietro e cade sul culo, sollevando un piccolo sbuffo di polvere; il camionista è di nuovo sopra di lui e lo colpisce ancora fino a quando l'antifurto non ha assunto le sembianze di un punto interrogativo e la faccia del serbo quella di un hamburger crudo e immobile spiaccicato al suolo.

In lontananza si sente il suono di sirene di pompieri o polizia. I tre che accompagnavano Gorkij si mettono in macchina e spariscono dal fondo del capannone.

Il bastardino minuscolo ha già attaccato la faccia di Gorkij, gli ha staccato il naso tra le urla dell'uomo e ci si è messo a giocare, altri cani lo hanno azzannato alle gambe e all'inguine. Uno enorme con l'aria veramente cretina e qualche parte di spinone nel sangue, con il pelo che sembra la paglietta per sgrassare la griglia, lecca la superficie del quadro, la trova di suo gusto e comincia a strappare la tela e a ingoiarla.

Il camionista più giovane getta la sbarra di ferro per terra e corre verso il camion, afferra il maialino che era rimasto in preda al panico dietro una grossa ruota del Powerstar, mentre le fiamme lambivano la motrice e lo scaraventa dentro l'abitacolo. Il camionista vecchio gli grida contro di non fare minchiate, lui di rimando risponde che deve salvare il bambino.

    - Saro, è solo un camion.

    - Zu Pippo, è il nostro camion.

Riesce a sganciare la motrice dal rimorchio e ad allontanarsi spostandosi dall'altro lato del piazzale.

Non ho nemmeno il tempo di dire minchia che sono investito dall'onda d'urto dell'esplosione. Sono a brandelli, ma riesco lo stesso a mettermi in piedi e a fare il giro del capannone uscendo dal muro di cinta.

Dall'altro lato del muro la macchia per terra sembrava quella lasciata dall'asciugamani di un macellaio scagliato contro una parete di mattonelle bianche. Il segno delle mani per terra, gli occhiali scuri con una lente rotta un poco più avanti e intorno due grossi sbaffi di sangue, come le ali carbonizzate di un grosso predatore abbattuto col lanciafiamme e spiaccicato al suolo. Nient'altro.

Corro verso l'angolo opposto del capannone, attraverso la strada, ritorno sui miei passi, cerco di arrampicarmi sul muro di cinta del capannone di fronte, sono tre metri di mattoni bianchi e grezzi, ma non così tanto da fornirmi un appiglio. Rimango immobile a guardare le macchie sull'asfalto, mentre il camionista vecchio mi appoggia una mano sulla spalla.

    - Vieni via, ragazzo. Qui non c'è niente che
      possiamo fare.

L'auto di Gorkij era stata sbalzata di una decina di metri. Nell'impatto il paraurti si era staccato e aveva centrato Salvatore in pieno volto. Il contorno degli occhi si era istantaneamente annerito per il sangue pesto che aveva dentro. Nelle orecchie un sibilo: il colpo di posacenere che gli aveva dato Claudia, le luci del faretto che filtrava dall'inguine di Romina e gli impediva di vederle la fica, alcuni racconti di quando era ragazzo che scolavano via, depositati a terra dal sangue che gli usciva dalle orecchie. Un larsen continuo, poi il basso in ottavi che tiene una singola nota. Scendi di un semitono, ma che fai, non scendi? Rallenti? E perché rallenti? Il basso, ancora in ottavi, poi in quarti. Ho detto in ottavi. Rallenta ancora: dai quarti si allarga fino alla minima, poi dalla semibreve fino alla breve. Che poi la breve è un fatto puramente concettuale, non esiste, cioè esisterebbe pure ma non si usa. Come l'intervallo di unisono, che cazzo di intervallo è se è unisono. Ora tu continua a suonare, in ottavi ho detto. Tieni un ritmo costante, no, non rallentare di nuovo.
Tacet.

- Io lo lascerei qui.
- Dammi una mano, piuttosto e non dire minchiate.

Biagio aveva afferrato Salvatore dal bavero della giacca e lo scuoteva con forza.

- Salvo, Salvo. Forza che stanno arrivando le guardie, meglio che ce ne andiamo, vallo a spiegare tutto 'sto bordello.
- Non è che è morto?
- No, Biagio. Respira, si sforza ma respira. Vai a prendere la macchina.

Biagio fermò l'Audi proprio accanto a Salvatore e poi diede una mano a Biagio. Lo afferrarono per mani e piedi e lo lanciarono di peso sul sedile posteriore. Poi cugino Biagio raccolse da terra lo zainetto della provola e si mosse in direzione di quest'ultima.

- Beacc, Finiscila, l'ha morsicata il maiale.
- Vabbè, la sbucciamo.
- No, dài, andiamo.
- Ma pare peccato, *'a bedda provola.*

Dallo svincolo della tangenziale soprastante videro avvicinarsi i lampeggianti della polizia. Biagio face cadere a terra la provola a malincuore, filò in macchina, scaraventò lo zainetto dentro il bagagliaio e schiacciò il pedale dell'acceleratore a tavoletta.

- Complimenti per il tuning, Beacc, ti sei superato.
- Grazie.

Mentre cugino Biagio guidava, Biagio afferrò il palmare e avviò il programma che aveva installato all'interno del Megax la sera che aveva litigato con Elisa. Aveva pensato di chiamarlo "Harakiri" o "Karakiri" o come minchia si dice, ma nell'impossibilità di ricordare come si dicesse aveva optato per un più semplice "Staminkia", con la K di killer.

Non era altro che un virus in grado di riconoscere il codice mimetico del Megax e annientarlo. Chiunque si fosse collegato e qualunque informazione avesse richiesto non avrebbe trovato che una scatola vuota.

Alla fine di un lunghissimo rettilineo percorso da cugino Biagio a 210 chilometri orari, la strada si divideva in due. Di fronte a loro, due cartelli uno sull'altro, con scritta nera su campo bianco, uno indicava la strada di destra, l'altro quella di sinistra, entrambi dicevano "Toutes Directions". Biagio schiacciò il freno, la macchina sbandò mettendosi perpendicolare alla strada, dove per fortuna non passava nessuno.

- E che minchia mi significa *Toutes Directions?*

La voce cavernosa da moribondo di Salvatore li fece saltare in aria.

- Beacc, amici, significa che dovete fare come cazzo vi pare.

Parigi perdeva consistenza.

La luce intermittente e scarsa dei lampioni la decolorava, sfumava i contorni, ovattava i rumori, ne smorzava il gusto.

Ancora solo e ancora vivo nonostante tutto, respiravo osservando la condensa che sbuffavo dalla bocca.

Ero passato da casa dove, non appena aprii la porta fui investito dal pungente odore di piscio come quello dei cessi delle stazioni. Il serbo non scherzava affatto: ci aveva davvero pisciato sui quadri, rendendoli una poltiglia maleodorante. Per un attimo pensai di scattare una foto e di mandare l'immagine di quello schifo a Cettina, l'ultimo, estremo, capolavoro artistico atto a sancire la mia uscita di scena, come probabilmente avrebbe scritto qualche suo amico redattore di uno dei due quotidiani cittadini. Afferrai il borsone, scesi le scale e cominciai a camminare.

Lungo la tangenziale nord di Parigi faceva un freddo cane. Trascinavo come era ormai mia abitudine il borsone rosso e verde, constatando come questo negli anni si fosse alleggerito. L'intermittenza delle luci dei fanali delle auto e qualche raro rombo di motore, interrompevano la monotonia della strada. Sporgevo il pollice destro e alzavo il braccio per farlo vedere il più possibile, ma non c'era verso di rimediare un passaggio quella notte. Gettai il borsone per terra e mi ricordai di quando lo riempii per la prima volta un decennio fa, immediatamente prima di lasciare la casa di mio padre. Era stipato all'inverosimile, sembrava un grosso rospo con le guance gonfie e le orecchie rosse. Poi, nel tempo, avevo cominciato a perdere i pezzi, e il borsone di conseguenza si era svuotato fino ad assumere le attuali sembianze di un ranocchio anoressico e triste.

- Dove vai, ragazzo?

Non mi ero neanche accorto della Saab nera che si era fermata a circa cinquanta metri da me. L'uomo sui quaranta era sceso dalla macchina e gridava nella mia direzione.

- Più a nord possibile – risposi.
- Io mi fermo a sud del Belgio, Louviere, se per te va bene.
- Benissimo.
- Allora andiamo, muoviti, che sono in ritardo.

Salii in auto dopo aver posizionato il borsone nel portabagagli. L'uomo mi porse la mano e si presentò. Si chiamava Vincent, aveva i capelli brizzolati ed era molto elegante. Andava a Louvière per lavoro, era una specie di rappresentante e aveva una grossa fornitura in ballo.

Teneva una velocità costante di 140 km orari e gli occhi incollati alla strada ma si dimostrava molto cortese e aveva una gran voglia di chiacchierare. Abbassò e poi spense la radio, interrompendo *Moonchild* dei *King Crimson* subito dopo la parte cantata.

- Ti offro il caffè – disse quando ormai eravamo giunti quasi al confine del Belgio.
- Non sei in ritardo?
- No, la sosta caffè è prevista dalla tabella di marcia – sorrise.

Mise la freccia e svoltò in direzione di un'area di servizio. Entrammo al bar e ordinammo due caffè. Vincent riempì il suo di zucchero mentre io bevvi il mio amaro. Pagò i due caffè e poi fu rapito dal titolo di un giornale.

Liberation, con molta enfasi e con un titolo da b-movie titolava "Notte di sangue alla periferia di Parigi". Pagò il giornale e poi disse qualcosa che io non capii per manifestare la sua incredulità. Gli strappai il giornale dalle mani chiedendogli scusa nel frattempo, lo gettai su un tavolino e cominciai a leggere l'articolo.

Il cronista si manteneva sul vago, parlando di un capannone incendiato e di un uomo, dalle generalità ancora da verificare, sbranato dai cani e del cadavere di una donna sprovvista di documenti con addosso delle ferite di arma da fuoco rinvenuto nei dintorni.

Uscii dal bar per prendere una boccata d'aria, ma per quanto ci provassi e mi sforzassi, mi sentivo soffocare. Era come se i miei polmoni si rifiutassero di fare entrare l'ossigeno.

Stringevo ancora il giornale in mano ed ero incredulo, mentre i raggi di un sole freddo e noncurante cominciavano a diradare il buio forzando la notte dall'interno di uno sparuto gruppetto di nuvole. Ficcai una mano in tasca e tirai fuori un pennarello nero. Mi diressi verso i bagni e sulla porta d'ingresso, mentre non guardava nessuno, cominciai a tirare delle linee. Chiudevo gli occhi sforzandomi di ricordare, come se la sua faccia fosse già precipitata nell'abisso delle cose da dimenticare. Li riaprivo e continuavo a tracciare dei solchi con il pennarello. Zigomi, curva delle labbra con il taglio trasversale che le rendeva uniche. Ancora linee morbide sul contorno della figura e ancora spigoli in prossimità del mento. Chiusi ancora gli occhi, li strizzai per aiutare una singola lacrima a uscire e precipitare sulla guancia, mentre tutte le altre, miliardi di altre, rimanevano dentro e mi strangolavano. Mi asciugai il viso col dorso della mano, guardai per l'ultima volta il suo, bello come era sempre stato, al quale avevo restituito alla fine il sorriso che aveva perduto e l'occhio destro che un destino crudele le aveva estirpato dall'orbita. Aggiunsi solamente una piccola scritta "VINKA (? - 2011)", e a caratteri ancora più piccoli "Giò".

La fine della storia è semplicemente questa, niente colonna sonora né montaggio analogico. Solo uno schianto, un lampo, un rumore cupo, un torpore momentaneo, come appena svegli o appena prima di prendere sonno. È il tutto che ti scivola dalle mani, è l'atrofia che ti impedisce di stringerle quelle mani e di trattenere i pezzi. Sono i pezzi stessi che si frantumano in pezzi più piccoli. È il tuo ultimo letto con le lenzuola ancora stropicciate, sono gli occhi socchiusi che cercano di ricordare il suo nome mentre lei si riveste e si tira su i collant nel mezzo della stanza buia, lei e tutte le altre delle quali ha preso il posto. La prima volta alle quattro del mattino su un pianerottolo, con lo sperma che vola dalla tromba delle scale, il suo bacio mentre dormi e vorresti ucciderla perché ti ha svegliato, ma ti rendi conto che è lei che ha invece ucciso te. È l'elettricità innata di Adrienne che senti nella spina dorsale. Tutti i tuoi soldatini monocromatici, tutte quelle a cui hai concesso un pezzo di te e tutte le altre che non ti hanno mai chiesto nulla ma c'erano e basta. Lei che cammina nel quartiere, tu che la guardi farsi piccola e dissolversi. Il sassofonista su un ponte a Maastricht, gli accordi di quarta sospesa che non hai mai capito, ma che ti piacciono tanto. E lei che riemerge dalla folla e tu che non ci speravi più e invece lei è lì, è tornata.

E in cosa credere poi. In tutti i tuoi errori che sono sempre uguali, in tua madre che canta con la morte nel cuore e si sente in colpa per tutto, si sente in colpa perché è ancora viva, si sente in colpa perché non ha potuto dirti ciao, si sente in colpa per due note di canzone che canta, si sente in colpa perché non la puoi sentire.

La fine della storia è la prima panchina da piccolo e l'ombra dei tuoi capelli arruffati che rimbalza per terra, sono dieci anni di assoluto nulla, solo tempo sprecato. È il tempo che passa tra pensiero e gesto, è il tempo che ti fermi a riconsiderare tutto e ti accorgi che non hai poi molto da considerare, giusto le considerazione che hai fatto prima di adesso. È il trattato di Uccialli, la sesta serie apofonica dei verbi forti, il logos che perde contro il caos. Tutto scolato dal bordo del lavandino e finito nella grande fogna celeste.

È tutto questo inutile rincorrersi e affannarsi, tutto quello che hai cominciato e mai finito, tutto quello che adesso non ti viene in mente.

È la linea di basso di Hotellounge che ti rimbomba nelle orecchie.
È la fine della storia.

RADIO EDIT

- Biagio, a mamma, me lo fai un favore?

Il corpo, buttato a pancia in giù ancora vestito sul letto nemmeno si mosse. Il suono che venne fuori dal cuscino dove Biagio aveva conficcato la testa dopo la sfacchinata della notte precedente, si collocava a metà strada tra il gorgoglio del sifone del water e il rutto.

- *Avaia*, Biagio, non mi fare uscire in terrazza che ho la cervicale, li stendi tu i panni?
- Ora?
- Sì, dài, che con questo vento si asciugano subito e poi devo stirare.

Salì le scale che portavano in terrazza con gli occhi ancora socchiusi, li spalancò osservando a valle il centro storico di Bronte e a monte la zona nuova spuntata negli ultimi anni come un brufolo sul culo dell'Etna. Nel balcone di fronte, i fili per stendere la biancheria della signora erano vuoti. Biagio si chinò verso il secchio dei panni e tirò fuori un paio di jeans di quelli che aveva a Parigi. Sua madre nottetempo aveva fatto irruzione e mentre lui dormiva aveva infilato in lavatrice tutto quello che le era capitato a portata di mano.

- 'Sta *cammisa* è di Beacc – pensò mentre la appendeva con due mollette al filo.

La schiena gli faceva ancora male per la strada percorsa, da Parigi a Bronte, unica tirata con solo un paio di soste per il caffè e una tappa intermedia a Catania, giusto il tempo di mangiare un panino con doppia porchetta al camion del filosofo in piazza Alcalà e poi accompagnare Salvatore a casa sua. Erano bastate un paio di bistecche congelate comprate in un supermercato aperto anche di notte e una volta schiaffatele in faccia gli ematomi di Salvatore si erano in parte riassorbiti, anche se gli avevano lasciato degli aloni scuri intorno agli occhi che lo facevano sembrare un panda malmenato. Poi erano arrivati sotto casa sua e lì Salvatore era rimasto stupito dalla luce della cucina accesa e dalla macchina di Claudia parcheggiata in fondo alla strada. Cugino Biagio aveva guardato Salvatore e gli aveva detto

- Te le lasciamo le bistecche, meglio?
- Non ho fame e non mi va di cucinare.
- E io mica per quello lo dico, quella che ti aspetta lì sopra ti fa i bozzi.

Si erano salutati con la vaga promessa di rivedersi. Salvatore era entrato in casa giurando a sé stesso che si sarebbe messo d'impegno per rintracciare Turi e Tistazza, mentre Biagio e suo cugino Biagio avevano cominciato a fare strada verso Bronte per gli ultimi quaranta chilometri, quelli che non finiscono mai.

- Ma' – gridò dalle scale – ma che hai lavato, lo zainetto?
- Sì, faceva *fetu* di provola.

Biagio appese lo zainetto di Lucy a testa in giù, dispiacendosi per averglielo rubato, ché nonostante tutti i suoi propositi di restituirglielo prima o poi, quello aveva fatto. Da Lucy a Elisa il passo fu breve. Il ricordo di quella mattinata passata insieme lo distrasse per un po'. Appese dei calzini e delle mutande, pensando che forse era giunto il momento di cambiare genere, magari un boxer elasticizzato, nero o grigio, anziché lo slip bianco dall'elastico stremato e la palla di fuori d'ordinanza. Una cosa un pochino più presentabile, non si sa mai.

Appese anche la calzamaglia che sua madre gli aveva comprato perché a Parigi faceva freddo ma lui non aveva mai indossato perché si vergognava, meglio tenersi il freddo.

Il rumore di uno strappo fu seguito da quello di roba che si spappola per terra.

Sul pavimento della terrazza, una poltiglia rossastra, viola e giallognola, con le tonalità che si mischiavano, gli ricordò i coriandoli bagnati, ammassati ai bordi delle strade di Bronte quando per carnevale nevicava.

Infilò le mani in quella pappa colorata e cominciò a separare con molta delicatezza alcune banconote dalle altre.

La maggior parte dei soldi era da buttare, ma ne rimanevano a sufficienza per farsi tornare il sorriso, svegliare suo cugino Biagio e dirgli

- Beacc, *cunnutu e sbirru*, usciamo stasera?

La casa di Swansea era rimasta sfitta per tutto quel tempo.

Suonai il campanello tre o quattro volte in maniera insistente e infine la vecchia si affacciò alla finestra. Mi vide e si precipitò giù in strada, venne ad abbracciarmi in maniera molto goffa e io altrettanto goffamente ricambiai.

Guardò con partecipazione i solchi sul mio viso e i miei capelli che si coloravano di striature grigie, quasi a volermi dire "quanto sei invecchiato". Scrutò a fondo l'ombra nel mio sguardo e ricacciò in gola ogni commento. Mi abbracciò ancora e mi diede le chiavi di casa.

Sul pianerottolo, a prendere polvere, c'erano ancora le costruzioni in legno del piccolo Phil. Sembravano abbandonate, sicuramente sostituite da qualche nuovo giocattolo. Alla fine aveva avuto ragione lui: a furia di provarci, anche a costo di sembrare stupido, era riuscito a infilare il pezzo di legno a sezione triangolare dentro il foro rotondo. Gli era bastato insistere fino a quando i bordi della forma circolare non si erano spaccati, lasciandosi sconfiggere dalla costruzione triangolare.

Presi possesso del mio vecchio appartamento, gettai da qualche parte il borsone rossoverde e andai a letto.

La vecchia aveva venduto quasi tutti i mobili e per le stanze rimbombava l'eco dei miei passi.

Ancora il rumore delle gocce d'acqua, a due a due, plicplìc; ancora i gorghi del sifone del water che si era allentato; ancora l'alba, l'ennesima.

Mi alzai dal letto e andai a chiudere il rubinetto generale, soltanto qualche secondo e poi un silenzio irreale pervase la casa. Solo un ticchettio un po' strano, assolutamente aritmico turbava la quiete di quel giorno in divenire.

Uscii dal bagno e tornai in salotto, mentre un sole più deciso sorgeva a est e piombava sgretolandosi in miriadi di rifrazioni sulle mattonelle bianche del mio cesso, fino al Galles, tra le mie braccia.

L'orologio nero sulla parete segnava ancora le sei meno un quarto e la lancetta dei secondi si sforzava di andare avanti per superare la parte più ardua del quadrante. Non pensavo minimamente che fossero le sei meno un quarto, tuttavia mi piacque crederlo. L'orologio nero sulla parete funzionava solo due volte al giorno e adesso era una di quelle.

Mi avvicinai e lo guardai, lo staccai delicatamente dalla parete e lo adagiai sul pavimento. Ci salii sopra con entrambi i piedi e lo feci in mille pezzi.

Ricominciai a fare quello che sapevo fare meglio: guidare il muletto. Alla piattaforma di riciclaggio materie plastiche dalla quale ero stato licenziato qualche tempo prima c'era un posto libero, quello lasciato da quell'idiota di Jan. Non aveva ucciso nessuno, ma si era bevuto la balla di Lucy che gli aveva fatto credere di essere rimasta incinta. Per rimediare un po' di soldi, Jan aveva tentato una rapina il giorno di paga degli operai, sbagliandolo e non trovando nemmeno un soldo in cassa.

Gli occhi di squalo sul montante del mio muletto a guida idrostatica si sono scoloriti. Li osservo all'inizio di ogni turno chiedendomi se valga la pena di ripassarci sopra un po' di colore ma ogni giorno li guardo un po' meno e presto non ci farò più caso.

Il Galles è rassicurante, non succede mai niente.

Dall'altra stanza proviene una nota di mi grave dal basso elettrico, quarta corda suonata a vuoto col plettro. Fa sempre così, è il suo test del volume. Ruota il potenziometro fino a quando non è soddisfatta e comincia a suonare tre canzoni di fila, molto simili l'una all'altra, in loop, tutto il pomeriggio. Ha il senso del ritmo che va per i fatti suoi e la tendenza a confondere le note molto vicine tra loro. Forse è un po' sorda. Ma anche quel suono sbilenco ha in sé qualcosa di rassicurante.

Me la sono trovata seduta sul gradino della porta di casa un pomeriggio che tornavo dal lavoro, con un cespuglio di capelli disordinati in testa e un paio di occhiali da sole nuovi.

In qualche modo se l'era cavata, come aveva sempre fatto da quando aveva diciannove anni e danzava nel mirino dei cecchini a Sarajevo.

Mi è rimasta l'abitudine di tirare via le lenzuola ogni mattina, ma la magia che meglio le riesce adesso, è quella di rimanere lì.

Tutte le direzioni è un romanzo di fantasia. I fatti, i personaggi e i luoghi sono inventati o utilizzati in maniera fittizia. Ogni somiglianza a eventi, luoghi o persone reali, vive o morte, è del tutto casuale.

Le circostanze sulla cattura di Goran Hadzic sono anch'esse opera di immaginazione.

Cover concept di Barbara Nat, realizzata da Roberta Celia e impaginata da Tiziana D'Antoni.

La canzone a pagina 180 è *Le canzoni dei cani* di Cesare Basile.

Grazie a Diego che mi ha permesso di finire il romanzo e a Marilia Scavone per l'aiuto.